Collection QA **compact**

De la même auteure

Adulte

Les Chemins d'Ève
>   Tome 4 – *L'Heure des choix*, roman, Libre Expression, 2006.
>
>   Tome 3 – *La Fin des utopies*, roman, Libre Expression, 2005.
>
>   Tome 2 – *Les Chemins d'Ève*, roman, Libre Expression, 2002.
>   **Grand Prix du livre de la Montérégie 2003, catégorie Roman.**
>
>   Tome 1 – *Les Funambules d'un temps nouveau*, roman,
>   Libre Expression, 2001.
>   **Grand Prix du livre de la Montérégie 2002, catégorie Roman.**

Un homme comme tant d'autres,
>   Tome 3 – *Charles Manseau*, roman, Libre Expression, 1994;
>   collection Zénith, Libre Expression, 2002.
>
>   Tome 2 – *Monsieur Manseau*, roman, Libre Expression, 1993;
>   collection Zénith, Libre Expression, 2002.
>
>   Tome 1 – *Charles*, roman, Libre Expression, 1992;
>   collection Zénith, Libre Expression, 2002.
>
>   **La trilogie a mérité le Prix Germaine-Guévremont 1995,**
>   **volet Littérature, Gala des Arts du Bas-Richelieu.**

Héritiers de l'éternité, essai, Libre Expression, 1998.

La Quête de Kurweena, conte philosophique, Libre Expression, 1997.

Un homme comme tant d'autres

Tome 1 – Charles

Catalogage avant publication de Bibliothèque et Archives nationales
du Québec et Bibliothèque et Archives Canada

Renaud, Bernadette
Un homme comme tant d'autres
(Collection QA compact)
Éd. originale: Montréal : Libre expression, 1992-1994.
Sommaire: t. 1. Charles -- t. 2. Monsieur Manseau -- t. 3. Charles
Manseau.
ISBN 978-2-7644-0686-1 (v. 1)
I. Titre. II. Titre: Charles. III. Titre: Monsieur Manseau. IV. Titre:
Charles Manseau.
PS8585.E63H65 2009   C843'.54   C2009-940475-3
PS9585.E63H65 2009

Conseil des Arts   Canada Council
du Canada   for the Arts

Nous reconnaissons l'aide financière du gouvernement du Canada
par l'entremise du Programme d'aide au développement de l'industrie
de l'édition (PADIÉ) pour nos activités d'édition.

Gouvernement du Québec – Programme de crédit d'impôt pour
l'édition de livres – Gestion SODEC.

Les Éditions Québec Amérique bénéficient du programme de subvention
globale du Conseil des Arts du Canada. Elles tiennent également à
remercier la SODEC pour son appui financier.

Québec Amérique
329, rue de la Commune Ouest, 3e étage
Montréal (Québec) Canada H2Y 2E1
Téléphone : 514 499-3000, télécopieur : 514 499-3010

Dépôt légal : 2e trimestre 2009
Bibliothèque nationale du Québec
Bibliothèque nationale du Canada

Mise en pages : Sylvain Boucher
Conception graphique : Isabelle Lépine
Ilustration de couverture : Thérèse Fournier

Imprimé au Canada

Bernadette Renaud

Un homme
comme tant d'autres

Tome 1 – . Charles

roman

QUÉBEC AMÉRIQUE

1

– Aujourd'hui! C'est aujourd'hui qu'il faut que ça se fasse!

Charles fit une longue expiration rejetant l'air avec force. Il n'en voulait plus de cet air qui l'étouffait à l'intérieur comme à l'extérieur.

– Est-ce que c'est trop demander que de changer d'air?

Cinq heures du matin. Son père besognait déjà à l'étable avec sa sœur Hélène et son frère Philippe. Lui, l'aîné, aurait dû y trimer aussi, mais il restait étendu dans son lit, les bras nerveusement croisés sous la nuque, la tête et le cœur tiraillés, des fourmis dans les jambes. Le corps fébrile s'impatientait des tergiversations de l'esprit et la paillasse craquait à chaque frétillement des pieds qui s'agitaient, semblant réclamer un mouvement décisif.

Charles avait eu dix-sept ans la veille, le 17 mai 1890. Au premier abord, le jeune homme ne se distinguait pas des autres fils de fermiers des alentours. Une tignasse brune, un front carré, un visage ovale presque commun; un corps de taille moyenne, robuste sans lourdeur. Somme toute, Charles aurait eu l'air ordinaire sans ses yeux perçants, qui non seulement attiraient tout de suite l'attention, mais intimidaient tout le monde sans que lui-même ne s'en soit jamais aperçu. Ce regard vif et inquisiteur trahissait à son insu les pensées que la bouche volontaire ne traduisait pas indûment en paroles. Le garçon n'était pas facile à cerner. Le problème se résumait par cette réalité : un garçon, ce n'était pas un homme.

– Un homme, ça passe pas son temps à obéir à son père ou à n'importe qui d'autre. Obéir d'une étoile à l'autre, juste pour des miettes ! Si mon père pense qu'il est né pour un petit pain, je lui laisse ! Moi, je veux plus que ça !

Il ne revenait pas sur sa décision ; il avait simplement attendu le bon moment. Pourtant, des appréhensions obstinées s'entêtaient à effilocher sa détermination et il se justifiait une fois de plus à ses propres yeux. « J'ai même pas le choix. Je suis le plus vieux, la terre devrait me revenir. Mais j'en veux pas de la terre. Ni aujourd'hui ni demain ! Mais ça, le père me le pardonne pas, il me le pardonnera jamais. » L'affrontement, devenu presque quotidien, lui fouetta les sangs. Charles se redressa d'un bond et s'assit sur le bord du lit. Aussi fortes que les bourrasques de fin d'hiver ou les orages d'été, des sensations contraires, extrêmes, s'enchevêtraient en lui : émotions, ambitions et raisons toutes confondues. « Il doit ben y en avoir d'autres qui pensent comme moi ! J'en peux plus d'endurer qu'il décide à ma place ! C'est tout ! » Il se leva brusquement, fuyant ses ennemis intérieurs.

– C'est assez, le jonglage !

Il revêtit hâtivement ses habits du dimanche. Ensuite, il palpa ses vêtements de semaine. Sa mère avait tenu parole, elle les avait lavés discrètement la veille au soir. Il tâta l'étoffe solide du pantalon. « J'espère qu'il va me durer longtemps ; je sais pas quand je pourrai m'en acheter un autre.» Le tissu était encore humide, mais Charles se ravisa, enleva le pantalon du dimanche et le roula en baluchon. Il enfila ensuite ses vêtements de travail à moitié secs. «Au soleil qu'il fait à matin, ils vont sécher tout seuls.» Son regard glissa distraitement sur la petite chambre qui comportait un seul lit, à peine assez grand pour lui et son frère Philippe, une chaise dont la paille du siège était retroussée à maints endroits, quelques crochets au mur qui tenaient lieu de penderie et une petite lucarne à quatre carreaux qui laissait entrer la lumière du matin. L'incertitude le saisit encore, emprisonna son courage dans les filets de la peur. «Où je vais coucher à soir? Puis les autres soirs?»

À la cuisine, sa mère s'inquiétait d'avance, anticipant le dernier affrontement entre le père et le fils, trop pareils. De même taille que le fils, elle paraissait pourtant plus petite, plus tassée. Comme si la mince chevelure brune sans éclat, ramenée en chignon assez bas sur la nuque, cherchait à se faire oublier elle aussi comme Berthe s'effaçait dans sa besogne silencieuse. Mais, ce matin, elle n'arrivait pas à se défaire de la pensée de son aîné. «Mais qu'est-ce qu'il attend donc, lui, en haut?» Ces pensées lui vrillaient le cœur, mais elle n'en voulait pas davantage aujourd'hui que depuis le moment où elle avait pressenti ce qu'elle savait avec certitude depuis hier. Elle s'essuya machinalement les mains avec son grand tablier sombre pour le lisser ensuite de larges mouvements brusques afin de le défroisser. «C'est mieux de même; c'est quand on est jeune qu'on a ce courage-là.»

Cette réflexion la ramena insidieusement à elle et à Anselme. «Puis notre jeunesse à nous autres, qu'est-ce qu'il en reste?» Mais, ce matin, elle ne voulait s'apitoyer ni sur elle-même ni sur son mari; ils faisaient maintenant partie de la génération déjà repoussée d'un cran, et elle s'efforça de revenir à son fils. Au fond de son cœur (en dessous du sentiment maternel ou pardessus), elle savait qu'il avait raison. «Plus vite ce sera fait, mieux ce sera pour tout le monde.» Ses yeux la ramenèrent à la réalité. Autour des galettes de sarrasin, un halo bleuâtre dansait; il fallait les tourner vivement, infuser le thé, sortir la mélasse, trancher le pain; voir à ce que tout soit prêt pour le déjeuner des trois autres qui travaillaient à l'étable depuis l'aube. Entre la table et le poêle, Berthe sentait croître son anxiété au fur et à mesure que l'heure du premier repas de la journée approchait.

Le père secoua ses pieds sur la galerie comme il le faisait chaque fois qu'il arrivait et il entra dans la cuisine en glissant sa main sur sa figure, de haut en bas. L'été, il se nettoyait ainsi de la poussière d'avoine; l'hiver, il débarrassait du frimas ou de la neige ses sourcils qu'il n'avait pourtant pas épais. Il redressa ensuite son corps, qu'il ne trouvait pas assez grand.

Il traversa la cuisine en contournant la table et alla droit au fond pour se laver les mains le premier à la pompe. Comme d'habitude, il éclaboussa bruyamment juste un peu trop, comme si, maître du dehors, il voulait ainsi rappeler aux autres, mine de rien, qu'il était aussi maître du dedans. Puis il s'essuya les mains à la serviette de lin usée qui était enfilée sur un rouleau et dont les deux bouts étaient cousus ensemble.

Après lui, sa fille Hélène fit gicler l'eau froide. Il arrivait fréquemment que Philippe pompe l'eau pour sa sœur aînée, question de la taquiner par un jet d'eau trop puissant ou un filet agaçant. Mais, ce matin, le père était encore moins d'humeur à rire que les autres jours. La jeune fille de quinze ans essuya ses mains à son tour, secoua la tête pour replacer ses deux nattes dans son dos qu'elle tenait toujours droit, et, affamée, s'assit à sa place, à gauche de sa mère.

Philippe, treize ans, fit ses ablutions sans se presser, jetant des coups d'œil discrets vers l'escalier à demi ouvert dont les premières marches s'élevaient à côté du comptoir où était fixée la lourde pompe. Il se nettoya les mains qu'il avait étroites et déliées comme celles de sa mère et glissa ses doigts mouillés sur sa chevelure brune qui frisait sur la nuque.

Déjà à table, le père entamait la première tranche de pain, la plus épaisse, celle qui lui était réservée, quand il entendit enfin les pas de Charles qui descendait. Il était fin prêt à lancer un reproche cinglant, à exiger des comptes pour une absence intolérable. Il leva les yeux et vit descendre son plus vieux. Son regard se heurta aux vêtements trop propres en pleine semaine et son cœur se dérégla un moment. Les mots ne sortirent pas.

Chacun se mit à table en silence. Les galettes passaient mal pour tout le monde, rendues indigestes par le silence encore plus lourd que d'habitude. La mère, le cœur en suspens, priait pour que tout se passe sans mots irréparables. «Deux têtes de cochon pareilles», pensa-t-elle en zieutant le fils et le père.

Hélène, avec l'intransigeance de ses quinze ans, souhaitait, au contraire, un éclat formidable. Un éclat comme il ne s'en était jamais produit sous leur toit. Tout à l'heure, en trayant les vaches, elle avait ragé contre son frère, ignorant ce qu'il manigançait mais le connaissant assez pour savoir qu'il préparait quelque chose d'important. «Il a plus de cran que moi», s'était-elle dit avec reproche. Maintenant elle n'en pouvait plus d'attendre. «Criez-vous des bêtises, battez-vous, mais faites de quoi!» Elle les défiait du regard, mais se taisait; ce n'était pas de ses affaires.

Philippe jetait des coups d'œil à son aîné. Celui-ci était toujours levé avant lui, mais, ce matin, il était resté au lit, feignant de dormir, et Philippe, malgré son jeune âge, n'avait pas été dupe d'une telle dérogation aux habitudes; il avait compris que ce serait un jour différent des autres. Il s'était levé et avait assumé leurs tâches à tous deux sans regimber. «Qu'est-ce qu'il mijote?» craignait-il depuis l'aube. Maintenant il savait. Et il se taisait parce que son avenir à lui aussi se décidait.

Mélanie, la petite de neuf ans, était trop ensommeillée pour avoir faim, comme chaque matin. Malgré elle, son cœur se chagrinait à ressentir ce qu'elle ne comprenait pas. Pour s'en défendre, elle glissait ses petits doigts sur les bourrelets dodus et réguliers de ses cheveux soyeux déjà tressés, pour ensuite épousseter ses nattes l'une avec l'autre. Les bouts de ses cheveux étaient parmi les rares parties libres de sa petite personne déjà levée, habillée et coiffée à cette heure matinale.

«Les galettes vont leur rester sur le cœur», pensa la mère. Charles n'arrivait toujours pas à trouver quoi dire. Dans sa tête, les mots étaient plus maladroits les uns que les autres et il les gardait pour lui, minute après minute. La mère servit un deuxième thé fort que chacun avala rapidement en silence, comme le premier. Le repas était terminé. Le père se leva, Philippe le suivit avec Mélanie. Comme à l'accoutumée, Hélène resta à la cuisine pour y travailler avec sa mère, entamant ses besognes quotidiennes dans la maison. Charles n'avait rien dit. Agité d'une rage impuissante, il monta quérir son baluchon et redescendit presque en courant. Il s'arrêta au pied de l'escalier, se sentant aussi peu à sa place dans la cuisine qu'une roche dans un champ bien labouré. Il regarda sa mère, qui lui tournait le dos ; elle s'activait les mains, croyant ainsi s'empêcher de penser. La faible attisée pour le déjeuner avait eu le temps de diminuer pendant le repas. Berthe frottait à outrance le dessus du poêle refroidi comme si elle devait lui régler son compte ce matin-là, ne voyant pas qu'il était pourtant bien astiqué, noir et luisant comme aux jours de grand ménage. Elle entendit la voix rauque de son aîné :

— Bon, ben… je vais y aller.

Ces mots surprirent ses oreilles de mère ; les intonations étaient celles d'un homme. Et son corps eut mal, d'un mal sournois qui éclate tout d'un coup, sans prévenir. Elle prit brusquement conscience du silence, d'un grand silence, ne sachant plus depuis combien de temps il les séparait. « Mon Dieu ! Est-ce qu'il est déjà parti ? » Le fils était-il parti sans que la mère ne le regarde une dernière fois, sans qu'elle ne s'en emplisse les yeux et le cœur ? Berthe pivota brusquement et enveloppa d'un regard embué la silhouette de son premier enfant. Elle lui donna d'un geste brusque, presque en cachette, un pain et une galette qu'elle avait réservés pour lui tout à l'heure. Et elle fit taire en elle la phrase qui lui brûlait le cœur : « Fais mieux que nous autres. » Elle ne lui dit rien ; elle n'était pas plus habile avec les mots que lui. Elle savait seulement travailler ;

13

lui aussi. «Qu'est-ce qu'on dit dans ce temps-là?» chercha-t-il encore vainement. La pensée déjà ailleurs, il détourna son regard des mains usées qui le nourrissaient pour la dernière fois. Celle de la mère se projeta dans le temps : «Quand il va revenir, Dieu sait quand, il sera de la visite, presque un étranger. Quand le premier s'en va, c'est pas long que la maison se vide», se chagrina-t-elle encore un peu plus. Et il lui sembla entendre le tissu de sa famille commencer à se déchirer. Quant au fils, il quittait la maison paternelle en cherchant vainement comment vivre un vrai départ : que dire, que faire, comment faire? Il ne savait pas improviser : avec son père, il n'y avait jamais eu de place pour autre chose que le travail décidé d'avance. Charles enfourna les maigres victuailles dans son baluchon.

– Merci ben, sa mère.

Elle s'était déjà retournée, frottant encore le poêle comme si c'était coutume en pleine semaine. Le fils se sentit rejeté, déjà un étranger. Il se tourna à demi vers sa sœur Hélène qui lavait la vaisselle prestement. Il quêta un regard, un geste d'affection, mais il se heurta à un visage buté, comme d'habitude. Elle lui en voulait du vide prochain et de la solitude. «Et si je partais avec lui, là, maintenant, tout de suite? Pas vraiment avec lui, mais plutôt par la même occasion, comme par le même courant d'air? Il y a si peu d'air dans cette maison», pensa-t-elle froidement. Mais ils avaient toujours été comme chien et chat; qu'auraient-ils pu se dire ce matin quand chaque mot, chaque regard, chaque silence – parce qu'il était le dernier – se figeait dans le temps? Rien. Ils ne se dirent rien et l'aîné se dirigea vers la porte.

– Fais pas trop ton fendant! le défia Hélène, se retournant un bref instant.

Elle voulait lui dire : «Je t'envie! Je sais que tu vas réussir!» Mais ses mots crânaient et le regard qu'elle reçut ne lui laissa rien de clair; peut-être était-il aussi mensonger que ses propres paroles.

Charles sortit et aspira enfin une grande bouffée d'air. Tout à l'heure, il irait à gauche pour sortir de la cour et tournerait ensuite vers la droite pour se rendre au village. Pour l'heure, il jeta un rapide coup d'œil à droite de la maison, vers les bâtiments : l'écurie d'abord, ensuite la laiterie et le poulailler, et, plus loin, l'étable et la grange. Il respira profondément une deuxième fois et se décida à marcher vers l'écurie. Philippe changeait la paille de l'une des deux stalles, celle du gros cheval de labour. Charles remarqua que le front de son frère était barré comme celui de leur père. Faussement désinvolte, l'aîné bouscula le puîné et se mesura à lui. Le colletaillage fut bref : Philippe eut le dessus sans l'avoir cherché. Les deux frères à peine essoufflés se séparèrent sans revanche, un demi-sourire concluant le pacte implicite.

– Tu reviendras nous voir, dit simplement le plus jeune devenu l'héritier.

Ce fut tout. Tout avait été dit. En passant devant l'enclos, derrière l'écurie, Charles eut un bref regret pour le petit cheval gris qu'il avait dompté lui-même et qui tirait si vaillamment les voitures, celle d'été et celle d'hiver. Mais, ce matin, il n'avait pas envie de taquiner la bête, de lui ouvrir prestement la gueule et de lui tourner sa grande langue rugueuse; ce n'était pas un jour pour les enfantillages. À peine un effleurement distrait de la tête du cheval : Charles n'était déjà plus des leurs.

Quand la petite Mélanie le vit surgir dans le poulailler avec son baluchon, elle en échappa le seau de grain. Les poules se ruèrent dessus en jacassant, se picossant âprement malgré l'abondance fortuite. Le grand frère souleva la fillette déjà grande de ses deux bras musclés et la serra maladroitement contre lui, bouleversé par l'émotion qui lui empoignait le cœur sans avertissement.

— Où tu t'en vas? larmoyait Mélanie.

— Ailleurs. À la ville. N'importe où.

— Pourquoi?

— Pour vivre, Nanie. Juste pour vivre, c'est tout.

— C'est quoi, vivre?

— C'est autre chose, juste autre chose que… que ça.

La petite lui pleurait dans le cou; les larmes chaudes le glaçaient. Il déposa le fardeau trop lourd pour son cœur.

— Tu pèses une tonne, je pense ben.

Ils rirent ensemble et la petite s'essuya les yeux du revers de la main, se barbouillant un peu de poussière de grain.

— Vas-tu revenir? renifla-t-elle.

La main de Charles, si lourde tout à coup, glissa doucement le long des tresses brunes dodues et soyeuses.

— C'est ben certain, mais je sais pas quand.

— Ayoille! cria la petite en sautillant pour se dégager des becs voraces qui picoraient le grain jusque sur ses bottines.

Elle n'avait quitté son grand frère des yeux qu'un instant, mais déjà il s'éloignait. La petite s'empara d'un chaton tigré qui se chauffait au soleil et courut se réfugier avec lui dans la talle de lilas. Dans sa cachette, son château rien qu'à elle, l'enfant pleura à chaudes larmes dans la fourrure soyeuse du jeune chat.

Trop orgueilleux pour le laisser voir, Charles avait vainement cherché son père. Il n'était nulle part : ni autour de la maison, ni à l'étable, ni au poulailler.

— Maudit! Où est-ce qu'il est, encore?

Il hésita, déçu et soulagé en même temps.

— Ben, s'il aimait mieux ça de même, tant pis!

Il fit demi-tour, passa devant la maison sans même se retourner vers la fenêtre d'où sa mère l'observait derrière un rideau, essuyant des larmes obstinées d'un coin de tablier. Il marcha vite, rageur et nerveux, et prit la route. Avant de s'en rendre compte, il avait déjà quitté les alentours de la maison qui l'avait vu naître. Quand il y pensa, c'était trop tard : le détour du chemin et les arbres au feuillage à demi ouvert lui en cachaient la vue comme si la maison le punissait de la quitter, lui refusant même une dernière image d'elle. Il continua son chemin, traversa le petit pont de bois qui enjambait le ruisseau dans lequel il avait pêché si souvent à l'ombre des grands saules noirs tordus dont quelques branches basses se vautraient dans l'eau peu profonde.

Il s'arrêta près du village pour une seule visite. Debout sous les grands ormes du cimetière, baignés comme le reste dans la lumière du printemps, il fit ses adieux à ses trois frères et sœurs morts respectivement à quatre ans, deux jours et huit ans. Pourtant, à part la petite qui était morte de méningite à huit ans, peu de souvenirs de ces trois-là habitaient sa mémoire.

— Je m'en vais; la terre, ça m'intéresse pas. Je voulais juste vous le dire… Vous autres, vous me ferez pas de reproches.

De les savoir là, sous ses pieds, raffermit sa décision. Il se sentait doublement vivant et encore plus décidé à forger son destin à sa mesure, sa pleine mesure d'homme. Il respira profondément, conscient d'être en vie dans toutes les fibres de son être.

– À c't'heure, ça y est. J'ai tout fait ce que j'avais à faire.

Il quitta l'ombre rafraîchissante du cimetière et plissa les yeux sous le soleil. Son sourire disparut malgré lui et il poussa un long soupir d'impuissance… Il ne pouvait pas partir. Il jeta son baluchon à ses pieds et s'assit lourdement sur une grosse pierre, comme un petit garçon pris en faute.

– C'est lui qui a sacré le camp, mais c'est moi qui vais avoir l'air de me sauver! Maudit de maudit!

Il leva les yeux vers le ciel. Le soleil continuait de monter; la journée avançait.

– Je partirai donc jamais d'ici?

Piégé, il lança une volée de pierres.

– Ça l'écœure tant que ça que je vive ma vie?

Il donna libre cours à sa fureur trop longtemps contenue.

– J'en peux plus de me taire; j'en peux plus de son maudit silence qui décide de tout! Je céderai pas encore une fois. Non, certain! Pas un jour comme aujourd'hui!

Il passa sa main dans sa tignasse et rugit d'amertume.

– Il sera donc jamais là quand j'en ai besoin, maudit?

Il soupira de nouveau puis se leva lourdement, résigné, et piqua délibérément à travers champs pour gagner du temps. À grandes enjambées rageuses, le fils marcha une dernière fois vers le père.

Anselme avait prévu des travaux autour des bâtiments aujourd'hui, mais, par intuition ou par orgueil, il était allé réparer des clôtures dans les pâturages, le plus loin possible. Il savourait sa petite victoire dérisoire sur son fils : « Personne sait où je suis. Il va être obligé de me chercher; il va être encore plus en maudit! » Il marcha longtemps, mesurant sa terre de sa foulée. Né le troisième, Anselme n'avait pas eu droit à la belle terre familiale des Manseau, bien ratissée et généreuse. Elle avait été transmise à son frère Louis-Philippe, l'aîné, qui l'avait reçue comme son dû, sans gratitude et sans regrets pour les autres. Et, au décès de son parrain, mort sans enfants, Anselme n'avait pas reçu de magot, pour la bonne raison qu'il n'y en avait jamais eu, mais il avait hérité de tout, c'est-à-dire d'une terre avec une maison et des bâtiments, petits mais bien entretenus. Tout autour, les terres des Cantons-de-l'Est s'étalaient, généreuses et souvent vallonnées, avec un arrière-plan de montagnes lointaines et bleutées. Mais la terre de l'oncle Léopold se hérissait de buttes et de roches. Anselme avait alors renoncé à des rêves qui cadraient mal avec ce lopin de terre qui serait désormais son univers. « Des rêves de fou, s'était-il dit à ce moment-là. Qu'est-ce que j'avais d'affaire à voir ces images-là chez monsieur le curé? »

— Des tableaux, avait précisé le curé à l'enfant de huit ans qui avait fini par comprendre qu'il n'était pas né dans un monde qui lui permettrait d'apprendre à « faire des images ».

— Maudite terre! Pourquoi ça me revient, toutes ces affaires-là?

Le vieux avait commencé à replanter ses piquets de clôture avec colère. Depuis combien de printemps s'obstinait-il à les replanter et depuis combien d'hivers le sol s'obstinait-il à les rejeter? Il ne les comptait plus.

Il lui paraissait inutile de mesurer ce qui serait à faire et à refaire de toute façon. Il se redressa, si fatigué ce matin, et parcourut du regard cette terre que son fils aîné dédaignait, cette terre que son fils aîné rejetait. «Pour qui il se prend, lui?... Puis les autres, est-ce qu'ils vont m'abandonner eux aussi? Est-ce que j'ai tout fait ça pour rien?» La déception et la colère lui brassaient les sangs. «Où est-ce qu'il est, lui? Est-ce qu'il va oser prendre un autre repas sans travailler? Est-ce qu'il va...?» Son cœur pompa de travers pour la deuxième fois depuis le matin. Il se frotta la poitrine pour chasser un mal inconnu chez lui : il lui était venu à l'esprit que Charles était peut-être déjà parti. Le vieux se sentit plus trahi et plus abandonné que jamais. Seul comme une bête traquée qui va mourir dans son trou. Désemparé, il cogna de travers sur le piquet et se frappa violemment un doigt. La douleur le griffa jusqu'au cœur, lui enlevant même la force de proférer un juron. Relevant la tête pour aspirer de l'air, il aperçut son fils qui venait vers lui, son baluchon sur l'épaule. Pendant quelques secondes, l'apparition tremblota comme dans l'écrasante chaleur de juillet qui brouille l'air devant soi.

— Il fait pas tout ce chemin-là pour rien certain. Il doit avoir quelque chose à me demander, le verrat! bougonna-t-il.

Il le laissa approcher. Il eut le temps de se ra-plomber.

— T'es pas encore parti? lui jeta-t-il d'un ton acerbe. T'avais l'air plus pressé que ça à matin.

Charles encaissa l'adieu de son père comme un coup au ventre. Il se raidit sous l'affront; le cœur lui cognait dans la poitrine. Il aspira une grande bouffée d'air pour

harnacher sa voix. Quand il fut prêt, il répondit sobrement :

— Oui, c'est ça. Je pars, le père.

— Ça se voit, répliqua l'autre, hargneux.

Charles souleva son chapeau de paille de paysan, la
tête soudain aussi vide que le cœur.

— Bon, ben, si c'est clair pour tout le monde, salut
ben, le père.

Ils se toisèrent, puis le fils prit conscience du
chapeau de paille qu'il avait enlevé devant son père et
qu'il tenait à la main, ce chapeau qu'il portait toujours
parce qu'il supportait mal le plein soleil malgré sa
tignasse. Il hésita puis le déposa simplement sur le
piquet de clôture et repartit sans se retourner. Anselme
agrippa le chapeau et le lança rageusement loin de lui.
Mais l'air était trop doux, sans vent; la paille légère
compléta sa boucle et vint retomber aux pieds du père
dont la mâchoire se crispa d'une fureur impuissante.
Devant lui, la silhouette de son aîné allait bientôt
disparaître.

De plus en plus loin de son père, Charles marchait
d'un pas vif, les poings serrés. Il avait rêvé de partir
la tête haute, le cœur gonflé d'espoir. «Je pars quand
même pour être mieux, maudit! Est-ce qu'un père peut
être contre ça?» Ce cri de désarroi ne monta pas
jusqu'à sa gorge; la rancune prit le relais.

— Oui, salut ben, le père, puis je vous dis pas à la
revoyure.

Cette fois, il était vraiment parti.

2

Alors que sévissait un froid de janvier à faire regretter à toute âme chrétienne d'être en vie, à l'intérieur de la forge la chaleur suffocante rappelait celle de l'enfer.

La haute silhouette du forgeron, immobile devant la plate-forme du fourneau, était léchée par les reflets dansants de la flamme et avait un aspect irréel. Éphrem Gingras paraissait encore plus grand, plus démesuré. Sa chevelure abondante, frisée, maintenant poivre et sel, lui donnait parfois un air hirsute qui créait une distance entre lui et les autres. Son grand corps robuste, malgré le milieu de la quarantaine, le servait quand il s'agissait de cogner sur l'enclume, mais le desservait pour ferrer. Trop grand, les soubresauts des chevaux et la posture penchée lui causaient de violents maux de dos. Depuis longtemps, il confiait cette tâche à l'engagé. Sa haute taille l'embarrassait aussi dans la maison. Son corps s'accommodait mal des chaises trop étroites, de la table trop basse pour lui. Et comment savoir jusqu'à quel point étreindre sa femme au lit, quand ces mêmes bras ployaient le fer sous les coups de marteau? Éphrem ne s'était jamais habitué, non plus, à toujours dépasser les gens d'une bonne tête. Ce détail impressionnait les autres mais le mortifiait. Il s'était toujours senti anormal. Cette démesure lui faisait traiter son épouse avec une grande délicatesse pour laquelle bien des femmes de leur parenté enviaient Amanda.

De sa main gauche, le maréchal-ferrant tourna la tige de fer à moitié pour que la chaleur la rende malléable uniformément. Sa main, velue sur le dessus, exécutait machinalement le geste répété des milliers de fois, pendant qu'il regardait distraitement son royaume. Une fois de plus. Avec fierté.

Devant lui, au-dessus du fourneau adossé au mur, la hotte aspirait la fumée qu'elle rejetait par le toit. À ses pieds se trouvait le soufflet à pédale. À droite, dans le mur situé à l'arrière de la forge, deux doubles fenêtres à guillotine étaient à demi encrassées par la fumée. Sur toute la longueur du mur adjacent s'étalait un établi surchargé de tenailles, de mailloches, de marteaux, de gouges, de bouts de tiges de fer, de divers instruments de mesure. Sous l'établi, des barillets de clous et un baril de fers à cheval usés. Le troisième mur était percé d'une porte à deux larges battants donnant sur la cour et ensuite sur la rue, en plein cœur du village de Saint-François-de-Hovey. Cette large porte permettait aux chevaux d'entrer dans un espace de la dimension de cinq stalles environ, séparé du reste de la forge par deux poutres verticales équarries à la hache, d'où pendaient lanières et outils divers. Deux bêtes attendaient leur tour, leurs oreilles frémissant et leurs sabots frappant nerveusement le sol à chaque coup de marteau sur le métal. Plus loin, une autre fenêtre à guillotine éclairait la pièce, même si elle était givrée de haut en bas par le froid intense. Sous la fenêtre se trouvait un long banc de bois sans dossier, usé par les clients et quelques vieux du village qui venaient y fumer pipée sur pipée. Entre le banc et l'autre mur, une porte de grandeur normale permettait d'accéder à un petit palier par trois marches situées à gauche. Ce palier donnait accès à la porte de la cuisine de la maison du forgeron et se prolongeait le long de ce mur mitoyen en un escalier que l'engagé empruntait pour monter à sa chambre, ainsi séparée de celles de la famille.

D'un coup d'œil, le forgeron jaugea le métal : il était à point. De son pas lourd, il retourna à l'enclume, posa la tige rougie à blanc sur la pointe et commença à la marteler pour la courber, la coupa à la longueur désirée et releva les deux extrémités du nouveau fer à cheval.

Charles vint à son tour au fourneau et y déposa quatre fers ainsi préparés. Le forgeron et son apprenti vaquaient chacun à leurs affaires, l'un martelant, l'autre ferrant les sabots sous le regard des clients qui tuaient le temps en fumant, en chiquant ou en prêtant une oreille plus attentive qu'ils ne l'auraient avoué aux radotages de trois vieux qui occupaient presque tout le banc.

Charles s'approcha ensuite de la première bête qu'il avait précédemment déferrée. Elle le regardait de ses doux yeux mouillés, avec un relent d'effroi au fond de ses prunelles qui exagéraient tout ce qu'elles englobaient. Il glissa fermement sa main le long du cou, puis le long de la crinière rêche. Il tapota le dos protégé par le pelage d'hiver, plus épais et plus long; et, se plaçant de côté, juste assez près, il descendit vivement sa main le long du jarret dur et fragile, et, d'un geste habitué, releva la patte, la plaçant confortablement sur sa cuisse recouverte d'un grand tablier de cuir. Après s'être assuré que le cheval était bien en équilibre sur trois pattes, il nettoya la muraille lisse et blonde du sabot, puis la lacune et la fourchette. Il rogna ensuite la corne qui avait beaucoup poussé ces derniers temps; il la lima avec soin, en égalisa les bords.

Il aimait bien les chevaux et se faisait obéir facilement. Mais, avec ce travail, il était souvent en sueur et son corps s'imprégnait de l'odeur d'écurie, ce qui l'irritait de plus en plus. Pour tout dire, il n'arrivait pas à s'habituer à passer six jours sur sept dans cet atelier où régnaient à longueur d'année une demi-obscurité et une chaleur étouffante. De l'air, il aurait pu en avoir tout son saoul aux chantiers et un forgeron y recevait de bons gages. Cet hiver-ci, malgré son mauvais souvenir de la vermine et du froid des camps de bûcherons, il avait été tenté d'y repartir avec le plus vieux d'Éphrem. Aussi grand que son père quoique plus élancé, et blond comme sa sœur aînée, Damien Gingras, à quinze ans, avait plus de force physique que sa minceur ne le laissait croire et plus de force morale que son caractère joyeux ne le laissait soupçonner.

— Pas capable de rester en place! grognait son père.

— C'est normal pour un jeune de chercher sa place dans le monde, disait plutôt sa mère Amanda.

— La place d'un homme, c'est là où il est, s'entêtait le père.

— La place, ajoutait calmement Amanda, c'est pas la même chose pour le monde que pour les animaux : le monde a le droit de la choisir.

Malgré ces belles paroles, elle avait eu le cœur brisé quand Damien avait annoncé qu'il montait aux chantiers pour l'hiver. L'hiver aux chantiers, c'était une bonne demi-année. Éphrem s'était senti à la fois rejeté par son fils et inquiet pour lui.

— Tu sais, mon p'tit gars, quand un jeune est au fond du bois avec une *gang* d'hommes en manque…

Il s'était tu ; il n'arrivait pas à formuler le reste, des ouï-dire, peut-être exagérés.

— Son père, je suis pas un jeunot de douze ans ; j'ai peut-être belle apparence aussi, mais celui qui va me toucher est pas encore né.

Le père et le fils s'étaient regardés. « C'est un homme, à c't'heure », avait admis le premier, bon gré mal gré. Charles comprenait mal que le jeune homme soit allé aux chantiers. « Une manière de découvrir autre chose », lui avait dit Damien ; il trouvait plutôt que c'était s'enterrer vivant. Damien lui manquait parfois ; il était de compagnie agréable, d'humeur égale, avait la repartie facile, sans bavardage inutile. « Il ressemble à mon frère Philippe », pensait Charles à certains moments.

Il continua à rogner la corne trop épaisse des autres sabots tout en ressassant les mêmes pensées qui, à la longue, finirent par se contredire. « Et puis, tant qu'à s'exiler par en haut, autant être bûcheron. Les arbres, c'est beau à voir, bon à sentir. » La chaleur obsédante du fourneau en évoqua une autre dont il avait entendu parler, celle des manufactures. Pour lui, il n'avait jamais été question d'aller s'enfermer dans une usine aux États-Unis ; mais aujourd'hui, fatigué, irrité, il se sentait prêt à envisager n'importe quel exil. « Je suis quand même pas manchot ; je peux faire aussi bien que les autres. » Il protesta malgré lui : « C'est sûr que je peux, mais ça m'intéresse pas, les manufactures ! Ni la terre, ni le bois, ni la forge ! J'ai ben le droit de vouloir autre chose, maudit ! » Une évidence angoissante l'écrasa alors. « Mais si je veux rien de ça, je vais faire quoi dans la vie?» Il refusa d'y penser plus longuement. Comme le cheval était prêt, Charles retourna au fourneau.

Il prit distraitement une tenaille et tourna les fers dans les braises rougeoyantes. «Ouais, déjà trois ans que je suis ici. Puis, avant ça, un an à me chercher une job un peu partout, avec un hiver au chantier en plus.» Une fébrilité, une rage sourde s'empara de lui.

«Quatre ans! Quatre ans, maudit! Où je m'en vais avec ça? Je vais quand même pas passer le restant de mes jours à me faire brûler la face et geler le dos à cœur d'hiver, maudit!»

— Cou'donc, c'est de la tire que tu prépares ou un fer à cheval? lança moqueusement le vieux Siméon de son grand banc.

Charles tisonna le brasier avec agacement. Le vieux Siméon en imposait par ses cheveux blancs épars qu'il s'obstinait à garder trop longs pour se faire croire qu'ils étaient abondants. Il lui manquait aussi de nombreuses dents, ce qui ne l'empêchait pas de grignoter verbalement tout un chacun dans la paroisse. Sous prétexte qu'il était le seul parmi les anciens du village à se déplacer encore aisément malgré son âge, il s'octroyait le droit de tout critiquer et il en usait largement.

Éphrem le tolérait; c'était un parent éloigné de sa femme et les racontars l'amusaient, lui qui n'aurait jamais dit un mot de trop sur qui que ce soit. Le vieux Siméon exhalait sans arrêt la fumée âcre de sa pipe aussi usée que lui, et Charles, surtout ce matin, lui préférait l'odeur pourtant lourde des chevaux. Le patriarche se trémoussa sur le banc. Les deux autres comprirent et se poussèrent un peu, quitte à manquer d'espace. Ni l'un ni l'autre n'auraient contrarié leur compagnon, de vingt ans leur aîné.

Le vieux Saint-Cyr en profita pour plier et déplier sa jambe gauche, la boiteuse, celle qui lui avait valu tant de sobriquets depuis que, tout jeune, il était mal tombé d'une charretée de foin. En compensation, il s'était évité de nombreuses corvées éreintantes. Puis il était devenu menuisier, son métier l'avait amené au village et il en avait été satisfait, s'y coulant une vie moins dure que sur la terre paternelle.

Le troisième, Chenard, était un peu simplet. Du moins, c'était ce que les villageois croyaient. Il avait ainsi pu suivre son petit bonhomme de chemin sans avoir rien à prouver à personne et s'incruster chez son frère aîné, qui avait hérité du frère benêt avec la maison paternelle. Jamais marié, il ne s'en était, semble-t-il, jamais porté plus mal jusqu'à la quarantaine. Son caractère avait alors changé du jour au lendemain : il était devenu envieux, et se montrait même hargneux certains jours.

Éphrem les voyait arriver une journée sur deux, douze mois par année; trois ombres qui s'installaient sans façon sur le grand banc, entre les deux portes. Placés ainsi à contre-jour sous la fenêtre donnant sur la rue, ils pouvaient observer beaucoup plus qu'être vus. Certaines journées d'hiver, comme aujourd'hui, ils rapprochaient le banc du poêle, au milieu de l'atelier, autant pour quêter de la chaleur que pour s'éloigner de la froidure qui traversait les murs.

Charles rongeait son frein; tout lui tombait sur les nerfs aujourd'hui, plus que d'habitude, surtout les radotages de ces trois vieux. Par comparaison, il en regrettait les silences de son père, mais sursauta à cette seule pensée. «Faut que je sois rendu ben bas pour penser de même!» Il empoigna la tenaille et retira le métal : c'était prêt. Il retourna au cheval, reprit sa position de ferreur et appliqua le fer rougi sur la sole insensible du premier sabot. Une fumée âcre lui piqua les yeux pendant que l'excès de corne brûlait. Il vérifia rapidement les endroits qui ne s'ajustaient pas et, délaissant le cheval, alla rapidement marteler le fer sur l'enclume froide. Il devait faire vite : le temps jouait contre lui. Il vint enfin à bout de son travail, de quelques coups rapides et bien placés. Il trempa le fer à cheval terminé dans le tonneau d'eau et une telle vapeur brûlante en gicla qu'il recula vivement. La vapeur diminua rapidement d'intensité, ne formant bientôt plus qu'une buée brumeuse où les pensées de Charles se perdirent une fois de plus.

— Torrieux ! C'est pas du pain dans le sirop ! cria le forgeron de sa voix tonnante.

Le ricanement des vieux fumeurs de pipe s'égrena dans l'air et ramena l'attention sur Charles.

— Ouais, le petit Manseau, à qui c'est que tu jongles de même à matin ?

Une fois de plus, l'apprenti était pris à partie par les trois importuns. Le vieux Chenard tira une bouffée de sa pipe avant de susurrer :

— J'ai pour mon dire que ce serait peut-être la petite Mathilde qui le travaille de même !

Siméon et Saint-Cyr ricanèrent de nouveau. En dépit de l'allusion à sa fille unique, qu'il chérissait comme la prunelle de ses yeux, le forgeron sourit de l'embarras visible de son engagé. «Elle est bien trop jeune pour penser à ça », s'amusa-t-il, nullement inquiet. Mais son engagé, excédé, cogna violemment quelques coups sur le fer pourtant refroidi, question de se défouler là-dessus plutôt que sur le crâne du vieillard malicieux.

Charles ne pouvait pas nier que, depuis le retour définitif de la jeune Mathilde du pensionnat l'été dernier, il la regardait effectivement d'un autre œil. Il en avait d'ailleurs amplement l'occasion puisqu'ils vivaient pour ainsi dire dans la même maison, l'engagé prenant tous ses repas à la table familiale des Gingras. Matin, midi et soir. Jour après jour. Il avait eu ainsi tout le loisir de constater que la seule fille de la maison, et l'aînée avait bien changé en trois ans. Ce n'était plus l'adolescente un peu maladroite qu'il avait connue à son arrivée chez les Gingras, mais une belle jeune fille posée et réservée. Il était fasciné par la blondeur de ses cheveux et la lumière de ses yeux bleus ou verts, selon les jours. Il n'avait pas remarqué uniquement sa tête, si différente de celle des femmes Manseau, mais tout son corps mince et souple, énergique aussi. Quand ses cheveux flottaient sur ses épaules, la jeune Mathilde ressemblait « à un soleil », comme il s'était dit en la voyant pour la première fois, quand elle avait quatorze ans. Depuis qu'elle était revenue du couvent, elle portait plutôt le chignon, relevé haut sur la nuque, mais une corolle de petits cheveux fous réussissait toujours à s'échapper et flottait sur son front ou sur ses oreilles fines. La jeune fille finissait par les lisser discrètement de la paume de sa main gauche, un peu embarrassée de ce duvet rebelle qui lui allait pourtant si bien. Réservée devant l'engagé de son père, elle devenait expansive avec sa mère ou ses frères dès qu'il quittait la cuisine. « Peut-être que ma face lui revient pas, pensa-t-il de nouveau ; pourtant, il me semble que des fois… » Il se sentit glisser dans un émoi diffus qu'il refusa.

Il revint à son travail, posa le deuxième fer rougi, le retira, le martela un peu, le refroidit dans l'eau et le posa de nouveau sur le dessous du sabot, le clouant avec hargne, rageant contre ce labeur éreintant qui lui rappela son cousin. Depuis leur enfance, son cousin Octave et lui rêvaient d'une autre vie, non pas gaspillée à travailler comme des bêtes, mais mieux gagnée et avec du temps pour en profiter. Son cousin Octave qui parlait·et riait sans arrêt, qui avait le corps à faire danser les filles et les yeux à les faire rougir. «Pauvre Octave! soupira Charles. Il virait fou juste à les voir à la messe du dimanche. Il y a bien d'autres choses que ça dans la vie!» conclut-il, quand même moins sûr de cette affirmation depuis quelques mois. Il constata que sa pensée était encore revenue à Mathilde; il secoua la tête, mal à l'aise, comme s'il ne voulait pas l'entacher de ses sombres pensées.

Le dernier fer ajusté, refroidi et posé, le huitième clou limé sur la paroi du dernier sabot, Charles tapota le flanc de la bête, le fermier régla la facture au forgeron et reprit son cheval. L'apprenti passa au suivant, un lourd percheron auquel il fit machinalement une caresse douce et ferme au-dessus des yeux. «Mon père, lui, est-ce qu'il caressait ma mère?» Cette pensée inusitée distilla en lui un sentiment de répulsion qui acheva de l'exaspérer. Il voulut soudain tout balayer de sa pensée, tout ce qu'il avait été, tout ce qu'il était, les souvenirs de son père, la forge, les chantiers, les manufactures. «Tout, maudit! Tout!» Il déferra le cheval avec des mouvements si brusques que celui-ci recula lourdement vers la porte en renâclant. Charles relâcha vivement la patte de l'animal pour ne pas être entraîné avec lui et tira fortement sur le licou pour le ramener à sa place. Mais le percheron se défiait maintenant de lui et il recula encore plus, ouvrant

31

brusquement les deux battants de la porte sous la poussée de sa croupe massive.

— Arrête, maudit! Arrête!

Il tirait sur le licou, il rageait. Il s'agitait comme une bête en cage, prisonnier de ses pensées, de ses déceptions, de sa solitude. Il avait été harcelé par le feu pendant des heures et maintenant il gelait dans l'embrasure de la grande porte, luttant contre un cheval démesurément gros qui s'opposait à lui de tout son poids. Il était hors de lui.

— Bonyenne! cria le fermier. Tu travailles donc ben mal, toi!

Des cris éclatèrent dans la rue et la lourde bête fit un tel écart que l'apprenti faillit se faire écraser contre le mur.

— *Wo! Wo!* cria Charles en se poussant de côté.

Saint-Cyr boitilla vers lui pour ne rien perdre de l'événement. Siméon et Chenard clopinèrent vers la fenêtre et grattèrent frénétiquement les vitres givrées de leurs vieux doigts tordus.

— C'est la jument du docteur! Elle est partie en peur!

— Elle l'a jeté en bas de sa *sleigh*!

Abruti par le choc, le jeune médecin essayait de s'enlever du chemin pendant que sa jument surexcitée cherchait à fuir. Mais les bancs de neige, les maisons et deux carrioles lui barraient la route. Les yeux fous, elle vira de bord et revint au galop vers la cour de la forge, le seul espace libre devant elle. Mais le traîneau ne put suivre ses mouvements désordonnés et tomba sur le côté. La bête se cabra, freinée par cette masse qui se coinçait de plus en plus dans la neige et décuplait sa colère.

— Elle va foncer sur le docteur ! cria l'un des vieux.

Charles laissa le percheron au fermier et courut vers la bête affolée. Il tenta de s'ajuster au pas de la bête en évitant de justesse les sabots fous.

— *Wo !* hurla-t-il enfin.

Le cheval s'arrêta un bref instant et Charles empoigna le mors en le tordant d'un poing brutal. La bête hennit de douleur, la gueule presque sciée en deux. Les naseaux fumants, la bave à la bouche, elle piaffait, impuissante sous l'emprise douloureuse du mors. Charles avait le poing blanc à force de retenir l'animal tout en esquivant les sabots qui risquaient de lui écraser les pieds à chaque instant. Un villageois se précipita au secours du médecin et le tira hors du chemin. Les sabots déchargèrent leur reste de folie puis la jument voulut se cabrer une dernière fois mais elle en fut empêchée par la poigne d'acier de Charles. Elle secoua la tête et le cou dans un dernier soubresaut et s'immobilisa en renâclant bruyamment à plusieurs reprises. L'homme desserra un peu son étreinte pour cesser de blesser la gueule nerveuse tout en la gardant sous contrôle; de son autre main, il caressa doucement le long cou en sueur sous la crinière échevelée.

— *Wo ! Wo !* Tout doux… *Wo… !* lui dit-il à voix basse comme s'il s'adressait à un enfant émergeant d'un cauchemar.

Quelques hommes s'approchèrent prudemment, sans mouvements brusques pour ne pas énerver la bête. Ils dégagèrent le traîneau et le remirent sur ses patins; l'attelage avait tenu le coup sans dégâts majeurs. Charles repéra le jeune médecin de la ville, d'habitude élégant et réservé, mais qui, pour le moment, essayait seulement de rester debout, fléchissant à chaque pas.

«Ça m'a tout l'air qu'il aurait besoin d'un docteur lui-même», constata-t-il moqueur en le regardant avancer péniblement, soutenu par deux hommes. Il savoura une petite victoire toute pleine d'arrogance. Lui, l'habitant sans grande instruction, avait arrêté un cheval emballé tandis qu'Albert Gaudreau, le jeune médecin de la ville, s'était abîmé une jambe en se faisant éjecter du traîneau. «Petite nature», s'amusa-t-il avant de vaciller sous un si grand frisson qu'il en échappa quasiment les rênes. Il se rendit compte alors qu'il était dans la rue, en chemise, dans le pire froid de l'hiver. Il confia la bête à l'homme le plus proche et rentra dans la forge en courant, secoué de tremblements. Il alla tout droit au poêle en sautillant et en se frottant vigoureusement les bras pour se réchauffer, et vit la jeune Mathilde qui l'attendait avec une couverture chaude et un verre de caribou.

– Ma mère vous envoie ça pour vous réchauffer, dit-elle, le dévorant manifestement des yeux pour la première fois, ignorant les sourires narquois des vieux fumeurs de pipe.

Charles perçut à peine l'admiration muette; il se trouva surtout stupide d'avoir peut-être pris son coup de mort en sortant si peu vêtu.

– Atchoum! fit-il violemment.

Le docteur Gaudreau, quant à lui, se diagnostiqua une bonne entorse. Quelques jours plus tard, en clopinant, il se rendit à l'écurie et observa sa jument. Le surveillant du coin de ses grands yeux, la bête ruminait avec force craquements d'avoine sèche. Quand elle penchait sa tête fine dans la mangeoire, l'haleine de ses naseaux soulevait une fine poussière. Le médecin y vit le souffle d'un dragon et recula instinctivement d'un pas. Il se crispa aussitôt de douleur sur ses cannes ; il avait oublié son entorse. Il reconnut qu'il avait lutté en vain ; il éprouvait maintenant une peur déraisonnable de son cheval, peur qu'il réussirait sans doute à surmonter mais pas avant un certain temps. Il se résolut à demander au forgeron de lui prêter son engagé une journée ou deux par semaine, puisque celui-ci avait une poigne assez solide avec sa jument rétive ; cela lui permettrait, malgré son entorse, de reprendre ses visites aux malades dans les rangs.

— Pas plus qu'un mois, précisa cependant le forgeron, plus ou moins consentant.

« Moi qui voulais du changement, je suis servi ! » se réjouit Charles. Il était cependant plus habitué à diriger une bête de labour docile qu'un fringant cheval de race, mais il n'avait pas l'intention de subir un échec devant tout le village. Après quelques écarts infructueux, la bête rétive se soumit. L'équipage hétéroclite que formaient le médecin claudicant et le cocher-forgeron en fit sourire plus d'un. Ignorant l'effet qu'il produisait, Charles redressait le tronc et affichait un air de contentement. Et s'il éternuait de temps en temps, il mettait ce désagrément sur le compte du cheval, mal brossé depuis l'incident de l'autre jour.

Au cours de ces allées et venues, Charles découvrait les environs dans un rayon plus étendu que lors de ses promenades à pied du dimanche, qu'il faisait seul ou avec les fils du forgeron, Damien et Clophas. « Je suis peut-être pas assez sociable », se disait-il parfois, mais il ne ressentait pas vraiment le goût d'aller vers les autres. Les circonstances l'obligeaient maintenant à cotoyer beaucoup de gens et cela eut pour effet de faire naître en lui un certain sentiment d'appartenance à ce village, avec une fierté d'y vivre et d'y gagner sa vie comme un homme. De temps à autre, le médecin lui parlait de ses malades, sans trahir le secret professionnel. Charles écoutait avec intérêt ces propos si nouveaux pour lui. Une certaine confiance s'établit entre eux. Charles admirait le savoir du jeune médecin de trente ans et le praticien enviait l'aplomb et le jugement de l'apprenti forgeron sans grande instruction.

La troisième semaine, aucune urgence ne requit la visite du médecin. Chaque journée qui passait était un répit pour Charles, parce que son rhume avait beaucoup empiré ces derniers jours. Hier, il s'était levé avec effort, la tête alourdie. Aujourd'hui, il avait eu toute la peine du monde à se sortir du lit et chacun de ses os l'avait fait souffrir. Dans la forge, pourtant surchauffée par endroits, il avait frissonné toute la journée, au point d'en claquer parfois des dents. Le travail enfin terminé, il alla péniblement se laver un peu le visage et les mains à la cuisine et en ressortit pour monter à sa chambre.

— Je vous garde votre souper au chaud? lui offrit Mme Gingras, soucieuse.

— Non merci, répondit-il faiblement; j'ai pas faim.

Il n'aspirait qu'à se retrouver seul dans sa chambre même si elle ne comportait qu'un lit étroit, une petite commode sur laquelle étaient posés un vase et un pot à eau, deux crochets au mur, une fenêtre minuscule et un pot de chambre dans un coin. C'était petit, mais il y était chez lui et seul, dans le silence. Il s'assit sur le bord de son lit et se déchaussa péniblement. Puis il se glissa tout habillé sous les couvertures, se les ramena jusqu'au nez, sentit la chaleur l'envelopper du dehors, lui engourdir les os par en dedans. Il ne voulait que dormir. Le sommeil le prit ainsi, d'un coup.

Au milieu de la nuit, il se réveilla en sueur, assoiffé, mais il n'avait pas rempli son pichet d'eau avant de se coucher et il ne put rien boire. Il avait froid. Le feu de la forge s'était éteint plus vite qu'à l'accoutumée et le nordet s'infiltrait partout. Fiévreux et confus, Charles aurait donné n'importe quoi cette nuit pour que quelqu'un soit avec lui afin de le réchauffer, de le rassurer. Une certaine angoisse s'empara de lui. Rassemblant toute la force qui lui restait, il s'assit dans son lit, enleva péniblement ses vêtements moites de transpiration et enfila sa longue chemise de nuit en flanelle. Elle était glacée; il grelottait de la tête aux pieds. Il se recoucha au plus vite, les lèvres sèches, le corps parcouru de frissons.

— Demain, ça ira mieux, balbutia-t-il.

Ce furent ses dernières paroles lucides.

3

Charles ne descendit pas déjeuner et Clophas monta le réveiller. Il le trouva grelottant de fièvre et redescendit l'escalier quatre à quatre pour annoncer la mauvaise nouvelle à ses parents. Sa mère monta à son tour pour constater l'état du jeune homme et, revenue à la cuisine, elle proposa de l'héberger dans la chambre de ses garçons.

— C'est ça que ça donne de faire le fin, bougonna le forgeron, qui avalait son déjeuner de mauvaise humeur.

— Arrêter un cheval à l'épouvante, c'est dur à faire, protesta Léonard, son fils de dix ans.

— Ça se peut, soupira la mère, mais sortir en chemise…

— Puis, pas content de ça, conduire le cheval du docteur pendant des semaines!

— T'avais accepté de le prêter, protesta-t-elle. Les visites aux malades, ça pouvait quand même pas attendre.

— Déjà que le docteur avait une peur bleue de son cheval, il lui fera plus confiance certain! conclut Clophas.

À treize ans, l'adolescent ressemblait de plus en plus à son père; costaud, fort, silencieux, il était toutefois trapu sous ses cheveux noirs et frisés comme ceux d'Éphrem. De plus, ses yeux sombres ne révélaient jamais ses pensées et le rendaient impénétrable.

— Fais pas ton faraud, le rabroua son père. Un pur-sang, c'est pas un cheval de labour, tu sauras. Il y a juste Charles qui réussit à le ferrer, ce damné cheval-là!

Amanda servit le thé à son mari pour le faire changer d'humeur.

— Apparence que ce serait son père qui lui aurait offert, à la fin de ses études.

— Du monde de la ville, ça veut toujours se montrer plus fin que les autres, grogna le père.

— C'est le plus beau cheval du village! protesta Amanda. Un cadeau de même, ça se refuse pas.

— Il aurait dû! maugréa Éphrem. Tu vois où ça nous mène?

— Malade comme il est, on doit s'en occuper, Éphrem. C'est une simple question de bon sens puis de charité chrétienne.

Mathilde desservit nerveusement.

— Voyons donc, son père! On peut pas prévoir les accidents!

— C'est ça! Mettez-vous tous de son bord!

Quand le père haussait le ton, tout le monde se taisait tellement cela était peu fréquent. Amanda ne comprenait pas l'attitude d'Éphrem, pourtant si serviable d'habitude.

— C'est à croire que c'est la fin du monde, dit-elle, irritée. Voir si on va laisser quelqu'un malade de même tout seul dans son coqueron!

Amanda frémit de colère et retourna au poêle, tournant carrément le dos à son mari, qui regagna la forge aussi furieux qu'elle. Elle respira profondément pour se calmer. Amanda était de taille normale, mais elle paraissait petite à côté de son géant de mari. Potelée, alerte, elle allait et venait avec sérénité dans sa maison comme dans la vie. Elle avait les cheveux bruns, contrairement aux autres membres de sa famille, qui s'enorgueillissaient de leurs reflets de blés mûrs. Elle ne ramassait jamais ses cheveux en chignon, car cela la vieillissait de dix ans. Elle préférait nouer sa longue chevelure abondante et ensuite seulement ramener ses tresses sur sa tête avant de les fixer avec deux peignes de corne, un cadeau de fiançailles d'Éphrem. Ils étaient usés.

— Je peux t'en acheter d'autres si tu veux, avait un jour proposé son mari.

— Puis moi? Vas-tu me remplacer aussi?

Ils avaient ri.

— Je vais décider ça à soir, avait-il répliqué.

Amanda avait rougi et, d'un geste tout simple, avait lissé ses cheveux sur la tempe et y avait glissé de nouveau, doucement, les dents du peigne. Éphrem s'était souvent demandé pourquoi un geste aussi anodin et aussi quotidien suscitait autant de désir en lui. C'était sans doute parce que le geste inverse, le soir, présageait la libération des lourdes tresses qu'Amanda dénouerait et brosserait avant de se glisser contre lui sous les couvertures.

Pour l'heure, ce même homme acceptait mal l'idée de l'intrusion de l'engagé dans sa maison; mais son bon sens lui fit quand même monter l'escalier à l'intérieur de la forge pour aller constater personnellement l'ampleur du problème. Il était évident. Éphrem soupira et se résigna. Charles comprit à peine ce qui se passait quand le forgeron pencha sa haute stature vers lui, le souleva, le sortit du lit et lui mit une couverture sur les épaules. Éphrem l'aida à sortir de la chambrette et se heurta le front au linteau de la porte, étouffant un juron. Il soutint le malade dans l'escalier, l'entra dans la cuisine qu'il lui fit traverser pour monter l'escalier derrière le poêle jusqu'à la chambre de ses fils. Amanda installa l'engagé dans le lit de Clophas. Celui-ci offrit vivement de quitter momentanément l'école pour aider son père et, à son tour, occuper la chambrette du haut.

— On va essayer pour quelques jours, dit laconiquement Éphrem qui ne pouvait faire autrement.

Du coup, Clophas se sentit devenir un homme. La mère remonta voir le malade et lui fit avaler une tisane de gingembre. Il n'eut pas la force de grimacer. Plus tard, la jeune Mathilde trouva un prétexte pour se rendre à son chevet. Elle s'assit sans bruit sur le bord du second lit, celui des petits Léonard et Alphonse, et le regarda dormir. C'était la première fois qu'elle pouvait examiner ainsi le visage de l'engagé de son père, en graver tous les traits dans son cœur. Il était là, près d'elle, pour elle toute seule.

La jeune fille de dix-sept ans sentait son cœur battre si fort qu'elle eut peur de réveiller le malade. Elle observa d'abord la tignasse décoiffée et cela la fit sourire d'attendrissement. Elle regarda ensuite le front volontaire puis les paupières qui frémissaient; il semblait discourir avec un interlocuteur imaginaire. «Je suis là», ne put-elle s'empêcher de penser. «Je suis là.» Au-delà de cette chance inespérée de pouvoir à son aise le regarder dormir, elle en voulait maintenant davantage : le toucher, sentir la texture de sa peau sous ses doigts de femme.

Elle se leva lentement, mais la paillasse craqua. Elle se tint immobile un instant : non, il ne s'était pas réveillé. Elle prit une serviette propre sur l'un des chiffonniers et la mouilla, la plia soigneusement. Ensuite, tout doucement, ses doigts effleurèrent le front de celui qui l'attirait tant depuis son arrivée chez son père, trois ans plus tôt. Elle ressentit dans sa chair la peau ferme et tendue de son front, les cheveux fournis; elle glissa lentement la serviette sur les joues, effleura les lèvres. Charles ouvrit les yeux et vit la main de Mathilde, si près de son visage qu'il crut rêver; il referma les yeux et, d'un mouvement imperceptible, posa sa joue dans le creux de cette main qu'il trouva si douce, l'y calant sans pudeur.

La jeune fille réfugia ses doigts dans les plis de la serviette, écourtant à regret les soins qu'elle avait prétextés. Des pas se firent entendre dans l'escalier. Mathilde se redressa avant que sa mère n'entre, remplit un verre d'eau et fit boire le malade pour justifier sa présence avant de quitter la chambre. Charles la regarda partir et sombra de nouveau dans un sommeil fiévreux.

Léonard et Alphonse, les petits de dix et six ans qui partageaient le second grand lit de la chambre, avaient le sommeil lourd. Malgré cela, ils se réveillaient la nuit quand Charles toussait, se raclait la gorge et rejetait dans le crachoir le mucus indésirable. Léonard trouvait tous ces bruits dégoûtants. Il aurait préféré que l'engagé soit resté dans sa chambre au lieu d'être installé ici, tout près d'eux. Grand et fluet pour son âge, le jeune garçon raisonnait beaucoup. Pour lui, les demi-mesures n'existaient pas; les choses devaient ou ne devaient pas être, se dire ou se faire. Et il jugeait, comme son père, que le malade dérangeait.

Le benjamin, Alphonse, avait encore à six ans son air d'angelot blondinet. Il était d'une telle innocence quand il levait vers quelqu'un ses grands yeux paisibles que même Éphrem trouvait malaisé de le disputer, les rares fois où cela était nécessaire. Contrairement à Léonard, Alphonse était rassuré de savoir l'engagé tout près d'eux.

— Comme ça, on pourra le dire à maman s'il a besoin d'aide.

Son frère se réveillait plusieurs fois par nuit à cause des quintes de toux du malade. Mal en point comme il était, Charles s'en apercevait à peine. Il étouffait, il manquait d'air. Il dormait un peu et se réveillait en sursaut, suffoquant, sa main se crispant nerveusement sur sa poitrine comme pour en arracher le mal. Parfois, une main qu'il reconnaissait le faisait boire ou prendre un médicament et il se raccrochait à elle. La main gardait la sienne un instant puis l'abandonnait et il se retrouvait seul. «J'en veux pas de cette maladie-là! Faut que je travaille, faut que je gagne ma vie, faut que...» Il se voyait malade pour le reste de ses jours et il luttait en vain contre l'angoisse qui l'étreignait à chaque souffle péniblement extirpé de lui. «J'aurai plus jamais de forces comme avant. Je suis fini.»

La mère et la fille allaient voir le malade fréquemment, l'obligeaient à prendre les médicaments que le docteur Gaudreau laissait maintenant chaque jour pour lui, lui faisaient boire de l'eau, rafraîchissaient son visage couvert de sueur. «Il ne s'en rend même pas compte», soupirait Mathilde qui ne refrénait plus l'affection grandissante qu'elle avait refoulée si difficilement depuis son retour du pensionnat.

Quand Charles était seul, l'angoisse s'emparait de lui, brouillant les rapports entre les choses, entremêlant la fièvre à son malaise de vivre. Sa conscience coulait toujours davantage dans des espaces qu'il ne maîtrisait plus, confondant les jours et les nuits. Parfois il en émergeait et percevait le regard soucieux de Mme Gingras ou, à d'autres moments, les yeux anxieux de la jeune Mathilde qui captaient les siens, fugaces comme des battements d'ailes. La nuit ou le jour, la fièvre le ramenait à la chaleur de la forge et jetait la confusion dans son esprit.

— Ne vous inquiétez pas, lui disait parfois Mme Gingras; on vous soigne comme il faut. Ça va bien aller.

— Est-ce qu'il vous entend, maman? murmura Mathilde un matin.

— Il va s'en sortir, lui répondit-elle tout bas. Un grand garçon de même, ça a ben des réserves en dedans.

Mathilde leva timidement les yeux vers sa mère qui lui laissait comprendre qu'elle avait deviné son sentiment. Amanda sentit que sa fille la regardait, mais elle n'osa pas lui en dire davantage ni la prendre dans ses bras. Combien de fois ne s'étaient-elles pas discrètement disputé l'affection d'Éphrem! Combien de fois n'avaient-elles pas eu le désir de se rapprocher l'une de l'autre sans en trouver la manière! La mère et la fille se regardèrent un bref instant et Mathilde en fut réconfortée; elle était si inquiète pour celui qu'elle risquait de perdre avant même de le connaître vraiment, lui qui s'était si peu révélé, qui ne s'était jamais confié à aucun des Gingras, sauf à Damien peut-être. Quelques jours plus tard, le médecin ne cacha plus ses craintes.

— Vaudrait peut-être mieux faire prévenir sa famille, conseilla-t-il.

44

À partir de ce moment, Mathilde, effondrée, vécut en sursis autant que le malade. Elle le veillait maintenant sans pudeur, indifférente aux regards sévères de son père qui n'osait plus intervenir tant la maladie avait empiré. Impuissante, elle regardait Charles s'agiter sans défense dans ses draps trempés de sueur. Des pensées sans suite défilaient en lui sans qu'il puisse les contrôler. Il avait oublié où il était, s'imaginant chez son père, cherchant son frère de l'autre côté du lit.

Philippe, désemparé, constatait que son frère aîné était encore plus blême et plus étiré que ne l'avait imaginé Berthe en recevant le message des Gingras.

— Une grippe! Est-ce qu'il s'imagine qu'on va faire cinquante milles en plein hiver parce qu'il fait une grippe? avait rugi Anselme avec amertume.

L'inquiétude de Berthe avait surpassé sa soumission.

— Pour qu'il nous fasse demander, ce doit être grave sans bon sens.

Philippe avait rectifié.

— C'est pas vraiment lui, ça a l'air. C'est le forgeron.

— Si c'est pas lui, avait rétorqué le père, raison de plus pour pas s'énerver avec ça.

— Si c'est pas lui, avait rétorqué la mère, c'est peut-être parce qu'il est même plus en état de le faire.

Berthe n'avait pu infléchir la décision d'Anselme, mais elle avait demandé, presque ordonné à Philippe d'y aller, sans avertir le père.

— Je m'arrangerai avec ça, avait-elle dit, plus soucieuse, cette fois, du sort de sa progéniture que de l'avis de son mari.

Maintenant Philippe était là, près du lit, et il reconnaissait à peine son frère dans cet homme pâle, amaigri, qui dormait sans dormir, agité et fiévreux.

Il sursauta quand la toux de Charles éclata dans la pièce, cassante, rauque. Il chercha quoi faire, qui appeler. Il perçut des pas dans le corridor; quelqu'un accourait à leur secours à tous deux. Il se leva vivement et enleva la chaise pour libérer le bord du lit. Les yeux rivés sur son frère qui s'étouffait à tousser, le visiteur entendit le froissement d'une robe et vit le bas d'une jupe fleurie dans les tons de bleu-gris. Il leva les yeux et aperçut une jeune fille d'à peu près son âge scruter le visage de son frère avec tant d'inquiétude qu'il en resta interdit. Sans se retourner vers lui, elle le rabroua nerveusement de ne pas l'avoir appelée tout de suite. Elle souleva péniblement le malade trop lourd pour elle, afin de placer des oreillers et d'essayer ainsi de l'arrêter de tousser. Philippe la relaya pour soutenir le corps amaigri. Il frissonna au contact de la peau moite et brûlante. Il n'avait jamais vu la maladie de près, la vraie maladie, cette ennemie invisible qui ne luttait pas de façon nette et franche. Celle qui terrassait. « Pas lui, pas lui », se répétait le cadet désemparé. La jeune fille essuya ensuite le front en sueur, remonta les couvertures jusqu'au menton de Charles qui grelottait maintenant. Il courait après son souffle de respiration en respiration. Il émergeait d'une quinte pour se faire secouer par une autre, se labourant la poitrine et la gorge encore un peu plus. Le cadet tremblait en esquissant des gestes maladroits qu'il ne terminait pas, ne sachant que faire. Charles commença à cracher et Philippe ferma les yeux, se sentant plus mal que lui, atteint jusque dans ses entrailles.

Amanda vint à la rescousse. Elle ouvrit une bouteille, versa du sirop dans une large cuillère et fit avaler le remède au malade, qui devina enfin, ahuri, la silhouette de son frère dans la chambre.

– Philippe…? murmura-t-il, incrédule.

Celui-ci forgea une blague maladroite pour chasser le mauvais sort.

– Ben oui, c'est moi ; je suis pas un revenant. Je prenais une marche dans le bout puis je me suis dit…

Il se tut ; franchir une cinquantaine de milles, en février, même pour un jeune de dix-sept ans qui n'avait peur de rien, ce n'était pas aller à la porte d'à côté.

– C'est si pire que ça ? haleta Charles encore plus affolé, soulevant et abaissant démesurément la poitrine pour y puiser un souffle qui ne s'y trouvait presque plus.

Sa respiration sifflante effraya encore plus son jeune frère qui essayait de cacher son inquiétude. La crise passa ; les deux femmes recouchèrent le malade et laissèrent les deux frères seuls. Les mains de Charles s'agitaient sur le drap, sur sa poitrine. Philippe s'approcha et Charles saisit sa main, la serrant entre ses doigts moites. Il se rendit compte que cette main-là n'était pas celle qu'il croyait et il relâcha son étreinte en ouvrant péniblement les yeux. Philippe rapprocha la chaise sans bruit et s'assit près de son aîné, à la hauteur de sa tête parce que celui-ci parlait d'une voix faible, difficile à entendre. La main blême s'agrippa au drap.

– Philippe… J'étouffe… Je veux pas… rester de même… toute ma vie…

Le jeune frère se sentait comme sur un billot au milieu d'une rivière. « Si la maladie peut le jeter à terre de même, qu'est-ce qui pourrait m'arriver à moi ? »

– C'est juste une mauvaise passe, tu vas voir, marmonna-t-il pour conjurer le mauvais sort.

Veillé en silence par Philippe, Charles s'assoupit. Mathilde apporta un thé chaud au visiteur. Elle resta un moment, debout au pied du lit. Philippe et elle regardaient le malade. Le silence les unissait et les séparait. Leurs regards se croisèrent, chacun cherchant dans les yeux de l'autre un espoir qu'il n'arrivait pas à avoir lui-même. À voix basse, Philippe demanda quand son frère était tombé malade et comment. Mathilde et lui se parlèrent un peu. Elle en apprit plus sur le malade ce jour-là qu'en trois ans. Et elle eut hâte de connaître la petite Mélanie, elle qui aurait tant aimé avoir une sœur. Philippe l'écouta à son tour et se raccrocha à l'émotion tapie sous ses paroles. « Elle le laissera pas s'en aller. » Et il éprouva une grande reconnaissance envers cette jeune inconnue, à la fois pour Charles et pour lui, pour l'apaisement qu'elle lui donnait sans le savoir.

Il attendit que son frère se fût rendormi profondément sous l'effet des médicaments. Il remercia ensuite Mathilde et ils ressentirent une complicité toute simple dans la peur pour celui qui leur tenait à cœur.

Ils redescendirent et Philippe remercia les Gingras au nom de sa famille puis s'enquit des frais du médecin.

— Laissez faire ça, le rassura Mme Gingras. Le docteur s'en occupe. Il dit que c'est un peu de sa faute.

Philippe attendit un moment pour poser la question qui le hantait.

— Qu'est-ce qu'il en pense, le docteur?

— Que ça va se décider ces jours-ci, répondit tristement Mme Gingras. Il peut pas aller plus bas; il peut juste remonter ou… Faut pas perdre espoir, dit-elle brusquement.

Philippe jeta un dernier coup d'œil vers la chambre du haut et sortit. Une fois dehors, il respira profondément à plusieurs reprises l'air clément de février, à pleins poumons, comme pour chasser la peur qu'il avait vue dans les yeux de la jeune fille, la peur qui lui nouait les tripes, à lui, le cadet.

La visite de Philippe avait secoué la torpeur dans laquelle le malade s'enlisait et il commença à prendre du mieux, imperceptiblement, mais sûrement. Après avoir tant dormi, même mal, pendant ces dernières semaines, il passait maintenant de longues heures les yeux grands ouverts dans le noir, en proie à des insomnies interminables. Parfois, dans un demi-sommeil, il avait l'impression que son père venait le voir et le narguait :

— Ouais, ç'a l'air que tu fais pas mieux que moi, mon faraud! T'es toujours à la solde des autres. Quand on est né pour un petit pain...

Le malade en avait des sueurs froides, son souffle se précipitait, et il luttait, à moitié éveillé, contre ce cauchemar insidieux. «Si jamais j'en réchappe, je me laisserai plus jamais étouffer de même par la maladie. Ni par n'importe quoi d'autre ni par rien! Par personne!» Il finissait par s'endormir pour un autre lambeau de nuit, se réveillant encore plus révolté, refusant de se laisser mener par ce corps qui le trahissait.

Quelques jours plus tard, il prit conscience du givre dans les fenêtres et surtout que celui-ci fondait sous le soleil. Il promena un regard nouveau sur la chambre, reconnut les détails qui avaient hanté ses fièvres : le chiffonnier, à sa droite; le second lit, à sa gauche; les deux commodes à trois tiroirs contre le mur d'en face, de chaque côté de la porte; l'unique chaise de bois; les petits rideaux à la fenêtre... Il replaça ces formes et ces couleurs dans leur contexte sécurisant. Quand

Amanda vint changer le pichet d'eau, elle lui dit machinalement, à voix basse :

— Ça va mieux à matin ?

— Madame Gingras, lui demanda-t-il lentement, quel jour on est ?

« Quel jour ? sursauta-t-elle. Mon Dieu, est-ce qu'il est revenu avec nous autres ? » Elle posa la cruche d'eau fraîche sur le chiffonnier et lui en fit boire un verre, les larmes aux yeux.

— Le 9 mars, mon garçon, répondit-elle doucement avec émotion. Puis c'est un ben beau ciel bleu, à matin.

« C'est ben vrai. On l'a réchappé. » Elle descendit à la cuisine et Mathilde surgit tout de suite, incrédule, bouleversée. Charles tourna son visage vers elle et la regarda longuement, comme s'il la retrouvait après une longue absence. Mathilde se retint pour ne pas pleurer de joie et prétexta nerveusement qu'elle était venue changer l'eau que sa mère venait pourtant d'apporter. Elle ne resta que quelques minutes, le temps de capter un regard, un vrai regard lucide qui la suivit avec insistance. Elle repartit en oubliant de rapporter l'un des pichets. Charles attendit son retour en vain. Au dîner, Éphrem avait respiré de soulagement. Il avait regardé sa fille et décrété simplement :

— Maintenant qu'il va mieux, ta mère va s'en occuper toute seule.

La semaine suivante, Amanda profita d'une journée plus chaude pour changer les draps. Charles, assis sur l'autre lit, la regardait faire, épuisé du seul fait de ne pas être couché.

— Votre fille vous ressemble, finit-il par dire.

Amanda se mit à rire.

— Vraiment ? C'est pas ma fille.

— Hein?

— C'est ma nièce. Ma sœur Élodie est morte de tuberculose ; je suis venue prendre soin de la petite… puis je suis restée.

Charles s'entêta.

— En tout cas, elle a les mêmes manières que vous puis elle vous ressemble quand même.

— Ce doit être des airs de famille.

Elle secoua énergiquement l'oreiller de plumes avant d'enfiler une taie propre. Charles attendit un peu et ajouta, d'un ton presque triste :

— Je lui suis ben redevable.

— Puis pas à moi ? le taquina Amanda.

— Oui, oui, c'est sûr, s'excusa-t-il, mais c'est pas pareil… Ben, je veux dire…

Il ne dit rien de plus, confus. La mère le regarda à la dérobée, finit le lit sans rien ajouter et quitta la chambre. Charles se recoucha, épuisé. « Je peux rien lui demander ni rien lui promettre maintenant : j'ai même pas de santé. Si je reviens correct, il sera peut-être pas trop tard. » Il soupira, se cala dans l'oreiller plus douillet, sentit la bonne odeur des draps propres et reprit courage. « C'est vrai qu'elle est trop belle pour rester toute seule longtemps ; mais elle est ben jeune aussi. Si je traîne pas trop… »

À partir du surlendemain, il s'efforça de se lever, demeurant debout de plus en plus longtemps chaque fois. N'osant embarrasser les Gingras de sa demi-présence, il se confina à la chambre, souhaitant plus d'une fois brûler les étapes et se retrouver d'emblée avec ses forces d'avant. Mais son corps se dérobait au moindre effort. Alors, il rabâchait des souvenirs de son cousin Octave parti tenter sa chance aux États-Unis.

«Cette maudite manie de s'exiler! Une saignée, maudit! La moitié des gars de la paroisse puis des rangs d'alentour ont sacré le camp. La moitié! On va quand même pas laisser aux autres tout ce qu'on a fait?» Il s'agitait, essayait de dormir, buvait un verre d'eau, se tournait et retournait dans le lit, somnolait puis recommençait ses rengaines. «Puis moi? Moi aussi, j'ai déserté. Moi aussi, je suis à la solde des autres. J'ai pas fait mieux. Le feu d'une forge ou bien la chaleur des manufactures, est-ce que ça fait une si grosse différence que ça?»

Charles retourna enfin à la forge, quelques heures à la fois. Il souffrait de voir Clophas déferrer et ferrer les chevaux à sa place, mais il n'avait pas encore la force de tenir fermement le pied d'un cheval contre lui et de rogner minutieusement la corne. Il pouvait au moins initier Clophas à prendre et à vérifier les mesures des fers. C'était peu et il se sentait une charge pour tout le monde.

— Ça lui ferait du bien de prendre de l'air, dit Amanda à Éphrem. Fais-lui donc faire des commissions.

— Des commissions, des commissions, bougonna Éphrem; je suis pas un colporteur : je suis un maréchal-ferrant.

Le lendemain, Amanda demanda à Charles d'accompagner Mathilde au magasin général pour rapporter un sac de sucre. Il faisait presque aussi beau qu'en mai. Charles respira l'air chaud à fond; il goûtait le soleil sur son visage, sur ses mains nues. Il s'aperçut à quel point elles étaient blanches, ternes. Il jeta un coup d'œil à Mathilde; elle non plus n'avait pas beaucoup de couleurs. «Je lui ai gâché son hiver, se reprocha-t-il ; je lui gâcherai pas sa vie. » Dans cet état d'esprit, il ne savait que lui dire ou que lui taire. Il était convaincu qu'elle comprenait son silence prudent et louable et il ne se perdait pas en paroles inutiles. Mais, de son côté, la jeune fille ne s'expliquait pas que les regards qu'elle avait surpris ces dernières semaines ne se traduisent pas en paroles, maintenant qu'il était presque rétabli et pour une fois qu'ils étaient seuls.

Après quelques phrases évasives sur la température et sur la forge, ils avaient déjà dépassé la dizaine de maisons de la rue, tourné à droite, rejoint l'église, tourné à gauche, monté la courte rue du magasin général. Ils en franchirent le seuil à regret, faisant lever la tête au marchand. Maurice Boudrias buvait rarement dans son magasin, mais, ce matin, sa démarche le trahissait. La commande des Gingras fut rassemblée tant bien que mal. Charles examina distraitement l'unique pièce du magasin. À gauche, perpendiculaire à la rue, un long comptoir chargé d'effets divers et d'une balance dont le fléau et les plateaux étaient ternis par l'usage. Derrière lui, tout le mur était couvert d'étagères et de pots. Contre le mur du fond, face à la porte, des sacs de sucre, de farine, de semences, empilés sans ordre, entremêlaient leurs poussières. Sur le mur de droite, des instruments aratoires étaient accrochés, appuyés, empilés. Le marchand n'en finissait plus de chercher le thé et le fil à coudre. Charles murmura à Mathilde :

— Ça me console : je marche plus droit que lui.

Elle dissimula un sourire moqueur, surtout quand Boudrias, voulant saisir une bobine de fil blanc, renversa toute la boîte. Charles en eut pitié.

— Laissez faire, je vais les ramasser.

Boudrias se dégrisa un peu :

– D'autres choses avec ça, le jeune? enchaîna-t-il prestement. Ça va mieux, la santé? Un printemps chaud de même puis une belle créature, ça remet d'aplomb, hein?

Intimidée, Mathilde paya rapidement, prit les deux sacs contenant ce qu'elle avait acheté et sortit. Charles empoigna le sac de sucre, regrettant d'avoir voulu rendre service au marchand. Celui-ci les regarda partir en s'avouant : «Ouais, je pense que je bois trop, ou trop de bonne heure.»

La visite au magasin n'avait pas été anodine pour Charles. Il y repensa longuement ce soir-là. «Je suis pas encore prêt à travailler à la forge, mais au magasin général ce serait peut-être moins dur.» L'idée fit son chemin rapidement. Charles alla voir Boudrias le surlendemain et lui proposa ses services comme commis. Le marchand fut pris de court et marmonna simplement qu'il y repenserait. Dépité, Charles s'en voulut de sa précipitation. «J'ai agi sur un coup de tête; ça paye jamais d'ouvrir son jeu trop vite.» L'instant d'après, il se redonna raison. «J'avais pas le choix. C'est vrai que je suis peut-être pas ben fort encore, mais je suis pas mal plus jeune que M. Boudrias. Il y a ben des ouvrages que je ferais mieux que lui, c'est certain.»

De son côté, Maurice Boudrias se surprit à se rappeler les douloureux tours de reins qu'il se donnait à transporter les sacs de farine, de sucre, et surtout les barillets de clous. «Il est pas ben fort pour à c't'heure, le petit Manseau, mais même tel qu'il est, il est peut-être mieux que moi.» Au verre suivant, il s'avoua que s'il buvait tant depuis la mort de sa femme, c'était peut-être parce qu'il ne pouvait plus supporter son arrière-boutique sale et surtout déserte à longueur d'année.

— Dans le fond, ce serait un service à rendre au jeune. Puis à Éphrem aussi. M'est avis qu'il a dû regretter bien des fois d'avoir prêté son engagé au docteur, dit-il finalement à son quarante-onces de whisky à peine entamé tant il avait de quoi s'occuper ce soir-là, remarquant avec déplaisir le reflet distordu de son crâne chauve dans la bouteille de verre.

Prompt de nature, Boudrias n'attendit pas que la semaine passe et accepta l'offre de Charles Manseau. Celui-ci se sentit revivre. Maintenant assez rétabli pour travailler des journées presque complètes, il plia bagages et quitta à regret une ambiance familiale chaleureuse. Au grand désappointement de Mathilde, il s'en alla sans rien lui dire. Charles était fier de lui : il ne s'était pas laissé emporter par ses sentiments. « Si ma santé revient jamais, je lui aurai pas fait perdre sa jeunesse à m'attendre. Elle mérite mieux que ça. »

Il s'installa dans l'arrière-boutique avec une seule ambition à court terme : se refaire une santé au plus vite.

4

Délaisser les jarrets nerveux des chevaux pour transporter des sacs de farine mollasses, c'était une transition relativement aisée; manipuler des aiguilles et des vêtements de femme, cela demandait à Charles une plus grande adaptation.

Durant les premières semaines, son nouveau patron s'était gaussé de son embarras. Quand une jolie fille du village s'amenait, le vieux marchand s'absentait quelques minutes, comme par hasard, et le commis aux mains encore rugueuses devait déplier lui-même les tissus, sortir les rubans des petites boîtes, etc. Il était si empêtré que parfois la demoiselle, intimidée à son tour, partait sans acheter. Le marchand en prit son parti; il laissa tomber les mauvaises blagues au profit de ses affaires et relégua Charles aux outils et autres articles plus virils.

L'apprentissage se poursuivait rondement. Douze heures de travail par jour, six jours par semaine, cela occupait le commis presque entièrement et ne lui laissait guère de temps pour une convalescence facile ni pour une promenade avec la fille du forgeron, qui maintenant ne voyait plus l'ex-engagé de son père qu'au magasin général, à titre de cliente. Charles aurait pourtant voulu empêcher leurs liens si fragiles de se dénouer en la rassurant sur sa santé, mais c'était trop tôt. Il avait du mal à lutter contre cette faiblesse diffuse qui lui laissait croire qu'il prenait du mieux pour l'abandonner sans forces au moment où il s'y attendait le moins.

Les Gingras lui manquaient parfois. Bien qu'il eût vécu chez eux dans une chambrette à part, les repas familiaux qu'il y avait partagés, comparés aux repas indigestes et silencieux de Boudrias, prenaient des couleurs de banquets chaleureux. Il se consolait en se disant qu'au moins il n'avait pas à subir la conversation ennuyeuse de son patron : le veuf quinquagénaire, trapu, rondelet et chauve, sirotait son whisky soirée après soirée. Le nez lui en avait rosi plus que nécessaire, mais ne tranchait pas encore sur le reste de son visage luisant et débonnaire puisque de fines traces de couperose s'y mêlaient.

Les premiers mois au magasin se déroulèrent sans histoire. Le printemps vit le retour de Damien, le fils aîné des Gingras, de son premier hiver aux chantiers. Charles eut ainsi l'occasion de revoir la famille du forgeron, et Mathilde. Quand ils se rencontraient, ils se parlaient un peu, sans jamais aborder le seul sujet qui les préoccupait. Il n'avait pas dérogé à sa décision parce que sa santé l'inquiétait encore. « Une jambe cassée, ça se voit et ça se comprend. Mais cette affaire-là par en dedans… » À l'automne, Damien repartit aux chantiers et l'ex-apprenti cessa ses visites à la forge, n'ayant plus de prétexte.

Redevenu solitaire, mais plus en forme, il s'intéressa davantage au magasin et s'enhardit même à y mettre de l'ordre, ayant ragé de nombreuses fois contre le fouillis qui y régnait. Il commença par rassembler le thé et les épices sur les étagères derrière le comptoir.

Il ficela les mèches à lampe parce qu'elles n'étaient pas assez rigides pour être empilées séparément. Sous le comptoir, il rangea les cruches de mélasse d'un côté et les contenants d'huile à lampe de l'autre. Il enleva les boîtes d'allumettes et les plaça sur une étagère, près des mèches.

— Batince! s'exclama Boudrias, profitant de l'absence des fumeurs de pipe. Je trouve plus rien ici-dedans.

Charles lui détailla pour la troisième fois le contenu des étagères du comptoir et le stock en dessous.

— Je me retrouvais ben mieux avant que t'arrives! bougonna le patron.

— Ça se peut, mais votre ordre, il est dans votre tête. Moi, je peux pas le deviner; on perd des ventes avec ça.

La semaine suivante, il entreprit le mur qui séparait le magasin de la maison et de l'entrepôt. Il empila les sacs de riz, de farine, de sucre, et les sépara nettement des semences. Il installa quelques tablettes solides au-dessus pour des produits manufacturés d'usage domestique comme les lampes à huile, les fers à repasser, la vaisselle de grès, les pichets.

— Pourquoi tu mets la farine dans ce coin-là? grogna Boudrias. C'est mieux près de la porte; ça fait moins loin aux clients pour la sortir.

— Mais pour moi, c'est plus loin de l'entrepôt. En plus, quand la porte s'ouvre, ça fait revoler de la poussière de farine partout. C'est achalant.

— Ç'a toujours été de même; ça va rester de même.

Contrarié par les fréquents reproches, le commis cessa toute initiative de rangement, même si cela lui démangeait. La semaine suivante, le vieux Siméon lança malicieusement, entre deux jets dans le crachoir:

— Cou'donc, Maurice, attends-tu qu'on finisse ton ménage à ta place?

Charles disparut dans l'entrepôt pour cacher sa victoire. Maintenant que la moitié du magasin était rangée, le reste paraissait deux fois plus désordonné. Boudrias répondit d'un ton autoritaire et assez fort pour être entendu de son commis :

— Le petit Manseau a pas rien que ça à faire. Mais c'est sûr que je pourrai pas endurer un désordre de même encore ben longtemps.

Charles poursuivit donc son projet. Il réunit sur l'autre mur, par sections, tous les outils semblables, les suspendant à des crochets, empilant les cordages selon leur grosseur. Il proposa même un inventaire rapide de la marchandise chaque semaine pour renouveler les stocks à temps. Il regroupa aussi les vêtements, tout en séparant les féminins des masculins. Il proposa d'installer sur un bout du comptoir, près de la porte, les rubans, boutons et dentelles. Il s'évitait ainsi de les manipuler inutilement et en assurait une meilleure promotion.

Quant à la balance qui trônait sur le comptoir, elle n'avait plus de secrets pour lui; il jaugeait vite le poids des marchandises posées dans un plateau et le fléau s'immobilisait rapidement quand il déposait avec discernement un ou quelques poids dans le second plateau.

Les clients n'appréciaient pas toujours la rapidité du service; les achats au magasin général constituaient pour plusieurs le désennui de la semaine et le commis en diminuait le temps sans le savoir. Les vieux fumeurs de pipe, qui transitaient de la forge au magasin général, s'en amusaient parce que les clients, pour flâner un peu plus, devaient maintenant leur tenir compagnie un certain temps.

L'hiver arriva. Pour le temps des fêtes, le marchand commanda des oranges et diverses friandises, quelques vêtements et objets de fantaisie. Charles n'avait jamais vu autant d'abondance. Un après-midi où la neige tombait mollement, il pensa envoyer quelques gâteries à sa petite sœur Mélanie. À elle seulement. Il en voulait encore trop à son père de l'accueil froid et rebutant que celui-ci lui avait réservé à son premier retour à la maison.

Le premier Noël qui avait suivi son départ, Charles avait dû rester au camp de bûcherons de Haute-Mauricie où il passait l'hiver. Il s'était évité une visite dont il n'avait nulle envie. L'année suivante, travaillant à la forge de Saint-François-de-Hovey, il avait pu aller dans sa famille car la distance était raisonnable et il avait trois jours de congé. Il avait réussi, surmontant son orgueil, à se trouver une place dans la carriole d'un certain Boisvert qui allait au village de son père. Le trajet s'était compliqué et Charles avait dû ensuite se trouver une place avec un autre homme; finalement, il avait marché le mille qui lui restait à parcourir dans le froid et le vent. Peu lui importait : il revenait voir ses parents à Noël, comme un bon fils, tout fier de leur montrer qu'il avait un métier, et, surtout, leur apportant un peu d'argent qu'il avait mis de côté pour eux, prélevé sur son maigre salaire pendant ces deux années.

— T'imagines-tu que tu passes la guignolée? avait rugi son père. J'en ai pas besoin de ta charité !

Le père reprenait le fil là où il l'avait laissé. Le fils, blessé, avait constaté que tout stagnait, immuable, avec comme toile de fond les mesquineries brèves et castrantes du père, cautionnées par les mêmes gestes silencieux et soumis de la mère. N'eussent été Mélanie dont le corsage commençait à poindre et qui se taisait avec une réserve de jeune adolescente, Philippe qui arborait maintenant trois poils au menton et s'exprimait avec la voix rauque des hommes Manseau, et l'absence d'Hélène, partie gagner sa vie aux États-Unis avec le cousin Octave et leur oncle Élisée, et qu'il se surprit malgré lui à chercher du regard, Charles aurait pu croire qu'il avait quitté la maison la veille, tant elle lui semblait désespérément pareille.

L'année suivante, une bonne tempête de neige avait fourni un excellent prétexte; il s'était évité un pèlerinage aux lieux de détresse de son enfance, qui se recréait indûment. Il avait alors, sans l'avoir cherché, raté la visite de sa sœur Hélène, en visite chez ses parents pour la première fois depuis son départ. Comme il n'était pas allé dans sa famille, les Gingras l'avaient invité à fêter avec eux. Il n'avait pas abusé de leur hospitalité, mais il avait commencé à comprendre ce que pouvaient être des fêtes de famille chaleureuses.

Aujourd'hui, les gâteries inhabituelles offertes au magasin lui rappelaient qu'il n'avait jamais reçu de cadeau de sa vie. Il songea à acheter quelque chose à Mathilde, mais se retint. «Je la fréquente pas. Un cadeau, ça ferait jaser et ça lui ferait du tort.» Et finalement il n'offrit rien à personne et passa les fêtes sans les voir, dans le magasin et l'arrière-boutique de Boudrias.

Au printemps, Charles se lassa de ce qui était devenu une routine et se préoccupa d'un autre aspect de ce commerce : les modalités de paiement des clients.

Il avait eu le temps de constater qu'il y avait beaucoup de crédit et que le troc était courant. Tout compte fait, peu de marchandises étaient payées en argent sonnant et quand l'un des débiteurs versait une partie de son dû, il le referait à son patron.

Un soir, en fermant la porte du magasin à huit heures, comme d'habitude, Charles regarda les bancs de neige qui commençaient à fondre avec les premières vraies chaleurs de mars; bientôt les fenêtres du magasin seraient dégagées. Il songea aux dettes des clients et secoua la tête; elles ne fondraient pas au soleil, celles-là.

— J'ai l'impression qu'il y a pas mal de monde qui vous doit de l'argent, dit-il en abaissant la mèche et en soufflant la lampe à huile au-dessus du comptoir. Ça doit faire un bon montant, ajouta-t-il en traversant derrière Boudrias dans l'arrière-boutique.

— Je le sais pas au juste, mais c'est écrit quelque part, bâilla l'autre.

Boudrias aurait été incapable de préciser combien, mais il ne s'en souciait pas vraiment. Pourvu qu'il puisse payer ses fournisseurs, se nourrir trois fois par jour et boire deux fois (ou l'inverse), et se chauffer l'hiver, il s'estimait au-dessus de ses affaires. Il lui était venu de rares bouffées d'ambition, vite oubliées. «Veuf, pas d'enfant, pour qui j'empilerais? Je suis ben correct de même», avait-il décidé depuis longtemps, continuant à prendre ses petits verres quotidiens. Quand il manquait d'argent, il réclamait un paiement ici et là, sans plus. Le commis fit réchauffer les deux dernières portions du ragoût dominical qui leur servait de repas pendant la moitié de la semaine et insista :

— Il me semble que ce serait une bonne affaire pour vous de savoir exactement ce qu'on vous doit.

Boudrias n'en était pas convaincu.

– Ça se peut, mais j'ai pas de temps à mettre là-dessus. Regarde dans le petit cahier si ça te tente.

Charles n'osa pas, mais, le lendemain soir, il prépara une omelette pour varier le menu et expédier le repas et entreprit finalement d'examiner le fameux livre de comptes. Malgré ses efforts, les écritures s'embrouillaient à la lumière de la lampe à huile et il ne parvenait pas à déchiffrer les gribouillages.

– Monsieur Boudrias, dit-il le lendemain matin, on pourrait regarder le cahier ensemble si vous avez le temps. J'ai… j'ai un peu de misère avec votre écriture.

Boudrias éclata de rire devant sa franchise.

– C'est ce que ma femme m'a toujours dit. De son temps, c'est elle qui tenait les comptes. À c't'heure, franchement, le jeune, des fois, je peux pas me relire moi-même.

Son rire s'égrena encore un peu puis s'estompa et il en oublia l'affaire du même coup. Son commis patienta plusieurs jours et plusieurs soirées puis il revint à la charge. Le patron le trouva insistant.

– Cou'donc, toi, c'est tout ce que t'as à faire de tes veillées?

Charles ne répondit rien. Qui serait-il allé voir maintenant que Damien était aux chantiers et que Mathilde était partie du village, depuis le début de janvier? Il savait seulement qu'elle aidait une cousine qui se relevait mal d'un cinquième accouchement et qui n'arrivait plus à prendre soin de sa famille.

– Monsieur Boudrias, finit-il par répondre, c'est pas normal de pas savoir combien le monde vous doit.

– Qu'est-ce que ça me donnerait?

– Ben, savoir si ça vaut la peine de vous faire payer.

— J'en ai assez pour vivre comme c'est là.

— Mais c'est à vous! C'est votre argent!

— Puis qu'est-ce que je vais en faire de cet argent-là?

— Ben, je sais pas, moi! Agrandir le magasin!

Boudrias se servit son premier whisky de la soirée.

— Mon jeune, si ça fait trente ans que c'est assez grand, il y a pas de raison de s'énerver pour agrandir.

Charles était si déçu qu'il ne reparla plus de la chose pendant quelques semaines. Mais il rongeait son frein. « Faut ben avoir de l'argent pour même pas se pencher pour le ramasser. » Il bousculait inconsciemment les clients et mesurait la farine et le sucre avec une précision presque excessive. Au fil des semaines, sa déception se changea en contrariété puis dégénéra en colère sourde. À tel point qu'il dut se raisonner:

— C'est même pas mon argent! Ç'a pas d'affaire à m'enrager de même, c'te maudite affaire-là! S'il en veut pas de son argent, le vieux maudit, tant pis pour lui!

Il se rabâchait cette rengaine depuis une heure en faisant une longue promenade à pas pressés pour se défouler, mais ses pensées tournaient en rond en cette fin de soirée de début d'avril. Leur souper d'hommes, vite fait et vite avalé, lui restait sur l'estomac malgré sa longue errance dans le noir et le froid.

— Maudit de maudit!

Il venait de marcher dans une flaque d'eau glacée. L'eau froide s'infiltra dans ses bottes usées et ses orteils furent aussitôt mouillés et glacés. Sa pensée zigzagua et ressortit un souvenir de froidure: la journée où il avait attrapé sa pneumonie. Il pressentit l'imminence de la réponse qu'il cherchait; elle lui surgit brusquement dans le cerveau et dans le cœur. «Mathilde! L'argent qu'il a même pas le cœur d'aller chercher, le maudit Boudrias, moi j'en ai besoin! Il m'en faut pour parler à Mathilde, pour…» Ses émotions l'habitèrent d'un coup, il en oublia ses pieds transis et sa colère. Il admettait enfin que ses forces étaient revenues, qu'il avait envie de vivre, qu'il voulait Mathilde. Avec de l'argent, il pourrait parler d'avenir avec elle; non pas à mots couverts, mais clairement, et devant le forgeron. Il respira profondément. C'était la fin de l'hiver, la fin de son hiver. Charles Manseau éclata de rire de se voir, à vingt-deux ans, les deux pieds dans une flaque d'eau, le cœur et le corps ramollis à la seule pensée de Mathilde, de l'embrasser, de serrer enfin contre lui celle qui s'était penchée tant de fois sur lui pour le soigner et qu'il n'avait jamais osé toucher. Maintenant il voulait l'étreindre, la caresser, la prendre tout entière. Et il dut attendre un peu avant de pouvoir rentrer dans l'arrière-boutique d'une démarche plus décente et monter se coucher sans réveiller Boudrias, qui dormait lui aussi à l'étage, dans l'autre chambre. Celui-ci avait bu un peu plus que de coutume et ses ronflements couvrirent les sons sans équivoque provenant de l'autre côté de la cloison, où son commis manifestait son appétit de vivre.

Charles échafaudait maintenant sans arrêt des projets d'avenir avec Mathilde. Seul avec lui-même. Il fit et refit ses comptes et se rendit vite à l'évidence : au salaire qu'il recevait chez le marchand général, cela prendrait des années avant qu'il puisse s'établir. «C'est trop loin; il me faut plus d'argent que ça, puis plus vite!» Les possibilités de gain rapide étaient restreintes. «Un an dans les manufactures des États, ça doit être payant, malgré tout. » Mais cela allait à l'encontre de ce qu'il avait toujours dit. Il évalua une autre solution : «Les chantiers, je connais ça. Les jobs de forgeron sont rares, mais je pourrais toujours bûcher. » Il soupira, loin d'être convaincu que son corps, même plus solide maintenant, pourrait supporter ces durs labeurs à longueur de journée. Ce serait en plus s'éloigner de Mathilde, qui lui manquait beaucoup maintenant qu'il s'était avoué qu'elle lui était accessible. «Arrête donc de chercher midi à quatorze heures», lui avait souvent reproché son père. Agacé, il chercha néanmoins un moyen moins extrémiste que les deux précédents. Celui-ci se présenta au magasin quelques jours plus tard.

— Mettez donc ça sur mon compte comme d'habitude, demanda Philémon Poitras en rassemblant sur le comptoir ses achats du mois.

«Comme d'habitude… Comme si c'était normal de pas payer», pensa le commis. Le client sortit. Boudrias bougonna :

— Batince! Ç'aurait fait mon affaire d'être payé. Faut que je fasse venir une grosse commande de Montréal; ils font pas crédit, eux autres.

— Faites-vous payer! grogna Charles, saisissant l'occasion.

— Facile à dire, le jeune, soupira Boudrias. Quand on se connaît tout un chacun depuis qu'on est au monde, ça crée des embarras.

«Ah oui? Pas pour moi! raisonna Charles. On se gêne pas pour me faire savoir que je suis pas de la place? Ben, tant mieux pour moi. » Il allait impulsivement proposer à Boudrias de s'en occuper lui-même quand la ménagère du curé entra.

— Qu'est-ce qu'on peut faire pour vous, mademoiselle Brochu? lui demanda le patron avec son sourire routinier.

Charles décida de réfléchir à son projet de commis-percepteur avant d'en parler. Il se demanda, pour la forme, quelle sorte de problème pourrait entraver cette idée de génie, mais il se dépêcha de n'en voir aucun et se crut déjà riche. Il observa son patron qui comptait et recomptait sa caisse, soucieux; il le vit aussi sortir le livre de comptes et l'entendit soupirer. À son tour, Charles ouvrit le petit cahier noir et se pencha de nouveau attentivement sur les chiffres inscrits sans soin, de page en page, à la queue leu leu. Il prit sa décision, et, le dimanche soir suivant, il revint sur l'importance de percevoir les comptes. Boudrias hocha la tête.

— Pour tout de suite, je vais demander à deux ou trois clients s'ils pourraient pas régler dans le courant de la semaine. C'est sûr que ce serait peut-être une bonne affaire que tout le monde paie, mais je me sens pas le courage de commencer une affaire de même.

Charles rêvait d'une phrase comme celle-là depuis des jours. Il se rengorgea et lança sa proposition.

— C'est ben délicat pour vous, c'est vrai. Mais moi, je suis pas de la place; ça me dérangerait pas.

— Tu ferais ça? s'étonna Boudrias. Pour tout le monde?

— Ben, pour ceux qui vous doivent, répondit le commis, moqueur.

— C'est ben sûr, c'est ben sûr. Dans ce cas-là… c'est ben certain que ça ferait mon affaire.

Charles n'ajouta rien. Il laissa l'idée faire son chemin. Effectivement, le lendemain soir, Boudrias remplaça la bouteille de whisky par son petit cahier noir et en choisit un neuf, plus grand, dans sa marchandise. Il sortit la plume et l'encrier et attribua lui-même une page à chaque client dans le cahier neuf. Ensuite, il feuilleta attentivement son carnet racorni, énonçant au fur et à mesure les comptes à crédit, que Charles inscrivit lentement dans le cahier neuf, soir après soir, lui faisant épeler chaque nom.

— C'est pour pas me tromper, s'excusa-t-il.

Au bout de la semaine, ils connaissaient enfin le total des créances. Boudrias n'en revenait pas lui-même. Il sortit deux verres et trinqua avec son commis :

— Je te remercie ben, le jeune. C'est un grand service que tu vas me rendre là.

Charles sentit que le patron était à point. Il se redressa sur sa chaise et but une gorgée. Le moment était venu.

— C'est un service pour nous deux, monsieur Boudrias, dit-il.

— Comment ça?

— Je pense que… que ce serait normal que je sois récompensé pour cette bonne idée-là. Puis en plus, pour tout le trouble que ça va me donner.

Boudrias plissa ses petits yeux. Il se versa un autre verre, qu'il ne but pas tout de suite, et dit finalement :

— Il y a du vrai là-dedans. Je te revaudrai ça un de ces jours.

Il se préparait à boire un autre whisky qui l'embrumerait un peu trop : Charles ne pouvait plus différer et se décida.

— Je veux dire que ce serait normal qu'il y en ait pour moi aussi là-dedans.

— Qu'il y ait quoi?

— Ben, de l'argent.

— Quoi? Tu veux mon argent? Mon argent à moi? s'exclama l'autre, irrité.

— Je veux pas votre argent : je veux être payé pour l'ouvrage que je vais faire, rectifia Charles. C'est du trouble de courir après le monde.

— T'es mon engagé, batince! T'imagines-tu que je vais te payer pour chaque petite affaire de surplus?

— De surplus? C'est une grosse affaire! s'énerva Charles, décontenancé par la colère de l'autre. C'est pas mon travail ordinaire.

Il croyait tellement à son idée qu'il lui avait semblé tout naturel que son patron endosse l'affaire sans broncher. Maintenant, il craignait de se faire évincer de sa propre idée. «Maudit! Il va quand même pas s'en occuper lui-même!»

— Je pense que ce serait normal que j'en aie une partie, insista-t-il. Mais juste une partie, comme de raison.

Boudrias ne décolérait pas. Charles s'énerva à son tour.

— Pour vous, il y aurait l'autre partie, du vrai argent, pas des chiffres qui dorment dans un vieux cahier.

La remarque avait de l'allure. Boudrias se tut. Puis il accepta d'envisager l'affaire, sans plus. Mais Charles voulait une réponse nette. Risquant le tout pour le tout, il alla jusqu'au bout de son projet.

— Monsieur Boudrias, les dettes que le monde vous doit, c'est une ben plus grosse affaire que vous pensiez. Vrai ou pas vrai? Puis ça date de longtemps pour quelques-uns; ce sera pas facile. Mais vous aurez pas à vous énerver avec ça : c'est moi qui vais m'en occuper. Vous aurez pas à lever le petit doigt. Mais pour tout ce trouble-là, je veux... je veux la moitié!

Boudrias s'étouffa avec une gorgée.

— Es-tu fou ? La moitié ? La moitié de *mon* argent ? Es-tu tombé sur la tête ?

— Vous avez le choix : des chiffres dans un vieux cahier ou du vrai argent dans votre poche !

— Jamais, mon batince ! Jamais je te donnerai mon argent !

— Vous me le donnez pas : c'est moi qui vas aller vous le chercher !

Boudrias esquissa instinctivement le geste de reprendre le verre qu'il avait servi à Charles. Son mouvement radin le surprit lui-même. Il se renfrogna et ne dit plus rien, rouge comme un coq. Charles frôla la panique. « Je le vole pas, maudit ! C'est moi qui vais la faire, la job sale de faire payer le monde : ça vaut ben la moitié. » Rien ne se passait comme prévu. Il allait tout perdre : l'argent des créances et par le fait même son but, Mathilde. Il radoucit le ton et joua sa dernière carte.

— Monsieur Boudrias, ça se peut aussi que ça vous plaise pas, cet arrangement-là ; on peut penser à d'autre chose.

Boudrias, tout ivrogne qu'il était, n'était pas né de la dernière pluie : il sentait bien que le jeunot avait une proposition de rechange. Sans la connaître, il respira d'avoir au moins échappé à la précédente, qui ne pouvait être que la pire. Charles reprenait un peu confiance, se trouvant malin d'avoir préparé un choix.

— Si vous voulez garder tout l'argent, ça peut toujours se faire.

Boudrias respira encore mieux.

— Mais si je vous prouve que je peux aller chercher les créances, ça va aider votre commerce. Ça fait que ce serait peut-être bon pour vous qu'on s'associe.

— Qu'on… s'associe? balbutia le veuf.

— Pour le magasin; son contenu et la bâtisse.

Boudrias donna un coup de poing sur la table :

— Batince! Arrête-moi ça drette là! Sans ça…

Il en tremblait de rage, il en avait les veines du cou saillantes et le visage rouge et bouffi. Il monta à sa chambre sans pouvoir dire un mot de plus. Charles ne savait plus quoi faire, mais il ne pouvait pas non plus se satisfaire de cette conclusion. Il lui cria :

— Vous êtes assez d'affaire pour pas avoir besoin de six mois pour vous décider, insista-t-il une dernière fois, plus épuisé que par une journée entière de travail éreintant.

Il monta se coucher lui aussi, complètement démuni. En haut du petit escalier, un palier donnait accès aux deux chambres, la sienne à gauche, celle de Boudrias à droite. Charles se vit entre les deux et eut la douloureuse impression qu'il venait de se placer dans une position semblable. «Il accepte ou il me jette dehors! Qu'est-ce que j'ai fait là?» Il entra dans sa chambre et s'étendit tout habillé sur le lit, les bras croisés sous la nuque. La tête du lit donnait sur la cloison mitoyenne. Les deux hommes, presque tête contre tête, regardaient chacun devant eux dans le noir, dans deux directions opposées, à la lumière diffuse de leur petite lucarne du toit en pente. Charles s'endormit tard et d'un sommeil agité. Boudrias aussi.

La nuit portant toutefois conseil, le patron fut forcé d'admettre, la première émotion passée et la lucidité retrouvée, qu'une somme d'argent importante était maintenant à sa portée. Par ailleurs, une bonne partie des clients étaient insolvables parce que leur situation frôlait la misère. Il soupira en revoyant le petit cahier usé, mal tenu, dans lequel manquaient sans doute de nombreux chiffres sur les pages jaunies. «C'est sûr qu'un peu de ménage là-dedans, ça ferait pas de tort. Puis si c'est pas moi qui le fais en plus…»

Il mijota son plan à son tour et fit languir Charles pendant plusieurs jours. Celui-ci n'en pouvait plus d'attendre. Allait-il s'enrichir ou perdre son emploi? Le patron finit par lui en reparler à la sauvette, le prenant de court entre deux clients.

— O.K., c'est correct pour la moitié.

Charles, incrédule, ne trouva rien à répondre.

— Mais si tu vas les chercher… toutes! Toutes les dettes inscrites jusqu'à aujourd'hui.

— Toutes! s'écria Charles, si peu habitué aux affaires qu'il n'avait même pas envisagé la moindre modification à son beau plan.

— Mais si tu vas pas les chercher toutes, c'est vingt-cinq pour cent. Pas un de plus.

Le jeune eut beau argumenter, c'était à son tour d'affronter des arguments bien préparés. C'était à prendre ou à laisser. «Vingt-cinq pour cent, se dit-il en soupirant, ce sera toujours mieux que rien. De toute façon, je vais aller les chercher toutes.»

Boudrias se surprit à ressentir de la colère, presque de la haine. Il dévisagea son commis comme s'il le voyait pour la première fois. Celui-ci avait l'œil en feu; la conclusion de son premier marché d'homme, même moins profitable que prévu, le rendait fier de lui, ému. Quand Boudrias vit la main jeune et ferme se tendre vers lui sans détour, d'homme à homme, il commença à se rendre compte que l'argent rentrerait réellement grâce à son commis. Un peu pour effacer son mauvais sentiment des derniers jours, il souhaita sincèrement que le jeune homme se décide à courtiser la fille du forgeron et qu'il se marie. Il grimaça un sourire et lui serra la main. « Si j'avais eu un fils, j'aurais été fier qu'il soit comme lui. » Mais il ne le lui dit pas, de crainte que le commis n'en tire profit. Charles, de son côté, trouvait que c'était une bonne affaire pour les deux, qu'il ne le volait pas, et qu'avec lui il était enfin libre d'agir en adulte, selon son propre jugement, avec les coudées franches. « Il est pas mal plus parlable que mon père », conclut-il, contrarié que la pensée de celui-ci s'immisce tout à coup entre son patron et lui.

Ce soir-là, Charles prit un petit coup avec Boudrias, mais ce fut ce dernier qui dut faire une longue promenade pour s'éclaircir les idées. Il eut moins de chance : la nuit était si belle et si douce que le promeneur faillit s'endormir en chemin et n'en cuva que davantage son whisky dans un sommeil lourd. Sa vie continuait comme avant.

5

Les comptes, Charles devait maintenant les percevoir. Maîtrisant à grand-peine son impatience, il décida de roder sa stratégie. Il débuta par les clients qu'il connaissait le mieux, puis il s'occupa des plus fortunés, qui achetaient à crédit davantage par habitude que par nécessité. Ces montants se récupérèrent facilement, ce qui donna confiance à l'apprenti percepteur et permit de répandre dans le village la rumeur que Boudrias voulait être payé. Le bouche à oreille fit effet et les débiteurs se préparèrent mentalement à la réclamation. Il se passa bien une semaine ou deux pendant lesquelles certains clients ne se montrèrent pas, mais la vie continuait et les villageois et les fermiers des alentours reprirent le chemin du magasin général. Dans sa hâte de percevoir, Charles commit un jour une erreur de calcul au détriment d'un client, malheureusement un gueulard.

— Veux-tu me voler, le jeune? Tu mériterais que je te paie en moins ce que tu voulais me faire payer en plus.

Soucieux de protéger sa réputation d'honnêteté, mais encore plus de ne pas paraître inexpérimenté, Charles répondit :

— Ça m'apprendra à calculer comme il faut. On fait comme vous dites.

Le client stupéfait régla immédiatement son compte diminué de l'erreur de calcul. Charles déduisit lui-même ce montant de son salaire. «Il y en aura plus d'affaires de même.» L'incident se sut et le commis se sentit surveillé de près. Il eut même l'impression, un certain midi, qu'un tiers créait une diversion pour l'embrouiller dans sa discussion avec un débiteur. Cette tactique un brin malhonnête le rebuta et il devint méfiant. En dépit de ces incidents, la récupération des petites créances s'effectuait assez aisément. «Gonfle-toi pas la tête trop vite, gloussait Boudrias. Jusqu'à c't'heure, c'est du petit lait, mon jeune.» Le peu d'argent rentré ne l'impressionnait pas encore; il avait pu passer une commande plus importante à Montréal, sans plus. Il s'amusait d'avance de ce qui s'en venait tout en ayant le sentiment désagréable qu'il perdait, voire qu'il se faisait voler, la moitié de son dû.

Charles s'en aperçut et grogna à son tour. «Je le vole pas : je vais chercher de l'argent qu'il perdrait si j'étais pas là pour m'en occuper!» Sa fierté de se ramasser un pécule pour se présenter la tête haute devant son futur beau-père était quotidiennement grugée par la mauvaise humeur de Boudrias. Dans ces moments-là, son patron lui rappelait son père. Charles comprenait, à la rigueur, que Boudrias puisse ressentir une certaine contrariété. «Mais mon père, lui, c'était quoi qui l'enrageait tout le temps?» Il se souvenait de ses gestes, de ses allées et venues; il avait constaté et déploré son peu de biens matériels, mais l'homme, avec ses pensées et ses rêves, il était forcé d'admettre qu'il ne le connaissait pas. Il était même agacé d'y songer, d'autant plus qu'il avait parfois l'impression d'être un peu semblable. Surtout quand certaines choses lui échappaient, dont l'humeur de son patron et la non-solvabilité de débiteurs pourtant bien intentionnés. «Ouais, le bon temps est fini», soupira-t-il.

Il appréhendait entre autres les Gagnon, bien qu'il trouvât la mère de famille sympathique et avenante. «J'aurais aimé ça avoir une mère de même», s'était-il surpris à penser un jour en l'observant. Grande, bien en chair, le regard perçant avec un reflet de sérénité, Rosalba Gagnon avait une famille de neuf enfants. Heureusement, son mari Eusèbe, elle et leur progéniture étaient travaillants comme quinze. Mais échanger des produits de la ferme contre des produits manufacturés n'était pas simple sur le plan de la comptabilité. Au fil des années, la famille avait accumulé une dette importante qui devait être récupérée comme toutes les autres. À la dernière visite de Mme Gagnon au magasin, Charles avait enclenché le processus en lui précisant la somme due. Il s'attendait à provoquer une syncope, mais elle avait simplement fait un signe de tête : elle savait. Charles s'était étonné; il les savait travaillants, mais pas nécessairement organisés.

Quelques jours plus tard, la mère de famille revint au magasin général. Elle descendit de voiture, attacha le vieux cheval au poteau, tapa du pied pour secouer la poussière du chemin de ses vêtements et se redonner un peu de fermeté, tapota dignement sa robe usée mais propre et entra dans le magasin la tête haute en redressant son buste généreux. La clochette de la porte résonna à ses oreilles avec la tristesse d'un glas. Elle s'était préparé une sorte de «discours» (mot pompeux pour des excuses de débiteur) et s'apprêtait à le réciter de sa voix la plus assurée. Mais tous ses beaux plans s'envolèrent, car, à l'instant où elle entra, un sac de farine creva entre les mains du jeune commis. À son désespoir et à l'hilarité des clients, une fine poussière blanche se répandit indistinctement sur tout ce qui se trouvait là, à commencer par Charles.

Mme Gagnon avait tout prévu sauf de négocier avec un créancier enfariné comme un biscuit. Elle tenta de réprimer un rire nerveux, mais il éclata aussi effrontément que la farine se répandait sur le comptoir, le plancher, les pots, les tissus, les sacs de sucre… Incapable de se contrôler, elle ressortit au soleil de juin, tenaillée par ce rire insolent.

Au fond du magasin, près du comptoir, Charles continuait à se battre contre l'ennemie insaisissable. «Il y en a ben, de la farine, dans ce maudit sac-là! Maudit de maudit! Un sac de farine chez le diable, du nettoyage à faire partout, les clients qui rient de moi. Puis, pour finir le plat, Mme Gagnon. Ouais, elle a pas payé une cent, mais elle a eu du bon temps, elle, au moins!» ragea-t-il, démonté par les nombreuses conséquences d'une maladresse si anodine. Il aurait dû en vouloir à la moqueuse et pourtant ce rire franc et sonore redoubla sa sympathie envers Rosalba. «Ma mère, elle, est-ce que je l'ai déjà entendue rire? Même juste une fois?» Et ce rire lui en rappela un autre: celui de Mathilde. Et le souvenir, le manque de Mathilde l'envahit d'un coup, aussi omniprésent au-dedans de lui que la farine au-dehors. Il s'obstina à nettoyer celle-ci avec un vieux chiffon: la fine mouture s'éparpilla davantage. Il eut alors l'idée de mouiller le torchon: dix secondes plus tard, ses mains s'engluaient dans de la colle. Au milieu de la pièce, assis sur deux caisses de bois usées, près du poêle inutile en juin, les vieux Saint-Cyr et Chenard fumaient en ricanant, savourant leur petite vengeance innocente.

– Couper un sac de farine, c'est pas la mort d'un homme, avait gloussé Saint-Cyr lorsqu'ils avaient commis leur méfait.

Les deux complices se retournèrent vers une place vide depuis deux semaines : celle du vieux Siméon. Ni l'un ni l'autre n'avaient pardonné que leur doyen, qui venait ici jouer aux dames deux fois par semaine depuis quinze ans, se soit fait rappeler de payer son dû comme les autres.

– Demander ça au père Siméon, un pionnier de la place! Ça prenait ben un petit baveux d'étranger comme Manseau pour lui faire ça, murmura le vieux Saint-Cyr en lançant son tabac chiqué dans le crachoir.

Le vieux Siméon, humilié, n'avait plus remis les pieds au magasin général ni payé un sou non plus. Cette histoire avait provoqué une autre prise de bec entre Boudrias et Charles au sujet des créances.

– Il y a un bout à tout! s'était écrié Boudrias. Si ç'a de l'allure de faire ça au père Siméon!

– Il vous doit de l'argent comme les autres : s'il paie pas, lui, pourquoi les autres paieraient, d'abord?

– Justement, batince! Fallait pas commencer ça!

Charles enrageait. D'autant plus que maintenant il devait supporter les regards réprobateurs des vieux qui le narguaient du fond du magasin.

– C'est même pas un homme, chuchota Chenard. Un homme, ça prend un p'tit coup de temps en temps, ça fume une bonne pipée, puis...

Et le reste, suspendu dans l'air, se devinait aux rires gras des vieux. «C'est ça, vieux maudits, riez de moi. Fumer puis cracher, c'est pas plus être un homme que de rester dans ce village-ci ou dans un autre. Puis tu peux ben parler, vieux verrat, tu t'es jamais marié!»

fulmina Charles, trop furieux pour se rendre compte qu'il venait d'utiliser l'insulte préférée de son père. Et c'est à ce moment qu'il vit entrer Mathilde. Mathilde en chair et en os. Mathilde qu'il n'avait pas revue depuis presque un an. Maintenant, à cet instant précis, au milieu de cette matinée si mal commencée, Mathilde surgissait. Il crut voir une apparition. Ses yeux gourmands la fixèrent intensément, glissèrent sur elle sans pudeur, la détaillèrent comme si cette longue absence lui en donnait le droit. Elle, réservée et discrète, cachait difficilement la flamme qui s'était rallumée dans ses yeux dès qu'elle l'avait vu. Il secoua ses mains fébrilement et tenta de les essuyer à un chiffon sec avant de la rejoindre. Elle avait fait un petit tour d'horizon du regard, pas vraiment intimidée par les vieux fumeurs, qu'elle avait vus si souvent à la forge, mais le cœur en émoi juste à voir Charles, à le sentir dans la même pièce qu'elle, frémissant d'avance au son de la voix qu'elle n'avait pas entendue depuis si longtemps. S'efforçant pourtant de n'en rien laisser voir, elle feignait de se concentrer sur les rubans et dentelles du comptoir. Boudrias se précipita, autant pour le plaisir de la servir que pour damer le pion à son commis.

— Bonjour, mademoiselle Mathilde. Vous êtes revenue de chez votre cousine?

Il baissa le ton et prit un air de circonstance.

— Il paraît qu'elle a pas trop souffert?

Elle acquiesça simplement de la tête, cherchant à voir Charles sans le laisser paraître.

— C'est ben de valeur pareil, reprit Boudrias. Ça fait d'autres enfants sans mère. Combien, déjà?

— Cinq, répondit-elle distraitement. Oui, c'est bien de valeur; ils sont tellement fins, les petits.

La jeune fille ne précisait toujours pas ce qu'elle voulait.

— Bon, ben, qu'est-ce qu'on peut faire pour vous à matin? demanda Boudrias.

— Euh... j'aurais besoin de rubans.

— Des rubans de deuil, je suppose?

— Non, non, pour des noces. Des rubans rose pâle.

— Des noces en juin? C'est en hiver, les noces! insinua Boudrias en finassant.

— C'est pas une obligation, rétorqua Mathilde en baissant le ton.

— C'est... c'est pour vous, les rubans?

— Oui.

Boudrias fit mine de ne pas saisir mais regarda Charles à la dérobée. Mathilde plongea doucement sa main dans les rubans soyeux et ajouta discrètement, en rougissant :

— Le veuf de ma cousine trouve que les enfants ont besoin d'une mère puis que ça sert à rien d'attendre.

Charles laissa la phrase pénétrer dans ses oreilles et lui arriver péniblement jusqu'au cœur. Il crut qu'il avait mal entendu. Mathilde, cette Mathilde que son désir d'homme appelait la nuit, se préparait à des noces en juin, des noces pressées. «Ça se peut pas, ça se peut pas...» Désarmé par la soudaineté de l'apparition et encore plus par son motif, Charles quitta le magasin et se réfugia dans la cuisine pour se redonner une contenance. «J'ai dû mal comprendre, elle...» Mais les rubans étaient bel et bien pour elle, il avait bien entendu. Et la voix aimée résonna encore dans son cœur : «... puis que ça sert à rien d'attendre.» Tous ses projets s'effondrèrent. «Ça se peut pas...» Le patron l'appela et il dut revenir au magasin en essayant de cacher son désarroi. La jeune fille se tourna discrètement vers lui avec le même sourire qu'autrefois. « Est-ce qu'elle le regarde comme ça aussi, l'autre, le maudit ? » pensa-t-il amèrement. Boudrias le rudoya un peu en lui désignant un sac de farine.

— Tant qu'à être là-dedans à matin, va donc en porter un chez le forgeron ; ça va t'éventer par la même occasion.

Mathilde lui ouvrit la porte et il passa devant elle, ployant sous le sac qui, en ce moment, l'écrasait. Ils marchèrent côte à côte dans la rue de terre jusqu'à l'église, passèrent devant puis tournèrent à gauche dans la rue de la forge. La poussière de farine s'éparpillait, enrobant Charles d'une aura légère, irréelle. Mathilde marchait un pas derrière lui, dos au vent, pour éviter d'être saupoudrée à son tour, mais surtout pour l'observer à son aise. Il suait à grosses gouttes. « Faut que je lui parle, faut que… » Mais il ne savait par quel bout commencer. Il se rendait compte, trop tard, qu'il n'avait aucunement le droit de lui demander des explications. « Je lui ai jamais rien dit, rien demandé, rien promis. Rien. » Il passa devant les deux battants de la porte grande ouverte de la forge et entendit vaguement des cognements de marteau sur l'enclume et le hennissement d'un cheval. Les fermiers bavardaient dehors au soleil plutôt qu'à l'intérieur et ils se turent un instant en les voyant. Éphrem vit passer sa fille tant aimée flanquée de Charles, un sac de farine sur l'épaule, blanchi comme s'il était tombé dedans lui-même et avançant avec la démarche d'un gars saoul, ne remarquant même pas le grand signe de la main que lui adressait Damien, revenu la veille de son deuxième hiver aux chantiers.

Le couple silencieux entra dans la forge, monta les trois marches qui menaient à la cuisine. Mathilde ouvrit la porte devant Charles et il eut l'impression qu'il venait d'atteindre le bout du monde. « C'est fini. Je la reverrai plus. » Il n'était pas parvenu à verbaliser ce que son corps avait envie de crier.

— Reste pas planté de même, le taquina Amanda. Tu connais les airs.

Charles s'approcha de l'armoire et bascula le sac, qui s'écrasa au sol avec un gros bruit sourd et un nuage de farine, le blanchissant davantage. Amanda, surprise du silence, les regardait tous deux à la dérobée : ils étaient aussi tendus l'un que l'autre, comme s'ils n'avaient pas vécu dans la même maison pendant des années et que Mathilde ne l'avait pas soigné durant sa pneumonie. Damien surgit de la forge et le bouscula en riant.

— Salut, Charles! Viens-tu aux noces avec nous autres?

Mathilde rougit et montra ses achats à sa mère. Charles se raidit et sortit rapidement en lançant :

— Je le sais pas. On a pas mal d'ouvrage au magasin.

Il s'esquiva, dévalant les trois marches.

— Ben voyons, qu'est-ce qui lui prend, lui? s'étonna Damien.

Amanda soupira, jetant un coup d'œil à sa fille, qui, le cœur serré, monta se réfugier dans sa chambre.

— Il est comme d'habitude, soupira Amanda, contrariée. On sait jamais ce qu'il pense, celui-là!

Au magasin général, les clients continuaient d'entrer et de sortir, les vieux gloussaient encore du sac de farine crevé. Rosalba Gagnon était retournée chez elle, se rappelant trop tard qu'elle avait un besoin urgent de farine… La terre continuait de tourner. Charles, lui, ne savait même plus s'il existait. La journée s'étira à n'en plus finir; la noirceur tardive de juin s'installa. Le commis continua à travailler dans l'entrepôt. Boudrias n'était pas dupe; il s'abstint de ses blagues mal à propos et ne sortit pas son whisky, pressentant que ce soir, s'il lui en offrait, l'autre viderait la bouteille. Celui-ci finit par monter se coucher, mais il s'étendit tout habillé sur le lit, se croisa les bras sous la nuque et resta les yeux grands ouverts dans l'obscurité.

La nuit lui refusa le dernier refuge du sommeil. Il n'en finissait pas de décortiquer la brève rencontre de ce matin. Il savait qu'il n'avait jamais rien dit à Mathilde. Rien. Il n'avait jamais dit de mots doux, il n'avait jamais fait d'allusions, et encore moins des promesses. «C'était pas nécessaire, s'entêtait-il, elle le savait, je suis sûr qu'elle le savait.» Chaque interrogation minait sa confiance en lui, le déstabilisait. Sa récente assurance, acquise petit à petit depuis qu'il était parti de chez son père, quelques années auparavant, n'était guère encore très solide et elle fut vite ébranlée par le harcèlement qu'il s'imposait sans arrêt depuis l'avant-midi. Il n'en finissait pas de se blâmer de ne pas avoir dit ceci, fait cela, agi comme ceci, pris garde à cela. Tant de regrets que, après une nuit entrecoupée de brefs moments de sommeil, Charles ne pouvait plus encaisser d'autres reproches sans se démolir lui-même. Mais sa détresse était si grande que ses pensées trouvèrent une échappatoire. «Elle a changé d'idée, c'est tout. Elle est jeune. Je suis pas assez riche. Le veuf est mieux nanti, il a une maison, une bonne terre. Puis il est veuf : il a de l'expérience, lui.» Il se retrouvait devant le vide comme le jour de son départ de la ferme quand son père l'avait repoussé. La veille, c'était du désarroi parce qu'il n'avait rien dit quand c'était le temps. Ce matin, c'était de la colère et de l'humiliation parce qu'elle avait changé d'idée. Il en voulait au monde entier.

Il se leva tôt, mangea à peine au déjeuner et s'affaira comme deux au magasin, se raccrochant aux menus détails quotidiens pour reprendre pied. La journée finit par passer. Le surlendemain, le veuf surgit à son tour pour acheter quelques effets pour les noces. Charles dévisagea l'homme qu'il voyait pour la première fois : il lui répugna. Presque obèse, il avait des gouttelettes de sueur sur le front et son nez luisait de gras. Ses mains potelées devaient être molles et moites, Charles le devinait rien qu'à les regarder. À la pensée que cet homme allait caresser Mathilde ou l'avait peut-être même déjà fait, il eut envie de lui sauter à la gorge et de le faire râler entre ses doigts, lesquels encerclèrent comme dans un étau le manche du râteau qu'il apportait à un client.

— Me le donnes-tu? s'impatienta le fermier. C'est à croire que tu veux te graver les doigts dedans!

Charles revint péniblement à son affaire. Il tendit l'outil au client, qui le soupesa, en examina le manche. Le commis se moquait éperdument de compléter la vente ou non. Il n'avait d'attention que pour le veuf qui parlait sans arrêt tout en essayant des faux cols. «Il va tout salir avec son gros cou sale!» s'exaspéra-t-il. Il l'entendit ensuite faire l'éloge de sa défunte épouse avec des accents de douleur. Charles était ulcéré de son hypocrisie. Puis le futur marié se rengorgea en parlant de sa promise, sur un ton plus gaillard, et termina avec un soupir :

— Il y a juste les petits qui seront pas contents; ils l'aimaient bien, la petite Mathilde. Ils vont être obligés de s'habituer à une autre mère encore une fois.

Les jambes de Charles ramollirent d'un coup. «Regretter Mathilde?» Il bouscula le client et l'abandonna sans façon. Il enleva vivement son grand tablier de commis et sortit sans un mot, heurtant le veuf au passage. Il courut d'une traite chez les Gingras, évita de justesse un homme qui sortait de la forge, grimpa les trois marches à la course et entra dans la cuisine en trombe, en oubliant de frapper.

Amanda brassait une chaudronnée de soupe sur le poêle. Le fumet saisit Charles et un grand bien-être se répandit en lui, le ramenant brusquement au souvenir chaleureux des centaines de repas pris dans cette pièce accueillante. Il bredouilla qu'il voulait parler à Mathilde et peigna nerveusement sa tignasse de la main. Comme si elle l'avait entendu, Mathilde descendit l'escalier tout de suite. Il la regarda comme la récompense qu'il attendait depuis si longtemps.

— Charles voulait justement te voir, lui dit Amanda, intriguée.

La jeune fille s'avança, restant timidement à mi-chemin dans la cuisine. Charles essaya de discipliner ses cheveux une seconde fois. Amanda comprit, retira sa soupe du feu et monta discrètement à l'étage, restant à proximité dans le corridor.

Ils étaient seuls. Face à face. Charles se sentait tout bête, ne sachant par quel bout commencer.

— J'ai su que… Ben, j'ai appris que c'était pas toi qui se mariait, ça fait que…

— Me marier? Moi? On est invités aux noces, bien sûr, mais…

Elle s'arrêta net, se rendant compte de la méprise. La détresse lui rosit le visage.

— Tu pensais que je me mariais avec lui? balbutia-t-elle sur un ton de douloureux reproche. Oh, Charles! Charles!

Le blâme l'avait atteint en plein cœur et lui faisait plus mal que le silence de toute une année. Il ne savait comment rattraper sa phrase injuste qui avait embué de chagrin les yeux de celle qu'il aimait tant. Il y alla sans détour pour effacer la peine.

— Puis avec moi, Mathilde, est-ce que ça ferait ton affaire?

Une autre phrase ambiguë, confuse. Mathilde, blessée, n'osait plus se faire de fausse joie.

— Quoi, Charles? demanda-t-elle d'une voix mal assurée.

— Ben, les noces...

Elle crut autre chose. Après un silence, elle répondit simplement :

— Oui..., ça me fera plaisir d'y aller avec toi. Si mes parents sont d'accord, comme de raison.

Un instant interdit, Charles balaya tous les malentendus :

— Non, c'est pas ces noces-là que je veux dire. Nous autres, Mathilde, toi puis moi... Veux-tu?

Mathilde blêmit.

— Vouloir quoi, Charles? Tu m'as jamais rien dit...

Il tombait des nues.

— Mais tu le savais...

Elle balbutia, d'une voix émue :

— Savoir quoi, Charles?

Elle respirait à peine, placée trop brusquement devant un aveu qu'elle avait tant attendu.

— Que... que j'attendais que ma santé soit revenue. Que j'aie assez d'argent.

— ...

— Que je voulais qu'on soit ensemble pour la vie!

Mathilde eut un tel regard de bonheur que toute la peur de Charles se dissipa. Ils avancèrent spontanément l'un vers l'autre et il la serra brusquement contre lui, l'embrassant pour la première fois avec sa bouche, alors qu'il l'avait déjà embrassée cent fois en pensée. Ses mains voulaient enfin reconnaître le corps désiré tant de fois dans ses rêves d'homme. Mathilde, bouleversée d'un émoi diffus, sentit qu'une partie ignorée de son corps venait de naître, brûlante, gourmande, quémandant quelque chose qu'elle ne comprenait pas; cette partie d'elle-même fondait de plaisir au contact inattendu de l'homme qui se soudait à elle. Effrayés de tant de désir, les jeunes gens se séparèrent aussi brusquement qu'ils s'étaient étreints, émergeant avec difficulté de l'émotion soudaine. Charles voulut se rassurer encore davantage.

— Mathilde, veux-tu?

— Oui, Charles..., murmura-t-elle. Quand tu voudras.

Éphrem et Amanda étant d'accord, les jeunes gens se montrèrent aux noces ensemble quelques jours plus tard. Et tout le village comprit, rien qu'à les revoir ensemble, que cet hiver il y aurait un autre mariage. Après un mois de fréquentations, où Mathilde fut dûment et malicieusement chaperonnée par Damien et Clophas, Charles Manseau fit sa grande demande à Éphrem Gingras. Le forgeron céda au regard suppliant de sa fille. Charles se sentit revivre : sa vie venait de basculer. C'était oui, c'était fait. Une femme l'aimait; il aimait une femme. «Je serai plus jamais seul.» La vie lui apparaissait enfin remplie de promesses.

6

Charles avait eu toute la patience voulue tant que Mathilde représentait un rêve lointain, plus lointain encore pendant son long séjour chez sa cousine. À présent, il voulait que tout se décide et se réalise le plus tôt possible. Après leur longue attente à tous deux, quelques mois leur semblaient une éternité. Mais il fallait tout de même publier les bans, ce qui les amenait au plus tôt à l'automne.

— L'automne? protesta Amanda. Vous y pensez pas! Tu sais bien, Mathilde, que c'est le temps des conserves, des marinades! On pourra pas tout faire!

— Novembre? soupira la fiancée.

— Voyons donc, ma petite fille, on aura jamais le temps : préparer le linge de tout le monde, la noce, puis les fêtes qui arriveraient tout de suite après.

— Des noces, décréta Éphrem qui voulait reporter la date le plus loin possible, c'est en février.

— Février? s'exclama Charles. On pourra jamais attendre!

Les Gingras éclatèrent de rire devant cette exclamation spontanée. Éphrem se remémora ses deux mariages et les souvenirs émouvants lui inspirèrent un compromis.

— Tant qu'à fêter, autant le faire en double. Pourquoi pas entre Noël et le jour de l'An?

Amanda trouva l'idée raisonnable et les fiancés se plièrent aux impératifs domestiques. La mère se soucia des habits des garçons à rafistoler, le père rappela que le sien était trop petit. Amanda lui promit de lui en coudre un neuf, Éphrem lui suggéra de se commander une robe à Montréal, par catalogue.

— La mienne, rayonna Mathilde, je veux la coudre moi-même.

Charles était bien loin de ces soucis vestimentaires. Il tenait à prouver à tout le monde et surtout à lui-même qu'il était prêt à devenir chef de famille. Il ne suffisait pourtant pas de le croire : il lui fallait prendre ses responsabilités et aller chercher deux créances qu'il retardait depuis son entente avec Boudrias. Ces deux dettes étaient les plus malaisées à récupérer. Il ne voulait surtout pas les rater, d'autant plus qu'elles étaient aussi les plus rémunératrices. Maintenant que la date du mariage était arrêtée, il sentit l'urgence de régler ces deux problèmes.

Il commença par les Houde; ceux-ci avaient vécu dans la misère sur leur petite terre trop morcelée par des héritages successifs et ils étaient partis aux États-Unis en laissant de lourdes dettes derrière eux. Comme personne ne pouvait saisir quoi que ce soit puisqu'ils ne possédaient rien, les créanciers avaient pris le parti d'espérer qu'ils se renfloueraient là-bas et paieraient un jour. Effectivement, les Houde – mais père et mère seulement – étaient revenus après dix ans d'absence et avaient acheté une petite maison au village pour leur retraite.

Charles arriva chez eux avec l'air le plus avenant possible. Il fut reçu à bras ouverts et Mme Houde lui offrit un bon thé malgré la chaleur déjà haute de cette matinée de juillet. D'une phrase à l'autre, Lucien Houde en arriva aux dettes d'autrefois. Son visage rond et rougeaud se plissa sous un grand sourire de contentement.

— Ça nous pesait pas mal sur le dos, cette dette-là. On est ben contents de s'en être débarrassés.

La surprise du commis dut être évidente parce que Lucien ajouta aussitôt :

— Maurice a peut-être pas eu l'occasion de te le dire : j'ai tout réglé ça le mois passé.

« Le mois passé ? C'est quoi, cette affaire-là ? » Charles avala son thé de travers, ne comprenant rien mais ne voulant surtout pas le laisser paraître.

— Oui, il est distrait, des fois.

Il inventa n'importe quoi pour se donner une contenance.

— En fait, il m'avait demandé de venir vous voir... sans trop me dire pourquoi.

Maladroit, il s'enfonçait lourdement. Il bluffa.

— Il a dit que vous le sauriez.

— C'était pas la peine de te déranger pour me remercier, mon jeune : des dettes, faut que ça se paye.

Le commis finit son thé en deux gorgées et retourna au magasin, songeur. « Il a dû oublier de m'en parler. » Il vérifia dans le cahier : effectivement, rien n'avait été inscrit. Charles leva la tête, jeta un coup d'œil à son patron et crut déceler un petit sourire en coin. « Est-ce qu'il me cache quelque chose, lui ? »

— J'inscris quoi ? demanda-t-il d'un air faussement détaché. Payé en entier ou en partie ?

— Payé. Au complet.

Charles respira de soulagement et il inscrivit avec empressement cette créance si importante dûment réglée. Il comptabilisa mentalement sa part avec joie, comme si son mariage se rapprochait d'autant. Il sortit ensuite le second cahier, plus petit, dans lequel ils se séparaient les créances.

— Ça rentre pas là-dedans, lui dit calmement Boudrias.

— Comment ça?

— T'as la moitié…

— Ben oui, c'est ça que je vas écrire.

— … de ce que tu perçois!

«La moitié de…» Le jeune Manseau dévisagea Maurice Boudrias avec stupéfaction. «… de ce que *je* perçois?» Incrédule, il refusait de comprendre le sens de ces mots. «C'est pas vrai… Il m'a pas fait ça…!» Le patron le reluqua par-dessus ses lunettes et Charles comprit que c'était vrai. Il venait de se faire flouer d'une somme qui équivalait à dix autres créances récupérées patiemment, une à une, avec en prime la rancune des débiteurs, pendant que Boudrias avait cueilli la plus importante aussi facilement qu'une pomme dans un pommier. Le marchand lut les pensées de son employé qui transparaissaient sans équivoque sur son visage rouge de colère. Charles tremblait de rage.

— Tombe pas dans les mals! C'est notre entente.

Boudrias jugea plus prudent d'aller à la cuisine pour déballer un arrivage de cigares et de tabac. Charles ferma le cahier, le jeta dans le tiroir et empoigna son chapeau.

— Où tu t'en vas de même? lui cria Boudrias.

— Chez les Gagnon. À moins que ce soit déjà fait?

— Non, non. Vas-y. Je m'en suis pas mêlé.

«C'est ben certain : les maudites jobs sales, c'est pour moi», rugit le commis en attelant rudement le cheval à la voiture du magasin. Il était aussi humilié de sa naïveté que de la rouerie de son patron. «Un enfant d'école, maudit! Je me suis fait avoir comme un enfant d'école!» Il se sentait la honte au front, il avait l'impression que tous les villageois se moqueraient de lui, doublement heureux de se venger du jeunot étranger qui leur avait réclamé leurs dettes.

— Envoye! Hue!

Le cheval partit au trot. Charles essayait de penser aux Gagnon, mais son esprit revenait obstinément à la créance perdue des Houde. Il claqua les rênes sur le dos du cheval, qui galopa un bout et se remit ensuite au trot, sentant que le conducteur était très distrait. Chemin faisant, la colère indignée de Charles s'atténua. Il parla à haute voix pour se concentrer sur les Gagnon.

— Cette fois-ci, pas d'enfantillages. Faut pas que je manque mon coup.

Un frisson d'anxiété le parcourut.

— Si je perds cette créance-là en plus…

La pensée de Mathilde le fortifia et il retrouva son énergie. «Le mieux, c'est de traiter ça directement avec Eusèbe Gagnon lui-même; de toute façon, c'est au chef de famille de voir à ces affaires-là.»

Comme il s'y attendait, le fermier était aux champs à faire les foins depuis le petit matin. Charles ne s'était pas retrouvé sur une ferme depuis longtemps; il eut tout à coup le goût de l'espace et de la solitude. Il laissa le cheval à la maison des Gagnon et décida d'aller aux champs à pied.

— C'est loin, le prévint la fille aînée, restée à la maison pour prendre soin des petits.

Après quelques années à travailler à la forge et au magasin général, le nouveau villageois avait oublié que le soleil tapait dru en juillet. Et que le bout du champ de sarrasin, ça ne devait pas se trouver à deux pas de la maison. Il marcha presque une demi-heure et arriva tout essoufflé en haut d'une butte d'où il repéra Eusèbe avec sa famille et ses voisins, et à sa gauche, entre eux et lui, un boisé.

— De l'ombre! murmura-t-il, à bout de souffle.

Il n'hésita pas une seconde. C'était un détour, mais, par cette chaleur, cela en valait la peine. Quelques minutes plus tard, Charles se laissa tomber sur le dos dans la verdure, les yeux levés vers les feuillages et la cime des arbres ou du moins ce qu'il pouvait en distinguer à travers l'épaisse futaie. Mais il n'eut pas le temps de sentir l'arôme capiteux des fougères ni d'entendre le bruissement des faux trembles ni de ressentir les piqûres des nuées d'insectes. Rien de tout cela ne put parvenir à sa conscience tellement une idée inattendue lui vrillait le cerveau.

— C'est ça, l'affaire! C'est ça!

Il se releva d'un bond, courut à droite et à gauche, toucha les arbres ici et là en hurlant de joie et en se tapant sur les cuisses. L'angélus sonna dans le lointain; les faucheurs s'arrêtèrent pour dîner. Charles avait oublié la chaleur; il marcha trop vite et rejoignit Eusèbe, le visage rouge vif.

— Seigneur, il va avoir un coup de sang! s'exclama Rosalba.

Charles se rendit compte que c'était de lui qu'elle parlait et prit conscience que son cœur cognait comme une horloge détraquée. Eusèbe le toisa, ne présageant rien de bon. Rosalba fit asseoir le visiteur sous le seul arbre du coin, un hêtre élancé, et lui donna de l'eau. Charles était trop surexcité pour s'apercevoir que les fermiers le dévisageaient avec moquerie, le trouvant ridicule de s'échauffer les sangs de pareille façon. L'eau lui fit du bien et il mangea avec un appétit vorace la soupe aux pois de la maîtresse de maison. Méfiant mais poli, Eusèbe Gagnon demanda des nouvelles de la famille Manseau. Charles était bien embêté de répondre car il n'avait pas vu sa famille depuis une couple d'années. L'un des faucheurs lui donna des nouvelles de sa sœur Hélène qui vivait aux États-Unis; son neveu était parti avec le même groupe qu'Octave, le cousin de Charles. « Ma sœur, mon cousin », médita-t-il, tout à coup. Maintenant qu'il allait se marier, il devenait sensible aux liens de parenté, et il s'en étonna. Il apprit donc par des étrangers que sa sœur Hélène avait quitté la manufacture et avait été engagée comme bonne dans une famille américaine, les Summers, et que ses patrons l'aimaient beaucoup. Un fermier ricana, gouailleur.

— Un peu trop, peut-être…

Les autres rirent de bon cœur, heureux de se détendre, eux qui travaillaient depuis six heures du matin. Charles ne le trouva pas drôle et se surprit à avoir un semblant d'inquiétude pour sa sœur. Il pensa aussi à Mathilde, l'imagina dans la même situation et se sentit encore plus contrarié. « Que le diable les emporte avec leurs commérages! J'ai d'autre chose dans la tête à midi. » À la fin du repas, tandis que la plupart des faucheurs s'adossaient pour une courte sieste bien méritée, Charles et Eusèbe s'éloignèrent pour discuter. Rosalba était nerveuse. « Le petit Manseau a sûrement quelque chose en arrière de la tête pour être venu jusqu'ici en plein midi; qu'est-ce qu'il mijote donc, lui? » Elle vit Eusèbe sursauter et l'entendit hausser le ton.

— Es-tu fou, le jeune?

Le commis avait l'air d'argumenter, son mari de protester. Rosalba n'y tint plus et alla les rejoindre.

— Sais-tu ce qu'il voulait, ce fendant-là? rugit son mari.

Rosalba fit un signe de tête vers les autres.

— Pas si fort, ils vont nous entendre. C'est quoi, l'affaire?

— Hein? le sais-tu, ce qu'il veut? Ben, je vais te le dire, moi. Il veut ça! cria-t-il en désignant, au loin, sa forêt. Rien que ça!

Rosalba, surprise, resta calme.

— Contre quoi?

Charles se saisit de la perche.

— *Toutes* vos dettes avec Boudrias. Rayées d'un coup.

Rosalba fut saisie de vertige. «Mon Dieu! Plus de dettes! Pouvoir marcher la tête haute pour la première fois depuis vingt-cinq ans. Je peux pas y croire.» Eusèbe la regarda sévèrement, lui en voulant de trop laisser voir ce qu'elle pensait. Il la ramena sur terre.

— Puis notre chauffage, torrieux? Trente cordes de bois par année, ça va pousser dans le champ de sarrasin, ça, le jeune?

Charles n'y avait pas pensé. Il n'avait vu que la belle terre en bois debout à échanger contre la dette des Gagnon. «Maudit! Est-ce que je vais finir par penser avec ma tête, aujourd'hui?» Il aurait dû prévoir ce problème; maintenant, il voyait son beau projet entravé par un oubli élémentaire. «Gagnon a ben raison de me traiter de jeune, mais j'ai pas dit mon dernier mot.»

— Écoutez, monsieur Gagnon, il fait un peu chaud aujourd'hui pour parler de bois de chauffage, vous trouvez pas?

95

Les Gagnon se regardèrent, ruisselants de sueur sous la chaleur écrasante. Il faisait même trop chaud pour éclater de rire : Rosalba se contenta d'esquisser un sourire prudent. Charles se morfondait pour trouver une échappatoire.

— Moi, ce que je veux, c'est trouver un moyen pour que tout le monde soit content. Vous avez pas d'argent pour payer vos dettes, puis Boudrias, lui, voudrait bien être payé.

— Ouais… Ç'aurait l'air que c'est plutôt toi qui tiendrais à cet argent-là.

Charges rougit sans que son interlocuteur s'en aperçoive : son visage était déjà cuit par le soleil.

— Les gages que Boudrias me donne, ça regarde juste lui puis moi. Vos dettes, c'est vous autres que ça regarde.

— C'est ce que je dis. C'est pas toi qui vas venir me prendre ma terre.

Charles écrasa le trentième moustique sur son cou qui ressemblait maintenant à un champ labouré. Rosalba, l'air de ne se mêler de rien, sépara les deux coqs qui étaient en train de monter sur leurs ergots.

— Vous avez ben raison, il fait trop chaud. Passez donc à la maison un de ces soirs.

Charles n'en demandait pas plus pour l'instant, sauf, peut-être, un peu d'eau avant de partir; Eusèbe devina sa soif et empoigna la cruche d'un mouvement brusque, buvant très lentement, faisant languir le commis malicieusement. Charles comprit et tourna les talons : «Envoye! Bois-la, ton eau, maudit! Moi, je me construirai ben avec ta terre! Je t'en donne ma parole!»

Il garda son énergie pour une autre tâche malaisée : faire avaler sa dernière trouvaille à Boudrias.

— C'est le cas de le dire, une terre à bois, ça risque de lui passer de travers dans la gorge, murmura-t-il, surexcité, sur le chemin du retour. Mais tu l'as pas volé, Boudrias. Tu voulais me fourrer? Ça se joue à deux.

Le patron avait jubilé dans la matinée, mais il changea de ton à la fin de l'après-midi.

— Qu'est-ce que tu veux que j'en fasse, moi, d'une terre en bois debout? T'imagines-tu que je vais aller bûcher à mon âge?

Boudrias menaça de le congédier. Eusèbe Gagnon ne se priva pas pour répandre la rumeur qu'il était carrément exploité. Même le curé trouva le moyen de s'en mêler. Un après-midi, sa ménagère prétexta maladroitement une crise de rhumatisme et demanda au commis de porter ses achats au presbytère. Comme par hasard, le curé Chevrette s'y trouvait, et seul. Après trois mots sur la température, il en arriva rapidement aux Gagnon et fit valoir sévèrement les mérites de cette famille qui avait donné tant de nouvelles ouailles à la paroisse. Comme si cela n'était pas suffisamment clair, il lança quelques phrases sur l'ingratitude des hommes face à Dieu, et, plus précisément, des étrangers que la paroisse avait accueillis à bras ouverts et qui en profitaient pour harceler des familles honorables.

— Les dettes, il faut les payer, conclut-il. Mais la charité devrait s'efforcer de faire la part des choses.

Charles ne s'était jamais senti dévot et, s'il allait à la messe le dimanche, c'était plus par désœuvrement et par vague souci de s'intégrer au village que par piété. Les reproches du prélat le touchèrent cependant. Il respectait cet homme vigoureux malgré ses soixante ans et sa petite taille; il s'amusait de le voir embarrassé par sa soutane qui entravait ses grands pas énergiques. Le curé Chevrette parlait aussi avec simplicité et persuasion, qualités que Charles admirait. Il avait surtout des yeux perçants qui voyaient bien au-delà des menus gestes du quotidien, et, malgré lui, le tiède paroissien en était fasciné et intimidé.

Il songeait à tout cela en recomptant la presque totalité de son salaire des trois derniers mois avant d'aller la confier au notaire. Il avait pris cette habitude en arrivant dans la paroisse, à sa descente des chantiers. Il avait vu de nombreux bûcherons gaspiller un hiver de labeur en s'enivrant; il avait, lui, pris le chemin du bureau du notaire. Il en était devenu marginal du coup. À la forge, Éphrem Gingras lui réglait son dû une fois par trimestre; la somme était raisonnable, mais assez importante aux yeux de Charles pour en ajouter la majeure partie à son pécule. Quand il était arrivé au magasin, il avait demandé la même fréquence de paiement. Le notaire le connaissait donc peu; cinq minutes tous les trois mois, cela ne créait pas de liens. Boudrias s'était moqué de son commis à cause de cette habitude.

— Quand on a même pas trois chemises, on fait pas le riche en déposant chez le notaire.

Charles suivait son idée. «Un notaire, c'est plus sûr qu'un bas sous le matelas, surtout quand on couche pas dans sa propre maison.» Son patron lui avait même lancé, un jour :

— Un de ces quatre matins, tu vas faire des papiers avec lui, batince! Cré Manseau!

Il avait ri. Il s'était moqué. Charles savait maintenant qu'il avait eu raison de se moquer, mais de son

98

ignorance, pas de son ambition. Aiguillonné par le souvenir de cette dérision, il poussa sa réflexion. « Un notaire, ça doit pas juste garder de l'argent puis faire des testaments. Faudrait le payer, comme de raison. Ouais, ça coûte peut-être les yeux de la tête. » Vouloir contrer sa naïveté par l'expérience d'un homme avisé, c'était louable. De là à se croire assez important pour déranger un notaire, il y avait une marge qu'il ne se sentait pas autorisé à franchir. « C'est ça, houspilla-t-il, continue à faire des marchés de travers puis tu vas rester un tout-nu dans la rue ! » Sous le coup de la colère, il se rendit de suite chez l'homme de loi avant de changer d'idée.

Mme Lanthier introduisit le visiteur dans le bureau et retourna discrètement à sa cuisine. Le notaire le salua lentement de la tête et lui désigna une chaise de sa main droite, qui, longue et blanche, tranchait avec les pièces de cuir noir qu'il portait aux coudes.

— Assoyez-vous, je vous prie, dit-il simplement.

Charles passa sa main droite dans sa tignasse. Il y avait un fauteuil et une chaise en face de l'imposant pupitre en chêne. Le fauteuil avait les pieds et les bras sculptés de feuilles d'acanthe ; le dossier et le siège étaient rembourrés et recouverts de tapisserie gris-vert, d'un ton aussi feutré que l'étude du notaire. La chaise, large et confortable, était en bois de chêne. Charles choisit de s'y asseoir, comme d'habitude. Il ne savait trop comment aborder le motif de sa visite.

Le notaire Louis-Marie Lanthier portait bien sa quarantaine. Grand et sec, avec un sourire constant un peu forcé, il aurait été presque affable sans ce brin de suffisance qui intimidait les clients et créait une certaine distance. Il vivait dans le village depuis une dizaine d'années avec sa femme, aussi rondelette que lui était fluet, et leur fils unique était pensionnaire à Sherbrooke. L'homme de loi connaissait tout le monde et les secrets de tout un chacun par les divers contrats et testaments. Il regarda le jeune Manseau, de qui, par contre, il ne savait pas grand-chose sauf qu'il économisait presque tout son salaire et que, depuis quelque temps, il réclamait les créances de Boudrias, ce qui en contrariait plus d'un.

Il sortit son livre de comptes, inscrivit la somme que Charles lui confiait, rédigea le bref récépissé et appuya son buvard sur l'encre fraîche des deux documents. Habituellement, Charles se levait à ce moment-là, tendait la main par-dessus le bureau, prenait le récépissé et partait après une brève salutation. Ce jour-là, il prit le papier, le plia soigneusement et resta assis.

— Qu'est-ce que je peux faire pour vous aujourd'hui, monsieur Manseau? demanda le notaire, curieux, en s'adossant à son fauteuil.

«Monsieur Manseau», avait dit l'homme de loi. C'était la seule personne au village qui le nommait ainsi. Cela suffit pour le mettre en confiance et il énonça son projet, qui ressemblait davantage à un problème. Le notaire l'écouta et fronça les sourcils devant son audace naïve. «Garder une partie des perceptions?» Ensuite, il frémit en entendant la proposition que Charles avait faite à Gagnon. «Eusèbe a dû s'étouffer de rage», s'amusa-t-il.

— Tant qu'à y être, vous ne voulez pas les bâtiments et le roulant avec? demanda-t-il le plus sérieusement du monde.

— Hein?

— Si vous ne visez pas un usage agricole, pourquoi vous embarrasser d'une terre? Le fond de la terre

100

pourrait rester à Gagnon et vous pourriez acquérir seulement une coupe de bois.

Charles s'agrippa mentalement à « sa » terre. Le notaire poursuivit son raisonnement.

– La coupe de bois, la voulez-vous pour du bois de chauffage ou de construction?

Le jeune commis ne le savait pas vraiment.

– Eusèbe Gagnon a besoin de son bois pour se chauffer; laissez-lui les hêtres, les érables, les bouleaux.

D'une phrase à l'autre, Charles voyait « sa » terre fondre à vue d'œil. De concession en concession, le notaire en arriva à une proposition d'affaires plus réaliste qui acheva de déposséder Charles d'un bien qui ne lui appartenait pas.

– Une coupe de bois, mais pas à vie. Disons deux ans ou deux ans et demi.

– Deux ans? Ce sera jamais assez! Qu'est-ce que vous voulez que je fasse en deux ans? Puis va falloir que je paie M. Boudrias aussi. Deux ans, ça nous sert à rien ni à lui ni à moi. Non, il acceptera jamais ça.

Effectivement, Charles avait tant fait miroiter l'argent à son patron que celui-ci le convoitait maintenant, cet argent. Après des discussions acerbes, Charles proposa sa dernière offre à Boudrias. Il exploiterait la coupe de bois et lui verserait non pas la moitié mais le quart de la vente du bois, puisqu'il aurait des frais d'exploitation et beaucoup de temps à y mettre.

– Trente pour cent, exigea Boudrias.

– Vingt-cinq pour cent, rectifia Charles, comme ce que moi je reçois.

L'affaire fut finalement conclue. Charles était quasiment aussi fier du fait qu'elle était notariée que de son contenu. « Quand on est rendu à signer des vrais papiers... » Il se rengorgea sans pudeur. Boudrias s'en aperçut. « Ce fendant-là va faire son chemin dans la vie pas mal plus que moi! » songea-t-il, se sentant de plus en plus minable à côté de son commis toujours plein d'idées. « Vaut peut-être mieux rester en bons termes avec un gars d'avenir comme lui », soupira-t-il, et il signa.

La seconde partie à gagner, c'était l'accord des Gagnon. Eusèbe respira d'aise de voir arriver Manseau avec une proposition beaucoup plus réaliste, mais il cessa net de se bercer en entendant le nombre.

— Six ans? Es-tu fou, torrieux? Il me restera plus un arbre. Deux ans, pas plus.

Rosalba s'énerva. Si près de payer leurs dettes, voilà qu'Eusèbe reculait.

— Monsieur Gagnon, je suis commis au magasin. Je peux quand même pas engager cent hommes pour bûcher nuit et jour! Puis je peux pas travailler à deux places non plus.

Eusèbe était intraitable, Rosalba de plus en plus anxieuse, et Charles regretta que son rire de l'autre jour l'ait rendue trop sympathique à ses yeux. Dérouté par l'entêtement de Gagnon, Charles ne voulait pourtant pas plier. « J'ai fait trop de chemin : je peux pas en céder plus. » Il refusait de considérer que son offre pût être déraisonnable. Agacé par les longs silences d'Eusèbe, il songeait à partir quand une odeur sucrée se faufila jusqu'à lui malgré la fumée irritante de la pipe d'Eusèbe. Rosalba leur apporta du sucre à la crème si bon et si fondant que les velléités agressives de Charles perdirent un peu de leur mordant. La diversion arrivait à point. Finalement, Eusèbe enchaîna, mi-blagueur, mi-envieux :

– Six ans, c'est ben long. À te voir aller, t'es capable d'avoir tout le canton d'ici ce temps-là!

Flatté du compliment, Charles ne perdit pas de vue que le notaire lui avait suggéré de deux ans à deux ans et demi. Il en proposa donc cinq et Gagnon en accepta finalement quatre, convaincu d'avoir eu le dessus. Ils s'en tiraient tous les deux avec décence et profit. Eusèbe, analphabète, fit lire le document à haute voix par Eugène, son petit dernier de dix ans, et lui fit ajouter «quatre ans» à la ligne laissée en blanc. En guise de signature, le fermier apposa un *x* malhabile au bas de la feuille et Charles y griffonna sa signature illisible. Il jubilait. Il apprenait vite et il fut très fier de revenir chez le notaire avec un contrat de quatre ans, presque le double de ce que Lanthier lui avait suggéré.

– Mais vous lui laissez son bois de chauffage, rectifia placidement celui-ci, impressionné malgré lui et mortifié que son jeune client ait suivi son idée et ait eu gain de cause. «Étonnant, ce jeune Manseau», conclut-il en le regardant quitter son étude.

«Drôle de gars», pensait Éphrem dans sa forge, où il tapait d'un bras moins ferme sur l'enclume depuis quelque temps. Il regrettait Charles parfois, parce que celui-ci avait une meilleure poigne avec les chevaux que Clophas. «Ouais, je l'aurais voulu dans ma forge, mais c'est dans le lit de ma fille qu'il s'en va.» Il donna un coup de marteau sur une tige de fer; ce fut le plus solide de toute l'année. Ce soir-là, il ronchonna en se déchaussant :

– Ma fille, je l'ai élevée de mon mieux, nourrie comme il faut, fait instruire au couvent des sœurs, fait soigner quand c'était nécessaire, puis là, à c't'heure, ce gars-là va me la prendre. Il va la faire rire, lui faire de la peine peut-être, lui faire des enfants c'est certain, puis la faire souffrir. Est-ce qu'il va en prendre soin comme il faut, au moins? Est-ce qu'il va gagner leur vie comme du monde?

— Ben oui! répondit Amanda en retirant ses deux peignes de corne et en dénouant ses lourdes tresses brunes entrelacées de fils d'argent. Comme si Charles était un étranger! Il a travaillé trois ans dans ta forge puis il a pensionné chez nous. Tu le sais ben qu'il a du cœur.

Éphrem se coucha lourdement, fatigué.

— Oui, je le sais. Mais ma fille, je voudrais qu'il lui arrive rien que du bien; c'est normal, me semble.

Amanda souffla la lampe et s'étendit contre lui.

— Ils feront aussi ben que les autres. Fais-leur confiance.

— À eux autres, oui. Mais la vie…, elle est pas mal ratoureuse, des fois.

Amanda se détacha de lui, comme si sa sœur était là, ce soir, entre eux.

— Elle est si dure que ça, ta vie avec moi?

Il se tourna vers elle et la ramena contre lui.

— Pour me plaindre, faudrait que je sois un sans-cœur.

Et il la prit avec toute la puissance sereine d'un homme qui se sait accueilli pour de vrai par sa femme. Mais il ne put quand même s'empêcher de penser, avec un pincement au cœur, que dans quelques mois Charles Manseau prendrait sa fille de la même façon.

7

Boudrias regardait tomber la pluie maussade aux carreaux de la fenêtre de la cuisine. Le grésillement des œufs dans la poêle le ramena à son estomac qui criait famine maintenant que la messe du dimanche était chose faite.

— Comme ça, c'est à midi que ça se règle? dit-il, content, en servant les œufs brouillés.

— Oui, grommela Charles.

Boudrias s'attabla et beurra une large tranche de pain.

— Ça va faire du bien d'avoir une femme ici-dedans. Du temps de ma défunte, ça avait pas mal plus d'allure.

Il avala une bouchée et rajouta du sel.

— Je mangeais pas mal mieux aussi.

Le fiancé fronça les sourcils. «Il s'imagine quand même pas que Mathilde viendrait vivre ici pour le servir?» Il commença à manger à son tour, réprimant une grimace, et les œufs étaient trop visqueux à son goût, comme d'habitude.

— C'est sûr qu'il faut que tu te décides; les noces, ça s'en vient, dit le patron d'un ton sans équivoque.

Pendant le court trajet qui séparait le magasin général de la maison des Gingras, Charles rumina ses réticences. «Juste à penser qu'il serait de l'autre bord du mur à nous écornifler, le poil me retrousse. Si j'avais pu avoir ma maison, j'aurais pas à accepter la charité de tout un chacun.» La coupe de bois, il l'avait surtout acquise afin de construire une maison pour Mathilde et lui, et leur famille à venir. Malgré ses protestations chez le notaire, il avait été bien aise de ne pas toucher au bois de chauffage des Gagnon. Mais il avait dû se rendre à l'évidence : la coupe de bois, il ne suffisait pas de l'obtenir. En principe, il couperait son bois cet automne, le débiterait au printemps, le laisserait sécher tout l'été, le scierait et entasserait les planches un an ou deux avant de construire. De la sorte, les planches qui auraient eu à travailler l'auraient fait et sa maison serait solide durant cent ans pour ses enfants et ses petits-enfants. Mais ce délai de séchage signifiait au moins une année, sinon deux. C'était long, très long pour lui, désireux de montrer à tout le village qu'il pouvait bien faire vivre sa famille dans une maison qui serait à lui. «Manseau ou pas, le bois séchera pas plus vite», grogna-t-il, se soumettant de mauvais gré. Il frissonna, transi sous la pluie froide malgré ses vêtements d'automne. «Ouais, c'est pas demain que je vais l'avoir, ma maison, mais c'est aujourd'hui que je dois donner ma réponse aux Gingras pour le logement. Et à Boudrias!» soupira-t-il.

Il entra par la forge. Mathilde ouvrit tout de suite la porte de la cuisine et l'accueillit sur le petit palier en haut des trois marches. Elle était plus radieuse que jamais. «Elle a si hâte que ça de se marier avec moi?» s'étonna-t-il une fois de plus.

— Le dîner est presque prêt, lui souffla-t-elle. Donne-moi ton manteau.

Elle referma la porte derrière elle et suspendit le manteau à un crochet fixé au mur de l'escalier qui menait à la chambrette de l'engagé. Elle s'attarda.

– Charles, ce serait peut-être mieux chez M. Boudrias. Ici, poursuivit-elle en se retournant vers la cuisine, on serait pas souvent tout seuls.

– C'est trop sale, répondit-il simplement en se passant la main sur le front pour en enlever les grosses gouttes de pluie.

– Oui, mais…

Il la regarda et eut une idée.

– À moins que… Mathilde, suggéra-t-il impulsivement, on pourrait retarder le mariage et construire la maison avant.

– T'as changé d'idée? demanda-t-elle, les larmes aux yeux.

– Ben voyons donc, qu'est-ce que tu vas chercher là? C'est pas ça, c'est juste qu'on serait plus à notre aise chez nous puis que…

Il comprit brusquement ce que signifiait une si longue attente. Il eut si peur de perdre Mathilde qu'il la serra spontanément contre lui pour lui prouver qu'il n'avait pas changé d'idée. La passion les submergea. Les bouches étaient insatiables. Les mains caressaient avec volupté, profitant de cette rare intimité. Mathilde n'avait pas le goût de se ressaisir, mais elle craignait que quelqu'un ne surgisse derrière eux.

– Charles, non…

Le petit Alphonse ouvrit la porte et se figea en les voyant soudés l'un à l'autre. La grande sœur se pencha vers le gamin de huit ans et lui chuchota à l'oreille :

– C'est un secret, Alphonse. Un secret juste pour nous trois, hein? Promis?

L'enfant sourit, promit, mais resta là, accroché à ses jupes. Charles souffla, à voix basse :

– On attendra pas la maison.

Il se demandait même comment ils pourraient patienter encore trois mois. Avant le dessert, Éphrem entra dans le vif du sujet.

— Mathilde a toujours eu une chambre pour elle toute seule. Comme je te le disais l'autre jour, si vous la trouvez pas trop petite pour vous deux, on vous l'offre.

Les fiancés se jetèrent un regard, encore indécis. Le père se méprit sur le silence de son futur gendre.

— Puisque tu feras partie de la famille, on laissera faire pour la pension.

— Je gagne assez pour voir à ma famille, répliqua vivement Charles en se redressant sur sa chaise. Je paierai le double du temps où j'étais ici, en garçon.

Amanda servit un gâteau au sirop d'érable.

— Justement, tu seras plus garçon, mais notre gendre. Tu reviendrais chez nous comme si c'était chez toi. C'est notre manière de vous aider.

— Je peux…

— On le sait que tu peux! s'irrita le forgeron. Mais j'ai rien qu'une fille; moi aussi, je peux lui faire un cadeau.

Mathilde se trémoussa un peu. « Oui, mais ma chambre est trop proche de celle des garçons; je me sentirais pas à mon aise. » Elle regarda Charles en se pinçant un peu les lèvres; il lui rendit son regard et dit :

— On veut pas vous déranger, puis votre fils Clophas est le plus vieux à c't'heure que Damien est aux chantiers; il aimerait peut-être ça avoir une chambre à lui, à son âge. Je pense que mon ancienne chambre, ce serait assez grand pour nous deux. Pour le reste, ben, ce serait comme avant.

Mathilde fronça les sourcils à son tour; la chambrette était minuscule et si peu éclairée. Mais elle était aussi séparée de celles des autres. Elle revint quand même à son idée.

— Tu as dit que M. Boudrias avait offert de…

— C'est plus grand, c'est sûr, répondit Charles en piquant sa fourchette dans son morceau de gâteau, mais c'est mal chauffé, il y a presque pas de clarté, puis du frottage en masse avant que tu sois ben là-dedans. T'aimerais pas ça.

« Si seulement j'avais ma maison », rumina-t-il. Mathilde se rangea à son avis.

— Dans le fond, on a pas besoin de grand-place; c'est juste pour…

Elle allait dire « se coucher » et s'arrêta, intimidée, cherchant une autre formulation.

— … pour une chambre. On vit pas là-dedans toute la journée.

— Voir si ma fille va rester dans ce coqueron-là! protesta le père, mortifié.

Charles le prit de court.

— C'était assez bon pour moi dans le temps; j'en suis pas mort.

— Faudrait au moins pouvoir y entrer un grand lit, protesta Amanda, déçue.

— On va aller voir, dit Clophas avec empressement.

Il entraîna Léonard avec lui. Ils allèrent en riant mesurer celui des parents puis grimpèrent dans la chambrette. Les adultes burent leur thé en silence; Éphrem cachait mal sa contrariété et Mathilde son contentement. Les garçons revinrent en coup de vent.

— Si tu mets le vase et le pot à eau sur la commode au lieu d'un chiffonnier, ça va! déclara Clophas.

Mathilde entama son dessert à son tour.

— On va être ben corrects de même.

Quand Charles rentra pour souper et annonça sa décision à Boudrias, celui-ci s'offusqua.

— Tu vas quand même pas me dire que ton coqueron c'est mieux qu'ici-dedans?

Charles préféra mentir.

— Mathilde préférait rester proche de ses parents.

Boudrias se servit un grand verre de whisky et en oublia le rôti de porc dans le fourneau. Il s'en souvint en sentant une odeur âcre. «Batince! J'haïs ça les beurrées de graisse de rôti brûlé.» Après le repas silencieux, il se versa un autre verre et laissa toute la vaisselle, y compris le chaudron encroûté, à Charles, qui se garda bien de rouspéter. La boisson aidant, Boudrias s'avoua entre deux whiskies que son logement était sale et déprimant. Il était aussi obligé d'admettre, par contre, que ses affaires allaient beaucoup mieux depuis que Charles travaillait pour lui. «Il est fatigant avec sa manie de tout ranger, mais ça fait rentrer l'argent, ç'a l'air.» Il soupira et avala une autre gorgée. «Il fera pas vieux os ici!» se dit-il, ne sachant s'il devait le déplorer ou s'en réjouir.

Charles se coucha de bonne heure, mais fut long à trouver le sommeil. Les arrangements de la journée lui rappelaient concrètement qu'il allait bientôt partager son lit avec Mathilde. Sa virilité s'émoustillait. Il se souvint du jour où il avait parlé des femmes à son père, lui demandant gauchement comment faire.

— Tu te la prends dans les mains, puis tu lui fourres dans le cul!

Aujourd'hui, fiancé à une belle jeune fille, la pensée de sa nuit de noces suscitait un malaise en lui. Il désirait sa fiancée de toute sa chair et elle le désirait tout autant, il le savait. Mais les explications paternelles et les commentaires équivoques de certains hommes, entendus à gauche et à droite, reprenaient le dessus et troublaient sa hâte amoureuse, la salissaient quasiment. Il se rabattit sur un sujet moins troublant : terminer la récupération des créances.

Il les avait presque toutes obtenues, en argent sonnant, ou en produits divers, ou en temps, comme avec le vieux menuisier. Saint-Cyr avait en effet effectué quelques travaux urgents au magasin, donc pour Boudrias. Charles s'était réservé des heures de travail pour lui, plus tard, quand viendrait le temps de construire sa maison. Au début, le menuisier à la retraite s'était accommodé de l'entente, plus ou moins convaincu que les projets du jeunot ne se réaliseraient pas. Mais le vieux fumeur de pipe, malgré son âge, commençait à se faire à l'idée qu'il devrait bien, un jour ou l'autre, travailler gratuitement pour Manseau. Il persistait à voir la chose ainsi et à le dire. Charles s'en souciait plus qu'il ne l'aurait voulu, contrarié que quelqu'un puisse trouver à redire à son attitude irréprochable et quasiment digne d'éloges. «Je lui donne la chance de payer ses dettes puis il chiale encore.» Finalement, il chassait cette idée de sa tête, rassuré, parce que, quoi qu'en dise le vieux grincheux, il lui ferait un excellent travail. Cela, il en était sûr. Il savait reconnaître un travail bien fait; il avait l'œil, et du flair.

Ce flair l'avait servi de façon inattendue. Par une journée pluvieuse de fin septembre, sachant qu'il trouverait le fermier à la maison, il était allé au fond du troisième rang, chez les Thibault. «La dernière dette à rentrer. Après, je m'occupe de ma terre!» Il était arrivé au beau milieu d'une réunion d'une dizaine de femmes : celles de la maison et quelques voisines. Il avait pourtant oublié qu'il était en quelque sorte un intrus dès qu'il avait aperçu le but de cette réunion : le piquage d'une courtepointe. Il travaillait depuis assez longtemps au magasin général pour pouvoir évaluer un travail de couture de ce genre même s'il était un homme. « C'est la plus belle que j'aie jamais vue ! » se dit-il, admiratif. Il décida sur-le-champ de l'offrir à Mathilde comme cadeau de noces. « Ça vaut pas toute leur dette, mais pour la petite différence, je m'arrangerai avec Boudrias. »

Le fermier avait capté le regard de convoitise du jeune créancier. Il complimenta lui aussi le bel ouvrage, et Agathe, l'aînée, en rougit d'aise. Pour la première fois de sa vie, lui semblait-il, son père appréciait son travail. Il était temps : elle était sur le point de se marier. La conversation des hommes revint au temps maussade qu'il faisait, à la créance, et la fille aînée comprit tout à coup, au détour d'une phrase, que les flatteries n'étaient pas innocentes : les deux hommes négociaient sa courtepointe devant elle. Sans elle. En d'autres circonstances, elle aurait été fière de tant de convoitise, mais cette courtepointe-ci n'avait pas été créée pour du marchandage. Elle faisait partie de son trousseau, parce qu'elle allait se marier dans trois mois quand son Wilfrid descendrait des chantiers, aux fêtes. Les yeux désemparés d'Agathe cherchaient l'appui de sa mère, qui se résolut finalement à dire à Omer, d'un ton soumis :

— Tu sais qu'Agathe y tient, à cette couverte-là.

Ce fut tout. Pas de protestations indignées. Pas d'opposition farouche. Pas de refus net. Omer y voyait un moyen de se libérer de sa dette à bon compte et il n'avait pas l'intention de perdre une si belle occasion même si sa fille y trouvait à redire. Charles perçut bien quelques regards de supplication avant que la jeune fille ne quitte brusquement la cuisine, mais il ne voulut s'y arrêter. «Presque toutes les femmes cousent des ouvrages de même, elles en feront une autre.» Charles était reparti avec la promesse d'Omer qu'il lui livrerait la courtepointe à la mi-novembre au plus tard.

«La mi-novembre, c'est cette semaine», se rappela Charles ce soir-là, glissant enfin dans le sommeil. Sa dernière pensée fut celle-ci : «Ça veut dire aussi que j'ai fini la job des créances. Va falloir régler mes affaires avec Boudrias.»

Tel que convenu, Omer Thibault arriva le mardi suivant avec la courtepointe bien pliée dans un drap et il repartit avec le drap et la quittance. Charles trouva l'ouvrage encore plus beau que deux mois auparavant. La courtepointe était si belle, en effet, que son patron, pourtant peu soucieux de literie, éprouva une coquetterie de mauvais aloi.

— On est supposés se partager les dettes, oui ou non? Je la garde.

— Hein? C'est pour Mathilde, protesta Charles.

— Puis toi avec elle en dessous, hein?

Le fiancé rougit malgré lui, se souvenant des allusions gaillardes des vieux fumeurs de pipe. Mais son patron n'était pas d'humeur à se faire contredire et il s'empara de la couverture.

— On verra ça un autre jour.

— Ben voyons, je…

— Un autre jour, j'ai dit!

Sous prétexte de la ranger, Boudrias monta la déplier sur son lit. Le contraste fut si désastreux entre les couleurs éclatantes du tissu et la grisaille de la chambre que le veuf en fut profondément déprimé. Il rapporta la couverture à Charles.

— C'est correct, tu la donneras à Mathilde, mais c'est *mon* cadeau de noces. Ça la tiendra au chaud de ma part, gloussa-t-il.

Charles monta tout de suite l'ouvrage dans sa chambre avant que l'autre ne change d'idée. Une fois redescendu, il ne se remit pas tout de suite à sa besogne.

— Qu'est-ce que t'as à bretter? maugréa le patron qui rangeait des pots de mélasse.

— Monsieur Boudrias…, cet ouvrage-là, c'était la dernière créance. J'ai fini ma job.

Le marchand leva la tête.

— Puis?

— Ben, on a un contrat pour ça.

— Je t'ai payé au fur et à mesure.

— Oui, mais juste vingt-cinq pour cent. Je les ai toutes rentrées. Je devrais avoir cinquante pour cent.

— Puis moi? Je garde la moitié de la courtepointe? lui dit l'autre sans sourciller.

Charles serra les dents. Il redoutait ce bilan depuis le début. Ses craintes étaient justifiées : Boudrias lui avait préparé un décompte à cause de la coupe de bois qui profiterait plus à Charles qu'à lui. Le veuf enfila ses petites lunettes de presbyte sur le bout de son nez et ajouta la courtepointe indivisible dans la répartition des créances. Il calculait vite, plus vite que son commis, d'autant plus qu'il avait eu le temps de préparer ses chiffres.

— Puis la grosse créance de Lucien Houde? protesta Charles. Mettez-moi-z-en la moitié, d'abord!

— Ça compte pas là-dedans, je te l'ai déjà dit. C'est notre entente. Telle quelle.

Charles avait cru jusqu'à la dernière minute que Boudrias reviendrait sur sa décision et lui donnerait sa part malgré tout. Maintenant, il devait définitivement oublier la créance importante des Houde et, en plus, se contenter, avec amertume, de vingt-cinq pour cent sur le reste et non des cinquante pour cent convoités. «Je suis pas encore d'affaires, maudit, mais je vais apprendre! ragea-t-il, ulcéré. Je vais apprendre certain!»

Il se rendit chez les Gingras le soir même, ne pouvant plus supporter la présence de son patron et pressé de montrer la couverture à Mathilde, qui en fut émerveillée.

— J'en ai jamais vu une belle de même! Qui l'a faite, Charles? Faut que je la remercie sans faute.

Charles ressentit une mauvaise conscience tardive et feignit d'être attentif aux propos d'Amanda.

— C'est qui? insista Mathilde, encore sous le coup de l'émerveillement.

Le fiancé se fit évasif, pressé, et, devant l'insistance de Mathilde, il s'irrita:

— C'est un cadeau de Boudrias; tu vas quand même pas faire une enquête sur un cadeau?

Stupéfaite de se faire rabrouer de la sorte, Mathilde regarda Charles comme si elle le voyait pour la première fois. Elle croyait le connaître par cœur, pouvoir dessiner ses traits les yeux fermés, et pourtant, à cet instant, il était un étranger, insondable. Le cœur serré, elle murmura:

— T'as raison, ce serait pas poli.

Amanda, mal à l'aise, prit la courtepointe et la replia avec soin.

— On va la mettre dans le trousseau. Elle aura plus ben longtemps à attendre, à c't'heure, dit-elle doucement.

Elle monta la ranger dans le coffre en cèdre de Mathilde pour les laisser seuls deux minutes. Ils ne les eurent pas : Éphrem entra précipitamment.

— Amanda, ta tante Delphina a eu une faiblesse !

Delphina était la tante et la marraine d'Amanda et surtout la seule survivante de l'âge de ses parents dans sa famille. À plus de quatre-vingts ans, toute menue et tassée par le temps, elle persistait à vivre seule dans sa petite maison. Elle était déjà veuve depuis quelques années lorsque son fils unique était parti pour les États-Unis, il y avait déjà une quinzaine d'années de cela. Depuis lors, elle préférait vivre dans la solitude avec les souvenirs de son mari. Personne d'autre n'aurait pu l'entourer avec autant de sollicitude que celui-ci l'avait fait durant leurs quarante années de mariage.

— Laisse faire ça, ma Delphina, lui disait-il à propos de tout. Tu vas abîmer tes belles mains.

Il rentrait le bois pour le poêle, lavait le plancher, faisait parfois la lessive. Il couvait sa femme enfant comme si elle avait été une princesse et, en retour, elle le traitait comme un roi, son roi à elle toute seule. Delphina, adulée, adorée, avait quasiment vécu comme dans un rêve, sans bruit, sans éclat, et, seule depuis longtemps, elle déplaçait bien peu d'air dans sa maison silencieuse.

Maintenant clouée au lit, elle avait besoin d'aide. Amanda la veilla avec soin. La vieille dame l'avait toujours choyée à sa manière ; à leur manière, en fait, puisqu'elles étaient toutes les deux douces et effacées. Amanda essayait péniblement de tout mener de front : soigner sa tante, tenir maison pour sa propre famille, nourrir sa maisonnée. En plus de cuisiner à l'avance pour les fêtes et pour les noces, prévues pour le 27 décembre. Il se révéla rapidement que la mère de famille ne pouvait tout assumer et Mathilde dut la remplacer souvent au chevet de Delphina.

— Tu suffiras pas à la tâche, c'est certain, finit par dire Éphrem. Écris donc à Émérentienne de s'en venir tout de suite pour t'aider. Elle va descendre pour les noces, de toute façon.

— Ta sœur? sourcilla Amanda. Il manquerait plus que ça!

Sa belle-sœur, encore institutrice en Beauce, vouait sa vie autant à la discipline qu'à l'éducation. Un peu moins grande qu'Éphrem, elle avait l'air d'une échalote parce que trop mince. Ses longues mains osseuses maniaient aussi bien la règle que le crayon ou la craie et plus d'un élève avait craint de subir une correction, mais Émérentienne en imposait suffisamment par le regard sans devoir sévir. C'était du moins le souvenir qu'Amanda en avait, d'après les confidences de son mari et les rares visites de sa belle-sœur, qu'elle voyait très peu et qui avait toujours eu l'air de savoir mieux qu'Amanda comment celle-ci aurait dû diriger sa maisonnée. La proposition pouvait difficilement plaire à la maîtresse de maison. Éphrem insista.

— Avec tout l'ouvrage ici-dedans, elle va avoir de quoi s'occuper. De même, ce sera mieux pour tout le monde, ajouta-t-il en cachant un sourire narquois dans la fumée de sa pipe.

— T'as peut-être raison, soupira-t-elle, fatiguée. On l'a pas vue depuis longtemps; elle a peut-être changé.

« Une visite en dix ans, ça doit pas être si éprouvant... », se résigna Amanda, ayant un urgent besoin d'aide. La sœur d'Éphrem débarqua du train six jours plus tard. Sitôt ses bagages déposés dans la chambre de Mathilde, qui soupira en pensant que ses dernières semaines de jeune fille se passeraient à côté du corps maigrelet de sa tante grincheuse, la visiteuse noua son grand tablier autour de ses hanches plates en quelques gestes précis et nerveux.

– Dis-moi ce qu'il y a à faire, Amanda : je vais prendre ça en main.

«C'est ben ce qui me fait peur», soupira sa belle-sœur, quand même soulagée de déléguer une partie de sa besogne. Elle pouvait maintenant s'occuper davantage de sa tante et relayer Mathilde à son chevet. La jeune fiancée pouvait, quant à elle, terminer les derniers préparatifs de son trousseau.

Mathilde avait passé de longues journées à veiller sa grand-tante. Du fond de son lit, que creusait à peine son petit corps menu, Delphina avait eu le temps de l'observer; de sa chambre, elle avait pu l'entendre vaquer aux occupations quotidiennes. Elle avait apprécié son travail bien fait et sa douceur. Trop malade pour vivre toute seule dorénavant, même si elle demeurait au village, tante Delphina surprit tout le monde avec une proposition inattendue. Par l'entremise d'Amanda, elle offrit au futur couple d'habiter chez elle, à la condition que Mathilde s'occupe des soins ménagers et Charles de l'entretien de la bâtisse; ils devraient aussi fournir la nourriture et le bois de chauffage. Ces conditions étaient tout à fait raisonnables. À quelques semaines des noces, les fiancés crurent à un cadeau du ciel.

Ils allèrent rendre visite à la grand-tante le soir même. Elle demeurait assez près. Il suffisait de monter la rue de la forge et de tourner ensuite à gauche. La maison était donc sur la même rue que l'église, mais du côté opposé. Derrière, après une petite cour, le terrain tombait en pente de cinq ou six mètres vers la rivière qu'enjambait, plus loin vers la droite, après la courte rue où se trouvait le magasin général, un petit pont, presque en face de l'église. Charles évalua d'un coup d'œil la petite maison, dont la façade était à peine plus longue que les côtés. Le toit de bardeaux se divisait en deux larges pentes qui descendaient, l'une vers la rue, l'autre vers l'arrière. Les murs des côtés montaient en pointe jusqu'au faîte du toit. L'un des côtés était percé de quatre ouvertures symétriques : deux fenêtres à l'étage, et, au rez-de-chaussée, une fenêtre près de la rue et la porte donnant accès à la cuisine. «De l'autre côté, il doit y avoir quatre fenêtres, deux en haut, deux en bas», déduisit le fiancé, qui avait souvent vu ce genre de construction.

Une galerie sans toiture courait sur le côté où se trouvait la porte de la cuisine et se prolongeait sur tout le mur arrière, face à une petite cour. Au fond de celle-ci, une écurie à peine assez grande pour un seul cheval et deux voitures, l'une d'été, l'autre d'hiver, commençait à se délabrer. Une samare d'érable transportée par le vent avait germé contre l'un des battants de la porte et l'arbrisseau dépassait déjà le toit du petit bâtiment, cachant le côté gauche de la porte. «Ça fait longtemps qu'il y a pas eu d'homme ici!» se dit Charles. Un grand contentement l'envahit. Il allait remettre de l'ordre sur la propriété. «Ma maison», se risqua-t-il à penser avec une fierté inattendue qui lui gonfla le cœur.

Mathilde entra par la porte de la cuisine. Maintenant qu'elle allait vivre ici, elle la regardait avec une acuité nouvelle. Le rez-de-chaussée était divisé en deux pièces de même dimension, la cuisine et le salon.

Celui-ci avait toujours été fermé, à ce qu'il semblait à Mathilde, et elle en avait prévenu Charles. C'était l'ancienne boutique de tailleur de son grand-oncle, et sa grand-tante y avait laissé les choses telles qu'elles étaient à la mort de son mari.

Mathilde et Charles examinèrent la cuisine. À gauche de la porte, que Charles referma derrière lui, une table adossée au mur, avec quatre chaises : une à chaque bout et deux du même côté, dos au poêle et face à la galerie. Dans l'angle, une horloge grand-père égrenait son tic-tac ; devant, une berçante se trouvait placée entre deux fenêtres, ce qui permettait, quand on s'y assoyait, de voir l'allée menant à l'écurie ou la rue. Du côté de la rue, un buffet vitré. Plus loin, la porte extérieure avait été dissimulée par une sorte de tambour intérieur, pour que les clients du mari de Delphina puissent entrer et passer au salon sans jeter de regards indiscrets à la cuisine.

Contre le mur intérieur qui séparait la cuisine du salon se trouvaient le poêle à bois et la boîte à bois, ainsi qu'une armoire montant jusqu'au plafond, en étroites planches verticales, comme le mur. Le long du dernier mur, qui donnait sur la rivière, se trouvaient l'évier et la pompe ainsi que l'escalier qui menait à l'étage. Mathilde aimait la pièce. C'était plus petit que chez ses parents, mais plus éclairé, avec des fenêtres sur trois côtés. Charles passa sa main discrètement sur un mur donnant sur l'extérieur : le vent ne s'y infiltrait pas trop.

— Puis qu'est-ce que t'en penses ? demanda Mathilde, tout excitée.

Il sourit. Amanda descendit de l'étage.

— Ma tante s'est endormie, dit-elle à voix basse.

Les fiancés étaient déçus; il tardait à Mathilde de faire visiter à Charles le reste de la maison, leur maison.

— Bon, allez-y, accepta Amanda, mais faites pas de bruit.

Mathilde monta deux marches puis laissa passer Charles, intimidée d'être suivie de si près par son fiancé. Après quelques marches sans rampe, l'escalier, encadré d'un muret fermé à sa gauche, tournait à angle droit et débouchait directement dans la grande chambre du haut, de même dimension que la cuisine. «Ce doit être plus chaud l'hiver avec la chaleur d'en bas», pensa Charles. «On sera mieux dans une chambre fermée», pensa la fiancée. Charles fut étonné de voir deux commodes massives et ouvragées.

— Mon grand-oncle les avaient reçues en paiement, souffla Mathilde.

Les jeunes gens n'allèrent pas près du lit où dormait Delphina et entrèrent tout de suite dans la chambre de droite, celle qui serait bientôt la leur. Pour y accéder, ils devraient toujours traverser d'abord celle de la tante. Mais ils oublièrent bien vite cet inconvénient. Leur chambre était deux fois plus petite que la précédente, et Charles fut content d'être de taille moyenne : le toit en pente diminuait sérieusement l'espace. Comme chez Boudrias, la tête du lit donnait sur la cloison inté-rieure, plus haute et moins froide l'hiver. C'était un vieux lit double qui servait au fils de Delphina et à son épouse quand ils venaient en visite, une fois l'an. Les fiancés regardaient tout, ravis comme des enfants qui auraient reçu en cadeau une maison jouet. Le lit leur fit songer à leurs prochaines épousailles et ils écourtèrent la visite. Craignant de réveiller la grand-tante, ils n'osèrent pas visiter la petite chambre du fond, attenante à la leur et de même dimension; Mathilde la croyait d'ailleurs fermée comme le salon.

Comparée à la chambrette jadis occupée par Charles en haut de la forge, la maisonnette apparut aux fiancés plus grande qu'un manoir et la présence de Delphina leur sembla un détail dans l'entente. Charles pouvait marcher la tête haute : il amènerait sa jeune épouse dans une vraie maison.

— C'est à nous autres, murmura Mathilde en sortant sur la galerie.

Éphrem les regarda revenir lentement quelques minutes après Amanda.

— Je me demande comment ils vont s'entendre avec ta tante, dit-il simplement.

— Ouais, les premières semaines à deux, c'est déjà tout un accommodement, répondit-elle en enlevant son manteau.

— Toi, t'avais pris de l'avance; t'étais déjà dans la place, la taquina Éphrem.

Amanda sourit.

— Il y a eu ben d'autres ajustements à faire.

— Penses-tu qu'ils s'énervent avec ça, eux autres?

Les fiancés ne se souciaient aucunement du futur. La maladie de Delphina et les changements qui en découlaient leur causaient déjà assez d'émoi pour s'occuper. Charles, absorbé par les derniers préparatifs, digéra plus facilement que sa sœur Hélène ne vienne pas à son mariage; après tout, les quatre autres membres de sa famille y seraient.

8

Quand Charles se leva, vers six heures, le matin de ses noces, fin décembre 1895, il faisait encore noir. « À partir d'à c't'heure, pensa le futur marié, les jours vont rallonger, la lumière va revenir. » C'est ainsi qu'il se sentait, sortant des ténèbres de sa solitude pour commencer une nouvelle vie avec Mathilde.

Pieds nus sur la petite catalogne, il versa de l'eau dans le vase et y plongea une débarbouillette; l'eau glacée le fit frissonner. Il entama promptement sa toilette. « Un jour comme aujourd'hui, on lésine pas là-dessus. » Pourtant, il n'avait pas le courage d'enlever sa longue chemise de nuit, remplie de sa chaleur. Il se frictionnait bien vite, en pensant aux mains de Mathilde qui, ce soir, exploreraient son corps. « À soir, je vais coucher dans notre chambre, songea-t-il; il est temps! » Mais, en même temps, il n'était pas si sûr de lui. Parce que ces idées le travaillaient un peu trop à son goût, il compléta ses ablutions en sifflant.

Il sortit son costume d'un tiroir de la commode et l'étendit sur son lit. Il s'était gréé de neuf des pieds à la tête pour la circonstance, se procurant son habit de noces au magasin général. « La prochaine fois, je m'en ferai venir un par catalogue », pesta-t-il encore un peu contre Boudrias qui ne lui avait pas consenti la moindre remise. « La prochaine fois, je veux dire le prochain costume, pas les prochaines noces.» Il se mit à rire, le cœur revenu à ses amours. «Mathilde et moi, c'est pour la vie» se rassura-t-il en enfilant son pantalon.

Enfin prêt, il se redressa et lissa son costume. Ces vêtements neufs lui donnaient vraiment une belle prestance. Il jeta un coup d'œil à la fenêtre; le soleil pointait lentement à l'horizon. Il s'énerva. Il était près de sept heures et sa famille n'était pas encore là. «Ils sont peut-être rendus à l'église? Ou bien chez les Gingras? Il doit le faire exprès, maudit! C'est comme le matin où je suis parti. Ouais, c'est loin, ça, déjà six ans!» Cela lui semblait hier et en même temps remonter à un siècle. Il se réconforta au souvenir de sa petite sœur Mélanie, qui lui avait confirmé que toute la famille assisterait aux noces. Une lettre en réponse à l'invitation qu'il avait demandé à Mathilde de rédiger.

— Les hommes, on sait pas toujours comment dire les affaires, avait-il simplement énoncé.

La fiancée avait hésité, étonnée.

— Mais… t'aimerais pas mieux y aller toi-même? C'est important, se marier!

Charles n'aimait pas la tournure de la discussion.

— C'est sûr que c'est important, Mathilde. C'est même la chose la plus importante de ma vie. Mais j'ai pas deux jours de voyagement à mettre pour l'annoncer si je peux faire autrement. J'ai même pas de cheval ni de voiture, tu le sais.

— Mon père pourrait te prêter la sienne.

— On commence pas sa vie en quêtant.

Elle soupira. Quand il sortait sa fierté, il semblait en oublier le raisonnable. Elle écrivit la lettre et tourna les phrases en se laissant aller à sa joie. Quand elle la lut à haute voix, il hocha la tête.

— T'en mets trop, je pense. Ils me reconnaîtront pas là-dedans.

— Mais ce que j'ai écrit, le penses-tu ?

— Ben oui.

— Laisse-le de même, d'abord, si c'est ça que tu penses.

Il n'était pas convaincu.

— Non, écris-la plus…, moins… Je veux juste leur dire qu'on se marie.

— Puis que tu serais content qu'ils viennent ? insista-t-elle, moqueuse.

Charles s'assombrit.

— Oui, mais pas dit de même. Oublie pas d'écrire que j'ai pas de voiture puis pas de congé pour y aller.

Mathilde se résigna, refit une lettre bien moins chaleureuse, mais tout de même encore un peu trop au goût de Charles. La réponse qu'il reçut fut tout aussi brève.

— Tu vois qu'ils sont pas plus écriveux que moi, avait-il dit, moqueur à son tour, en tendant la réponse à Mathilde ; lis-la, tu vas voir.

Elle avait pris la lettre, où il n'y avait que quelques lignes, et avait souri.

— Elle t'aime beaucoup, ta petite sœur ; as-tu vu le nombre de becs en bas de la lettre ?

Devant son air presque étonné, elle lui dit :

— Ferme les yeux : je vais te la relire tout fort. Comme ça, tu te feras croire que c'est Mélanie qui te le dit elle-même. « Mon cher Charles, on a reçu ta lettre et on est bien contents pour toi. On sera là pour la cérémonie sans faute. Ta petite sœur, Mélanie. XXXXXXXX »

Ému, Charles avait eu hâte, tout à coup, de les revoir. Ce matin, en se regardant dans le petit miroir fêlé, il était content que les retrouvailles soient à son avantage, que sa famille le retrouve à son meilleur avec Mathilde à son bras. «Comme ça, s'avoua-t-il, le père puis moi, on sera pas face à face, tout seuls comme des cotons.»

Profitant de cette rare sortie, la famille devait avoir prévu de coucher en chemin, la veille, chez l'oncle Arthur, un frère de Berthe, et d'arriver au village le matin même. Se souvenant que son père s'attardait quand il était obligé de faire quelque chose qui ne lui plaisait pas, Charles était convaincu qu'il ferait exprès d'arriver en retard à son mariage. Sa tension monta et il fit soigneusement le lit pour laisser la chambre en ordre. «Boudrias pourra rien me reprocher, là-dessus comme le reste.» Il rassembla ses derniers effets dans le tiroir du haut de la commode; il les reprendrait dans quelques jours en venant travailler au magasin. Cela fait, il quitta sa petite chambre de célibataire. «Un morceau de ma vie qui vient de finir», se surprit-il à penser avec un peu d'anxiété face à tous les changements qui s'en venaient.

Boudrias et lui finirent de se préparer, affamés mais respectant le jeûne total avant la messe. Ils tournaient un peu en rond, aussi surpris l'un que l'autre de se rendre compte que, au lieu du soulagement escompté, ils ressentaient l'impression désagréable de perdre, l'un un père «parlable» et l'autre un fils, «même dérangeant plus souvent qu'à son tour». En vrais hommes qui ne se laissaient pas aller à la sensiblerie, ils se hâtèrent tous deux de refouler ces sentiments le plus loin et le plus vite possible. Le temps passa. C'était l'heure.

— Cou'donc! s'énerva Boudrias, tes parents viennent ici ou chez les Gingras?

— Je le sais pas.

— Ben, qu'est-ce qu'on fait? On attend ici ou on part?

— On attend. Dix minutes, pas plus.

Dix minutes plus tard, Charles se décida. « Un jour comme aujourd'hui, j'ai pas d'affaire à faire attendre Mathilde à cause d'eux autres. S'ils sont pas là, tant pis. »

— Allons-y, dit-il en enfilant son manteau du dimanche.

Ils cherchaient tous les deux quelque chose à dire qui terminerait bien leur cohabitation, mais ni l'un ni l'autre ne trouvait la manière. Boudrias vérifia le poêle, y rajouta une petite bûche. Charles fit semblant d'avoir oublié quelque chose dans sa chambre. Ils étiraient le temps pour trouver des paroles à leur goût; elles ne venaient pas. Ils finirent par devoir partir sans s'être dit quoi que ce soit. La main sur la clenche de la porte, Charles hésita puis se retourna :

— Monsieur Boudrias…, si jamais ils sont pas arrivés, pourriez-vous me servir de témoin?

Celui-ci, ému, marmonna :

— Je peux ben faire ça pour toi.

Dès qu'ils arrivèrent chez les Gingras, Charles oublia sa famille. Dans le brouhaha de la parenté déjà arrivée, le fiancé ne cherchait des yeux que sa promise. Son regard la découvrit enfin, resplendissante dans une robe rose cendré avec un manteau semi-long, brun rosé. Et sur ses cheveux blonds relevés en chignon, égayés de petites mèches coquines, une toque de fourrure crème. « Ça doit être Damien qui lui a trappé ça aux chantiers », se dit-il, heureux que Mathilde soit aimée de tant de monde. Il la dévorait des yeux. « Je la mérite pas ! » se dit-il, tout à coup angoissé. Son trouble s'accentua devant le regard éblouissant de Mathilde qui venait elle aussi de l'apercevoir. « Est-ce que je vais m'en occuper comme il faut ? » se demanda-t-il. Comme il restait là, immobile, elle vint vers lui et l'embrassa pudiquement sur la joue. Puis elle se glissa tout doucement à son bras avec une confiance désarmante.

Éphrem ne se décidait pas à partir. Amanda, à son tour, prit le bras de son homme ; elle savait que ce moment était très difficile pour lui. Le père respira profondément, alla serrer la main de son futur gendre et donna le signal du départ pour l'église : il venait de perdre sa fille.

Il faisait maintenant plein jour. Une journée de décembre comme les fiancés n'auraient même pas osé l'espérer. Elle était à peine froide, avec un ciel si bleu et de tels gazouillis de mésanges dans les mélèzes que, un brin d'imagination aidant, Charles et Mathilde se seraient crus au printemps. « C'est bon signe », se dit-elle, radieuse.

Éphrem avait insisté pour emmener les futurs mariés en carriole, même pour un si court trajet. Il réussit ainsi à garder sa fille près de lui dix minutes de plus. Devant l'église, Charles glissa son bras sous celui de Mathilde. Maintenant, elle était à lui.

Ils montèrent ensemble les cinq marches du perron de bois qui s'étirait tout le long de la façade. Le dimanche, Charles utilisait l'une des deux petites portes, celle de gauche de préférence. Aujourd'hui, la porte centrale à deux battants s'ouvrit pour eux et les fiancés en franchirent le seuil en silence, levant les yeux vers l'humble vitrail en demi-cercle qui la chapeautait.

À l'intérieur, l'attention de Charles fut tout de suite attirée par sa famille, déjà assise dans les bancs et qui se tourna à demi pour le voir entrer. Il respira de soulagement. Le père et le fils Manseau se retrouvaient donc à la dernière minute et dans un lieu qui les dispensait l'un et l'autre des paroles et des effusions qu'ils ne voulaient ni ne savaient se prodiguer. Boudrias, déçu, se plaça avec les autres invités.

Quand Charles se vit assis officiellement à l'église à côté de sa promise, sa confiance en lui remonta d'un cran. « Cette belle fille-là, c'est pour moi, pour moi tout seul, pour la vie. » Le solennel de la cérémonie surprit un peu les deux jeunes gens. L'heure n'était plus aux baisers volés et à l'amour discret. Maintenant, ils se juraient amour et fidélité devant leurs deux parentés, devant tout le village. À voix haute.

– L'amour est éternel comme Dieu, dit sentencieusement le curé Chevrette dans son homélie. Il ne s'use pas, mais se transforme, change, prend des détours. L'amour est vivant. Les promesses de vos fiançailles ne sont que des promesses, d'irréelles promesses, comparées aux vrais fruits bien réels que sera votre vie ensemble et que seront vos enfants, d'autres enfants de Dieu.

C'étaient là de belles paroles de curé, mais elles résonnaient drôlement aux oreilles de Charles, comme s'il passait sans transition de l'état de fiancé à celui de père de famille. Pour Mathilde, l'effet était inverse; la jeune fille passait sous la tutelle de son époux. Les rôles étaient distribués.

La lourdeur de ces instants se dissipa d'elle-même à la sortie de l'église. Mathilde se colla à son mari qui se redressa en la tenant fermement par le bras. Tout un chacun riait, parlait, les embrassait. Les Gingras rapatrièrent les invités chez eux. Les mariés en oublièrent presque de se rendre chez le photographe, cherchant quelques instants pour eux seuls. Dans le studio aux décors irréels, intimidée par l'homme qui n'en finissait plus de les faire se redresser, sourire, se tourner un peu, se déplacer, Mathilde s'efforçait de figer docilement son plus beau sourire et l'assombrissait un peu, trop sérieuse. Charles, qui se prenait maintenant pour le chef de famille, s'efforçait d'en paraître à la hauteur et son air naturellement sérieux en devenait sévère. La tête enfouie sous le voile noir, le photographe prit enfin la photo et libéra les jeunes mariés de la pose qui ne leur ressemblait pas vraiment.

Charles et Mathilde rejoignirent enfin la noce et ils y retrouvèrent leur spontanéité. Dès qu'ils mirent les pieds dans la maison, ils furent présentés à gauche et à droite, à des tantes, oncles, cousins et cousines dont les noms s'embrouillaient dans leurs oreilles. Mathilde était assaillie d'embrassements, Charles pris d'assaut par des poignées de main parfois trop vigoureuses. La bonne humeur et l'agitation étaient telles qu'il faillit ne pas reconnaître sa sœur cadette dans cette belle adolescente de quinze ans qui scrutait la jeune épouse éblouissante de bonheur avec un pincement au cœur, comme si cette jeune femme lui volait son frère. Pourtant, elle s'avoua bien vite : «J'aurais aimé ça avoir une grande sœur comme elle»; et l'autre se dit aussi : «J'aurais tellement aimé avoir une petite sœur.» L'adolescente n'osa pas sauter au cou de son grand frère comme autrefois; il était devenu un homme et elle n'esquissa pas les gestes qui auraient aboli les années d'éloignement. Charles se retint lui aussi de soulever sa jeune sœur, presque femme, dans ses bras et de la coller contre lui comme avant. La petite Mélanie était la porte de son cœur vers sa famille ; en se privant de l'étreindre, c'était toute sa famille qu'il tenait à distance. Heureusement, son frère Philippe apporta une diversion à propos. Il lui donna une bonne poignée de main et lui glissa à l'oreille :

— Elle est encore plus belle qu'il y a deux ans. J'aurais dû en profiter pendant que t'étais trop malade pour t'en apercevoir.

Les deux frères se sourirent, contents, pas plus loquaces qu'autrefois cependant. Le cadet ajouta, avant de laisser la place à d'autres :

— Ouais, je vais avoir de l'ouvrage pour te trouver une petite belle-sœur aussi dépareillée, moi, là !

Charles jubilait et se rengorgeait comme un jeune coq depuis le matin tellement Mathilde était belle. « Tous les hommes du village voudraient bien ma place, aujourd'hui ! » pensait-il naïvement. Il ne voulait pourtant épater qu'un seul homme : son père. Fidèle à lui-même, Anselme causait peu, fumait pipée sur pipée, songeur. « Jongler, c'est pas mal plus intelligent que de bavasser comme une femme », avait-il toujours cru. Il se réconfortait dans la croyance qu'il maîtrisait ses pensées parce qu'elles restaient en lui, sans se rendre compte, qu'au contraire, elles faisaient tout le ravage possible puisqu'il ne les confrontait jamais à la réalité. La réalité de cette longue journée de noces, il la tria selon sa convenance. Ses yeux percevaient bien son fils, ce jeune homme, cet homme en fait, la parole en bouche, parlant avec l'un et l'autre, l'air sûr de lui. « Il roule pas sur l'or, mais il a pas l'air dans la misère non plus. » Ses yeux d'homme examinaient aussi sa bru.

«Un beau brin de fille», était-il forcé de constater. Mais le père se démenait avec une amertume inattendue et indésirable. «J'ai pas à me péter les bretelles pour lui. Est-ce qu'il s'imagine que j'ai pas eu la vie que je voulais pour que lui, il fasse ce qu'il veut? Un homme s'efface pas devant un autre!»

— Je suis content pour lui, dit-il à sa femme plutôt qu'à son fils.

Berthe ne répondit rien; elle espérait seulement que sa bru ferait une bonne épouse pour son fils. «Une femme doit avoir ben du renoncement pour sa famille; les jeunes comprennent pas toujours ça.» Sa fille Hélène lui avait prôné tant de fois le contraire:

— Ce que moi j'ai envie de faire, c'est aussi important que les affaires des autres.

— Avec des idées de même, ma fille, je sais pas où tu vas te ramasser.

— Puis vous, est-ce que c'est mieux? lui avait crié sa fille, peu de temps avant de quitter la maison.

«Des fois, je me demande si c'est pas elle qui avait raison. Puis nous autres, les femmes, est-ce qu'il y a quelqu'un qui se renie pour nous autres? Pour qu'on ait tout ce qu'il nous faut? Pour qu'on soit...» Elle n'osa pas dire le mot «heureuses». De toute sa vie avait-elle déjà vu quelqu'un d'heureux, de vraiment heureux? Berthe rejeta ces pensées qu'elle jugeait malsaines. «En tout cas, avec tout ce que j'ai fait pour les autres, jamais je croirai qu'on me le remettra pas un jour. Sans ça, il y aurait pas de justice.» Autour d'elle, la joyeuse assemblée lui rappelait que c'était une journée de noces et la femme eut de la compassion pour la jeune fille qu'un homme posséderait ce soir. Mais le mâle était son fils; elle ne savait trop comment concilier ses deux sentiments. « Ce doit être à cause d'Anselme que j'aime pas ça. Peuh! Comme si tous les hommes du rang étaient pas des pareils! » Agacée de ces pensées déplaisantes, Berthe, aussi effacée et silencieuse qu'elle l'avait été toute sa vie, se sentait maladroite et mal attifée parmi tout ce monde endimanché, et, pour se donner une contenance, elle passa plus de temps à aider à la cuisine qu'à causer avec son fils, d'ailleurs très entouré et affairé.

Entre un dessert et une politesse, Amanda regarda la jeune mariée. « J'espère que ça va bien se passer », espéra-t-elle, confiante et un peu craintive malgré tout pour sa fille. « Je pense que Charles est un bon garçon, mais ce qui se passe dans les chambres à coucher, on le sait pas personne. » Au milieu de la place, la cousine Georgiana dansait plus que son dû, bénéficiant d'un répit entre deux grossesses.

— Profites-en, Mathilde! dit-elle à la jeune mariée en l'entraînant danser ; la journée de noces, ça dure pas.

— Regrettes-tu? demanda Mathilde.

Sa cousine arrêta de danser et la regarda :

— C'est pas une question de regretter ; c'est juste que ce bon temps-là, ça revient pas. C'est tout.

Elle tourbillonna de nouveau. Mathilde se dégagea en riant et voulut entraîner Charles à son tour, mais il se défila.

— Je sais pas danser.

— Viens-t'en, ma petite sœur, s'amusa Damien, descendu des chantiers pour les noces ; moi, je suis pas un casseux de veillée.

Il dama le pion au marié en entraînant sa sœur. Après lui, l'oncle Donat voulut à son tour enlacer la jeune épouse. Charles la lui enleva prestement. «Celui-là, il a les pattes trop sales», se dit-il en se rappelant les tristes confidences de ses cousines. Loin de tout cela, Mathilde, heureuse, vivait le rêve de son mariage et de sa journée de noces, imaginant romantiquement la nuit qui s'en venait. Charles s'était laissé prendre au jeu et, d'une danse à l'autre, il se déliait, commençait à s'amuser, si fier de se pavaner avec sa belle épouse qu'il en oubliait de s'offusquer s'il manquait un pas ou deux.

Son cousin Esdras les regardait aller, tourner. «Nous autres aussi, on pensait que d'être ensemble ça empêcherait les problèmes d'arriver.» Il avala une autre gorgée de rhum. «On mène pas grand-chose, dans la vie… Les problèmes, ils attendent juste qu'on se marie pour nous sauter dessus.»

Inconscients de tout cela, Mathilde et Charles, et tous les amoureux qui étaient là, pensaient secrètement qu'ils étaient les seuls au monde à vraiment connaître l'amour, qu'ils venaient de le réinventer, et qu'eux, c'était certain, le garderaient toute leur vie.

La journée continuait. Le souper avait été servi. Les nouveaux époux avaient maintenant autre chose en tête et dans le corps. Ils se désiraient depuis longtemps; maintenant que c'était imminent, ils ne savaient plus trop. Pour un peu, ils auraient remis leur nuit de noces à plus tard, anxieux, exténués de leur journée chargée, craintifs soudainement de ne pas être à la hauteur, de ne pas satisfaire l'autre, de le décevoir. Les noceurs leur firent comprendre qu'il était temps pour eux de passer aux actes, ce qui n'empêcherait pas les invités de fêter une bonne partie de la nuit et du lendemain aussi. Les allusions gaillardes de son oncle Arthur commençant à dégénérer sérieusement, Charles préféra quitter les lieux.

Au lieu d'un départ remarqué et trop abondamment souligné, Mathilde chuchota à l'oreille de Charles qu'elle avait envie qu'ils s'esquivent en douce pour se rendre dans leur maison. Il avait fait beau le matin, mais la température avait chuté brusquement pendant l'après-midi. Le trajet était court : il suffisait de remonter la rue et de dépasser ensuite quelques maisons vers la gauche. Sous le froid vif, ce ne fut pourtant pas une promenade romantique ; ils durent même hâter le pas pour ne pas geler. Ils marchaient vite, en silence, timides et à bout de patience à la fois. Charles avait été si occupé par ses affaires ces derniers mois qu'il n'avait pas eu le temps de se promener depuis longtemps. Cette marche sous les étoiles, dans le froid, lui rappela soudain la nuit d'avril de l'année précédente où il s'était rendu compte – dans tout son corps – qu'il désirait Mathilde. Ce souvenir acheva de lui échauffer les sangs, émoustillés depuis le matin. « À c't'heure, plus rien ni personne peut m'en empêcher ! » Il enlaça Mathilde si brusquement qu'elle poussa un petit cri vite étouffé par les lèvres avides de Charles. Ils s'embrassèrent à pleine bouche, oubliant qu'ils étaient dans la rue. Le jappement d'un chien brisa leur état de grâce. Ramenés à regret à la réalité, ils se dévisagèrent avec des yeux tels que leurs regards se gravèrent à jamais dans leurs cœurs.

De se voir ainsi en pleine rue, dans le froid, les rendit si penauds qu'ils éclatèrent d'un fou rire nerveux. Comme deux enfants pris en faute, ils coururent d'une traite jusqu'à leur nouvelle maison, et, à peine entrés dans la cuisine, ils s'enlacèrent doucement, à bout de souffle. Ils riaient nerveusement d'un ton trop haut. Une religieuse descendit silencieusement de la chambre de Delphina. Les jeunes époux, qui l'avaient oubliée, lui bredouillèrent des remerciements. Cette femme avait été l'un des professeurs de Mathilde avant qu'elle n'aille poursuivre ses études au pensionnat et elle l'embrassa affectueusement.

— Sois heureuse, ma petite fille.

Mathilde l'embrassa à son tour, s'empêtrant un peu dans la coiffe rigide. Charles lui serra la main presque trop vivement et la religieuse intimidée lui remit la clé de la maison. Après quoi elle retourna discrètement à son couvent, laissant la vieille dame et la maison sous leur garde. L'homme trouva bon dans sa main le poids du métal. Il verrouilla la porte et, ne sachant que faire de la clé, la glissa sur une tablette à hauteur des yeux, à gauche près de la porte. Sur la pointe des pieds, ils montèrent, s'assurèrent que Delphina reposait paisiblement. Puis ils entrèrent dans leur chambre en silence, le cœur et le corps fébriles, refermant la porte derrière eux sans faire de bruit.

Enfin seuls, les nouveaux époux s'étreignirent dans le noir. L'impatience les gagna et ils cherchèrent la lampe à huile dans l'obscurité, se heurtant les pieds aux pattes du lit en riant. Charles la trouva, Mathilde dénicha les allumettes, et la lumière tremblotante éclaira leur chambre. Le grand lit où la courtepointe semblait flamboyer de ses couleurs de feu, deux chiffonniers, une commode avec un vase et un pot à eau, deux chaises droites et le coffre en cèdre de Mathilde, sous le mur en pente.

— C'est chez nous, murmura Mathilde.

— C'est presque notre maison, acquiesça Charles.

Il lui sourit. Mathilde marcha vers l'autre côté du lit, celui adjacent à la fenêtre.

— Je vais prendre ce bord-là, si tu veux. J'aime le soleil, le matin. Puis le petit érable monte presque à la fenêtre.

Il accepta d'un mouvement de tête. Ils allèrent ensuite à la commode dont, la veille, chacun avait pris possession d'un tiroir, y apportant à l'avance son linge de corps et ses vêtements de nuit. Chacun leur tour, ils sortirent ces derniers et, timidement, retournèrent de leur côté du lit.

Charles regarda amoureusement Mathilde et souffla la lampe pour permettre à sa jeune épouse de se dévêtir discrètement. Au fur et à mesure que les bretelles, pantalon et caleçon tombaient, il devenait de plus en plus intimidé et impatient. De son côté du lit, Mathilde se libérait de sa robe, de ses jupons et corset. Quand le froissement des vêtements s'arrêta et qu'un silence s'installa, elle vint du côté de Charles et ralluma la lampe elle-même. Ils se virent alors dans leurs longues jaquette et chemise de nuit informes et si ridicules pour un soir de noces qu'ils restèrent immobiles, déçus de se voir accoutrés de la sorte. Un courant d'air glaça leurs pieds nus. Ils s'engouffrèrent sous les couvertures et se blottirent instinctivement l'un contre l'autre pour se réchauffer.

Charles sentit enfin le corps de Mathilde contre lui sous la mince entrave de la chemise de nuit, découvrant l'odeur de sa jeune femme, goûtant sa douceur et sa chaleur. Ses mains gourmandes s'enhardirent et se faufilèrent sous la jaquette, palpant lentement, avec volupté, la chair douce, lisse, ronde. Mathilde frissonnait sous le froid et les touchers de la main masculine.

Bientôt elle se laissa aller à recevoir les caresses un peu maladroites avec un ravissement étonné et à en donner à son tour. Dans le regard et sous les caresses timides de Mathilde, Charles prenait conscience, pour la première fois de sa vie, que son corps d'homme était beau de partout et désirable. Mathilde avait pris soin de ses jeunes frères, elle connaissait le corps d'un garçon ; mais un petit mâle au pénis et aux « amourettes » douces et molles, ce n'était pas cette virilité forte, ferme et qui la touchait là où personne ne l'avait même jamais effleurée. Elle se sentait défaillir et elle s'abandonna aux mains de Charles, qui, lui, ne connaissait pas le corps d'une fille et le découvrait goulûment. Par contre, il avait été élevé sur une ferme et la nuit avait moins de surprises pour lui que pour elle, mais les sensations qu'il goûtait étaient au-delà de ses attentes.

Maladroits, amoureux, impatients et prudes à la fois, ils oublièrent la présence de Delphina, le froid, le vieux matelas bosselé, la soirée de noces qui se poursuivait là-bas sans eux. Quand l'homme s'immisça enfin dans l'intimité chaude de la femme, ils découvrirent ce plaisir pour la première fois, et l'un par l'autre. Charles et Mathilde comprirent qu'ils s'appartenaient pour toujours.

9

Charles aurait voulu le cacher qu'il n'aurait pas pu. Il en était distrait, commettait des erreurs au magasin général, erreurs que Boudrias mettait sur le compte de la « chose » en gloussant :

— Ouais…, ça te travaille, le jeune !

S'il avait su, il ne l'aurait sûrement pas cru. La vérité, c'était que le jeune marié était si confus qu'il arrivait à peine à suivre le veuf dans ses allusions tortueuses. Il se sentait floué quelque part sans savoir où. Le corps de Mathilde le faisait jouir à un point tel que parfois son corps d'homme voulait se fondre dans celui de sa femme. À d'autres moments, il supportait à peine qu'elle le touche, surtout en dehors de la chambre à coucher et encore moins devant quelqu'un d'autre, ne fût-ce que pour un baiser furtif devant Delphina. Et les regards étonnés ou tristes de sa jeune épouse lui disaient clairement qu'elle se demandait souvent pourquoi il réagissait si froidement à certains moments quand il était si amoureux à d'autres.

— Est-ce que je sais ce que je veux, maudit ? marmonna-t-il en se rendant au magasin par une belle matinée de fin janvier aussi froide que bleue.

« Depuis que je suis petit qu'on me dit que c'est laid, puis maintenant, après deux bénédictions en croix, c'est supposé être correct : personne y trouve à redire.

En plus, je serais supposé, en vrai homme, vouloir ça à cœur de nuit.» La façon dont Mathilde vivait la même situation le désarçonnait encore plus. «Je la comprends pas : elle a jamais osé le moindre geste défendu pendant nos fiançailles, puis là, elle, elle…» Charles la revoyait lui ouvrant ses bras et en redemandant comme si c'était le geste le plus naturel du monde. «Elle a quasiment ça écrit dans le front qu'elle aime ça!» ronchonna-t-il en se renfonçant le bonnet de fourrure sur les yeux. L'image de sa mère Berthe se superposa à celle de Mathilde. Une image de soumission. Ensuite, ce fut l'image d'une chatte en chaleur, puis celle de son père lui apprenant crûment les choses de la vie. Ce n'étaient que des images, mais Charles les ressentait presque dans sa chair et elles troublaient ses désirs. Dès qu'il fut arrivé au magasin, il proposa de faire l'inventaire du petit entrepôt.

— Par un frette de même? Es-tu tombé sur la tête? s'exclama Boudrias; le magasin est même pas encore réchauffé.

— Si c'est trop frette, je rentrerai ici-dedans.

— Cou'donc, as-tu de la chaleur en trop? insinua l'autre.

Le commis s'engouffra dans l'entrepôt sans répondre, pressé de se débarrasser de son patron tout autant que des pensées insidieuses qui le tenaillaient depuis des semaines. Mais elles étaient comme des plantes des marais flottant au hasard, avec des racines profondes parfois fort éloignées de la fleur visible. Comme elles, ses pensées dérivaient au gré des courants, trompeuses, presque à portée de la main sans jamais l'être vraiment, et Charles n'arrivait pas à les mettre en ordre. Le froid le transit plus vite qu'il ne s'y attendait et il rentra dans le magasin, complètement gelé. Les brèves conversations avec les clients dissipèrent enfin ces pensées qui le tracassaient depuis le matin et il finit l'avant-midi en sifflotant. Quand il revint chez lui pour dîner, Mathilde l'accueillit avec sa tendresse et le repas bien chaud que ses mains amoureuses avaient préparé pour lui. «Personne m'a jamais trouvé beau puis intelligent avant elle. Je peux quand même pas l'être devenu subitement! Elle va ben finir par s'en rendre compte, un beau jour!» ne put-il s'empêcher de craindre. Il la regardait agir, confiante et heureuse, toujours au-devant de lui, mais il était incapable d'avoir lui-même autant de spontanéité. «Elle peut pas m'aimer tant que ça…, en entier…», se dit-il en pensant à son sexe qui n'avait pourtant pas l'air de lui causer le moindre dégoût. «Si c'était honteux hier, pourquoi ça l'est plus aujourd'hui?» Il mangeait sa soupe, une bonne soupe chaude qui réchauffait son corps gelé jusqu'aux os. «Puis comment ça se fait que, du jour au lendemain, j'ai tous les droits sur elle?» Son corps lui rappela de façon sensuelle comment elle se collait contre lui, sa chair impatiente sous la jaquette de flanelle. Il fit la moue sans s'en rendre compte. «Ça me sert à quoi d'avoir tous les droits? C'est elle qui a envie de moi! Épais. Je suis juste un maudit épais!»

— T'aimes pas la soupe? s'inquiéta Mathilde.

— Pourquoi tu me demandes ça?

— T'as fait une grimace.

Il se détendit, reprit une cuillerée avec appétit.

— Je pensais à quelque chose… au magasin. Elle est bonne, ta soupe, Mathilde, puis ben chaude. Il faisait froid ce matin dans l'entrepôt.

— L'entrepôt? Mais t'as dû geler raide! s'indigna-t-elle.

— Ah…! c'était mon idée; j'avais pas réalisé qu'il faisait aussi froid.

La grand-tante Delphina, maintenant assez remise pour partager leurs repas, secoua la tête.

— Les hommes attendent toujours d'être malades avant de comprendre ces affaires-là.

Charles fronça les sourcils et se souvint de sa pneumonie. Mathilde y pensa aussi et réprima la phrase qu'elle s'apprêtait à dire pour excuser son mari.

— En voulez-vous encore, tante Delphina? offrit-elle pour faire diversion.

— Non, non, une assiettée c'est assez. C'est vrai qu'elle est bonne, ta soupe, ma petite fille. Puis ça passe mieux quand on est pas tout seul.

Elle leur sourit; c'était sa façon discrète de les remercier de leur présence. Sitôt le repas fini, elle quitta lentement sa place, dos au fourneau, et regagna sa chambre de son pas incertain. On n'entendit plus dans la cuisine que le tic-tac de l'horloge grand-père, le va-et-vient de Mathilde qui servit le reste du repas et ensuite desservit, le bruit de la berçante où Charles s'assit un moment avant de retourner travailler, et les miaulements du vieux chat qui faisait de grands cercles offensés autour de lui parce qu'il avait perdu sa place. Charles se serait pété les bretelles de contentement. «Qu'est-ce que je pourrais demander de plus?»

Mathilde aussi était satisfaite de son sort. Elle s'habituait à tenir maison et s'efforçait de bien s'acquitter de ses tâches. «On n'aura rien à me reprocher!» s'était-elle promis sans se rendre compte de l'étrangeté de sa remarque. Agir pour éviter des reproches : agir par la négative. Chez ses parents, elle s'était accordée au rythme de sa mère, de ses habitudes, de sa manière de gérer la maison. En se mariant, elle avait simplement échangé une autorité contre une autre. Chez sa grand-tante, elle devait encore se plier au rythme et aux habitudes d'une autre femme en plus de vivre dans les meubles de celle-ci, de cuisiner avec ses casseroles, d'occuper une partie de son espace sans savoir vraiment où commençait et où finissait le sien. Par contre, Delphina, un peu comme une grand-mère malade, ne s'occupait pas de la maison et laissait beaucoup de latitude à sa petite-nièce. Beaucoup de latitude, ce n'était pas les coudées franches comme Charles les avait au magasin. Et il y remplissait sans arrière-pensée son espace physique et de travail. Il bousculait, suggérait de nombreux changements à Boudrias, qui commençait à en avoir plein le dos. Côtoyer un jeunot débordant d'idées finissait par semer le doute dans son esprit endormi par la routine de dix années de veuvage et de solitude.

— Il s'imagine peut-être que je suis trop beseau pour m'occuper de mes affaires? s'énervait-il de plus en plus souvent.

D'autant plus que les vieux fumeurs de pipe, avec qui il prenait un petit coup de temps en temps, décochaient quelques remarques anodines :

— Ouais…, ç'a changé ici-dedans, susurrait malicieusement le vieux Siméon, qui était finalement revenu de sa bouderie offusquée à cause de la créance réclamée, d'ailleurs. Et qu'il n'avait toujours pas payée.

— Ça paraît que le jeune Manseau est dans la place, renchérissait Saint-Cyr, comme en écho, avec un clin d'œil complice à son compère.

Remarques moqueuses qui faisaient leur chemin.

— Autant me dire en pleine face que je suis pas capable de voir à mes affaires! bougonnait Boudrias.

Les choses se tassèrent d'elles-mêmes : Charles oublia de plus en plus le magasin pour se préoccuper de plus en plus de sa future maison, qui, pour le moment, se ramenait à des arbres encore debout sur la terre des Gagnon. Pour un peu, il aurait déserté le magasin pour aller travailler sur «sa» terre. Pourtant, rien ne le pressait. Vivre chez Delphina était commode et très économique. Mathilde était cependant la seule à s'acquitter de ses engagements en tenant maison; Charles devait effectuer plusieurs réparations, car le bâtiment s'était délabré depuis que la grand-tante était veuve, mais ses longues journées au magasin ne lui en laissaient guère le temps. Pour bûcher son bois à l'automne, il avait dû demander des demi-journées ici et là et engager deux adolescents costauds, ce qui avait augmenté ses frais, même si ces jeunes gens ne lui réclamaient pas le salaire d'un homme.

Dans sa hâte de se bâtir, il se mit dans la tête de travailler cinq jours seulement au magasin et de prendre le sixième pour bûcher. L'hiver n'était pas la meilleure saison pour les affaires et Boudrias accepta, heureux d'économiser des gages, plus soucieux de son commerce depuis quelque temps. Charles prit donc de l'avance à son chantier et cette activité le changea de son patron, du magasin et des vieux fumeurs de pipe importuns. De son côté, son patron s'habitua imperceptiblement à se passer de lui, même si, paradoxalement, il n'aimait plus être tout seul au magasin. «Plus j'y pense, plus je trouve qu'une ancienne maîtresse d'école, ça tiendrait encore mieux les comptes, ça aurait de la jasette avec les clients puis ça serait ben plus connaissante dans les articles de maison puis les affaires de femme.» D'autres avantages lui remontèrent dans le corps, le rendant aussi songeur que le jeune marié.

Quant à Charles, il lui fallait maintenant faire débiter le bois qu'il avait coupé. Jasant avec les clients au magasin, questionnant les fournisseurs qui venaient d'un peu partout, il entendit parler d'une scierie où les coûts de sciage étaient très abordables. Le seul inconvénient était la distance.

— C'est un peu loin, mais ça vaut peut-être le déplacement.

— Mais t'as pas de traîneau pour transporter ton bois jusque-là, objecta Mathilde.

— J'ai celui de Boudrias; le bois des Gagnon, ça fait partie des créances. On est d'accord là-dessus. Ouais, songea-t-il à haute voix, j'ai ben envie d'aller voir ce moulin-là.

«Ça veut dire qu'il ira bientôt», traduisit-elle, commençant à le connaître. Effectivement, quinze jours plus tard, par un beau dimanche d'avril, il emprunta la voiture du forgeron et emmena Mathilde. «Ça lui fera peut-être du bien de prendre l'air; puis moi, je pourrai voir le moulin.» Delphina ne semblait pas fâchée de retrouver un peu de solitude et avait refusé tout net qu'Amanda vienne passer la journée avec elle.

Parcourir dix-neuf milles, cela prenait tout de même plusieurs heures, d'autant plus que les routes de terre étaient malmenées par le gel et le dégel. Malgré les soubresauts causés par les trous d'eau et les flaques de boue, Mathilde était ravie. Le village était déjà loin derrière eux. De chaque côté de la route aux ornières profondes en cette saison de dégel, des maisons de ferme entourées de bâtiments se rencontraient à intervalles réguliers. Derrière les maisons, les champs bien ratissés étaient divisés par des clôtures et jaillissaient ici et là de grands ormes majestueux ou quelques pins rebelles ayant échappé aux coupes massives. À gauche comme à droite, les champs aboutissaient à la forêt. Malgré quelques conifères, le plus souvent des pruches, elle se composait surtout d'érables à sucre, de merisiers et de bouleaux, tous dénudés en ce temps de l'année.

— J'avais pas vraiment le goût d'aller aux sucres aujourd'hui, dit Mathilde. Mais sortir de la maison, mon Dieu que ça fait du bien! s'exclama-t-elle, taisant par pudeur sa vraie joie : être enfin seule avec Charles.

Depuis plusieurs semaines, elle ressentait de nombreux malaises et nausées qui la rendaient moins amoureuse et elle craignait que Charles ne s'en offusque. Il était pourtant loin de s'en plaindre; maintenant, il pouvait s'allonger à côté d'elle ou contre elle, tout simplement, et s'endormir tranquillement. Il pouvait prendre le temps de se rendre compte que c'était bien vrai, que ce n'était pas un rêve : ils étaient mariés, elle était sa femme, il l'aimait et elle l'aimait. Il l'aimait sincèrement et voulait lui construire la plus belle maison du village. Il aurait eu de la difficulté à imaginer et encore plus à croire que Mathilde se moquait bien de la maison. Elle était simplement heureuse d'être avec lui, aimée de lui.

— J'ai bien de la chance d'être heureuse de même, avait-elle dit un soir en finissant de mettre la table.

Sa grand-tante avait hoché la tête.

— La chance a rien à voir là-dedans, ma petite fille. Le bonheur, c'est une question de talent.

146

La vieille dame avait enveloppé sa petite-nièce d'un regard rassuré qui s'était mué en interrogation en se posant sur Charles qui rentrait pour souper.

La pensée de Mathilde revint à son mari, assis près d'elle dans la voiture, et elle constata tout haut:

— On est mariés depuis trois mois. Déjà! ajouta-t-elle.

Elle songeait à tous les changements qui en avaient découlé. «J'ai quitté la maison paternelle. Je suis devenue une femme…! Je tiens maison. Je prends soin de tante Delphina. Je vis dans sa maison aussi, et…» Son regard amoureux engloba Charles, se faufila à travers les étoffes et glissa sur les épaules et la carrure solide de son homme. «Vivre avec un homme, ça aussi ça change une vie», se dit-elle avec une tendresse spontanée à laquelle s'ajouta un certain dépit pour son humeur changeante.

— Ouais, soupira-t-elle sans s'en rendre compte, ça fait bien du changement en trois mois.

Charles se tourna vers elle, intrigué.

— Regrettes-tu?

— Voyons donc…!

Elle se rapprocha de lui. Elle s'attendait à ce qu'il glisse son bras autour d'elle; il n'en fit rien, paraissant attentif au cheval. Elle souhaita qu'il continue au moins la conversation, mais il semblait absorbé dans ses pensées.

— Faire couper ton bois, est-ce que c'est bien cher? insista-t-elle.

— Préoccupe-toi pas de ça; c'est mon affaire de chef de famille, lui répondit-il avec un sourire rassurant.

Elle n'ajouta rien. Elle tenait la maison de son mieux; il travaillait au magasin et administrait bien ses gages. «Pourquoi je m'inquiéterais?» Elle ignorait combien il gagnait, mais elle lui faisait confiance. De son côté, Charles avait beau dire, il avait un peu de mal à s'adapter à ces dépenses nouvelles : une femme et une maison. Mathilde était une jeune femme éco-nome qui faisait des miracles avec rien, mais ce rien-là, il en fallait quand même plus pour trois, même si Delphina mangeait à peine, que pour une seule per-sonne. Et le roulement d'une maison, c'était plus dispendieux que la pension dans une chambrette. Habitué à vivre seul depuis presque six ans, Charles était forcé de réajuster ses déboursés et, pour y faire contrepoids, il cherchait à augmenter ses revenus. Mathilde trouvait qu'il s'énervait pour rien. Elle aurait difficilement pu penser autrement : l'argent ne lui passait jamais entre les mains. D'une part, le loyer était payé en besogne; d'autre part, Charles effectuait lui-même les achats courants au magasin général, y compris la viande et quelques produits de la ferme, qu'il prenait de certains clients de Boudrias. Il re-connaissait que les gages reçus de Boudrias suffisaient, mais il se sentait responsable pour cinquante ans à l'avance et préférait y voir dès maintenant.

Charles s'attarda à compter les piquets de cèdre.

— C'est à croire que les vaches s'en iraient gal-vauder à cœur de jour. On en perd du temps dans une vie à planter et replanter des clôtures, soupira-t-il.

Mathilde s'en moquait autant que des nombreux chemins de rang qui quittaient la route à tout moment pour s'enfoncer à travers les champs.

— Vas-tu avoir le temps de tout faire? Travailler au magasin et construire la maison? hasarda-t-elle.

Il s'étonna, fronça les sourcils et se renfrogna.

148

– C'est ma responsabilité.

Mathilde s'en voulut de l'avoir humilié sans raison et se promit de ne plus lui parler d'argent. Charles n'était pas loin de penser, quelquefois, qu'elle était un peu inconsciente et naïve face à l'avenir de leur famille. «Les femmes comprennent pas grand-chose à ces affaires-là; c'est pas leur domaine.» Et puis il avait remarqué qu'elle semblait fatiguée depuis quelque temps. «C'est peut-être trop dur pour elle de prendre soin de la tante Delphina en plus de la maison», songea-t-il. Il était d'autant plus content de pouvoir la sortir aujourd'hui. Dans cette belle matinée de printemps, elle s'extasiait de tout, goûtait la volupté du chaud soleil sur son visage, remarquait avec surprise les nombreux oiseaux qui s'activaient ici et là.

– C'est drôle, j'aurais jamais cru qu'il y en avait autant de sortes.

– Puis ça travaille, à part ça. On en voit beaucoup dans le bois. Ça arrête pas.

Ils étaient arrivés à un croisement et Charles réfléchit pour finalement obliquer à droite. Les champs à peine ondulés firent place à un jeune boisé puis à la forêt de feuillus dont les branches dénudées laissaient filtrer la clarté déjà prometteuse d'avril entre les troncs gris ou beiges ou presque noirs. Le cheval trottait à un bon rythme et ralentit en traversant un pont au-dessus d'un ruisseau dont l'eau culbutait sur les roches encore coiffées de neige.

Mathilde profita des cahots pour se coller contre Charles. Il jeta un coup d'œil autour, par réflexe, pour voir si quelqu'un les apercevait.

– On est mariés! protesta la jeune femme. Puis en plus, on est certainement les seuls à pas être montés à la cabane à sucre aujourd'hui.

— Oui, c'est probablement le dernier bon dimanche où ça coule.

— Je regrette pas de pas y être allée, Charles, redit-elle.

Elle ne mentionna pas ses nausées fréquentes ; elle ne voulait pas l'ennuyer avec ses petits problèmes passagers. « C'est probablement trop de changements en même temps qui me rend de travers. » Ils ne se dirent plus rien pendant un long moment, seuls au monde, heureux d'être ensemble. Après le court trajet en forêt, le paysage devint plus accidenté et plus rocheux surtout. Un geai bleu poussa des cris rauques et s'envola en déployant son beau plumage. Ravie par la beauté de l'oiseau, Mathilde ne put s'empêcher de citer plus ou moins fidèlement une phrase de l'Évangile qu'elle avait apprise à l'école :

— « Voyez les oiseaux du ciel. Ils ne sèment ni ne moissonnent et pourtant votre Père céleste les nourrit. »

— Ça se peut, répliqua Charles, mais il leur donne pas ça dans le bec, certain.

— Qu'est-ce que tu veux dire ?

Le cheval se soulagea bruyamment, fustigeant les passagers d'une odeur pestilentielle.

— Ouache !

Mathilde s'éventa de la main et Charles se détourna machinalement en reprenant le fil de son idée.

— Des phrases de même, c'est souvent compris de travers. Les oiseaux peuvent pas semer puis moissonner : ils sont pas équipés pour ça. Mais leur nourriture, ils font comme tout le monde : ils la gagnent. Tiens, regarde, là, sur la branche.

Le geai bleu venait de se poser, rapportant une graine dans son bec. Il la coinça entre ses deux pattes et frappa dessus à grands coups de son bec noir pour la fendre. Il frappait vite et fort, avec précision. Mathilde frissonna en pensant à ce qui arriverait à ses petites pattes s'il picossait juste un peu de travers. Après une dizaine de coups rapides, l'oiseau dégagea enfin le noyau, qu'il avala. Aussitôt fait, il repartit dénicher d'autres graines. Chercher, repérer, saisir, briser, manger. Et recommencer.

— J'en ai vu faire dans le bois quand j'allais bûcher. C'est autant de travail pour eux autres. Puis c'est pas juste trois repas : c'est à cœur de jour.

Devant le silence admiratif de Mathilde, Charles enchaîna :

— Ça fait que ceux qui pensent que c'est Lui, là, en haut, qui va régler leurs affaires, ils se mettent le doigt dans l'œil jusqu'au coude. Elles sont là, les graines, puis les mouches aussi, mais faut que les oiseaux se grouillent pour aller les chercher. Puis nous autres aussi faut qu'on se grouille pour voir à nos affaires.

Mathilde compara mentalement ses trois repas à préparer tous les jours aux centaines d'insectes ou de graines nécessaires aux oiseaux quotidiennement. «C'est autant de travail pour moi», conclut-elle, un peu offusquée. Le temps passa. Maintenant, elle ne savait plus comment placer ses fesses endolories par le long trajet cahoteux. Au détour du chemin, Charles repéra enfin la scierie et ils en oublièrent leur fatigue aussitôt.

Le chemin se divisait dans la cour pour conduire à gauche vers la maison, à droite vers la scierie. Celle-ci était adossée à un coteau rocheux, tout près d'une chute d'une dizaine de mètres qui s'évasait, au bas, en un petit étang vers la droite ; la majeure partie de l'eau continuait cependant en une rivière qui promenait ses eaux vives entre les roches enneigées.

Charles arrêta le cheval et sauta de voiture d'une enjambée, en oubliant Mathilde qui descendit avec précaution, évitant les flaques d'eau. Il alla droit à la scierie et regarda la roue à godets qui pourrissait dans les broussailles à côté de la chute. Une turbine, dans l'eau, devait donc constituer la force motrice des scies. Mathilde le rejoignit dans le silence troublé uniquement par le bruit de la chute.

— Il n'y a personne! s'étonna Mathilde. Qu'est-ce qu'on est venus faire ici?

Elle se tourna vers Charles, attendant une réponse. Il était déjà plus loin. Il fouinait à gauche, à droite, découvrant des billots empilés, des amas de bran de scie, de copeaux. «Du gaspillage», pensa-t-il. Plus loin, il découvrit un appentis qui abritait des planches et des poutres fraîchement sciées et soigneusement empilées.

Mathilde regarda plutôt la maison, à gauche, construite aussi à flanc de coteau. Elle était vaste, mais austère et trop isolée au goût de la jeune femme, qui remercia le ciel d'habiter dans un village. Déçue, elle trouvait que ce voyage fatigant ressemblait de moins en moins à une escapade d'amoureux. Elle refusa sa déception. «Voyons donc, je peux bien attendre un peu : je suis pas un bébé.» Elle fit quelques pas, essayant en vain d'apercevoir Charles ou de l'entendre. Elle finit par s'asseoir sur un tas de planches. Elle attendit là, esseulée au milieu de ce paysage pierreux. Comme tout cela lui était étranger, si différent du village plat et de la forge!

— C'est pour notre maison, se redit-elle pour la dixième fois, donnant de petits coups de pied dans le bran de scie.

Celui-ci était détrempé par le dégel et il colla à ses bottines. Elle dut se pencher pour les frotter et salit ses gants.

— Ah…! ragea-t-elle en se nettoyant.

Le temps passait. La patience de la jeune femme s'effritait.

— J'aurais mieux fait d'aller à la cabane à sucre. Eux autres, ils s'amusent, au moins.

Maintenant, elle en voulait à Charles. Elle se sentait abandonnée et ridicule sur cette pile de planches. Et puis ce n'était pas encore le temps de s'asseoir au soleil; c'était frisquet, et elle frissonna. Elle se leva pour marcher encore, le bas de sa robe traînant dans la sciure dont l'odeur commençait à lui donner la nausée. Elle retourna à la voiture et y remonta. « Au moins, le siège est moins dur que les planches. » Il était plus froid cependant et elle glissa ses mains gantées sous ses fesses pour réchauffer les unes et les autres. Ensuite elle eut faim et elle grignota un peu de leur goûter, pour constater quelque temps après qu'elle avait englouti toute sa portion tellement elle avait faim.

— Je vais finir par engraisser si je continue à avoir de l'appétit de même.

De nouveau désœuvrée, elle atteignit petit à petit le bout de sa patience, le bout de toutes les raisons qu'elle avait pu trouver à Charles de la laisser poireauter là pendant plus d'une heure. La colère l'envahit tout d'un coup et c'est à ce moment que Charles réapparut, secouant le bran de scie de ses vêtements comme s'il s'était vautré dedans. Ses yeux pétillaient tellement il était enthousiasmé.

— T'aurais dû voir ça en dedans, c'est en train de tomber en démanche. Je l'ai vu : il manque deux planches de l'autre côté du mur. On rentre là-dedans comme dans un moulin, c'est le cas de le dire.

« Ça se voit, ronchonna-t-elle ; un vrai petit gars qui a joué à la cachette. » Trop excité pour percevoir l'exaspération de Mathilde, il monta dans la voiture, secoua les guides, et le cheval, qui avait été plus patient que la femme, partit tranquillement. Mathilde ne desserrait pas les dents et se tenait toute droite, trop furieuse contre Charles pour lui toucher ne fût-ce que le bord du vêtement. Tout près d'elle, mais totalement absent, il jonglait, seul avec ses pensées, euphorique.

– Ouais, ça me donne pas mal d'idées, ce moulin-là, dit-il enfin.

Il en oublia de manger à son tour, fronçant les sourcils et semblant discourir avec un interlocuteur invisible. Mathilde se sentit encore plus seule. « Même quand il est là, il s'occupe pas de moi. » Les cahots le ramenèrent à la réalité. Il se tourna vers sa femme, tout content, mais se heurta à un visage fermé et furieux. « Ben voyons, qu'est-ce qui lui prend ? » Tout à ses affaires, il ne lui vint pas à l'idée, même une fraction de seconde, qu'il pouvait en être responsable. Il essaya discrètement d'attirer son attention, un regard, mais elle était bien décidée à le laisser poireauter à son tour. Comme il avait le cerveau trop enfiévré pour concevoir qu'elle puisse s'ennuyer, Mathilde se retrouva encore seule, à se morfondre, prisonnière de sa bouderie. Prisonnière. C'était bien le mot. Elle était tellement déçue et en colère qu'elle n'arrivait plus à se sortir de cette émotion oppressante qui l'empêchait même de desserrer les dents. Et le comble, c'était que Charles, absorbé dans ses pensées, semblait très heureux.

– Arrête ! hurla-t-elle.

Même le cheval se figea. Elle descendit rageusement de la voiture et s'en alla d'un pas vif, sans but, sauf peut-être celui de passer sa colère, de la chasser. Il la regarda aller et en déduisit avec étonnement qu'elle n'avait pas l'air malade. « Ben d'abord, qu'est-ce qu'elle a ? Elle est en maudit ? Ça se met en maudit, une femme ? » Il ne la reconnaissait pas et se demandait comment réagir. Après quelques minutes de marche essoufflante, Mathilde se calma un peu et quitta la route, se dirigeant vers un ruisseau, louvoyant entre les flaques d'eau et de glace de la berge. Puis elle s'assit rageusement sur une souche, le cœur à la dérive. Elle entendit alors un son aigu et rauque à la fois, un son qui ramena un espoir invincible en son cœur. À lui seul, ce cri pouvait effacer l'hiver et faire éclater brusquement la certitude du renouveau. « Les outardes ! » balbutia-t-elle en levant son visage vers le ciel et en remerciant ces grands oiseaux de revenir, cette année encore, dans son pays de froidure.

— Tu vois, ma petite Mathilde, lui avait dit son père il y a longtemps en la hissant dans ses bras, ces oiseaux-là vont revenir tous les ans. Il peut t'arriver bien des choses, mais les outardes, elles, elles seront fidèles toute leur vie. Je te le promets.

Assise sur la souche humide, Mathilde ne vit plus que les oiseaux, n'entendit plus qu'eux, le cœur maintenant gonflé d'espoir, les écoutant par toutes les fibres de son être. Charles attendait debout sur la route quand il les vit lui aussi. Il avait vu Mathilde lever la tête et les fixer longuement. Lui aussi se sentit subjugué par la magie de ces retours annuels et il espéra que sa Mathilde, la vraie, était revenue. Il alla la rejoindre, mais la souche était trop petite pour deux, et, plutôt que de rester debout à la regarder, il l'aida à se relever. Dans le mouvement, Mathilde tomba contre lui. Au lieu d'en rire, elle éclata en sanglots.

— Ben voyons, qu'est-ce qu'il y a, donc? s'étonna-t-il.

Elle pleurait, incapable d'articuler une seule parole. Elle finit par se calmer un peu et se serra très fort contre lui.

— Ben voyons… Mathilde…

Il était bouleversé; c'était la première fois qu'il la voyait pleurer. Il ne trouva rien à dire. Il l'embrassa doucement, presque avec précaution, mais Mathilde le voulait intensément, et ils s'étreignirent avec fébrilité. Ils eurent follement envie l'un de l'autre.

— Pas ici, souffla Charles.

— C'est la première fois qu'on sera tout seuls, protesta-t-elle.

Charles s'en rendit compte à son tour. Il alla chercher la chaude couverture de voyage qu'Éphrem avait ajoutée pour s'assurer que sa fille n'aurait pas froid durant le long trajet. Il l'étendit loin du chemin désert, sur un petit coin plus sec et surtout discret. Ils s'aimèrent deux fois, rapidement, et restèrent un long moment unis, coupés du reste du monde.

En revenant chez eux, Charles expliqua à Mathilde, blottie tout contre lui, le projet fou qu'il avait conçu à la scierie.

— Si t'avais vu ça, Mathilde! C'est tellement vieux, c'est en train de tomber. Sais-tu ce que j'ai pensé? Je vais me construire un moulin à scie. Dans le village, dans notre village. Ça va être ben pratique pour le monde, puis je suis connu : on le sait que je travaille ben.

— Hein? Mais c'est bien trop d'argent, ça!

— Je vais essayer de racheter de la machinerie d'ici. Puis avec le bois de ma terre, je vais pouvoir le construire. Puis…

Il s'arrêta, regardant sa Mathilde étonnée et presque émerveillée de tant de projets, de tant de fougue. Cette même fougue qui, tout à l'heure, l'avait menée au septième ciel. « Je l'aime tellement », soupira-t-elle. « Il n'y aura rien de trop beau pour elle », se rengorgea Charles. « Je voudrais tellement que ça dure », souhaita-t-elle. « Ça va être le plus beau moulin à scie du canton », se promit-il.

10

Une fois de plus, Mathilde eut une nausée au déjeuner. Charles lui pompa rapidement de l'eau fraîche comme le lui suggéra la grande-tante Delphina.

— C'est assez, décida-t-il. On va aller voir le docteur Gaudreau à soir.

— Ça doit être quelque chose que je digère pas. Ça va passer, protesta-t-elle, affaiblie.

— Ça fait des semaines que tu dis ça; faut voir ce que c'est.

Le praticien ne sembla nullement étonné des malaises de la jeune épouse, même décrits par le jeune époux. Mathilde refoulait une impression désagréable. «Ils parlent de moi, mais sans moi. Quand deux hommes sont ensemble, on compte plus, nous autres, les femmes.» Après quelques questions un peu trop indiscrètes au goût de Charles et un examen beaucoup trop intime au goût de Mathilde qui ne s'y attendait pas, le docteur Gaudreau annonça :

— Tout va bien pour le petit et pour la maman aussi. Ce sera pour le début décembre. Toutes mes félicitations!

Le couple revint en silence à la maison, encore sous le choc. Comprenant enfin les messages de son corps, Mathilde sentit monter en elle une grande émotion.

— Notre famille est commencée, Charles, finit-elle par dire en arrivant devant leur maison. Des enfants de toi puis moi ensemble.

Il s'attendait à ressentir spontanément cette joie qui rayonnait de sa compagne. En se mariant, il avait aimé et voulu Mathilde, d'abord. Et, en second lieu, vaguement, une famille dont il serait le chef. Tout cela était prévu pour l'avenir, mais flou; l'annonce d'une première naissance pour cette année le prenait de court.

— L'important, c'est que tu sois en santé, répondit-il sincèrement.

Cette grossesse les confirma tous deux dans leur rôle d'adultes. «Les vieux faiseux de boucane pourront pas dire que je suis pas un homme», se dit-il en leur jetant un coup d'œil narquois tout en plaçant la marchandise au magasin. «Mais à c't'heure, il me faut ma maison : ça presse!»

— Ma famille grandira pas chez les étrangers, déclara-t-il finalement quelques jours plus tard, en se couchant.

— Ma grand-tante, c'est pas des étrangers, s'offusqua Mathilde à voix basse.

— Famille ou pas, nos enfants vont grandir chez nous.

Profitant du dîner de Pâques chez ses parents, Mathilde leur annonça la bonne nouvelle qu'elle taisait difficilement depuis une semaine. Charles se rengorgea, Éphrem regarda attentivement sa petite fille devenue une maman. Amanda l'embrassa tendrement.

— J'espère être une aussi bonne mère que vous, souffla Mathilde, émue.

— Si tes enfants sont fins comme toi, ça sera pas difficile.

— Est-ce que je vais pouvoir le prendre? demanda le petit Alphonse.

— Tant que tu voudras, lui répondit Mathilde. Il aura pas de tantes, mais des oncles en masse.

– J'ai deux sœurs, répliqua Charles, étonné lui-même de sa réplique pointilleuse.

Mathilde regrettait son étourderie.

– Oui, mais elles sont loin.

– Ben, nous autres on est proches, insista Alphonse en buvant son lait.

Le repas continua. Les félicitations et réflexions d'usage échangées – presque exclusivement entre mère et fille comme s'il s'agissait d'un propos domestique –, Charles ne put résister plus longtemps.

– Mon bois est presque fini de scier. Mais je trouve ça ben loin. Ce serait peut-être nécessaire d'avoir un moulin à scie plus proche, dit-il en surveillant la réaction de son beau-père.

– Il y en a dans l'autre village, rectifia celui-ci.

– Oui, mais ils sont chérants.

– Quand on charge pas assez, on peut pas faire marcher son commerce.

Charles ne releva pas la mise en garde ; il enchaîna en faisant part de son intérêt pour ce genre d'entreprise. Éphrem comprit tout de suite et s'inquiéta pour sa fille. «J'espère qu'il s'empêtrera pas dans des marchés qui ont pas d'allure.» Son gendre croyait parler à mots couverts, mais le jeune Léonard, avec la naïveté de ses onze ans, demanda simplement :

– Est-ce que ça va nous coûter moins cher vu qu'on est dans ta famille?

Clophas regarda presque durement son petit frère.

– C'est lui qui est dans la nôtre.

– Coupe pas les cheveux en quatre, le rabroua sévèrement Éphrem.

Charles et Clophas se toisèrent, l'aîné étonné que le plus jeune le regarde déjà d'égal à égal. Éphrem profita de la diversion; il préférait avoir le temps de réfléchir au projet de son gendre avant de donner son avis. Il changea de sujet et se tourna vers sa fille.

— Je te trouve bien cernée, lui dit-il avec inquiétude avant de se lever pour aller fumer sa pipe.

— Ta mémoire te joue des tours, le rassura Amanda. C'était toujours comme ça au début; ça va se replacer.

— Espérons, murmura Mathilde. Quand je voyais mes cousines ou les voisines arrangées de même, je pensais jamais que c'était si dérangeant en dedans.

D'être en train de forger une vie dans son corps la bouleversait. Elle aurait eu envie d'en parler à Charles pendant des heures. « Tu te rends compte ? C'est une vie que je fais! Une vie! Pas un objet : une vie! » Mais, par une sorte de pudeur, elle se contentait de le penser, de le ressentir; elle se trouvait un peu sotte de faire un tel cas de ce que toutes les femmes vivaient discrètement. Pourtant, ramenée constamment à son œuvre vivante au-dedans d'elle, elle n'était pas loin de se croire une personne très importante, effectuant une tâche quasi sacrée.

Après Pâques, le printemps sembla arriver hâtivement, comme pour se faire pardonner de s'être tant fait attendre. Le mois de mai survint avec de belles journées de chaleur.

— Ce sera bientôt l'anniversaire de Charles, confia Mathilde à Delphina en desservant après le départ de celui-ci pour le magasin.

Elle s'était promis que ce premier anniversaire passé ensemble serait inoubliable. Elle prépara une surprise à sa mesure : un cadeau qui coûtait peu d'argent, mais qui, en revanche, exigeait beaucoup de temps. Son temps, Mathilde n'en était pas avare et elle profitait de l'absence de son mari.

– C'est beau, des surprises, osa dire Delphina un après-midi en se berçant doucement. Mais quand c'est trop caché, les autres voient rien.

– C'est ça que je veux, répliqua Mathilde avec étonnement; je veux surtout pas qu'il voie tout le trouble que je me donne.

– C'est bien ce qui va arriver, ma petite fille; mais je suis pas sûre que c'est vraiment ça que tu veux, marmonna Delphina pour elle-même.

La jeune femme cuisina aussi beaucoup. «Charles va voir combien je l'aime et que je suis si heureuse avec lui.» Le dimanche précédant l'anniversaire, elle put mettre la dernière main discrètement au repas de fête qu'elle avait décidé de servir le soir même: Charles était retourné à la scierie pour payer les travaux et empiler son bois dans un hangar inutilisé.

C'était la troisième fois qu'il y allait. Il avait d'abord aidé au sciage pour en diminuer le coût, puis il avait voulu apprendre un peu le métier, qui l'intéressait de plus en plus. Le vieux Vanasse était fier de transmettre son savoir au jeune Manseau, à défaut de ses propres enfants.

– Mes deux fils sont partis aux États; ça les intéressait pas, le moulin.

Il avait fini par l'admettre. La plaie vive se cicatrisait un peu au contact du jeune homme avide d'apprendre, de plus en plus passionné par ce métier. Anthime Vanasse démentait ses cinquante ans tant son corps était robuste et droit sans raideur. Ses cheveux presque tout blancs étaient fournis et ondulés, même s'il les coupait courts afin de se débarrasser plus facilement de la sciure qui finissait toujours par s'y loger. Il faisait un peu d'embonpoint, mais cela ne se

162

voyait guère, le surplus s'étant réparti un peu partout. L'apparence et les remarques bourrues avaient pourtant peu à voir avec son caractère presque taciturne, sinon défaitiste. Bon ouvrier même s'il était lent, Anthime Vanasse était plus renfrogné que bourru et sa femme Hémérise n'avait jamais vraiment réussi à s'en accommoder.

Hémérise aussi était bien prise. Mais son corps portait moins bien la chair qui s'était accumulée depuis sa quarantaine. Son dos était un peu voûté et sa prunelle ne s'allumait plus comme autrefois quand ses enfants étaient tous autour d'elle. Quand Anthime rentrait pour le repas, il la surprenait parfois debout devant la fenêtre qui donnait sur le chemin qui se perdait rapidement dans le détour. « On est au bout du monde ! » se disait-elle souvent. Elle se tenait fréquemment ainsi, les bras non pas croisés mais refermés sur sa poitrine, comme si elle étreignait ses enfants éparpillés aux quatre vents. Les deux fils aux États-Unis, la fille religieuse morte de tuberculose et la cadette mariée et établie si loin dans le bas du fleuve. Et les trois autres, morts en bas âge. La mère les portait encore tous en elle.

Ses longs cheveux gris noués en toque, sa robe sombre qu'elle tapotait pour en chasser la fine sciure qu'Anthime rapportait de la scierie, son pas lent et fatigué, et, depuis un an ou deux, une toux qui revenait de temps à autre : Hémérise aurait pu tenir tout entière en ces quelques mots. Quelques mots pour une vie qui lui avait apporté tant de déceptions. L'amertume d'Anthime se manifestait dans son attitude bourrue ; celle d'Hémérise, dans ses silences, dans la lourdeur de ses pas et dans ses grandes mains besogneuses

faites pour travailler pour ses enfants et qui lui semblaient si inutiles maintenant qu'elle les refermait sur
ses bras, comme pour se protéger le cœur. Elle voyait
les visites du jeune Manseau d'un autre œil que son
mari :

— Tu vas finir par déposséder tes propres fils au
profit d'un étranger.

— Ils l'ont fait eux-mêmes, les ingrats. C'est eux
autres qui ont abandonné leur pays pour aller servir
les autres dans des usines. Des usines, coaltar! Des
usines!

Rien qu'à y penser, son vieux cœur pompait plus
vite que la turbine au pied de la chute. Il regarda
celle-ci par la fenêtre, encore en admiration après
trente ans de voisinage.

— La chute, l'air pur du dehors, ça c'est la vie!

— Puis la poussière? C'te maudite poussière! ronchonnait sa femme. Ça rentre partout. Il y en a plein
le linge. Pas moyen de s'en défaire.

— Je vais t'en faire, moi, de la poussière! C'est du
bran de scie! Du bon bois, c'est pas de la poussière!

Ce qui ne l'empêchait pas d'être incommodé quand
ce bran de scie lui bloquait le nez, lui piquait les yeux,
s'infiltrait par le cou sous sa chemise et même sous
sa combinaison de flanelle grise. Mais il n'avait pas
envie de s'y attarder. Il pensait plutôt à l'odeur du bois,
aux lambeaux tendres et frisés produits par la varlope.

— Ça, c'est un métier! Un vrai métier! Pas d'aller
s'enfermer comme des rats dans des boîtes à monde!
rugissait-il avant de retourner à la scierie.

C'était aussi l'avis de Charles Manseau et les deux
hommes n'en sympathisaient que davantage. Le jeune
appréciait beaucoup cette complicité avec le vieux. Il

commençait à comprendre que les hommes ne ressemblaient pas tous à son père et il se sentait plus à l'aise avec lui-même.

Lorsqu'il rentra chez lui ce dimanche-là et vit la table aussi bien parée qu'à Noël, sa Mathilde amoureuse et, à côté de son assiette, un vêtement neuf plié en quatre, il resta là, tout bête, près de la porte.

— Bonne fête! lui dit tendrement Mathilde en l'embrassant.

Il fut pris de court, n'ayant même pas pensé à son anniversaire. Un malaise inconnu monta en lui et il se rendit compte tout à coup cruellement que jamais il n'avait été fêté. La situation était si incongrue pour lui qu'il s'assit en silence, déplia maladroitement le vêtement neuf et identifia une chemise de flanelle que Mathilde lui avait sans doute cousue. Il esquissa un sourire forcé, remercia et déposa le vêtement à côté de son assiette. Toute la joie anticipée de la jeune femme se mua en un douloureux serrement de cœur. Delphina hocha la tête et servit la soupe.

À la première cuillerée, Mathilde, bouleversée, eut la nausée. Charles s'empara prestement d'un récipient et soutint fermement le corps affaibli de sa femme secoué de soubresauts, se hâtant d'attribuer ce malaise à la grossesse. Il ne ressentait pas vraiment de répulsion dans ces moments-là : elle avait besoin de lui et il devait être là. Mais il se trouvait maladroit. « Elle sait toujours quoi faire, elle. » Elle demanda faiblement une serviette mouillée pour s'éponger le front. Il lui pompa de l'eau, y trempa une serviette; même malade, elle connaissait les gestes à poser, les objets à rapailler. « C'est comme quand j'étais malade; ça avait toujours l'air évident pour elle », songea-t-il. Il l'aida à monter se coucher.

— Je vais me reposer un peu, murmura-t-elle d'une voix cassée, se tournant vers la fenêtre que le petit érable devant l'écurie rejoignait maintenant, ouvrant ses feuilles vert tendre.

Elle ferma les yeux. Sur le seuil, il la regarda un moment, indécis, puis redescendit sans soupçonner les larmes qui coulaient maintenant à flots, silencieusement. Au bout d'un long moment, Mathilde se ressaisit et s'obligea à s'arrêter, cherchant des excuses à Charles. « Il a bien le droit de vivre la journée de sa fête comme il veut ! » se dit-elle, mais les raisonnements logiques ne remettaient pas pour autant son cœur à l'endroit. « Charles peut quand même pas être fâché de ça : je voulais tellement lui faire plaisir ! » Elle recommença à pleurer. Plus tard, sa grand-tante lui monta un thé chaud.

— Faut pas en faire trop pour les autres, ma petite fille ; c'est pas apprécié ou bien on va t'en demander toujours plus.

Ce fut tout. Elle se retira aussi discrètement qu'elle était entrée. Mais ces quelques mots avaient secoué sa petite-nièce. Mathilde n'avait jamais soupçonné la moindre amertume chez la vieille dame silencieuse, presque invisible. « C'est pas apprécié ou bien on va t'en demander toujours plus. » Dans un sens ou dans l'autre, un cul-de-sac. Un instant abasourdie, elle se révolta : « Un cœur, c'est pas une lampe à huile ! Quand la mèche est à moitié relevée, ça éclaire de travers puis ça encrasse tout le globe ! On peut pas faire semblant ! » Elle pleura encore, somnola. Petit à petit son corps s'apaisa, son esprit revint au quotidien ; elle écouta le silence de la maison. Sa grand-tante s'était réfugiée dans sa chambre, loin des tempêtes des autres.

«Charles?» Elle ne l'entendait pas. Où était-il? Assis en bas à l'attendre? Désolé peut-être? Ou même inquiet? La chambre baignait maintenant dans la pénombre. «J'ai dû dormir un peu», constata-t-elle.

Elle repoussa la courtepointe et se leva, se sentant plus solide, tant physiquement que moralement. La cuisine était vide. «Il est parti.» Elle en eut les yeux brouillés de larmes encore une fois puis elle se redressa. «Ça suffit! Je vais pas traîner ça toute la soirée», ragea-t-elle. Delphina avait aéré la pièce et la brise légère de mai emplissait la cuisine de ses parfums. Elle avait aussi desservi. Il n'y avait plus trace de repas et encore moins d'un repas de fête. Seule la chemise de flanelle toute neuve gisait sur le coin de la table, à peine dépliée. Mathilde ressentit tant de colère qu'elle saisit la chemise, essaya de la déchirer sans succès, chercha des yeux où la jeter.

— Je vais avoir chaud là-dedans, dit Charles, sur le seuil. C'est fin de ta part.

Il entra une brassée de petit bois puis une autre, pour faire quelque chose, occuper l'espace et le silence. Sur le coin de la table, une poignée de toutes petites fleurs blanches, les premières de la saison, parlèrent pour lui. Il rentra ensuite des bûches. Mathilde renifla et l'arrêta avec un demi-sourire et un demi-reproche.

— On est pas en janvier. Rentres-en pas jusqu'à demain.

Plus tard, allongés côte à côte dans l'obscurité de la chambre, l'un et l'autre attendaient, les yeux grands ouverts. «Je voudrais seulement savoir qu'est-ce que c'est dans mon cadeau ou dans mon souper qui l'a mécontenté», se redemandait-elle. «Je voudrais juste savoir d'où ça vient, ces idées de cadeau, ruminait-il.

C'est des manières de village, peut-être, de fêter pour rien. C'est à croire qu'on aime plus quelqu'un si on lui fait des cadeaux!» Il se rappela que pourtant il lui avait spontanément apporté des fleurs tout à l'heure. Sa contradiction le rendit encore plus perplexe. Les deux époux ne savaient que dire pour se retrouver; ils savaient seulement qu'ils s'aimaient.

Lequel des deux fit un mouvement? Chacun crut que c'était l'autre, que l'autre allait se retourner pour dormir sans rien dire, et, à cette pensée insoutenable, ils se collèrent l'un à l'autre. La tension s'atténua, disparut.

— C'est une belle chemise…, dit-il.

— Les petites fleurs aussi sont belles…, dit-elle, plus détendue. Où tu les as trouvées?

— Près du ruisseau.

— Il faisait sombre; t'aurais pu glisser dans l'eau.

— C'est ça que j'ai fait, répondit-il.

De l'autre côté de la porte, Delphina, qui avait le sommeil léger autant qu'un oiseau, n'arriva pas à comprendre comment un souper aussi triste pouvait finir en un fou rire aussi amoureux.

11

L'été s'écoula calmement pour tout le monde. Au mois d'août, Delphina rappela discrètement que l'anniversaire de Mathilde approchait. Charles se sentait fautif d'avance. Il aurait voulu lui acheter la plus belle robe du magasin général, la bleue, celle que Boudrias avait reçue ce printemps et qu'aucune femme du village ne pouvait s'offrir, celle que Charles ne souhaitait pas vendre afin de la garder pour Mathilde, mais qu'il ne pouvait davantage se permettre d'acheter parce qu'elle était au-dessus de ses moyens. «De toute façon, c'est pas juste ça qu'elle mérite !» Il voulait lui construire sa maison, rien de moins, et l'impatience le rongeait. Pour le moment, tout son bois, scié en belles planches, dormait dans le hangar inutilisé de Vanasse. Il attendait maintenant d'avoir assez d'argent pour s'acheter un terrain et bâtir.

La fête d'anniversaire se prépara sans lui d'une certaine manière. Amanda avait pris les devants et les avait tous invités à dîner le dimanche précédant l'anniversaire, pour s'assurer que Mathilde ne serait pas oubliée. Charles offrit à sa femme une boîte de bons chocolats. Elle en passa généreusement et il ne lui en resta que quelques-uns. «L'important, c'est que Charles y ait pensé», se dit-elle. Mais il avait perçu sa déception : «Je le savais que je trouverais pas la bonne affaire. Ce serait mieux de rien se donner; comme ça, on risquerait pas de se tromper.»

L'automne arriva avec ses couleurs magnifiques; finalement, ce fut novembre avec ses pluies froides. La future maman n'en avait plus pour longtemps avant d'accoucher et elle n'osait plus sortir de crainte de glisser sur les plaques de glace. Quand Charles touchait ou plutôt effleurait le ventre arrondi de sa femme, il était troublé. Un autre lui-même était là, se fabriquait hors de lui. Il se retirait alors de la situation et reléguait l'enfant quelque part dans son esprit, comme dans un tiroir.

Mathilde trouvait sa grossesse de plus en plus envahissante, voire encombrante. Le petit prenait de la place, s'imposait de toutes sortes de manières pas toujours intéressantes, et, tout à coup, il bougeait, comme s'il voulait parler avec sa mère, se faire pardonner tous les embarras qu'il lui causait. Émerveillée, elle en oubliait tous ses inconforts. N'empêche que ce petit se développait à son détriment. C'était une affaire de tous les instants, la nuit comme le jour; de plus en plus restreinte dans ses mouvements, Mathilde dormait de moins en moins longtemps et de plus en plus mal. Certains jours, plus fatiguée que d'autres ou plus consciente peut-être, elle s'inquiétait. Ce petit être, elle devait le mettre au monde (elle en frissonnait maintenant de peur), le nourrir, le soigner, l'élever, lui montrer à parler, à marcher, à sourire, à vivre. «Comment je vais faire pour reconnaître ses maladies? Mon Dieu, s'il fallait qu'il soit infirme! Comment on fait pour être une bonne mère?» Amanda se faisait rassurante.

— Fais-toi pas de mauvais sang d'avance; personne peut prévoir comment ça va se passer.

— T'as bien raison, ajoutait Delphina ; la vie, on peut jamais prévoir ce que ça nous réserve.

À la mi-novembre, Éphrem et Amanda reçurent une lettre de la cousine Émérentienne qui étonna tout le monde en s'annonçant pour Noël, une deuxième année de suite. Amanda le dit distraitement à sa fille, qui en parla tout bonnement à table. Delphina laissa errer un sourire moqueur sur ses lèvres :

— Il y en a un qui va être content, murmura-t-elle.

— Ah oui ? Qui ça ? demanda Charles, intrigué.

Elle ne répondit rien, se réfugiant dans une surdité occasionnelle. Dans l'après-midi, Charles voulut renouveler le stock d'étoffes avant le temps des fêtes, mais, une fois de plus, Boudrias éluda la question. Devant son insistance, le patron finit par avouer :

— Émérentienne s'en occupe. Elle va m'en faire envoyer bientôt ; les femmes ont l'œil pour ça.

— Émérentienne ? Quelle Émérentienne ?

— Ben, la tante de ta femme !

— Qu'est-ce qu'elle vient faire là-dedans ?

Boudrias se précipita un peu trop vite au-devant d'un client. Charles fronça les sourcils et c'est seulement lorsqu'il l'entendit siffler en nettoyant le magasin qu'il fit le lien avec la remarque de Delphina. Il regarda son patron à la dérobée et constata, amusé, qu'il en avait sans doute perdu des bouts. Depuis quand le veuf se préoccupait-il de sa tenue, de l'ordre dans le magasin ? Le jeune marié se souvint que Boudrias et Émérentienne s'étaient rencontrés à ses noces ; heureux en ménage, il se réjouit que son patron nourrisse peut-être des projets avec la tante de Mathilde. Il émit toutefois des réserves, intérieurement, sur l'appétit de la dame en question pour les obligations conjugales. Il sourit malgré lui ; c'était à son tour de glousser. Il retourna à ses occupations, mais insidieusement sa bonne humeur se dilua. Pourtant, il ne comprenait pas en quoi cette bonne nouvelle pouvait le déranger. L'après-midi s'étira ; Charles sentait monter en lui un sentiment désagréable, déplaisant, sans pouvoir l'identifier.

Ce fut le lendemain matin en regardant dormir Mathilde, qui avait enfin réussi à s'assoupir à l'aube après une longue nuit d'insomnie, qu'il identifia son malaise. Troublé, il s'assit sur le bord du lit. «J'ai une famille à faire vivre, à c't'heure. Mais le magasin, ce sera trop petit pour trois.» Un poids inattendu lui tomba sur les épaules. En se rendant à son travail, Charles descendit du trottoir de bois trop abîmé, mais il s'embourba dans la rue de terre détrempée par les pluies d'automne.

— Au moins, c'est pas de la bouse de vache, grogna-t-il.

Une bouse de vache. La ferme. La terre. «Mon père risque pas de perdre sa job, lui!» Charles garda ses soucis pour lui ; c'était son problème de chef de famille. D'ailleurs, la future maman était de plus en plus préoccupée par la naissance toute proche. Quand il l'embrassait, le matin ou le soir, il l'effleurait à peine, comme si elle était devenue une immense porcelaine. Il n'était plus question de lui toucher autrement depuis un certain temps. «Je vais quand même pas lui imposer ça ; elle peut à peine s'endurer elle-même. N'empêche que, de ce temps-ci, ça me ferait du bien…», soupira-t-il. Il ne parla plus du bois ni de la scierie et travailla au magasin avec zèle, le temps de voir venir les choses tout autant que de les clarifier au-dedans de lui, parce qu'il aurait à prendre des décisions plus tôt que prévu.

Mathilde était à bout de nerfs, à bout de courage. Les douleurs la tenaillaient depuis presque une journée. Elle en avait perdu la notion du temps. Elle était défaite, affolée comme un oiseau pris au piège et n'ayant plus que deux possibilités : mourir lentement dans le piège sans bouger ou mourir vite en essayant de s'enfuir.

Charles se sentait impuissant. « C'est ma faute si elle souffre de même. C'est pas correct que ce soit juste elle qui endure ça. » Il était là, inutile, sans savoir quoi faire. Il était là et aurait voulu être ailleurs pour ne pas voir la souffrance qu'il avait causée indirectement. Les doigts de Mathilde s'incrustaient dans sa main à chaque contraction, y cherchant de la force, du courage. Il aurait voulu la serrer contre lui, mais il en était toujours séparé par Amanda qui essuyait le front en sueur ou les joues ruisselantes de larmes de sa fille ; par Mme Beaupré, là sage-femme remplaçant le médecin parti au chevet d'un mourant, et qui changeait les linges souillés ; par Éphrem qui se morfondait sans oser monter dans la chambre et qui lui demandait des nouvelles toutes les dix minutes ; et par ses besoins à lui, primaires mais bien réels, et presque indécents de s'imposer en de telles circonstances. Besoins qui lui rappelaient à quel point il était loin de Mathilde, lui et elle vivant ces moments comme dans deux mondes : le monde des hommes, le monde des femmes.

— Mon gars, tous ceux qui sont ici sont passés par là, lui dit sobrement son beau-père. On a tous eu une mère qui a enduré ça pour nous autres.

Cette phrase-là vint juste à point pour empêcher Charles d'en vouloir à l'enfant qui venait de se décider.

Le futur père était sorti à peine dix minutes et le bébé lui hurlait qu'il était arrivé sans lui. «Mathilde doit m'en vouloir», se reprochait-il. Elle reprenait son souffle, les yeux mi-clos pour se reposer de tout, même des autres. La sage-femme lavait doucement le nouveau-né tandis qu'Amanda, émue, rafraîchissait tendrement le visage de sa petite fille devenue une mère, comme elle, en se plaignant le moins possible malgré toutes ces heures si difficiles. Amanda larmoyait de joie et de compassion comme si son corps se souvenait encore. Et Charles, comme tout à l'heure, semblait nuire aux deux femmes qui entouraient Mathilde de soins dans cette chambre exiguë. Enfin, ils furent réunis tous les trois.

– Il s'appellera Victor, décida le père, oubliant tous les autres prénoms choisis d'avance. Victor comme «victoire».

La mère le reçut comme le plus beau des compliments. Elle avait été victorieuse, elle avait vaincu la souffrance. Elle se mit à pleurer tout doucement, épuisée, se créant un espace clos, juste pour elle, maintenant qu'elle était vraiment toute seule dans son corps. Charles reçut son fils des mains de la sage-femme. Il se retint pour ne pas montrer de désappointement devant cette étrange petite chose fripée et rougie. «C'est mon fils, ça?» Il le tendit à Mathilde qui enveloppa tendrement son enfant de son premier sourire maternel. Un sourire pâle, mais si rayonnant que Charles se rassura. Affaires de femme et d'enfant, que connaissait-il là-dedans? Si Mathilde en était contente, tout était parfait. Il s'en remit à elle.

Mathilde, dont le ventre était maintenant libéré de son rejeton, avait ses aises pour dormir. Mais, à l'extérieur d'elle, le petit avait faim et exigeait son dû à ses heures à lui. Elle ne pouvait guère dormir davantage ; différemment peut-être, mais pas plus. Et pourtant elle aurait tellement eu besoin de s'engloutir dans le sommeil et de refaire ses forces, de se réhabituer à elle-même.

Une nuit, assise dans la berçante de la cuisine silencieuse pour allaiter le petit, soucieuse de ne réveiller ni son mari ni sa grand-tante, elle se souvint d'une phrase de celle-ci : « Quand c'est trop caché, les autres voient rien. » Une larme maternelle tomba sur le nez du bébé qui se gorgeait de lait dans toute son innocence de petit animal. Une larme, c'était bien peu pour exprimer toute la fatigue de la nouvelle maman. « Voyons donc, se reprocha-t-elle, je suis jeune, en bonne santé ; je vais passer au travers ! Toutes les femmes le font. » Elle s'interrogea cependant, toute seule dans le silence, sur sa capacité d'assumer de plus en plus de responsabilités. « Un peu à la fois, mais toujours plus, ça va aller jusqu'où ? » Des vagues de fatigue et d'angoisse l'assaillirent sans prévenir. Le petit suçait avidement le sein de sa mère. Elle lui caressa doucement la tête, sentant sous ses doigts les membranes fragiles qui séparaient encore les parties osseuses du crâne. « T'en fais pas, mon petit Victor, ta maman est juste fatiguée ; ça va se replacer. »

Amanda vint souvent aider sa fille, mais elle espaça ses visites après quelques semaines. Charles manifestait une certaine nervosité, presque de l'impatience. La belle-mère n'était pas en cause. Son gendre était simplement en sevrage. En sevrage de Mathilde, de son corps, de son sourire, de sa joie de vivre. Du courage et du cœur à l'ouvrage, il en avait pour dix. Mais la joie, il n'en avait pas encore en réserve et ne pouvait en générer ni pour lui ni pour sa compagne, qui pourtant en aurait eu tant besoin.

Il lui manquait aussi que Mathilde ait du temps pour lui, pour l'écouter, pour être là, simplement présente à lui. Malgré sa réticence, il aurait souhaité lui parler des changements imprévus qui se tramaient au magasin, mais il se refusait à l'inquiéter. «De toute façon, c'est à moi de gagner leur vie; c'est mon problème.» Lui aussi manquait à Mathilde, mais tant de tâches nouvelles s'étaient ajoutées à sa besogne avec l'arrivée du petit Victor qu'elle n'avait guère le temps de s'en rendre compte.

Petit à petit, la nouvelle famille s'ajusta à tous ces changements et une certaine routine s'installa. Le berceau, placé provisoirement dans la chambre des parents, y demeura définitivement. Delphina n'avait pu se résoudre à se défaire des souvenirs de son défunt, qu'elle gardait dans la troisième chambre, voisine de celle du jeune couple. La porte de cette pièce était toujours fermée à clé; même la vieille dame n'y allait jamais. Mathilde n'osait demander cet espace, mais ne le regrettait pas moins.

Plusieurs semaines après la naissance de leur enfant, les jeunes époux purent enfin se redonner l'un à l'autre. L'appétit de Charles s'était réveillé deux fois plus vorace et plus que jamais il jouissait de posséder Mathilde jusqu'au fond de son corps. Un sentiment nouveau le contrariait parfois dans ses ébats. Elle était maintenant la mère de son enfant. Il ne savait trop comment concilier le corps de la femme avec le corps de la mère. Quant à Mathilde, si, au début de leur mariage, elle s'était révélée spontanément amoureuse, la maternité l'avait libérée encore davantage, comme si ses sens s'étaient décuplés. Elle ressentait différemment et davantage les caresses de Charles, en harmonie avec tout son être. Elle allaitait Victor et, libérée de la crainte d'une nouvelle grossesse, elle accueillit son mari à corps et à cœur ouverts. Charles revivait : Mathilde était là de nouveau. La venue prochaine d'Émérentienne lui parut moins menaçante pour leur avenir.

12

Ce ne fut pas à l'extérieur mais à l'intérieur que de sombres nuages s'accumulèrent. Les pleurs du petit Victor, tout normaux et sains qu'ils fussent, fragmentaient le sommeil déjà fragile de Delphina. « C'est justement parce que je suis vieille et malade que je leur ai demandé de venir; ils devraient bien le comprendre! » Elle ravalait ses reproches, mais sa petite-nièce percevait clairement les regards impatients et les pincements de lèvres irrités. Elle non plus n'y pouvait rien même si la santé de sa grand-tante en souffrait. Celle-ci se confina de plus en plus fréquemment dans sa chambre, ce qui déteignit sur son moral. De jour en jour plus mal à l'aise, la jeune femme savait bien que tous les sons de la cuisine traversaient le plafond de bois et que, de son lit, sa grand-tante entendait tout. Pendant sa grossesse, Mathilde ne s'était plus sentie maîtresse de son corps; maintenant, elle ne se sentait plus chez elle. Elle essayait de cuisiner sans heurts de casseroles, de parler à Charles à voix basse. Elle essayait même de devancer les pleurs de Victor en allant sans cesse au-devant de ses moindres désirs ou besoins. C'était si évident qu'elle s'attira des reproches voilés de la part du jeune père et de la grand-mère.

— Tu donnes de mauvais plis à Victor, lui disaient-ils, chacun à leur manière.

La jeune mère ravalait. «Charles est tellement fier que, si je lui en parle, il est capable de décider de déménager la semaine prochaine. C'est à moi de m'arranger avec ça.» Heureusement, deux grands événements approchaient et Mathilde souhaitait ardemment qu'ils changent l'humeur de la maisonnée. C'étaient les fêtes de Noël et du jour de l'An, et le baptême de Victor qui fut fixé à la veille de Noël.

Comme c'était la coutume si le premier enfant était un garçon, les grands-parents paternels seraient parrain et marraine. Coutume ou non, Charles regimbait. «Mon père m'a toujours parlé en air bête; j'ai pas envie qu'il fasse ça à Victor si jamais… il nous arrivait quelque chose à Mathilde puis moi.» Il ne comptait pas sur sa mère non plus. «Elle a jamais pris le parti de ses propres enfants, elle le ferait certainement pas pour ses petits-enfants.» Il gardait ses rancœurs pour lui et n'en disait rien à Mathilde. «J'ai pas d'affaire à l'achaler avec mes affaires de famille.» D'autant plus que la comparaison avec les grands-parents maternels de Victor l'humiliait; les Gingras étaient avenants et serviables; ils feraient de bien meilleurs tuteurs pour son fils si un malheur arrivait. Mal à l'aise face à lui-même, il ne donnait pas à Mathilde les vraies raisons de sa réticence. Mathilde connaissait si peu ses beaux-parents qu'elle ne pouvait déceler le dilemme, seulement le pressentir puisque Charles ne proposait jamais d'aller les voir et ne leur écrivait pas davantage. Croyant bien faire, même si elle savait que son propre père serait très honoré d'être le parrain de son premier petit-fils, elle se décida un matin à clarifier la situation.

— Va falloir avertir tes parents; c'est eux autres qui devraient être parrain et marraine.

Il continua de s'habiller sans répondre. Elle insista.

— Charles, je sais que tu les vois pas beaucoup, mais... un honneur de même, ça va leur faire plaisir. Puis ça va nous donner l'occasion de les revoir.

Il finit de s'habiller et répondit enfin :

— On a pas de place pour les recevoir à coucher.

— J'en ai parlé à ma tante.

— Elle vide la petite chambre? s'exclama-t-il, incrédule.

— Pas si fort! Non, elle dit qu'on peut tasser les meubles du salon dans un coin.

— Il y a plus de pièces fermées que d'ouvertes dans cette maison-là, grogna-t-il en s'assoyant sur le bord du lit pour lacer ses bottines.

Elle lui décocha un regard de reproche qu'il ne vit pas parce qu'il avait le dos tourné.

— Maman a accepté de recevoir tes parents à coucher; Mélanie et Philippe s'accommoderont bien d'un bout du salon, qu'est-ce que t'en penses?

Irrité, il avait lacé une bottine de travers, ce qui n'améliora pas son humeur. Il délaça puis relaça avec mécontentement. Il continuait à taire ses vraies raisons de s'opposer à la coutume; il savait aussi que d'y déroger serait un affront, et que son père ne le lui pardonnerait pas. Il était coincé. Sans rien montrer de son embarras, il regarda Mathilde qui s'énervait à cause de cette histoire. «Elle mérite pas ça.»

— C'est toi qui l'as mis au monde, cet enfant-là, dit-il enfin; je te laisse décider. Ça ferait peut-être ben plaisir à ton père puis à toi aussi. Tu le mérites.

Il n'ajouta rien et sortit de la chambre. Prise de court, Mathilde oscillait entre, d'une part, la joie inattendue de faire ce plaisir à son père, et, d'autre part, le respect de la coutume qui désignait plutôt ses beaux-parents. Elle en voulut à Charles de lui remettre la décision. L'odeur du thé vint lui chatouiller les narines : il lui en montait une tasse.

— Ce sera comme tu décideras, lui redit-il simplement.

Elle soupira. Le choix de son cœur céda devant la force de la coutume. Elle écrivit à ses beaux-parents l'après-midi même en refoulant le sentiment désagréable de refuser cet honneur à ses propres parents.

Les Manseau reçurent la nouvelle plus de deux semaines plus tard, parce que Philippe n'allait au village, et au bureau de poste, qu'une fois par semaine. Mélanie n'avait pas fini de lire la lettre que sa mère luttait déjà contre un sentiment qu'elle s'était refusé toute sa vie : de grands tremblements au cœur qui la déconcertèrent. Elle ne dit pourtant rien. Mélanie, elle, ne cachait pas sa joie.

— Pensez-vous que le petit ressemble plus à Charles ou à Mathilde ?

Sa mère laissa au moins un demi-sourire errer sur ses lèvres.

— C'est jamais pareil. Même que ça change pas mal les premiers mois.

« Charles est ben marié, il a un bon travail, et maintenant un petit garçon en santé. J'espère que ça va continuer de ben aller pour lui », pensa-t-elle, moins inquiète pour son aîné depuis son mariage. Ensuite, et seulement ensuite, elle se donna le droit à un sentiment à elle, la joie d'avoir un petit-fils, étonnée de cette émotion qui s'immisçait en elle, avec, en plus, la fierté d'être dans les honneurs. Anselme apprit la nouvelle en rentrant de l'étable, par Mélanie, tout heureuse de ce neveu.

— J'ai assez hâte de les voir, s'impatientait-elle déjà.

Philippe lui glissa discrètement :

— Damien aussi, peut-être.

Mélanie changea de sujet trop vite pour ne pas se trahir, s'écriant, sur un ton de voix un peu trop haut :

— Mon Dieu! J'ai rien à me mettre! Je vais quand même pas retourner là-bas en guenilles!

Elle grimpa à sa chambre sous prétexte de revoir sa maigre garde-robe, comme si elle ne connaissait pas par cœur les quelques vêtements suspendus aux trois crochets de l'étroite penderie. En bas, Anselme jeta un froid.

— Parrain ou pas, ça change rien à l'affaire. Charles est parti depuis des années, et il a mis les pieds ici dedans une seule fois, pour nous traiter de quêteux; c'est pas moi qui vais courir les routes dès que ce fendant-là me fait signe.

Le cœur de Berthe ralentit.

— Il nous a quand même invités à son mariage, dit-elle d'une voix qui se voulait neutre.

— J'aurais ben voulu voir ça! rugit Anselme. Il avait pas le choix : c'est le père qui sert de témoin, me semble!

Philippe alluma tranquillement sa pipe; le jeune de vingt ans faisait son homme depuis quelque temps déjà. Il aimait la terre encore plus qu'Anselme et la terre le lui rendait bien; aussi son père lui accordait-il, même par miettes, de plus en plus de considération. Au lieu de tenir tête au père à la manière de Charles, il agissait à sa façon, tout aussi têtue mais sans éclat.

— C'est tout un honneur d'être parrain, le père. C'est ben de la considération de la part de Charles.

— On est allés le voir aux noces; c'est à son tour!

Berthe mit la table sans rien dire, puis hasarda, en servant :

— Il peut quand même pas venir avec sa femme qui relève de maladie. C'est ben trop loin pour elle puis pour un petit de même, surtout en hiver.

— Ben, si c'est trop loin pour eux autres, c'est trop loin pour nous autres aussi; on est plus des jeunesses.

— Son père, on est pas en février; il y a quasiment pas de neige, tempéra Philippe en tirant une large bouffée de fumée.

— Vas-y donc, d'abord! Nous autres, c'est plus de notre âge.

«Nous autres.» Il venait d'inclure Berthe dans sa décision. Comme à l'accoutumée, elle ne protesta pas. Philippe la regarda à la dérobée. «Pourquoi elle le laisse toujours décider? Pour éviter la chicane? Parce qu'elle pense que c'est son devoir? Parce qu'elle y tient pas vraiment?» Il tomba dans le piège de prendre sa défense et offrit, un peu impatienté et déçu, mais sans trop le montrer :

— Je peux vous y conduire si vous voulez, maman.

Anselme enragea. «Est-ce qu'il serait assez effronté pour l'emmener malgré ma décision de chef de famille?» Berthe, pour une fois, eut le goût de suivre son idée. Sur ces entrefaites, Mélanie descendit de sa chambre et s'assit à table, découragée.

— J'ai rien à me mettre! C'est effrayant! Je peux quand même pas remettre la même robe que j'avais aux noces!

Sa phrase tomba dans le vide. Le repas se prit en silence. La joie et la fébrilité de Mélanie étaient si vives qu'elles donnèrent à Berthe une fermeté qu'elle n'avait pas pour elle-même. Elle commença à desservir

183

et dit tout à coup à Philippe, pendant qu'elle en avait encore le courage :

— Vas-y avec ta sœur. Nous autres, comme ton père l'a dit, c'est plus de notre âge.

Elle alla chercher l'eau qui chauffait sur le poêle, pour commencer la vaisselle. C'était fait. C'était dit. À ses propres yeux, Berthe venait de se sacrifier une fois de plus. Mais son renoncement était tout à fait inutile : Mélanie avait fermement l'intention de se rendre au baptême, et pas seulement pour Victor mais effectivement pour le beau Damien, qu'elle avait rencontré aux noces de Charles. Ignorant l'abnégation de sa mère, elle se préoccupa de modifier un peu sa robe de l'année dernière et elle fit tant de cas de l'heureux événement du baptême que les trois autres furent entraînés dans son mouvement.

Anselme était tiraillé plus qu'il ne le laissait voir et il avait de quoi alimenter ses pensées. « Refuser d'être parrain, ça voudrait quand même dire que je fais un grand cas de lui ; mais, d'un autre côté, il est pas question que j'aille me montrer la face là-bas non plus. » Finalement, il arrêta son plan et dicta sa réponse à Mélanie. La lettre disait simplement que la famille serait au baptême. Le plan d'Anselme était simple : ni lui ni Berthe n'iraient, pour une raison qu'il trouverait bien à la dernière minute. Philippe et Mélanie assisteraient au baptême à leur place, et Charles serait placé devant le fait accompli. Le frère et la sœur signeraient à la place des parents. « De même, on sera parrain et marraine, mais sans y aller. » Le père réussissait à tenir son bout et à sauver et les apparences et sa rancune.

Les nouveaux parents se préparaient eux aussi. Mathilde repassa sa plus belle robe d'avant sa grossesse et l'essaya tout de suite au cas où elle serait un peu juste. Elle crut d'abord qu'elle l'avait mal enfilée, puis, incrédule, se rendit à l'évidence : elle ne passait plus du tout. «Ç'a pas de bon sens! J'ai quand même pas grossi tant que ça!» Les larmes aux yeux, elle enleva la robe, se palpa la taille. Sa poitrine était plus généreuse à cause de l'allaitement. «Ça doit être ça, c'est la poitrine.» Rassurée à demi, elle ne pouvait pas davantage enfiler le vêtement.

— Je peux quand même pas demander une robe neuve à Charles; on a fait tellement de dépenses pour Victor.

Elle soupira et ressortit sa robe du début de sa grossesse. Elle avait été si fière de l'endosser la première fois, resplendissante de sa maternité à venir. Aujourd'hui, cette robe lui rappelait des heures difficiles et elle ne se résignait pas à la porter de nouveau.

— Je vais changer le collet. Puis les poignets aussi, soupira-t-elle sans trop croire à la transformation.

Quand Delphina la vit découdre, elle monta à sa chambre et en redescendit peu de temps après.

— Tiens, ma petite fille; ça te fera quasiment une robe neuve.

La vieille main fripée glissa un morceau de tissu dans la jeune main lisse. Mathilde déploya un grand collet de dentelle finement ouvragé. Il était magnifique.

— Oh! ma tante, c'est bien trop beau!

Mais elle était si contente qu'elle ne voulut pas refuser. Elle le faufila prestement sur la robe qu'elle étala sur elle, tournant pour juger de l'effet. Delphina sourit; sa vieille dentelle reprenait toute sa beauté près du visage jeune et souriant de sa petite-nièce.

— Ça te fait bien. Moi, j'ai plus besoin de ça.

Le collet transformait toute la robe. Mathilde la montra à Charles en espérant qu'il apprécierait son attitude raisonnable, mais il ne comprit pas le besoin de nouveaux vêtements pour la jeune mère. « C'est bien normal, l'excusa-t-elle, je m'attendais pas à ça moi-même. » Elle trouvait maintenant la robe à son goût pour le baptême ; elle n'y assisterait pas, selon la coutume, mais elle tenait à bien paraître au repas qu'Amanda offrirait ensuite à tout le monde, ainsi qu'aux réceptions des fêtes.

Le matin du 23 décembre, il se mit à neiger. Une neige poussée par un vent du nord-est annonçant une bonne bordée. Anselme jubila : il avait là une raison inespérée d'annuler le voyage. Mélanie regarda Philippe d'un air désespéré.

— Trois brins de neige en croix, ça fait peur aux petites filles, ça ? dit-il d'un ton moqueur.

Le cœur de Mélanie se remit à battre.

— Pas de saint grand danger. Je suis pas ta petite sœur pour rien.

Elle grimpa à sa chambre en courant, contenant à grand-peine son impatience.

— Apporte un petit bagage, lança innocemment Philippe ; des fois que la neige tomberait plus longtemps qu'on pense.

Anselme n'eut pas le temps de s'interposer : Philippe alla atteler le cheval à la carriole et Mélanie embrassa hâtivement sa mère, qui lui remit le vêtement qu'elle avait tricoté pour son premier petit-fils. Le frère et la sœur partirent sans se retourner, le cheval au trot. Berthe les regarda partir sans elle, déçue.

— C'est ben dommage pour nous autres, cette neige-là, conclut Anselme.

Berthe décela tant d'hypocrisie dans le ton et le sourire à demi caché par la pipe qu'elle comprit qu'ils n'y seraient pas allés de toute façon. Pour la première fois, elle osa le trouver mesquin. « Puis moi je suis la dernière des dindes de toujours me faire accroire que je le crois. »

À Saint-François-de-Hovey, Charles dînait en silence. Il jeta un regard à la fenêtre. C'était la deuxième fois depuis le début du repas. « Il est inquiet sans bon sens », comprit Mathilde. Elle supposa qu'il était aussi anxieux de savoir sa famille sur les chemins que de penser qu'ils n'étaient peut-être pas partis du tout.

— Si les chemins étaient pas beaux, ils seraient pas partis, dit-elle pour le rassurer, trouvant l'inquiétude de son mari normale et tout à son honneur.

Il répondit simplement :

— Ils sont pas des enfants; ils savent ce qu'ils font.

Elle n'ajouta rien. Il retourna travailler au magasin et rentra à l'heure habituelle pour souper. Mathilde ne savait plus quoi penser et encore moins s'il fallait lui parler des voyageurs ou non. Elle savait pourtant à quel point il les attendait. Pour abriter leur cheval, il avait rouvert la petite écurie, l'avait nettoyée, avait commandé de la paille et de l'avoine, remplacé l'abreuvoir rouillé. Pour pouvoir ouvrir les deux battants, il avait dû aussi couper le petit érable importun. Delphina avait simplement dit :

— Prendre tant d'années à pousser puis se faire couper en cinq minutes.

Charles avait interprété la phrase comme un blâme et avait rouspété.

— Fallait pas le laisser pousser là.

Mathilde lui avait lancé un regard réprobateur à son tour et Charles avait raffermi son désir de se construire pour ne plus avoir de comptes à rendre à qui que ce soit.

Il avait ensuite aidé Mathilde à redonner au salon, transformé en boutique de tailleur par le mari de Delphina, sa vocation originale. Il avait enlevé le comptoir, repoussé au fond la machine à coudre et le mannequin masculin. Mathilde avait rassemblé les menus objets dans une boîte – ruban à mesurer, dés, aiguilles, fils, canevas divers, ciseaux, épingles – et monté le tout dans la troisième chambre, que Delphina avait ouverte avant de partir avec Amanda. La vieille dame avait accepté la transformation du salon et l'ouverture de la petite chambre, mais sans pour autant vouloir y assister, et sa filleule l'avait emmenée chez elle pour la journée.

Seuls pour la première fois dans cette maison, Charles et Mathilde avaient fait le tour de la petite chambre, n'y trouvant que des pièces d'étoffe sombres, parfois légères, souvent épaisses; il n'y avait là que du tissu pour des vêtements masculins, des retailles et divers objets de tailleur.

– Faire tous ces sparages pour des niaiseries de même, avait bougonné Charles, déçu.

– C'est des souvenirs pour elle, protesta Mathilde qui s'attendait elle aussi à des objets sortant de l'ordinaire. Ça peut avoir beaucoup de valeur dans un sens.

Ils étaient ressortis et avaient refermé la porte de la pièce, qui avait perdu son mystère. Maintenant, à cause de la neige qui tombait depuis le matin, tout cela risquait d'avoir été bouleversé pour rien. Charles termina son souper sans dire un mot; ni Delphina ni Mathilde n'osèrent exprimer leur désappointement. Ils allaient prendre leur thé quand ils entendirent soudain des bottes marteler la galerie et se secouer en petits pas saccadés. Charles réprima son impatience et alla calmement ouvrir. Une bouffée d'air froid s'engouffra aussitôt dans la cuisine et Mathilde couvrit vivement le bébé d'une couverture supplémentaire pour le protéger.

— Nous v'là! s'exclama nerveusement Mélanie avec soulagement.

— As-tu eu peur? demanda Charles en cherchant son père des yeux.

— Penses-tu! C'est juste que c'est un peu froid.

— Rentrez, rentrez, invita joyeusement Mathilde.

— Puis mon cheval, lui? Je le rentre aussi? se moqua Philippe qui surgit à son tour.

Il referma la porte derrière lui, enlevant son bonnet de fourrure chargé de neige avec sa grosse mitaine. Charles fronça les sourcils.

— Êtes-vous tout seuls?

— Oui. C'était pas ben ben de précaution que les parents se promènent dans des temps de même. Puis on peut pas laisser la maison plus d'une journée sans chauffage. Ils sont venus… par procuration, pour ainsi dire.

Charles réfléchit un bref instant puis respira d'aise. Avec du soulagement mêlé de déception, il entra dans le jeu et arbora un sourire de connivence.

— Ben, si c'est de même, on va vous traiter comme les vrais parrain et marraine, offrit-il vivement.

— Commence donc par me dire où rentrer mon cheval, le taquina Philippe.

— Tu vas étrenner l'écurie, répondit Charles avec empressement en s'habillant pour sortir. Le vieux cheval gris va être aussi bien qu'à l'hôtel.

— C'est ça, donnes-y des caprices! protesta Philippe. Puis d'abord le vieux gris est mort depuis longtemps;

c'est un roux, à c't'heure. Un fringant, laisse-moi te le dire.

Les deux frères riaient ; l'aîné mit son bras sur l'épaule du cadet et le poussa dehors. Charles était si fier de recevoir sa famille que Mathilde retrouva presque son entrain d'avant la grossesse. Le lendemain, au baptême sans le grand-père, ce fut au jeune père de jubiler. Aux yeux de la parenté, les grands-parents Manseau étaient parrain et marraine, simplement remplacés à l'église par Philippe et Mélanie. À la sacristie, Charles fut un peu distrait et, dans les registres paroissiaux, ce furent bel et bien Philippe et Mélanie Manseau les parrain et marraine. Et ces derniers manifestèrent une fausse surprise de bon aloi et une joie sincère.

— Ça va rester entre nous autres, glissa Mélanie à Charles.

Le lendemain, 24 décembre, la neige tourna en tempête, obligeant les invités à rester. Damien Gingras était descendu des chantiers depuis quelques jours. Il débarquait chez sa sœur trois fois par jour et jouait aux dames avec Philippe, tournait autour de la sœur de Charles. Le petit Victor était autant le neveu de Damien que celui de Mélanie et il servit de prétexte à de nombreuses rencontres autour du berceau. Avant la messe de minuit, Damien lança soudain :

— Qui vient marcher dans la tempête ?

Personne de sensé ne voulut l'accompagner et il ne reçut que des protestations, sauf de Mélanie qui s'empressa. Les deux jeunes sortirent, encapuchonnés jusqu'aux yeux. Enfin seuls, ils marchèrent dans la tempête. Au bout de cinq minutes, ils s'abritèrent entre deux maisons, essoufflés de lutter contre le vent, arrivant enfin à leur but.

— T'as pas eu peur de voyager dans la neige? demanda Damien. Ça tombait pas mal hier aussi.

— Oh! c'est pas ça qui me fait peur.

— C'est quoi, d'abord?

Elle hésita; elle le connaissait si peu.

— Ce serait de rester à la même place toute ma vie, de jamais rien connaître d'autre.

— Tu voudrais t'en aller aux États, comme ta sœur Hélène?

— Non. Les États, c'est pas chez nous.

— Sherbrooke, d'abord? Montréal? Québec?

— Non, pas dans une ville. Mais ailleurs, là où il y a de l'espace, du nouveau.

Entre deux coups de vent, Damien regarda la jeune fille de seize ans. Elle était presque de la même taille que Charles, mais, plus mince que lui, elle en paraissait presque plus grande. Elle était aussi en bonne santé, cela se voyait dans ses yeux clairs, s'entendait dans son rire, se devinait à ses lèvres roses où venaient fondre les flocons de neige. La bouche de Damien en avait tant rêvé qu'il n'attendit pas plus longtemps. Mélanie aussi en avait rêvé de ce baiser – ô combien! – mais sa pudeur l'empêcha de le prolonger indûment. Il n'insista pas; il pressentit qu'il aurait toute la vie pour se rassasier d'elle. Ils continuèrent tous deux à marcher ou plutôt à louvoyer à travers la poudrerie, se parlant plus fort que le vent, se criant en riant, s'écoutant. Damien lui confia ses projets.

— Moi aussi, je veux partir. Je connais des gens qui sont allés vers l'ouest, au pays de Louis Riel. Les terres sont ben meilleures qu'ici.

Mélanie éclata de rire.

— La terre? Tu connais rien là-dedans.

– Puis les colons? Ils ont pas besoin de maréchal-ferrant, peut-être?

À la fin de la promenade, à mots couverts, ils s'étaient compris et promis l'un à l'autre discrètement, mais sans retour, selon leur caractère paisible. Ils rentrèrent dans le brouhaha joyeux et Mélanie ne fut d'aucune aide à sa belle-sœur pour le souper tant elle avait le cœur et les yeux remplis de Damien.

Delphina et le jeune Alphonse offrirent de prendre soin de Victor, qui dormait à poings fermés. Tous les jeunes allèrent à la messe de minuit ensemble et se donnèrent rendez-vous le lendemain midi, au dîner de Noël chez les Gingras. Philippe céda aux pressions et décida de rester un jour de plus. S'il n'y avait pas eu cette tempête providentielle, Charles et Mélanie, le frère et la sœur, l'auraient sans doute provoquée tant ils souhaitaient passer un bout des fêtes ensemble, les premières depuis si longtemps. Mélanie était pourtant mal à l'aise de porter toujours la même robe; elle prétexta qu'elle n'avait pas prévu de rester si longtemps.

– Je vais t'en prêter une, proposa Mathilde. On a à peu près la même taille.

«Ça me fera moins de peine de plus la porter», s'avoua-t-elle à moitié consolée en lui tendant le vêtement. Sa jeune belle-sœur l'enfila prestement. La robe lui allait à merveille et elle était encore plus belle dans ces couleurs plus gaies que ce qu'elle portait d'habitude. Ils arrivèrent joyeusement chez les Gingras. Charles était fier d'y venir avec son frère et sa jeune sœur, mais surtout de montrer son fils à la parenté des Gingras, d'autant plus que Victor était le premier bébé de sa génération et qu'il avait droit à toutes les attentions. Mathilde était comblée puisque son Charles était heureux et joyeux. En plus, sa mère lui offrit un châle délicat et chaud qui lui seyait à ravir et camouflait les rondeurs que la nouvelle maman acceptait mal. Elle le mit sur ses épaules et pivota, heureuse de cette parure. « Charles va être fier de moi. » La tante Émérentienne, arrivée depuis trois jours, offrit pour Victor de petits vêtements qu'elle avait cousus; ils manquaient de fantaisie mais étaient les bienvenus, solides et confortables.

— Victor va grandir trop vite pour les user, mais ils serviront pour les autres, conclut-elle fièrement.

Les intéressés ne relevèrent pas l'allusion. Le père n'y pensait pas pour le moment et la mère souhaitait se remettre un peu avant d'en avoir un deuxième.

— J'ai choisi un beau tissu pour toi, Mathilde, ajouta la tante. Maurice va recevoir tout son stock dans quelques semaines; je lui ai demandé de te le mettre de côté.

— Maurice? Quel Maurice? demanda curieusement sa belle-sœur Amanda.

— Maurice Boudrias.

— Boudrias? Notre Boudrias du village? s'étonna Éphrem qui commençait à comprendre pourquoi sa sœur revenait une deuxième année consécutive.

— Il m'a demandé de lui choisir des tissus en Beauce. Les femmes s'y connaissent mieux là-dedans que les hommes, c'est normal.

Mathilde apprécia l'attention et quêta du regard l'assentiment de Charles, puis elle accepta joyeusement.

— Je vous remercie bien, ma tante. J'aurai probablement besoin d'une robe ce printemps.

Elle n'eut pas le temps de s'attarder sur le sujet : Léonard lui rapportait Victor, le nez plissé de dégoût. La maman s'éclipsa discrètement avec le bébé et la conversation générale porta sur le séjour d'Émérentienne et ses projets. Celle-ci, de but en blanc, demanda si Maurice Boudrias pouvait venir dans la semaine. Éphrem, guilleret à cette heure avancée de la journée de Noël, voulut étriver sa petite sœur de quarante-cinq ans.

— Oui, ma petite sœur. Puis je vais te chaperonner, moi, tu vas voir ça. Si Boudrias devient trop entreprenant, on va y voir.

Il éclata de rire, prévoyant des protestations offensées. Au contraire, Émérentienne répondit seulement :

— À notre âge, il y a pas juste ça qui compte.

Ce à quoi Léonard lança joyeusement, en mâchouillant sa dixième friandise :

— Ouais, Charles, tu vas avoir une patronne bientôt.

Émérentienne ne protesta pas davantage et un silence surpris envahit la cuisine. Du coup, l'appréhension de Charles se confirma. Il avala de travers et regarda Mathilde radieuse qui ramenait un Victor tout propre. Éphrem et Amanda se comprirent d'un regard et s'inquiétèrent à leur tour. Quant à la visiteuse, elle s'activa sereinement à refaire du thé.

Si Damien et Mélanie s'étaient quittés en gardant leur secret, Boudrias ne fit pas traîner les choses. Il se fiança aux Rois, le 6 janvier, et annonça le mariage pour le 2 février, à la Chandeleur, la fête du retour de la lumière, juste avant le carême. La fiancée repartit régler ses affaires en Beauce et donner sa démission comme institutrice. Le veuf se pavanait comme un paon et décréta un ménage à fond du magasin, qui prendrait tout le mois de janvier. Les deux hommes ne s'étaient encore rien dit et Charles se faisait de plus en plus de bile. «C'est ben certain qu'il aura plus besoin d'un commis, avec une femme pour l'aider. D'autant plus qu'il va boire moins, je suppose, donc il va s'occuper plus de ses affaires. Non, il aura plus besoin de moi, c'est ben sûr. Mais à partir de quand? Est-ce que la tante Émérentienne va renipper le logement avant de me remplacer en arrière du comptoir? Ou traverser tout de suite au magasin? Ça va me donner combien de temps, tout ça? Quelques mois? Quelques semaines...?» Un soir, au lit, Mathilde ralluma la lampe à huile.

— Charles, pourquoi tu m'en parles pas?

— De quoi?

— Tu le sais bien. Du fait que ma tante Émérentienne va marier M. Boudrias.

Charles se sentit humilié. Pourtant, elle lui parlait sans reproche, en toute confiance, mais il se sentait quand même fautif. «J'aurais dû régler ce problème-là depuis un mois; je veux pas qu'elle se fasse du mauvais sang pour mes affaires.»

— Inquiète-toi pas. Vous manquerez de rien.

— Je le sais bien, Charles. Je suis sûre que tu vas trouver quelque chose. Seulement, j'aurais aimé ça qu'on s'en parle...

Il n'ajouta rien. Son idée n'était pas assez faite sur son avenir. Mathilde attendit en vain une réponse. Sentant une certaine déception et une tristesse l'envahir, elle se dit que le travail de son mari ne regardait que lui. «J'ai pas à m'occuper de ça. Il a assez de cœur pour y voir.» Elle souffla la lampe.

13

Le dimanche suivant, une semaine avant les noces de Boudrias, Charles se leva tôt pour assister à la première messe matinale.

— Je vais aller au moulin à scie, dit-il simplement à Mathilde. Ton père me prête sa carriole.

Elle comprit à moitié et lui fit confiance, soulagée de le voir poser un geste concret, pourtant inquiète de ne pas savoir tout à fait lequel. «Si c'est ce que je pense, ça ferait bien des changements», craignit-elle malgré tout.

— Qu'est-ce qu'il mijote? demanda Delphina.

— Il voit à nos affaires, répondit sobrement la jeune épouse en laissant retomber le rideau de la porte.

En chemin, Charles ressassa son plan pour la dixième fois. «J'ai pas le choix.» Il trouva le trajet interminable; champs, clôtures, lisières de forêts, rien ne le distrayait ce jour-là. Comble de malchance, le cheval avait perdu un fer et boitait.

— Ça prend bien un forgeron pour pas voir à son cheval, maugréa-t-il contre son beau-père en traversant le petit pont menant à la forêt.

Il était de plus en plus contrarié, ses plans ne se déroulant pas comme prévu. «Je vais avoir l'air d'un quêteux avec un cheval boiteux.» À cause de ce contretemps, il arriva à destination à l'heure du dîner. «Pas question de m'imposer de même. » Il grignota ce que Mathilde lui avait préparé, mais le froid et l'inquiétude lui coupèrent l'appétit. Il fit les cent pas un peu avant la boucle du chemin qui s'arrêtait à la scierie, question de tuer le temps et de se réchauffer.

— Je prendrais bien une petite gorgée du whisky de Boudrias, ronchonna-t-il, les orteils gelés.

Cette attente forcée lui donna le temps de songer un peu trop. Il passa le cap de la saine réflexion et commença à remettre son projet en question. Au bord de l'exaspération, il entra finalement chez les Vanasse vers une heure et demie de l'après-midi pour trouver le repas à peine entamé et la maison pleine. Anthime Vanasse se leva joyeusement.

— Manseau! Dégreye-toi. Viens manger avec nous autres; mes garçons sont revenus des États hier soir.

Le visiteur se figea. « Il manquait plus que ça! » Le père fit les présentations.

— Tiens, celui-là, c'est mon plus vieux : Armand puis sa femme Germaine.

Ils étaient assortis par l'âge, la trentaine, et le poids, étant un peu plus en chair que la normale, sans plus. Les deux autres, de cinq ans plus jeunes environ, étaient plus minces, presque fluets.

— Ceux-là, ajouta fièrement Anthime, c'est mon Elphège avec sa femme Jacinthe.

Son comportement fit sourciller ses fils, qui n'avaient pas eu droit à un accueil si chaleureux. Mme Vanasse se méfia tout de suite, décidée plus que jamais à protéger ses fils qui semblaient revenus pour de bon. La jeune Jacinthe, aux cheveux clairs, chuchota à la plus sérieuse Germaine, aux cheveux bruns :

— Qui c'est, ce bel homme-là qui débarque ici comme s'il connaissait les airs mieux que nous autres?

Les présentations faites, un silence plana. Pour trouver quelque chose à dire, Charles s'informa du nom des trois petits de moins de cinq ans qui leur couraient entre les jambes. L'un d'eux, le fils d'Elphège, s'appelait Victor.

— Victor? Mon petit gars aussi. Il a deux mois déjà.

Grand-maman Vanasse s'attendrit et insista pour que le visiteur passe à table avec eux.

— Non, non, j'ai mangé…

— Tu prendras quelques bouchées, rit Vanasse. Viens t'en, ça te fera pas de tort.

— Bon, ben, juste pour vous accompagner, d'abord.

Il se retrouva attablé devant un copieux repas, la maman ayant tout sorti pour sa petite famille, qu'elle n'avait pas vue depuis un an. «À le voir avaler ses bouchées, il a pas dû dîner pantoute», comprit-elle. Elle lui servit une deuxième assiettée, insistant pour qu'il goûte à ceci et à cela. Le vieux mourait d'envie de savoir ce que Charles lui voulait en ce beau dimanche midi, mais il patientait. Charles se morfondait. «Ils sont revenus pour de bon, oui ou non? Si c'est oui, mes projets viennent de finir avant de commencer.» Au dessert, il conclut que personne autour de la table n'avait l'air de le savoir vraiment. La conversation reprit lentement, porta sur les enfants qui se chamaillaient un peu, sur le repas qui en valait trois, sur le travail de Charles au magasin général:

— Un travail d'avenir, renchérit Vanasse, retournant le fer dans la plaie de Charles sans le savoir; pas un travail qui mène à rien comme dans les manufactures.

— Son père, vous pouvez quand même pas nous

reprocher de vouloir faire vivre nos familles, protesta Elphège, humilié.

La mère ressortit un vieux reproche.

— Quand Armand est parti, il a dit que c'était juste pour un an ou deux. Après, il est revenu te chercher. À c't'heure, votre vie est là-bas ; vos femmes viennent de là.

— On a du cœur au ventre : on est là où on a de l'ouvrage, c'est tout, répondit sèchement Armand. C'est juste qu'on a choisi d'autres moyens de gagner notre vie.

— Dans la vie, on choisit pas toujours, mon garçon, assena le père.

— Peut-être pas dans votre temps, mais à c't'heure, nous autres, on peut, insista Armand avec arrogance.

Charles ajouta son fion pour changer un peu l'humeur de tout un chacun.

— J'ai une sœur aux États.

— Depuis longtemps ? demanda l'une des brus, heureuse elle aussi de changer le cours de la conversation.

— Depuis, depuis…

Il se rappela qu'Hélène était partie presque tout de suite après son propre départ de la ferme.

— Six ou sept ans, conclut-il, étonné.

« Déjà ? Puis moi, où je suis rendu après sept ans ? Au service d'un autre, à sa merci, et sur le bord de la porte, à part de ça ! Plus au bord que ça, ce serait dur en maudit ! » Pour la première fois, il admit qu'un homme puisse être tenté, même obligé d'aller où serait le gagne-pain, n'importe où, pourvu qu'il fasse vivre sa famille. Pendant cette courte diversion, le père et les fils avaient forgé leurs arguments ; la discussion monta d'un cran.

— En tout cas, nous autres, on a une paye sûre. On craint pas de crever de faim à cause d'une saudite pluie qui arrive pas ou ben qui arrive trop tard, ironisa Armand.

— Moi non plus! l'arrêta Anthime. Mais quand on est dehors, on sait au moins le temps qu'il fait, coaltar!

— Nous autres, on est à l'abri dans les *factories*. Même que la température est toujours pareille, soupira Elphège.

— Ouais, renchérit sa femme Jacinthe. C'est assez chaud que mon amie de femme a perdu connaissance l'autre jour. Elle a failli glisser sous la machine; j'ai eu assez peur!

— Tu travailles là-dedans toi aussi? s'indigna sa belle-mère.

— Faut ben! Elphège peut pas payer toutes les dépenses tout seul.

— Qu'est-ce que vous faites là-bas si vous devez être deux à vous tuer à l'ouvrage pour vivre? Ici, au moins…

— Ici? éclata Armand. Ici? L'avez-vous regardé, votre moulin? C'est un miracle qu'il tienne encore debout.

— Pourquoi vous êtes revenus, d'abord? Hein? Qu'est-ce que vous venez faire ici? s'écria Vanasse, furieux, humilié. Envoye! Dis-le donc! Rire de nous autres à notre face?

— Anthime! l'arrêta sa femme Hémérise. Prends sur toi, doux Jésus! On a du monde!

Charles aurait voulu se voir loin, mais il ne regretta pas d'avoir assisté à la discussion parce qu'Elphège avait baissé de ton et tenait maintenant un autre langage, moins assuré.

— On est venus, son père, parce que là-bas... c'est plus comme avant. Il y a du monde, de notre monde, qui disent qu'il faut choisir.

— Je pense comme eux autres, renchérit vivement Armand. Quand on gagne son pain quelque part, on peut parler dans la langue de ce monde-là puis vivre comme eux autres. Si on se fait pas naturaliser, on aura jamais le droit à rien.

— Naturaliser? Ça veut dire quoi, ça? s'enquit Anthime, soupçonneux. Une manière de vous dédire?

Germaine baissa la tête malgré elle. Elle n'avait pas parlé beaucoup depuis l'arrivée du visiteur, mais elle avait tout suivi avec une très grande attention. Au milieu du repas, Charles avait surpris son regard posé sur lui et elle s'était détournée, gênée.

— Il y a des décisions qui nous engagent pour longtemps, dit-elle enfin, presque à voix basse; faut prendre le temps d'y penser d'aplomb.

Charles la trouva sympathique et mieux assortie à son beau-frère Elphège qu'à l'autre, Armand, qui lui était presque antipathique.

— C'est mon dire aussi, ajouta Elphège. Notre langue, notre manière de vivre, pourquoi on se sortirait ça du cœur?

Sa femme Jacinthe haussa les épaules.

— Parce qu'il y a d'autres manières aussi, pas pires que la nôtre.

Charles se reprit à espérer – sans trop y croire – que les fils n'avaient pas l'intention de rester. La conversation se poursuivit sur le même ton. Les deux brus, pourtant si différentes l'une de l'autre, échangeaient des regards étonnés, parfois amusés, puis stupéfaits quand Armand déclara aux parents :

— En fait, on est seulement venus en vacances.

— Ouais, des petites vacances avant de repartir dans une couple de semaines, confirma Elphège après une brève hésitation.

Les espoirs de la grand-mère s'effondrèrent.

— Mais je pensais que… Il m'avait semblé que… Mes petits-enfants vont grandir loin de nous autres, protesta-t-elle douloureusement. On les connaîtra même pas.

Elle fondit en larmes. Mal à l'aise, les fils proposèrent que femmes et enfants restent un peu plus longtemps même si les hommes repartiraient dans quelques semaines. Germaine prétexta une grosse bûche à mettre dans le poêle pour attirer son mari et lui glisser à voix basse :

— T'avais dit qu'on attendrait quelque temps avant de prendre notre décision.

Sa belle-sœur Jacinthe n'eut pas le temps de revenir de sa surprise; elle dut s'occuper de sa belle-mère qui faisait tout son possible, sans pudeur, pour les garder le plus longtemps près d'elle. Charles se sentait de trop depuis un bon moment et ne voyait plus le moyen de régler son affaire aujourd'hui. Il se résigna à avoir parcouru tout ce chemin en vain.

— Bon, ben, va falloir que j'y aille, finit-il par dire.

Vanasse profita de cette diversion et lui demanda sèchement le but de sa visite. Pris de court, Charles marmonna qu'il voulait du petit bois pour son Victor, pour lui faire des jouets.

— Euh… j'aurais pu en avoir au village, mais ici… c'est mieux varlopé, sans échardes. Puis ça me donnait l'occasion de venir vous souhaiter la bonne année, même si c'est un peu tard.

202

Vanasse prit son manteau, sortit et descendit rapidement les dix marches de la maison adossée au coteau. Il fit les cent pas qui le séparaient de sa scierie, où il se réfugia, suivi de Charles. Loin des yeux de ses fils, le père cessa de braver. Sa tristesse refoulée éteignit d'un coup son vieux visage ridé. «Ils resteront pas. Je me suis encore fait des accroires.» Il ramassa lentement de petits morceaux de bois, les plus beaux, bien lisses, puis quelques autres aux formes bizarres et aussi une poignée de copeaux blonds.

— Tiens, ça fera une crinière pour un petit cheval de bois. Il va aimer ça, ton petit gars. Puis profites-en avant qu'il s'en aille lui aussi puis qu'il te laisse là.

Sa voix se cassa. Charles en eut le souffle coupé. «Est-ce que j'ai fait ça à mon père, moi aussi?»

— Envoye! Les prends-tu? bourrassa le vieux en lui mettant morceaux et copeaux dans les mains.

— Oui, oui. Merci ben. Victor va être content.

Vanasse le dévisagea, presque durement.

— Me prends-tu pour un innocent, Manseau? Vas-tu me faire accroire qu'un petit de deux mois va jouer avec ça demain matin? Puis que t'as fait tout ce chemin-là pour ça? Envoye! Dis-le donc, ce que t'as à dire!

Charles vida son sac d'une traite.

— Je me demandais si vous aviez besoin d'aide ici, au moulin. Je sais que vous avez déjà deux engagés...

— ... qui en valent même pas un bon les deux ensemble. Ils travaillent ici juste parce qu'ils sont trop vieux pour aller aux chantiers.

Charles reprit confiance.

— Je suis pas regardant sur l'ouvrage, vous le savez, puis j'apprends vite. Vous êtes plus jeune jeune...

— Puis tu veux ma place, c'est ça?

– Non! Non! Je veux dire qu'un engagé plus jeune, ça peut faire les ouvrages plus durs, puis…

Vanasse laissa fuser un rire moqueur et triste. Il lui donna une tape dans le dos et s'assit lourdement sur un billot. Le voyant ainsi au milieu de tout ce bois et ces copeaux, Charles pensa à Joseph, le charpentier. Lui aussi devait se sentir comme le vieux Vanasse. Un homme bon et travaillant, abandonné par son fils, se demandant à quoi avait servi tout son travail. Le vieux glissa sa main sur une planche de chêne, lisse et rosée, aux veines saillantes.

– Oui, je me sens vieux…

Son regard mouillé erra sur les planches empilées un peu partout.

– Je suffis plus à l'ouvrage. J'ai plus d'énergie comme avant puis mes machines commencent à me lâcher. Je sais pas pourquoi tu pars du magasin, ça me regarde pas, mais je peux te comprendre. Quand on aime le bois, on est ben juste là-dedans. T'as déjà travaillé à la forge, peut-être que tu pourras arranger un peu mes machines. Si c'est ça que tu veux…

Son regard remonta vers le jeune père pas vraiment costaud mais décidé. Il le toisa presque durement. La réponse cingla comme un coup de fouet.

– C'est ça que je veux.

– C'est ben correct de même. Pour les gages, je vais y penser. C'est sûr que tu restes trop loin, va falloir que tu couches ici. Mais la maison, je sais pas si elle est assez grande pour ta famille aussi…

Il ne lui laissa pas d'illusions; sa femme Hémérise n'accepterait pas l'affaire facilement et refuserait net qu'en plus, Manseau s'installe dans sa maison avec sa petite famille, à la place de ses fils. Charles n'en demandait pas tant. Tout ce qu'il voulait, c'était gagner leur vie à tous les trois. C'était le principal et il l'avait obtenu. Le vieux se releva lentement.

— Je sais que ça te suffira pas d'être juste un engagé. Pour ça non plus, j'ai rien à redire. Toi, au moins, tu le mérites, le moulin.

Il se détourna pour cacher deux grosses larmes qui s'obstinaient à danser dans ses yeux. Charles fit semblant de s'affairer à consolider les petits morceaux de bois dans le creux de son bras, aussi difficiles à contenir qu'une poignée de sable, surtout avec les copeaux. Le vieux ajouta simplement :

— J'irai te voir dans quelques semaines, quand ils seront tous partis. On fera des arrangements.

D'un pas lent, le dos plus courbé que le matin, Vanasse retourna à la maison et Charles à sa carriole. Il engloba du regard la scierie et la chute qui grondait en se déversant sur les rochers et la glace enlacés. Le cœur lui cognait de joie. « Le moulin à scie ! Enfin ! » Il grimpa dans la carriole et, oubliant le fer manquant, il mit tout de suite son cheval au trot. Il s'en souvint en le voyant boiter et le ramena au pas avant qu'il ne s'échauffe pour rien. Il repassa près de l'endroit où Mathilde et lui s'étaient allongés le printemps d'avant. Il sourit, fier de lui. « J'ai du travail, Mathilde. Inquiète-toi pas. » Il pensa aussi à son fils que lui rappelait le cliquetis des morceaux de bois giguant au fond de la carriole. Le trajet lui parut moins long et les nombreuses clôtures lui semblèrent un gage de sécurité et de stabilité. Ce n'est qu'en rentrant dans son village qu'il se rendit compte que dans peu de temps cette randonnée du dimanche serait sa routine, mais en sens inverse puisqu'il retournerait alors à la scierie pour la semaine.

Il appréhendait une réaction de larmes et de reproches de la part de Mathilde. Il se préparait déjà à imposer sa décision de chef de famille, mais la jeune épouse ne fit pas d'éclat. Elle aussi avait eu la journée pour réfléchir. Elle se mordit les lèvres pour ne pas pleurer et dit tout bas :

– Les femmes de bûcherons, elles sont bien plus à plaindre que moi. Nous autres, on va se voir toutes les semaines.

Elle était incapable d'en dire plus : elle n'avait plus de voix dans sa gorge nouée. Ce soir-là, ils s'aimèrent avec une passion presque enragée, comme s'ils voulaient engranger une réserve de caresses pour les longues nuits à venir.

Jusqu'au dernier moment, Vanasse espéra. « Ils vont peut-être changer d'idée », s'obstinait-il. Les deux fils avaient eu le mal du pays, mais les reproches amers et le moulin vieillot assombrissaient tous les souvenirs qu'ils avaient embellis dans leur éloignement. La bâtisse était délabrée, les machines avaient fait leur temps et la maison était loin du village, ce qui ne plaisait pas aux brus. Elles étaient nées toutes les deux de parents canadiens-français mais émigrés depuis assez longtemps et ce paysage leur était étranger. Jacinthe n'aimait pas du tout le coin. Germaine, par contre, retrouvait des lieux tant de fois décrits et regrettés par ses parents. Elle les admirait avec une sorte de nostalgie diffuse puisque ces souvenirs appartenaient aux autres. « Me semble que j'aimerais ça, vivre par ici. Mais c'est tellement différent de par chez nous. » Elle se rendit compte par cette réflexion que ses racines étaient ailleurs, de l'autre côté de la frontière. Elle se résigna toutefois à la décision que prendrait son mari.

Les deux frères Vanasse devaient choisir. Ou bien ils décideraient de rester canadiens-français et reviendraient dans les Cantons-de-l'Est ou bien ils demanderaient leur naturalisation américaine. C'était là l'enjeu de leur séjour. Les difficultés de communication avec leur père achevèrent de trancher la question : ils décidèrent d'émigrer définitivement et de s'adapter à leur nouveau pays. «Ça sert à rien d'expliquer ça à papa, avait décidé l'aîné; par ici, ils comprennent pas ces problèmes-là.»

Les fils repartirent pour de bon. Les brus, pas plus enthousiasmées qu'il ne fallait de tenir compagnie à leur belle-mère, toute serviable qu'elle fût, attendirent impatiemment que leurs maris leur fassent signe de prendre le premier train. Il fallait tout de même à leurs hommes le temps de récupérer leur mobilier en consignation, de trouver un nouveau logement et surtout du travail. Ils n'étaient nullement inquiets; la main-d'œuvre faisait défaut dans toutes les villes de la Nouvelle-Angleterre. Si leur patron ne les reprenait pas, ils iraient à l'usine d'un autre quartier.

L'impatience qui régnait chez les Vanasse n'était rien en comparaison de celle qui prévalait au magasin général. Émérentienne était arrivée de Beauce avec ses biens. Aussitôt après le mariage, Mme Boudrias avait commencé son installation. Elle avait vite déchanté : ses meubles et rideaux ne cadraient pas avec un logement dont le dernier ménage remontait à une dizaine d'années. Charles respira : «Tant mieux; je gagne du temps.»

Elle entreprit un grand nettoyage, au désespoir de Boudrias dont l'univers familier fut chambardé en moins de deux par les idées bien arrêtées de sa femme

207

sur la propreté. De plus, la future mariée avait dit clairement, aux fêtes : «À notre âge, il y a pas juste ça qui compte!» Elle n'avait pas changé d'idée. Si Boudrias avait droit à des nuits de «devoir» de temps en temps, il perdit vite ses illusions d'un égrillard rattrapage de ses années de solitude. Le commis nota malicieusement l'humeur changeante du patron; sans le faire exprès, il eut quelques petits sourires en coin qui n'échappèrent pas à l'intéressé. Un soir, Charles ne put s'empêcher de glisser à Mathilde une réflexion mi-gaillarde, mi-vengeresse.

— Il m'a échangé contre quelqu'un qui était supposé lui donner «d'autre chose», mais ça m'a tout l'air que c'est pas en grande quantité!

Un peu piquée, Mathilde répondit :

— Si j'étais à la place de ma tante, je serais peut-être pas ragoûtée moi non plus.

Et elle se colla affectueusement contre son mari. Flatté du subtil compliment, Charles honora sa femme avec fougue, goûtant leur jeunesse à tous les deux.

Les jours passaient. Émérentienne frottait toujours le logement, Boudrias se morfondait et Charles attendait des nouvelles de Vanasse avec une impatience qui tournait à l'anxiété. Un mois après sa visite chez Vanasse, il n'y tint plus et y retourna en semaine, ayant des achats à effectuer dans la région pour le magasin. De la fenêtre de la cuisine, Germaine le vit surgir au détour du chemin comme un cadeau du ciel dans son esseulement, et disparaître ensuite derrière la scierie. Elle prétexta qu'elle avait envie de prendre l'air, attrapa son manteau, sortit, repéra la carriole et le cheval et marcha tranquillement dans les alentours, mine de rien. Dans la scierie, les deux hommes se distancèrent des deux employés et s'entendirent sur le salaire et la pension de l'engagé.

— On va attendre que mes petites brus s'en aillent avant d'entreprendre tous ces chambardements-là.

— Pensez-vous que c'est pour bientôt? insista Charles, impatient.

— Ça devrait pas tarder. La Jacinthe trouve le temps long, dit le beau-père avant de reprendre sa place à la scie bruyante et de clore l'entretien par la même occasion.

Charles respira profondément, enfin rassuré, et quitta la scierie qui devenait un peu la sienne. Dehors, il croisa Germaine. La remarque du vieux lui revint à l'esprit et il se méprit sur l'identité de la bru.

«Ouais, c'est vrai qu'elle a l'air de trouver le temps long, celle-là.» Il la salua et lui demanda, avec un sourire moqueur :

— C'est toi Jacinthe?

— Non, moi c'est Germaine, dit-elle simplement, peinée et croyant à tort que sa belle-sœur, plus jolie qu'elle, avait encore une fois retenu l'attention à ses dépens.

— Oui, oui, c'est vrai, je m'en souviens de l'autre fois quand j'ai dîné avec vous autres, dit-il pour se rattraper.

Germaine interpréta ce sourire et ce souvenir d'une autre façon. D'être ainsi, dans un paysage si nouveau pour elle, loin de son milieu, avec ce début de printemps et cet homme qui la fascinait depuis l'instant où elle l'avait vu franchir le seuil l'autre dimanche, elle ressentit tout à coup un violent besoin de renouveau, un désir inconnu chez elle. Sa gorge palpita au creux du foulard entrouvert par ce doux temps de fin février.

Attirée malgré elle, elle s'approcha lentement, se plaçant devant le cheval pour ne pas l'effaroucher, lui caressant la tête de sa main pleine, un peu rondelette, que Charles devinait chaude et bonne sur la peau d'un homme. Elle se retourna brusquement :

— Est-ce que c'est l'approche du printemps qui te rend beau de même ? lui lança-t-elle soudain avec l'audace crue des timides qui s'expriment d'un coup.

Charles rougit sous le compliment brutal et tripota les guides du cheval.

— T'es pas laide non plus...

Il faisait beau. Le soleil se montrait enfin après deux semaines de grisaille. Charles se surprit à promener son regard aux alentours pour voir si quelqu'un les observait. Mais non ; la scierie cachait la maison et n'avait pas de fenêtre de ce côté. Il n'y avait personne d'autre qu'eux deux. Lui et Germaine, là, toute proche, à portée de la main, qui s'offrait, complice du soleil, de sa vigueur d'homme et de sa joie virile de s'être fait confirmer son nouvel emploi. Cette femme qui repartirait bientôt et qu'il ne reverrait plus. Il glissa lentement sa main sur les rênes jusqu'à la tête du cheval, tout près de la main de Germaine, puis il dit lentement, sans regarder la femme, en faisant semblant de rajuster le mors :

— Ton mari doit avoir hâte de te revoir. Moi aussi, j'ai hâte de revoir ma femme. Elle est pas laide, elle non plus.

Il avait parlé sans dédain, presque avec regret. Il monta dans la carriole et, d'un petit coup de guides sur les grosses fesses du cheval, le fit partir. Quand la voiture disparut dans le tournant du chemin, Germaine reprit ses esprits et rougit de honte.

— Quand on est rendue à dire des folies de même, se reprocha-t-elle amèrement, il est temps qu'on s'en retourne chez nous, ma pauvre fille.

S'en aller au plus vite, ne plus revoir cet homme qui l'hypnotisait comme la flamme piège les moustiques, les soirs d'été. Mettre au plus vite de la distance entre elle et lui. «Mon Dieu, une chance qu'il a eu plus de jugeote que moi!» Elle ne s'expliquait pas comment elle avait osé lui tenir un tel discours, elle si réservée. Sa pensée refusa pourtant le remords et zigzagua vers l'inconnue qui avait le beau Manseau dans son lit. «Ce bonheur-là, c'est pas à moi que ça arriverait…», songea-t-elle avec une grande tristesse au cœur. Au souper, elle annonça sobrement qu'elle prendrait le train dans deux jours avec sa petite fille, même sans nouvelles de son mari.

— Vite de même? Me semble que la petite a pas l'air dans son assiette depuis quelques jours, négocia la grand-mère; peut-être que ce serait mieux de…

Jacinthe se rallia à sa belle-sœur.

— Notre place, c'est avec nos maris.

Vanasse s'étonna de son flair. «Je l'ai justement dit à Manseau cet après-midi.»

— Ouais, dit-il songeur, ça va faire bien des chambardements par ici.

Il avait dit sa phrase en pensant à l'arrivée de Charles, acceptant définitivement la désertion de ses fils. Mais le ton impuissant et triste, les brus l'interprétèrent à leur intention, étonnées et touchées de cette marque d'affection inattendue et tardive.

Au magasin, les chambardements se produisirent brusquement. Émérentienne nettoyait toujours le logement, mais quand son mari la vit frotter les plafonds en *V* de la cuisine qu'il boucanait depuis son veuvage, il protesta :

— Il y a un bout à tout. C'est trop dur pour une créature comme toi.

Il traversa au magasin et intima à son commis d'aller nettoyer le plafond. Charles se cabra.

— C'est au magasin que je travaille.

— Il a raison, dit Émérentienne qui surgit derrière lui en s'essuyant le front.

— C'est ça ! rugit Boudrias. Mettez-vous ensemble contre moi !

— On est pas contre toi, protesta sa femme étonnée, on…

— Vous faites quoi, d'abord ?

— Je fais ma job de commis ! cingla Charles. Je suis pas une servante !

Boudrias hurla de rage :

— As-tu envie de dire que ma femme en est une ? Maudit fendant ! C'est moi le boss, as-tu compris ?

Boudrias, hors de lui, sauta à la gorge de Charles qui le rejeta rudement contre le comptoir. Le vieux poussa un cri de douleur, vacilla et tomba face contre terre, aux pieds de son commis. Blanc d'humiliation, il se releva et se rua avec haine sur Charles qui recula, se retenant de lui sauter dessus à son tour.

— Arrêtez ! cria Émérentienne. Arrêtez-vous, voyons !

Charles repoussa Boudrias qui l'avait encore empoigné et lui jeta d'une voix rauque :

— Un bon engagé, ça finit sa semaine.

Serrant les poings, il se réfugia dans l'entrepôt, le plus loin possible. « Il me jettera pas dehors en plein milieu d'une journée, certain ! Je suis arrivé ici la tête haute, je vais repartir de même. »

Émérentienne jeta un coup d'œil aux bancs vides qui entouraient le poêle. «Heureusement que j'ai fait du ménage là aussi; s'il avait fallu que les vieux radoteux voient une scène pareille! Mon Dieu! De quoi on aurait eu l'air?» Elle entraîna son mari dans l'arrière-boutique et lui fit prendre un petit verre pour le remettre d'aplomb.

— Fallait en venir là, c'est certain, mais vous auriez pu vous dire ça autrement, lui reprocha-t-elle.

La situation était maintenant claire entre les deux hommes, mais les deux épouses s'en désolaient. Elles étaient parentes et détestaient tout autant la mésentente l'une que l'autre.

— Pourquoi ne pas s'être parlé comme du monde au lieu de se conduire comme des enfants? déplorait Émérentienne.

C'était le point de vue des femmes. Les hommes, eux, s'en tiraient avec tous les honneurs. «J'ai pas été jeté dehors comme un chien, rabâchait Charles; c'est moi qui ai décidé de partir et quand je l'ai voulu! De toute façon, j'ai un autre travail qui m'attend. Je suis pas dans la rue.» Boudrias s'en sortait tout aussi bien. «Je le savais qu'il reluquait ailleurs; comme ça, il m'aura pas planté là comme un coton. Il a compris ce qui lui restait à faire.» Il n'avait pas non plus l'odieux de congédier un jeune père de famille et membre de sa parenté par alliance en plus. Et surtout, il n'avait pas l'air du patron envieux, jaloux de la bosse des affaires de son employé plus habile que lui. Tout était donc parfait, chacun des deux hommes se drapait dans son droit, souhaitant confusément que l'autre se sente dans son tort. «N'empêche qu'on a passé de bonnes années ensemble», ne pouvaient-ils s'empêcher cependant de constater chacun de leur côté. «Mon magasin en a ben regagné depuis l'arrivée du petit Manseau relevant de sa pneumonie», concéda Boudrias. «J'en ai ben appris avec lui», s'avoua Charles. Ils étaient quittes. Ils effacèrent tout le reste.

Charles finit sa semaine avec un regard ironique sur Boudrias qui lavait les plafonds lui-même. Quand il referma la porte du magasin derrière lui pour la dernière fois, le samedi soir, il se sentit écrasé d'un poids inhabituel. Il était entré au magasin faiblard mais plein d'ambition. Il en ressortait marié, jeune père. Et avec seulement une promesse de travail chez Vanasse. L'affaire se sut rapidement chez les Gingras. Damien, qui n'était pas monté aux chantiers à l'automne, vint le voir et lui proposa de reprendre sa place à la forge.

— T'as pas à me faire la charité, grogna Charles.

— Je te fais pas la charité, grosse tête; je veux aller travailler ailleurs, peut-être aux États.

«Les États! Un autre!»

— Il y en a ben d'autres qui en sont revenus puis pas plus riches, maugréa-t-il.

— J'aime autant juger par moi-même. C'est pas toi qui vas trouver à redire là-dessus, je pense, répliqua son jeune beau-frère, pince-sans-rire.

Les deux jeunes hommes se toisèrent, d'égal à égal. Charles sourit. Damien était aussi buté que lui, à sa manière.

— Pour la forge, finit-il par dire, je pense pas. J'ai d'autres plans.

— Penses-y. Moi, de toute façon, je m'en vas. C'est pas une semaine ou deux de plus ou de moins qui va me déranger.

Le dimanche suivant à la grand-messe, Charles se tint la tête haute, et un peu plus que d'habitude, se sentant reluqué. Il n'avait rien volé à personne, mais les débiteurs dont il avait recouvré les créances l'année dernière pavoisaient à leur tour. «Il est pas question que le village s'imagine que je me fais vivre par les autres, ni chez les autres.» Il pensait à Delphina qui n'avait, semble-t-il, jamais dit un mot plus haut que l'autre de toute sa vie et qui devenait impatiente, même revêche à certains moments. «Si j'ai quelques jours, ou, au pire, une couple de semaines devant moi, c'est le temps de voir à ben des affaires.»

Dès le lendemain matin, il emprunta la carriole d'Éphrem (s'humiliant une fois de plus, selon lui) et parcourut attentivement les alentours. Vers le nord, la rue de la forge menait à des champs cultivés; elle ne lui convenait pas. La rue de l'église, perpendiculaire, passait à gauche devant la maison de Delphina et menait, vers l'est, à un boisé. Dans le sens contraire, vers l'ouest, elle dépassait le pont qui faisait face à l'église. C'était la plus construite; même le notaire et un bourrelier s'y étaient installés. Au bout de la trentaine de maisons, elle faisait un coude, suivant le cours d'eau. S'il traversait le pont, vers le sud, Charles se dirigeait vers un sol rocheux et un peu accidenté où une vingtaine de maisons se dressaient ici et là. Il hésita. Il revint devant l'église et alla vers l'ouest, dans la direction opposée à la maison de Delphina.

Au bout de la rue, au coude de la rivière et de la route qui la longeait, il y avait un terrain presque carré dont deux côtés jouxtaient l'eau. Charles s'y attarda, l'ayant déjà repéré depuis l'automne et presque choisi depuis de longs mois. Sa longue tournée de ce matin n'était, en fait, qu'une ultime vérification, une précaution de plus. Sur le terrain, la maison de ferme n'était pas à vendre ; il s'était déjà renseigné. Comme il n'en voulait pas non plus puisqu'il se construirait, il n'y avait pas de problème à ce sujet. Ce qu'il convoitait, c'était la pointe de terre. Il aurait souhaité l'arpenter de sa foulée, comme pour en sentir le pouls, mais c'était l'hiver et la neige recouvrait tout. Quoi qu'il en soit, il connaissait l'endroit et il le savait conforme à ses attentes. De plus, le coin était beau. Il y avait quelques ormes et de la tranquillité. « Il y a juste un aria : la vieille grange est ben mal placée ; elle est au bord de la rivière, juste là où je veux bâtir mon moulin à scie ; faudrait l'enlever. Mais j'ai pas envie de payer pour une grange qui me sert à rien ni de perdre du temps à la démolir en plus. » Malgré son désir, il ne put y accéder. Il l'évalua de la route. La neige s'était accumulée sur le toit en une bonne épaisseur ; impossible de voir s'il creusait vers l'intérieur. Les murs des côtés ne penchaient pas trop, mais, de loin, il ne pouvait voir si les planches se joignaient bien les unes aux autres ou non. Il oublia la grange et se réjouit de la position et des dimensions du terrain. Il revint chez lui plein d'enthousiasme.

— Mathilde, j'ai trouvé la place pour notre maison. Le cheval est pas dételé ; je peux aller te la montrer.

— Tout de suite ?

Il était midi moins quart. Elle hésitait entre la curiosité et son dîner qui était prêt. Elle ne comprenait surtout pas que Charles pense à faire des dépenses quand il était sans emploi.

— Tu veux pas manger avant ? risqua-t-elle.

— Non, non, ce sera pas long.

Levée depuis longtemps, elle avait faim, et le bébé dormait. Pourtant, pour ne pas déplaire à Charles, elle emmaillota l'enfant qui rechigna un peu et elle se tartina une tranche de pain en vitesse. Charles l'attendait patiemment sur le pas de la porte. « Je suis donc ben lente à midi! » se reprocha-t-elle. Elle poussa le chaudron sur le bout du poêle, servit une assiettée à Delphina. Ils partirent enfin tous les trois. C'était la première promenade de Mathilde depuis la naissance de Victor et, une fois dehors, elle apprécia le doux temps et la luminosité qui prenaient le dessus sur l'hiver. Lorsqu'ils arrivèrent près du coude de la rivière, Mathilde aima le coin d'emblée.

— Je venais ici ramasser des fraises des champs quand j'étais petite! s'exclama-t-elle.

— Ouais, ça doit faire longtemps de ça!

Il riait, il était content.

— Mathilde, je vais les construire ici, ma maison puis mon moulin à scie.

Elle respirait d'aise de le voir heureux. Pour le garder dans un tel état d'esprit, elle aurait fait n'importe quoi. Mais elle craignait les affaires trop vite faites.

— Avec quel argent tu vas faire ça, Charles? se résolut-elle à demander. Le terrain, la construction, ça se donne pas.

— Un terrain, c'est pas si cher que ça; j'ai de l'argent de placé chez le notaire.

— Oui, mais si jamais M. Vanasse…

— On s'est entendus. C'est juste une question de temps. Je vais pas perdre ce temps-là à me croiser les bras en attendant.

— Oui, mais…

— Le bois, je l'ai déjà puis en belles planches ben sciées. La construction…

Mathilde le regarda; il était aussi heureux qu'à la première visite à la scierie. Elle crut en lui.

— Mes frères vont t'aider, proposa-t-elle. Damien sera peut-être pas encore parti pour les États.

— Philippe aussi pourrait venir, ajouta Charles qui ne voulait pas que sa famille soit en reste.

Quelques jours plus tard, il avait à peine eu le temps d'acheter le terrain et de signer le contrat chez le notaire Lanthier que le vieux Vanasse se pointa au magasin général, étonné de ne pas y trouver Manseau. Boudrias n'était pas disposé à déployer de grands efforts pour le diriger vers son ex-commis. Émérentienne, au contraire, s'empressa de l'informer.

— C'est simple. Vous remontez la rue jusqu'à l'église, puis après vous tournez à droite. C'est la maison avec un toit en pente. La quatrième. Vous savez, ajouta-t-elle, Charles est mon neveu, le mari de ma nièce.

Vanasse était encore plus intrigué de savoir pourquoi il avait quitté le magasin s'il était de la famille.

— C'est un honnête homme? s'enquit-il pour la forme.

— Mais bien sûr! s'exclama la marchande. Je vous l'ai dit : c'est mon neveu.

Vanasse ne répondit rien. Il profita de sa visite pour fureter et s'acheter du tabac. Il bourra lentement sa pipe avant de l'allumer, en tira une couple de bouffées puis sortit en jetant un coup d'œil découragé sur le magasin exigu et sombre comparé à sa scierie.

— Ouais, je le comprends de sacrer son camp d'ici, marmonna-t-il une fois dehors.

Dépité que Charles ait si vite trouvé preneur, Boudrias se servit un petit verre de whisky. Émérentienne fronça les sourcils. C'était la première fois qu'elle le voyait boire au magasin. Quant à Vanasse, il se rendit à la maison indiquée et y trouva

Charles dehors, en train de fendre du bois. Le jeune homme leva les yeux et l'aperçut. Il prit une profonde respiration, n'osant crier victoire trop vite. Anthime Vanasse n'était pas plus bavard qu'à l'accoutumée et l'affaire se régla en quelques phrases. Charles insista pour qu'il entre quelques minutes. « Si Mathilde le connaît, elle sera moins dépaysée. »

— Vous prendrez bien un bon thé chaud ? offrit-elle, avenante, sortant déjà les tasses. C'est bien long, le voyage.

— Vous êtes déjà venue ? Avez-vous de la parenté par chez nous ?

Mathilde et Charles se consultèrent du regard.

— Je l'ai emmenée une fois… pour lui montrer le coin, dit Charles.

— Ben, si vous revenez, vous serez la bienvenue. Ma femme va s'ennuyer pas mal, ces temps-ci.

Après le thé bu lentement pour que la bonne chaleur fasse effet, Vanasse remit son manteau et son chapeau, tout en regardant le petit dans le berceau. La main sur la clenche de la porte, il se retourna et demanda, moqueur :

— Puis, ton petit, est-ce qu'il joue avec ses blocs ?

Et il sortit avec un sourire narquois dans ses vieux yeux plissés.

— Il est bon, lui, s'offusqua Mathilde. Voir si un petit de trois mois va jouer avec des blocs !

Charles ne répondit rien, regardant pensivement s'éloigner la carriole de Vanasse, lui souhaitant d'arriver chez lui avant la noirceur. « Ouais, dimanche, ça va être à mon tour de m'en aller de même. » Il refusa d'y penser.

— Mathilde, respira-t-il, j'ai du travail.

14

Le dimanche midi, Mathilde termina le baluchon de Charles en versant autant de larmes qu'elle y avait mis de vêtements. « Victor a juste trois mois, on s'est à peine habitués tous ensemble que déjà son père s'en va. » Ce n'était que pour la semaine, mais six jours de travail, cela ne laissait qu'un mince répit, le samedi soir et le dimanche après-midi amputés par le long trajet à effectuer. Charles refusait d'y penser. « L'important, c'est de travailler puis de s'organiser pour voyager sans quêter à tout bout de champ. » Malgré sa fierté, il avait dû, cette fois encore, se résoudre à emprunter la carriole et le cheval de son beau-père. C'était pour une bonne cause : il allait à son nouveau travail et un contentement voisin de la hâte le stimulait. Les Vanasse, eux, l'attendaient avec des sentiments opposés.

— Ç'aurait été plus accommodant pour lui d'avoir sa famille ici-dedans, redit Anthime entre deux bouffées de pipe.

— C'est la place de mes enfants, de personne d'autre, avait répété Hémérise pour la dixième fois.

— Ils sont pas là, tes enfants, admets-le donc une fois pour toutes.

— Je serai pas la servante d'une autre famille puis je veux pas me faire commander dans ma cuisine non plus.

— Elle avait pas l'air bien commandeuse.

— Qu'est-ce que tu connais là-dedans? T'es toujours dans ton moulin.

Une autre discussion restée en suspens faute de combattants. L'autre raison de son refus, Hémérise l'avait gardée pour elle. Elle n'avait plus la force d'endurer grand-chose, surtout des bouleversements. Le départ des deux fils l'un après l'autre, quelques années auparavant, avait brisé quelque chose en elle et le vide ainsi créé en avait fait remonter un autre : celui qui existait depuis des années entre les vieux époux. Tant que les enfants avaient été autour d'eux, elle avait pu l'oublier ou se leurrer; maintenant, elle mesurait l'espace désert et les silences creux, et la voix et les regards qui se perdaient dans la maison faute de se nourrir de quelqu'un d'autre. Hémérise était peut-être en retraite fermée avec elle-même ou à la retraite tout court.

— Je suis fatiguée. Fatiguée. C'est clair, ça?

L'engagé arriva le dimanche soir, impatient de commencer son nouveau travail. Il déchanta en se glissant dans le lit froid qu'il aurait à réchauffer tout seul. C'était la première fois en un an et demi que Mathilde n'était pas allongée près de lui, à portée de caresse et de voix. Il se tourna plusieurs fois dans le lit avant de glisser dans le sommeil.

Le lundi, il commença son apprentissage à la scierie. Il ne suffisait plus maintenant de simplement pousser les billots sous les dents de la scie; il lui fallait dorénavant apprendre à travailler en équipe pour alimenter la scie à châsse. Cette scie verticale d'un mètre de hauteur était fixée à l'intérieur d'une structure évoquant celle d'un châssis, d'où son nom.

Elle s'abaissait et se relevait soixante-quinze fois par minute, dans des mouvements d'une ampleur de cinquante centimètres. Charles s'étonna encore une fois de la précision de ce système simplement alimenté par la chute et qui pouvait être réglé au millimètre près.

La manœuvre collective était simple en apparence. Le premier homme acheminait le billot de la cour à la scierie, et deux autres, aux deux bouts de la châsse, plaçaient le bois et surveillaient la coupe, le tournant au fur et à mesure. Le quatrième dégageait l'écorce ou la planche ou le madrier qui en résultait et le cordait plus loin. Au début, Vanasse confia à Charles la tâche de l'arrivage des billots. Une tâche simple qui lui demanda de la coordination avec les autres, ce qui le dérouta, lui qui avait toujours travaillé en solitaire.

À l'heure du dîner, Vanasse et Charles allèrent à la maison. Les engagés le regardèrent entrer dans la maison du patron.

— Il reste là en plus, dit Coderre.

Coderre était un grand sec qui souffrait de bronchite chronique depuis ses nombreux hivers aux chantiers et qui travaillait chez Anthime Vanasse depuis deux ou trois ans. Toute sa personne semblait mal à l'aise dans un corps et des vêtements trop grands, comme si son âme s'était trompée de corps. Ses yeux globuleux avaient l'air de sortir de leurs orbites. Il avait tout autant l'air mal à l'aise dans sa vie. Il regrettait les chantiers et s'imaginait que tout le monde le trouvait paresseux de ne plus y retourner.

L'autre engagé, Pelletier, était son contraire. Celui-là ne voulait plus entendre parler des camps de bûcherons. Il aimait manger, sa rondeur le prouvait. Il aimait aussi sa femme, une femme dépareillée qu'il ne voulait surtout pas laisser six mois par année. À peine plus court que Coderre, Pelletier le narguait et le traitait de « fouet », lui qui était bien en chair. Pour lui rendre la pareille, Coderre exagérait la corpulence de l'autre et l'appelait « Pelletier le prospère ».

Coderre sortit son repas de son baluchon.

— Il va se prendre pour le petit boss dans pas grand temps. C'est moi qui te le dis.

— Peut-être pas, douta Pelletier.

— Tu sauras me le dire. Moi, je me laisserai pas faire par un petit jeune qui a jamais touché à un billot de sa vie.

— Il est déjà allé aux chantiers, il paraît.

— Ouais, ça m'a tout l'air qu'il en est revenu, gloussa-t-il avec mépris.

— Nous autres aussi, rétorqua Pelletier, qui engloutit de bonnes bouchées de son large pain de ménage abondamment tartiné de graisse de rôti de porc, indifférent au regard hargneux que Coderre lui jeta.

Le mardi, Charles commença à décoder les gestes que Vanasse et ses employés utilisaient pour communiquer, incapables de le faire verbalement à cause du bruit de la scie. Il ressentait déjà des courbatures à manipuler des billots de douze pieds à longueur de journée et Coderre se moqua de son peu d'endurance. Le mercredi, il fit la connaissance de quelques clients. « Ils sont tous pareils », soupira-t-il en se rappelant certains clients du magasin. Le jeudi, il était si ankylosé que Vanasse le plaça avec lui à la scie ; la position debout lui était moins pénible. Par contre, il plaçait mal les billots et ceux-ci perdaient trop d'épaisseur à la coupe ; dans l'après-midi, un billot mal aligné faillit être éjecté de la châsse et la briser. Vanasse préféra l'envoyer à l'autre bout pour recevoir le bois scié. Croyant gagner au change, Charles devait maintenant manœuvrer rapidement pour fournir Pelletier qui empilait les madriers ou les planches. Le vendredi, une bourrasque s'infiltra des heures durant à travers les vieux murs disjoints. Charles fut affecté à l'empilement des planches, courant à son tour de l'appentis à la scie. Ce soir-là, il rentra souper complètement fourbu; il avait mal partout et n'était pas fier de ses erreurs de la semaine.

— C'est l'expérience qui rentre, le jeune, l'encouragea Vanasse de son ton bourru. Dans un an, tu t'en rappelleras pas!

«Un an? Je vais être mort avant!» s'avoua Charles. La nuit le réconforta et le samedi midi, crevé, courbaturé, gelé, il se rabattit sur la joie de retourner chez lui. Il y avait eu au moins un avantage à tant de labeur : à ressentir une telle fatigue, il avait moins pensé. Le résultat que Vanasse constatait clairement, quant à lui, c'était que la besogne s'était abattue vraiment plus vite à quatre. «Il travaille bien, Manseau», se confirmat-il à lui-même. «Il veut trop en faire par bouts, mais il va attraper le tour dans le temps de le dire.»

— La commande de Larochelle est sortie pas mal plus vite avec lui, dit-il fièrement à Hémérise pour la rassurer. J'ai pour mon dire qu'il va me faire rentrer plus d'argent qu'en sortir. Puis dans pas grand temps, à part ça.

— J'espère ben! dit-elle laconiquement.

La maîtresse de maison était forcée d'admettre que la première semaine de cohabitation s'était passée sans accrocs. «Il n'a pas encore critiqué mon ordinaire puis il a bon appétit; au moins, je cuisine pas pour rien, puis sa chambre est toujours en ordre. » Elle gardait quand même sa réticence. « Il doit faire son fin pour la première semaine. » Ranger sa chambre était pourtant une habitude que Charles avait prise dans son coqueron en haut de la forge, trop exigu pour y laisser traîner ne serait-ce qu'une paire de bas. Et puis, bon gré mal gré, elle avait constaté que son vieux compagnon avait l'air moins fatigué le soir, qu'il était un peu plus causant aussi. « Ça lui fait peut-être du bien de travailler avec un jeune intéressé. »

Pour sa part, Mathilde n'avait pu se raccrocher à aucune nouveauté stimulante durant sa semaine. « Pour moi, c'est juste du moins. » Elle rêvait de Charles à cœur de jour, de sa voix, de son regard vif, de ses gestes de tendresse prudes et un peu maladroits ; pour un peu, elle aurait même regretté ses silences butés. Parlant peu avec Delphina, qui remontait dans sa chambre dès qu'elle descendait Victor à la cuisine, et ne pouvant tenir de longs discours avec un bébé de quelques mois, elle trouvait le temps long, le lit froid et désert. Au bout de deux nuits, elle coucha le petit avec elle. Mais elle craignit toute la nuit de l'écraser pendant son sommeil. Et puis il bougeait sans cesse et elle se réveillait à tout bout de champ. Finalement, elle se leva plus fatiguée que la veille. Elle se résolut à laisser Victor dans son petit lit.

La première semaine finit par finir. Le samedi, Mathilde prépara un souper spécial pour le premier retour de son mari. Elle ne savait trop à quelle heure il rentrerait, mais voulut l'attendre pour manger avec lui. Le temps passa. Delphina se lassa et décida de prendre son repas toute seule. Affamée, fébrile, la jeune mère s'impatienta avec le bébé qui s'endormit plus tard que d'habitude. Elle regardait sans cesse à la fenêtre, comptant les heures. Là-bas, Mme Vanasse n'avait pas voulu laisser partir l'engagé à jeun.

— On s'en va pas dans des froids de mars le ventre creux. Votre souper est déjà prêt.

Charles était trop fier pour le lui demander, surtout deux heures avant le temps, mais puisqu'il était déjà servi, il fit honneur au repas. Dès qu'il fut en chemin, le pas régulier du cheval et la nourriture copieuse se conjuguèrent pour que la fatigue de la semaine se fasse ressentir. Au bout d'une demi-heure, il commença à somnoler. Le vieux cheval docile d'Éphrem lui épargna des embardées, mais il ne connaissait pas cette route-là; il s'arrêta au carrefour et attendit patiemment. Charles finit par se réveiller, complètement transi, et jeta un coup d'œil à sa grosse montre de poche.

— Hein? Maudit, une grosse demi-heure chez le diable!

Complètement gelé, il activa le cheval et l'orienta sur le bon chemin; maintenant, la bête sentait l'écurie et hâta le pas. Chemin faisant, Charles réfléchit à son problème de transport. La semaine dernière, il n'avait pas voulu engager la dépense d'un cheval et d'une carriole sans savoir comment se passeraient ses premiers jours à la scierie. Ce soir, malgré sa fatigue décevante, il était confiant d'y rester et devait donc s'organiser en conséquence. «Faut que je règle ça. Je trouverai peut-être une occasion après la grand-messe.» Il sourit de contentement, grisé par l'impression de brasser des affaires importantes depuis quelque temps. «Un terrain à moi pour me construire, un nouveau travail, des gages un peu plus hauts, bientôt mon premier cheval et ma première carriole. Heureusement que j'ai rouvert l'écurie de tante Delphina aux fêtes; ça me fera ça de moins à penser. » Il regardait la croupe du cheval devant lui, oscillant régulièrement. « Ouais, c'est sûr qu'un cheval c'est du trouble. Faut que ça mange, faut de la paille pour la stalle, le ferrer, surtout s'il se promène pas mal. Une voiture, il en faut une pour l'été, une autre pour l'hiver. Mais ça rapportera pas plus mon bois, c'est pas un traîneau. En tout cas, je vais pas aller quêter celui de Boudrias, certain. Peut-être que M. Vanasse me prêterait le sien. J'apporterais un voyage de planches le samedi puis je rapporterais le traîneau vide le dimanche. »

Il était content de lui, de ses projets. Voyageant ainsi sur la route tout seul dans la demi-obscurité de cette nuit de pleine lune, il se demanda si le sentiment de plénitude qui l'habitait ne venait pas du fait qu'il devait manquer d'air quand il travaillait au magasin général, et à la forge aussi, sans doute. « Peut-être que le grand air de la ferme me manque. »

Sa pensée valsa vers son frère Philippe qui devenait un homme lui aussi et qui trouverait une fille à son goût; il l'imagina amoureux, fiancé et se mariant à son tour. Le mariage, la vie qui continuait. Maintenant que sa semaine était finie, Charles avait le temps, là, tout de suite, de penser à Mathilde. Il avait cru qu'elle lui manquerait terriblement, mais il n'avait pas vraiment eu le temps de s'ennuyer d'elle. Trop de nouveautés, d'apprentissage, de travail et d'adaptations s'étaient enchevêtrés dans les heures de ses journées. Il se promit de lui faire oublier son absence et en ressentit un petit coup de sang qui lui fouetta le corps, mais qui lui ramena inopinément le souvenir de l'une des brus de Vanasse : Germaine. « Est-ce que c'est le printemps qui te rend beau de même ? » lui avait-elle lancé.

227

Émoustillé par cette allusion, Charles se laissa gagner par une chaleur très agréable. «Elle avait ça écrit dans les yeux», se rengorgea-t-il, flatté de la convoitise. Un léger trouble brouilla néanmoins ces sensations inattendues.

— Mathilde, c'est pas pareil : elle m'aime! L'amour rend aveugle, tout le monde sait ça.

Pourtant, le désir de sa femme avait toujours eu l'air réel, il en convint, certains souvenirs tangibles à l'appui. Mais la Germaine, cette inconnue qui, dès la deuxième rencontre, le convoitait manifestement, c'était bon à prendre. Ce souvenir le flattait et il sourit, rêveur et coquin. Finalement, il chassa ces pensées, honteux de s'y complaire si facilement. Maintenant qu'il arrivait près du village, de son village, c'était à sa femme qu'il songeait, à sa femme en chair et en os, «bien plus désirable que l'autre», se dit-il sans arrière-pensée. Et, quand il passa le seuil, Mathilde s'épanouit en un tel sourire de bonheur qu'il en oublia tout : muscles endoloris et rêveries. Delphina était dans sa chambre, comme d'habitude; Charles enveloppa Mathilde de ses bras et l'embrassa de toute sa vigueur.

— Viens, ton souper est prêt, dit-elle, les yeux brillants, en se dirigeant vers le poêle.

— J'ai déjà soupé. C'est trop loin pour partir le ventre creux.

Mathilde était désappointée; cela se sentait.

— Juste un petit dessert, d'abord; je t'ai fait des tartes aux pommes.

Il sourit. C'était son dessert préféré.

— Je vais ramener le cheval à ton père pendant que tu vas souper; autant en finir. Après, on aura tout notre temps; on prendra le dessert ensemble.

Il ressortit et Mathilde s'attabla toute seule, déçue. « C'est bien certain qu'il ne pouvait pas partir sans manger. J'aurais dû réfléchir un peu plus. » Elle regarda son assiette sans appétit. L'heure de sa faim était passée ; maintenant, elle ressentait seulement un léger mal de tête d'avoir trop attendu. Elle soupira et se força à manger, mais le cœur n'y était pas. « Il a à peine mis les pieds dans la maison qu'il est déjà reparti. » Charles ramena le cheval à l'écurie des Gingras, lui donna de l'avoine, remplit l'abreuvoir, nettoya ses sabots et le brossa avant d'aller remercier son beau-père.

— Rentre un peu, lui dit Éphrem. J'ai de bonnes nouvelles pour toi.

Pendant la semaine, il avait entendu parler d'un villageois qui voulait céder à bon prix une carriole usagée et un cheval encore vaillant.

— Tu le connais, c'est un gris tacheté ; il était ferré juste aux saisons tellement il sortait pas souvent.

— Oui, oui, se rappela son gendre.

— Le marché peut se régler demain après la grand-messe.

L'affaire était d'importance ; beau-père et gendre scellèrent le tout d'un petit verre et Charles revint chez lui à pied en sifflotant. Boudrias le vit passer de loin en fermant son magasin et maugréa :

— Maudit Manseau ! Il va passer une meilleure nuit que moi, ça m'a tout l'air...

Il ferma la porte à double tour, éteignit la lampe à huile au-dessus du comptoir et traversa à la cuisine où Émérentienne faisait les comptes de la semaine à un bout de la table. Elle servit le souper, fit la vaisselle et se remit à ses calculs. Quand elle eut fini, elle souffla la flamme et monta se coucher, pour dormir...

Boudrias lui avait réchauffé le lit et il insista, par gestes, pour avoir son dû. Mme Boudrias consentit à son devoir en soupirant, indifférente aux allées et venues de son mari grassouillet sur son corps maigre. La chose fut brève et la femme s'endormit en pensant à des affaires plus importantes : ses nombreux projets pour le magasin.

Charles et Mathilde se retrouvèrent enfin, avec joie et un peu de timidité. Une fois assouvis, ils trouvèrent pourtant difficilement le sommeil. Conditionnés depuis plusieurs nuits à dormir seuls, voilà qu'ils devaient, étonnés, se réhabituer à la présence de l'autre, à l'entendre respirer, à le sentir se tourner et se retourner, à percevoir le creusement du lit. L'aisance et le confort à dormir à deux se redécouvrirent enfin. Épuisé, Charles ronfla pour la première fois de sa vie. Mathilde avait l'estomac barbouillé de son souper tardif et le cœur à demi rassasié. Dans la pénombre de la chambre, elle regarda son mari dormir. Le ronflement léger et rassurant la fit glisser elle aussi dans le sommeil. Une dernière pensée s'effilocha dans son esprit : «Charles n'a pas regardé Victor dans son berceau.» Au souvenir du bébé, son cerveau et son corps fatigués lui signifièrent de dormir au plus vite avant que le rejeton ne s'éveille pour boire. Ce qu'il fit dès qu'elle fut assoupie. La jeune mère se leva, ramena son fils dans le lit pour l'allaiter, et, sitôt qu'il fut repu, alla le recoucher dans son berceau. Elle revint grelottante, se glissa sous les couvertures chaudes et se colla contre Charles qui tressauta au contact des pieds froids. Mathilde se ramena en boule dans sa longue jaquette, et, quelques instants plus tard, lovée de nouveau contre son Charles, elle dormait aussi profondément que lui.

15

La semaine, Charles se tuait à l'ouvrage à la scierie. Mathilde menait la maison toute seule et faisait son apprentissage de la maternité accaparante avec son bébé de quelques mois, en plus de veiller sur sa grand-tante, pas vraiment plus raisonnable que le bambin certains jours. Chacun de leur côté, Charles et Mathilde avaient des journées bien remplies et ils se couchaient épuisés. Et, chacun à leur manière, ils attendaient la courte pause de la fin de semaine pour se retrouver enfin et se donner l'un à l'autre.

Entre les rêves et la réalité, de petits riens changeaient la couleur des choses. À voyager entre deux maisons, Charles ne se sentait chez lui nulle part. À vivre loin des siens, il devait minimiser inconsciemment leur importance sans quoi l'éloignement lui aurait été trop difficile à supporter. Et à travailler dans un milieu si différent, il développait d'autres intérêts sans s'en rendre compte.

Quand il revenait chez lui le samedi soir, il parlait des gens qu'il avait côtoyés, racontait les événements amusants ou difficiles de sa semaine. « Il me parle de plein de monde, soupirait Mathilde, mais lui, qu'est-ce qu'il fait, qu'est-ce qu'il vit ? Comment il prend ça d'être loin de nous autres toute la semaine ? » Maintenant qu'elle ne partageait plus son quotidien, elle n'avait plus de points de repère pour le déchiffrer. «Ce qu'il vit là-bas, ça a l'air tellement différent des affaires d'ici.» Pour renouer avec lui, elle racontait son quotidien à son tour, les menues prouesses de Victor, ce qui se passait à la forge et au village. Était-ce la fatigue de la semaine ou l'effet de sa solitude nouvelle avec une tante renfrognée et un bébé qui ne pouvait que balbutier? Toujours est-il que Mathilde perdait sa spontanéité d'un samedi à l'autre. «Mon Dieu que je me sens donc insignifiante! J'ai juste des affaires ordinaires à dire. Des fois, je pense qu'il fait semblant de m'écouter.» Elle trouvait que sa conversation à elle était de moins en moins intéressante, et Charles, que les propos de sa femme étaient volubiles. De semaine en semaine, elle parlait moins de ses journées et il se préoccupait plus de la scierie, là-bas.

Entre les retours le samedi soir et les départs le dimanche après-midi, la routine ne variait guère. Mathilde lavait les vêtements de Charles le samedi soir et les suspendait dans la cuisine, attisant un bon feu pour que tout sèche bien durant la nuit. Le lendemain matin, elle se levait avant lui pour tout ramasser afin que la cuisine soit accueillante pour le déjeuner. Delphina, réveillée depuis l'aube, se permettait alors de descendre. Victor se réveillait à son tour et Charles allait le chercher, content de le prendre dans ses bras. Mais c'était souvent un drame. Le petit ne reconnaissait pas son père et poussait des cris de détresse. L'homme essayait de le rassurer, de le calmer, et finissait par le donner à Mathilde.

— Fais-toi-z-en pas, Charles, lui dit-elle un dimanche. Il est trop petit encore. Maman dit que c'est normal pour un petit de cet âge-là.

– T'as parlé de ça à ta mère? demanda-t-il un peu sèchement.

– Bien… oui. Je voulais juste savoir si… si c'était normal.

Mathilde servit le déjeuner qu'ils prirent en silence. Charles enfila son manteau et alla fendre le bois de la semaine, comme d'habitude. La hache tombait sur les quartiers de bois comme la déception sur le cœur du jeune père. «Ça vaut ben la peine de s'exiler pour faire vivre une famille qui a peur de moi», se dit-il. Même Delphina le décevait. Parfois elle avait l'air de s'être ennuyée de lui toute la semaine; à d'autres moments, elle ne lui adressait pas la parole. Là aussi Mathilde trouvait des explications.

– Elle me parle de moins en moins, à moi aussi. Je sais pas ce qu'elle a.

Mathilde préparait les vêtements de son mari, les reprisait si besoin était. Ensuite le jeune Alphonse venait garder Victor pour que les parents puissent aller à la grand-messe ensemble avec Delphina. Ils étaient parfois invités chez les Gingras pour le dîner. Cela évitait à Mathilde de cuisiner et la faisait sortir de sa maison où la confinait l'absence de Charles. Ils revenaient tôt et celui-ci repartait pour la semaine.

Leur seule nuit ensemble ne correspondait pas nécessairement à leurs attentes. Forcés de dormir tout seuls la semaine, ils arrivaient de plus en plus difficilement à bien se reposer aux côtés de l'autre le samedi soir. Quant au reste, le comportement de chacun était ou bien compulsif, parce qu'ils voulaient combler le manque de la semaine, ou bien un peu forcé, parce qu'ils ne disposaient que de cette nuit-là. Mais la pulsion amoureuse ne se réglait pas selon l'horaire de travail du mari. Après six mois, ils avaient l'impression d'être un vieux couple tellement leur relation avait été bousculée.

Au moins, le rendement de Charles au travail s'améliorait. Il maîtrisait davantage son nouveau métier, connaissait les particularités des différentes essences d'arbres, et, comme au magasin général et à la forge, apprenait à déceler les besoins des clients. En plus, il s'acharnait à rafistoler les machines.

— Il en fait trop, dit un soir le vieux Vanasse.

Pour sa part, Hémérise voyait arriver l'été avec moins de lassitude qu'avant et montrait maintenant un peu de coquetterie; elle variait même ses repas, comme autrefois, quand la famille mangeait d'un bon appétit.

— Faut qu'il s'occupe, répondit-elle simplement.

C'était vrai au début; maintenant, il travaillait avec acharnement par goût, presque avec passion. Lui qui, à la ferme, s'enthousiasmait rarement (ou du moins en donnait l'impression) frôlait aujourd'hui l'excès. Il en allait de même pour l'argent. Il avait décidé d'en épargner par sécurité et pour construire sa maison; maintenant, il voulait faire plus. « Ma part des créances est chez le notaire. Ma famille, faut que je la fasse vivre à même mes gages. » À la scierie, il gagnait un peu plus qu'au magasin, mais il payait pension et avait dû acheter un cheval et une voiture : pour le moment, il n'était pas plus riche. « Mais j'ai un emploi », se rappelait-il pour s'encourager certains soirs. « Puis c'est juste en attendant et on a une maison pour vivre. »

Un dimanche, Mathilde dit tout bonnement :

— Je vais demander à Clophas de venir réparer le tuyau du poêle. Il fume sans bon sens. Damien l'aurait fait mieux que lui, mais il est plus là. J'espère qu'il est bien, aux États, soupira-t-elle.

Charles piqua une colère inattendue.

— Je suis assez grand pour voir à mes affaires moi-même !

— C'est pas ça que je veux dire…

— On a pas besoin des étrangers pour voir à la maison.

Mathilde ne répliqua rien. « C'est pas fin de ma part », se reprocha-t-elle. Mais elle se rebiffa aussitôt. « Je voulais pas lui faire de reproche, non plus ! » Il ne lui vint pas à l'idée de hausser le ton à son tour et de mettre son pigeon voyageur en face de la réalité ; elle l'aimait et lui faisait plus confiance qu'à elle-même. Charles, courroucé, sortit fendre le bois de la semaine. Ses pensées étaient bien loin de la bûche. « C'est vrai qu'on a le logis gratuitement, mais c'est vrai aussi qu'on devait faire notre part tous les deux, moi puis Mathilde. Elle peut pas voir à l'entretien de la bâtisse, c'est certain. » Une grande lassitude l'écrasa.

— Je peux quand même pas travailler vingt-quatre heures par jour, maudit ! rugit-il en fendant une grosse bûche d'érable.

À partir de ce jour-là, il se soucia plus des menus travaux dont il devait s'acquitter. Certaines personnes commencèrent à dire ici et là que Manseau travaillait le dimanche.

— Quand est-ce que vous voulez qu'il le fasse ? rétorqua Éphrem au vieux Siméon. La semaine des trois jeudis ? Au moins, il a du cœur au ventre !

Au mois d'août, le débit de la chute étant trop faible à cause d'une sécheresse, Vanasse ne voulut pas payer ses hommes à ne rien faire et il leur donna congé pour une couple de semaines. C'était du salaire en moins, mais Charles était content. Il avait besoin d'un peu de

235

vacances et, en plus, ce serait l'anniversaire de Mathilde le lendemain; il avait le goût d'être avec elle, un goût insistant comme il n'en avait pas ressenti depuis des semaines. Il n'avait pas beaucoup d'argent pour lui acheter un cadeau, mais il se rappela à quel point elle aimait les fleurs. Il alla au bord de la chute. «Mathilde connaît peut-être pas ça, des fleurs de même; ça va lui faire plaisir.» Il cueillit trois larges asclépiades incarnates qui poussaient au creux d'un rocher, une énorme brassée de longues salicaires rouge-mauve, tout ce qui restait de marguerites blanches, une vingtaine de chicorées sauvages bleutées et deux verges-d'or qui venaient d'éclore. Sa gerbe remplissait tout un seau. Mme Vanasse resta saisie devant cet énorme bouquet. «Il pense à ça, lui?» Devant son regard d'envie, Charles hésita puis lui donna quelques fleurs.

— J'en ai cueilli un peu trop, je crois bien. Ça va manquer d'eau en chemin.

Les vieilles mains acceptèrent les fleurs sauvages. Il en poussait à profusion tout près depuis des années, mais celles-là, quelqu'un les lui offrait. La vieille femme prit tout son temps pour leur choisir un pot de cuisine qui pourrait faire un beau vase et leur trouver la meilleure place; finalement, elle les plaça dans un endroit discret, là où ses yeux pourraient s'en repaître à longueur de journée sans qu'Anthime n'en prenne ombrage.

Charles arriva chez lui à la brunante. «Mathilde va être contente; elle aime ça, les surprises.» Il se réjouissait d'avance de son arrivée inattendue et il laissa sa voiture et son cheval devant l'église pour ne pas révéler sa présence, apportant seulement le seau de fleurs. Il scruta la galerie. Malgré la bonne fraîcheur de cette soirée d'août, Mathilde n'était pas dehors; Delphina non plus. Il monta sur la galerie sans bruit. Debout près de la table de la cuisine, sa femme pliait les couches du bébé. Charles s'offrit le loisir de la regarder de dos, par la porte moustiquaire. «Tiens, une robe d'avant Victor, reconnut-il; je m'étais pas aperçu qu'elle avait maigri.» D'un geste machinal, mais qui semblait si las, elle replaça une mèche qui s'entêtait à quitter son chignon et Charles put observer son visage; elle ne souriait pas, pensive. Il changea d'idée et déposa la gerbe un peu en retrait sur la galerie. Au lieu de l'entrée-surprise qu'il avait prévue, il retourna à la rue et fit un peu de bruit pour signaler sa présence avant de remonter sur la galerie et de franchir le seuil. Mathilde se figea en le voyant. Puis elle se réfugia doucement dans ses bras, sans un mot. Il la serra contre lui, ému.

— Bonne fête, Mathilde!

Elle sourit enfin, comme à son habitude. Il se dégagea doucement, ressortit un instant et rentra avec l'énorme brassée de fleurs dont les tiges dégouttaient sur lui, les asclépiades tachant sa chemise de sève blanchâtre.

— Oh! Charles! Charles! Où t'as pris ça? Ç'a pas de bon sens, belles de même!

Elle n'en revenait pas, contemplait les formes et les coloris inconnus, s'émouvait de la quantité déraisonnable.

— C'est des fleurs d'en arrière du moulin. Ce coup-ci, j'ai mis mes bottes, ajouta-t-il avec une tendresse taquine.

À l'évocation de ce souvenir, Mathilde remua les lèvres comme le faisait Victor quand il allait pleurer

237

et aussitôt de grosses larmes coulèrent sur ses joues, jusque dans les fleurs. Elle se pencha au-dessus d'elles, feignant d'en sentir le parfum.

— Ben voyons…, Mathilde…

Charles l'attira contre lui, écrasant quelques fleurs. Elle se dégagea et il remarqua encore plus à quel point elle avait l'air fatiguée. Il la taquina pour trouver quelque chose à dire.

— Ah ben! si ça te fait tant de peine que ça, je t'en apporterai plus…

Les larmes coulaient maintenant sans arrêt. Cherchant en vain à se reprendre, la jeune femme essayait de replacer sa mèche rebelle, de s'essuyer les joues, de s'occuper des fleurs. Il savait maintenant que ce n'étaient pas des larmes de joie. La tristesse de sa femme l'avait envahi, lui, la cuisine, la soirée d'août. Elle renifla.

— Je suis là à brailler… et je t'ai même pas demandé si t'as soupé, dit-elle en s'essuyant les yeux. J'ai pas grand-chose, s'excusa-t-elle, je t'attendais pas.

— J'avais pas prévu ça moi non plus. Vanasse a décidé de se passer de nous autres pour une couple de semaines.

Mathilde s'inquiéta. Il la rassura.

— La chute coule pas assez là-bas. C'est pas comme ici…, ajouta-t-il pour la faire sourire.

Elle leva sur lui des yeux si désemparés qu'il eut l'impression de ne pas l'avoir regardée depuis des mois. Il eut peur du silence.

— Puis comme ça, je serai avec toi pour ta fête.

— C'est dimanche que mes parents nous invitent, dit-elle en reniflant.

— Je le sais. Aujourd'hui, c'est juste moi qui te fête.

238

Ils étaient là, l'un en face de l'autre; Charles attendait la magie amoureuse qui ne venait pas. Il créa une diversion.

— Finalement, je prendrais bien un petit quelque chose, dit-il en allant à l'armoire.

Il l'ouvrit, chercha le reste d'un dessert, une pomme, n'importe quoi. Il ne trouva ni dessert ni fruit, seulement un bout de pain et pas très frais. Au-dessus du poêle, le tuyau qui fumait n'avait toujours pas été réparé, et il encrassait le mur et la cuisine.

— Il me reste de la soupe sur le poêle. Ma tante mange presque rien puis moi j'ai pas tellement faim.

«Avec les journées qu'elle fait, elle devrait pourtant avoir faim. À moins que... Un autre? Déjà?» Pas certain de vouloir savoir si elle était enceinte, il ne posa pas de questions.

— Je vais aller voir Victor une minute.

— Il est pas là; maman est venue le chercher aujourd'hui.

— Comment ça?

— Je... je suis un peu fatiguée, ces temps-ci. Puis papa s'ennuyait.

Ce fut moins la réponse que l'hésitation de Mathilde qui intrigua Charles.

— Je le verrai demain, dit-il pour masquer sa déception. Ça va nous laisser du temps pour nous autres.

Il était déjà tard. La soirée était belle. Charles alla chercher son cheval, le détela, lui donna sa botte de foin, cura ses sabots, le brossa un peu. Malgré ces besognes, il eut le temps de se coucher avant Mathilde, surpris qu'elle s'affaire encore en bas. Elle le rejoignit enfin. «Elle a pas l'air pressée», constata-t-il avec déception.

– Fallait que je mette les fleurs dans l'eau, dit-elle simplement.

L'étreinte de l'homme ne suscita pas son adhésion; au bout d'un moment, elle se dégagea des bras virils, refusant les hanches qui cherchaient les siennes. Cela n'allait pas fort entre eux depuis quelque temps et Charles avait eu peur, cette semaine, comme cela, sans raison, de perdre sa Mathilde. Sa tiédeur évidente confirmait son appréhension. Il décida de l'étreindre de nouveau quand ils entendirent Delphina pousser des cris rauques entrecoupés de petits sanglots.

– Qu'est-ce que c'est ça? s'inquiéta-t-il, déjà redressé pour se lever, Mathilde se ramenant simplement les couvertures jusqu'au menton.

– C'est rien. Elle va se rendormir.

Elle se retourna contre la fenêtre et il l'entendit pleurer.

– Qu'est-ce qu'il y a, Mathilde?

Elle éclata brusquement en sanglots douloureux. Charles entendit alors d'autres bruits étranges qui surgissaient de plus en plus fort de l'autre chambre. Et, stupéfait, il constata que Mathilde y prêtait peu d'attention.

– C'est tante Delphina? Elle fait ça souvent? Pourquoi tu me l'as pas dit? Ça fait combien de temps que c'est de même?

– T'as d'autres choses à penser... puis... faut bien qu'on vive quelque part...

Il commença à penser que sa femme assumait peut-être beaucoup de choses sans lui en parler, jugeant sans doute qu'il en avait déjà beaucoup de son côté. «Je vais me faire mon idée moi-même.» Il se leva.

– Non! Vas-y pas, protesta Mathilde, elle...

Il était déjà parti. Dès qu'il mit le pied dans l'autre chambre, la tante hurla de terreur.

— C'est moi, ma tante, c'est moi, Charles…

— Va-t'en, démon, va-t'en!

Elle hurlait, le visage défiguré par la haine. Il la reconnaissait à peine. Il reçut un oreiller au visage. Il se pencha pour le ramasser et reçut un peigne, une pantoufle.

— Va-t'en! hurlait-elle.

Mathilde les rejoignit, alla jusqu'au lit, rassura la vieille femme, la fit recoucher, replaça ses couvertures.

— C'est fini, c'est fini. Je vais dire au monsieur de s'en aller. C'est fini. Il va s'en aller, le monsieur. Bonne nuit, ma tante. Bonne nuit.

Elle borda la vieille femme comme elle le faisait pour Victor, ramassa les objets lancés partout et referma la porte derrière elle et Charles. Celui-ci tombait des nues, reprenait contact avec la réalité, la réalité de sa maison, de sa famille.

— Elle fait ça de temps en temps, murmura Mathilde d'une voix triste. Demain matin, elle va être correcte.

— De temps en temps? Depuis quand?

— Un petit bout de temps, répondit-elle évasivement en se couchant et en ramenant le drap contre son épaule.

Il s'étendit à son tour, mais il n'arriva pas à trouver le sommeil. Le désir d'aimer Mathilde se fit encore plus fort. Il la redemanda avec douceur, mais elle refusa avec une plainte douloureuse :

— Il y en a assez d'un qui connaît pas son père…

Charles se détourna, le cœur à vif. Après un long moment, Mathilde se tourna vers lui, plus assoiffée de sa tendresse que de son corps, et ils s'unirent vivement, compulsivement. Mais le cœur n'y était pas et la jouissance rapide leur laissa un vide.

Son retour inattendu avait été une surprise, mais encore plus pour lui que pour elle. Charles resta longtemps les yeux ouverts dans la nuit à côté de Mathilde qui, plus paisible, s'était enfin endormie. Il réfléchit longuement aux heures qui venaient de s'écouler. « Il est temps de vivre tous les trois ensemble, tout seuls », comprit-il. Il se reprochait de ne pas prendre soin de sa famille comme il le fallait et la constatation de cet échec le désarmait. Mais comment remédier à la situation ?

Dans les jours qui suivirent, Charles s'acquitta des menus travaux à faire sur la maison. Il songea intensément à son travail à la scierie, aux alentours de la scierie aussi, et il en vint à la seule conclusion possible. « La maison de Vanasse est pas confortable puis je suis pas sûr que ma famille serait la bienvenue. À part ça, on a toujours vécu avec du monde, Mathilde puis moi ; à c't'heure, je veux qu'on soit juste nous autres ensemble, sans étrangers autour. » Il lui restait maintenant à trouver comment concrétiser sa décision.

16

La logique aurait voulu que le jeune père de famille déniche une maison dans les alentours de la scierie; pourtant, cette solution ne lui souriait pas. « Mathilde aimera peut-être pas l'endroit; elle voudra peut-être pas quitter sa famille. Chez Vanasse, c'est loin de tout, tandis qu'au village elle peut voir à ses affaires à pied, elle est proche de tout.» Toutes ces raisons étaient valables, mais si Mathilde ne venait pas vivre près de la scierie, il lui faudrait trouver un autre moyen pour qu'ils soient ensemble. Il réfléchit à ce dilemme pendant quelques semaines, inquiet de tout ce que sa femme endurait sans lui en parler.

— Attention! cria Vanasse qui passait près de lui.

Charles se rejeta en arrière juste à temps pour ne pas recevoir en plein visage un nœud de sapin que la scie venait d'éjecter. Il tremblait de la tête aux pieds. Une seconde de plus et il aurait été borgne ou aveugle pour le reste de ses jours. Pelletier, qui travaillait en vis-à-vis, eut peine à tenir tout seul la longue planche qui se déstabilisait.

— Coaltar! Tu travailles ben mal depuis quelque temps, toi? hurla le vieux, énervé lui aussi.

— Oui, je travaille mal, mais c'est la faute des maudites machines. C'est vieux sans bon sens, rafistolé n'importe comment. Ça scie tout croche!

243

Il blâmait, grognait contre tout pour chasser cette vision qui s'était imposée à lui : un œil arraché à même pas trente ans avec une femme et un enfant sous sa dépendance. Il se passa nerveusement la main dans les cheveux plusieurs fois et voulut sortir prendre l'air, mais, derrière lui, Coderre lui passait déjà le billot suivant.

Cet incident lui fit comprendre qu'il refusait de s'installer ici à cause de la scierie et non à cause de Mathilde. «C'est ça, l'affaire. Ce moulin-là vaut plus rien. En plus, il est loin de tout. Ma première idée l'année passée, c'était d'en installer un au village, proche des clients. J'aurais dû suivre mon idée.» Il soupira. Il savait bien que, s'il en avait eu les moyens, ç'aurait été fait depuis longtemps.

Il ne lui restait donc plus qu'à se chercher du travail ailleurs, qu'à retourner au village. «Pour y faire quoi? Si j'avais eu une job au village, je serais pas venu ici, maudit!» Ses pensées tournaient en rond. Il était si désemparé qu'il ne réussissait pas à le cacher. Mme Vanasse s'inquiéta de lui. «Qu'est-ce qu'il a donc? Ça fait des semaines qu'il a pas l'air dans son assiette.» Elle essaya de le faire parler mais en vain; il se butait encore plus. Il tournait et retournait les mêmes pensées dans sa tête depuis des semaines. Il voulait une scierie, mais celle-ci était trop loin du village et trop délabrée. Une seule chose s'était améliorée : maintenant, il connaissait bien le travail et les machines. «Ça change rien pour Mathilde!» se découragea-t-il. Le dimanche suivant, il s'arrangea pour que Delphina dîne chez les Gingras. Enfin seul avec sa femme, il se décida à lui faire part de ses réflexions.

— Avec la coupe de bois des Gagnon, l'encouragea-t-elle, t'as au moins le bois pour te construire un moulin.

Elle n'osa pas mentionner celui qui était déjà bûché, débité, scié et empilé : celui-là était réservé pour leur maison. Elle vit une lueur briller dans les yeux de Charles et craignit qu'il n'ait fait le lien.

— Peut-être bien, la rassura-t-il. Une terre, c'est beaucoup d'arbres !

Il se sentit moins seul dans le dilemme et reprit un peu confiance.

— Ouais, j'ai des arbres en masse, c'est certain. Mais ce bois-là est pas encore bûché, pas sorti de la terre des Gagnon, pas débité non plus. Puis pour le débiter, il me faudrait un moulin à scie. Mais pour avoir mon moulin à scie, il me faudrait du bois pour le construire. Ça sert à rien : je suis pas plus avancé.

Il s'énerva de nouveau. Elle servit la soupe et, avec son sens pratique, proposa une solution toute simple.

— Dans le fond, tout ce que ça te prend, c'est que les machines soient pas en plein champ ? Dans ce cas-là, la vieille grange ferait peut-être l'affaire. Tu les installes dans la grange, tu fais ton bois, puis tu construis ton vrai moulin à scie après.

— Puis tu redéménages la machinerie ? protesta-t-il. On voit bien que tu sais pas ce que c'est. C'est pas de la vaisselle !

Elle se sentit une petite fille stupide ; elle ne répondit rien et alla retirer la soupe du feu. Dans sa chaise haute, Victor essayait de toucher à tout sur la table ; il allongeait le bras, s'agitait. Le linge noué autour de lui et des barreaux se relâchait. Mathilde vint le res-serrer pour l'empêcher de glisser. Le petit s'empara d'une tasse de fer-blanc et la tripota, en frappa la table ici et là, et, sans le faire exprès, la renversa sur la salière.

— Victor! cria Charles.

L'enfant se mit à pleurer en serrant ses deux petits poings sur ses yeux. Son père éclata de rire, se frotta les mains, sauta de joie, embrassa le petit, qui passa des pleurs à des rires pleins d'innocence, et il fit tourbillonner sa femme stupéfaite.

— Il l'a trouvé! Il l'a trouvé! Regarde! Regarde!

Surexcité, Charles enleva la tasse qui recouvrait la salière et l'y renversa de nouveau, guettant fébrilement la réaction de Mathilde qui ne comprenait pas. Il reprit la salière et la déposa sur la table.

— Regarde. J'installe mes machines dans la vieille grange, comme tu dis, puis quand j'ai scié tout mon bois…

Par-dessus la salière, il déposa la tasse à l'envers.

— … je monte les murs de mon moulin à l'abri, *dans* la grange, puis, quand c'est fini, je défais les vieux murs!

Elle fronça les sourcils et finit par voir un semblant d'allure là-dedans.

— Tiens, Victor, clama victorieusement son père. Tu peux avoir un autre dessert.

Il lui donna une bonne cuillerée de sirop d'érable vite pourléchée par les petites lèvres gourmandes. Mathilde s'inquiéta.

— Pourquoi tu la déferais? Garde-la!

— C'est deux fois trop grand. Déjà qu'on gèle dans un moulin à scie, c'est pas nécessaire de faire exprès pour gaspiller le peu de chaleur qu'on a.

Elle se tut un instant, se sentant rabrouée inutilement; finalement, elle suggéra quand même:

— Gardes-en la moitié.

— C'est trop vieux. De loin, ça regardait mieux que c'est. Un de ces quatre matins, le toit va nous écraser sur la tête. Surtout avec le barda du sciage à cœur de jour.

— Hein? Mais c'est bien trop dangereux! s'inquiéta-t-elle.

— Pas pour tout de suite. De toute façon, ce serait pas pour longtemps. Dès que mon bois serait prêt, je construirais les murs comme il faut.

Refusant de se laisser emballer trop tôt, il revint à l'essentiel.

— C'est sûr que le gros morceau, c'est les machines.

— T'as de l'argent chez le notaire.

— C'est pour notre sécurité puis la maison, se renfrogna-t-il.

— On en a déjà une! concéda Mathilde, préférant le voir revenir au village, même à ce prix.

Il se retenait pour ne pas crier victoire trop vite et essayait de tout considérer.

— Même à ça, constata-t-il, m'installer, faire le bois, construire le moulin à scie, ça prend du temps, ça. Faut vivre pendant ce temps-là! Je peux pas être à deux places à la fois.

Elle desservit, commença la vaisselle.

— Tu peux peut-être les acheter à crédit.

«Des dettes!» Il fronça les sourcils.

— J'ai jamais rien acheté à crédit; je commencerai pas aujourd'hui.

— C'est pas des dettes, c'est un travail, rectifia-t-elle.

— En plus, faut des clients. Il y en a une gang ici qui m'aime pas la face plus qu'il faut.

— On s'installera ailleurs!

Il n'en revenait pas. Il avait toujours cru qu'elle ne voudrait jamais s'éloigner du village ni quitter sa famille et maintenant elle lui proposait tout simplement de partir s'il le fallait. «On aurait peut-être dû parler de ça avant», se dit-il. Elle ajouta tout à coup, presque joyeusement :

— Puis un associé? As-tu pensé à ça?

«Un associé?» Réfractaire à tout partage du pouvoir, il ronchonna :

— Je connais personne de mon âge qui a de l'argent et qui connaît les moulins à scie en plus.

D'une phrase à l'autre, il finit par envisager qu'un associé n'avait peut-être pas besoin d'être de son âge. «Trop jeune, il serait peut-être pas fiable; plus vieux que moi, je resterais le boss pareil. Le seul boss.»

— Dans le fond..., un associé plus vieux aurait probablement plus d'argent que moi.

— Ou plus d'expérience..., suggéra sa femme.

— Ou des machines! s'écria-t-il. Ben oui! Des machines!

Il se trouvait génial. Vanasse pourrait en apporter une partie comme sa part d'associé, et lui il fournirait le terrain avec la vieille grange dessus. Pour être majoritaire dans l'affaire, Charles évalua l'hypothèse de payer tout seul toute la machinerie neuve avec ses épargnes.

— C'est certain que le travail avancerait plus vite avec deux hommes d'expérience, même si Vanasse est plus de la première jeunesse.

— Vanasse? demanda Mathilde qui n'avait pu suivre les pensées non énoncées.

— Ben oui, Vanasse! Il pourrait apporter quelques-unes de ses machines comme part d'associé. C'est sûr que ça m'en prendrait d'autres.

— Pourquoi? Elles sont pas bonnes, les siennes?

— Oui, mais il va m'en falloir d'autres parce que je veux plus rien savoir d'une turbine; on est trop dépendants de l'eau. Moi, je le ferais marcher à la vapeur. Tout va marcher avec ça à c't'heure.

— Qu'est-ce que la vapeur vient faire là-dedans?

— C'est simple.

Mathilde fronça les sourcils, se méfiant des explications compliquées auxquelles elle ne comprendrait rien. Charles s'agitait, se servait autant des gestes que des mots.

— On chauffe une fournaise, ça fait de la vapeur, la vapeur fait de la pression, la pression fait tourner la scie. C'est pas plus compliqué que ça. Une merveille. Puis ça marche douze mois par année, avec ça, qu'il mouille, qu'il mouille pas; sécheresse, pas sécheresse.

Mathilde regarda sa bouilloire sur le poêle qui chauffait l'eau pour le thé. Elle avait peine à croire que la vapeur pouvait actionner des scies assez rapidement pour scier des billots.

— C'est sûr, continua son mari, qu'il va me falloir faire la dépense d'une fournaise puis d'une bouilloire.

Mathilde ne se soucia pas de démêler ces détails qui lui étaient trop étrangers. Son homme était enthousiaste, volubile, et c'était tout ce qui comptait pour elle. Elle se détendit enfin pour la première fois depuis des mois. Elle servit le thé et il lui parla un peu plus longuement de son projet qui prenait enfin une forme réalisable.

Pendant la semaine, Charles fignola son projet. Quand il se sentit prêt, une fois la journée finie et les deux employés partis, il s'approcha de son patron.

— Monsieur Vanasse, si vous avez un peu de temps, j'aimerais vous parler de quelque chose qui me trotte dans la tête.

Ils se parlèrent longuement. C'étaient beaucoup de changements pour le vieux et celui-ci avait besoin de temps pour se faire à l'idée et en discuter avec sa femme. Deux semaines plus tard, il lui donna sa réponse. Vanasse avait eu le temps d'admettre que sa scierie était désuète et qu'il ne se sentait pas l'énergie d'entreprendre des améliorations d'envergure. « Si mes gars avaient été avec moi, je l'aurais fait. Mais pas tout seul. » Ils négocièrent et finalement, au début de novembre, ils ratifièrent les derniers arrangements chez le notaire Lanthier.

L'automne traînait et le doux temps leur assurait un certain répit. Les nouveaux associés évaluèrent soigneusement la vieille grange. Elle était décidément trop vaste et l'air y serait glacial.

— Au moins, je serai pas entravé pour la dimension de mon plancher, dit Charles pour s'encourager.

Vanasse sourcilla. « *Notre* plancher, ti-gars ; *notre* plancher. Je veux ben croire que j'ai juste trente pour cent dans cette affaire-là, mais c'est quand même à moi aussi. » Il ne s'obstina pas, mais répondit quand même :

— Ouais, c'est vrai. On va avoir assez de place pour construire *notre* moulin à scie.

L'autre comprit et rechigna intérieurement. Leur association ne changeait rien au fait que c'était son projet à lui, à lui tout seul. Pour le moment, les deux hommes avaient autre chose à faire que de discuter sur un mot. Pressés par le temps, ils se hâtèrent de démolir le plancher qui séparait déjà la grange en deux étages et le remplacèrent par un nouveau, fait de madriers solides puisqu'il devrait supporter le poids de la machinerie. Charles prit grand soin aussi de le construire au niveau. Il était inflexible là-dessus.

— Une machine pas d'aplomb, ça fait pas de la belle ouvrage, puis ça s'use pour rien.

«On le sait, ronchonnait Vanasse, tu me l'as assez renoté dans mon moulin.» Charles était allé voir une scierie à Magog et avait tout enregistré dans sa tête. Il disposerait les appareils dans le même ordre. En bas, il installerait une fournaise qui chaufferait l'eau d'une vaste bouilloire plus longue que large. À l'aide de valves, la pression donnerait la force motrice aux courroies qui, d'une roue d'engrenage à l'autre, multi-plieraient la force et la vitesse des scies. Tout ce système de courroies serait relié à la bouilloire et traverserait le plancher à certains endroits pour ac-tionner la scie à châsse et l'écorceuse que Vanasse avait apportées comme mise de fonds. De larges espaces seraient gardés en prévision de scies supplémentaires, qui seraient ajoutées dès que le commerce irait bien.

Ils érigeraient aussi une cheminée, longue et étroite, qui dépasserait à peine le toit très élevé de la grange mais largement le futur toit de la scierie.

— Avec ma chute, j'avais pas de boucane, pointilla Vanasse.

— Mais avec la vapeur, on va pouvoir scier à lon-gueur d'année, père Vanasse, rappela Charles qui était fier de construire une scierie plus moderne.

À partir de la mi-novembre, chaque jour, chaque heure qui passait était comptée avant que le sol ne gèle définitivement pour l'hiver. Philippe vint leur donner un coup de main pour ériger au moins les fondations et la charpente de la scierie. Le reste pourrait être continué n'importe quand pendant l'hiver. Éphrem prétexta un répit à la forge et prêta Clophas pour quelques jours. Charles regrettait Damien.

— On faisait de la belle ouvrage ensemble, dit-il simplement à Mathilde un soir, masquant l'absence par une réflexion sur le travail.

Au début de décembre, la grange était prête à recevoir la machinerie. Le lendemain matin, Charles se leva avec un juron.

— Maudit! Une tempête!

— Faut s'attendre à ça : on est en décembre, dit calmement Mathilde.

— Ça arrange pas mes affaires de savoir ça, maugréa-t-il.

Elle n'ajouta rien. Il était très nerveux et cela ne servait à rien de renchérir. Cette première tempête ne dura pas longtemps; la neige se changea en pluie, mais ensuite en grêle. C'était pire. Charles se faisait du mauvais sang et l'atmosphère était tendue. Mathilde lui demanda d'aller faire une commission au magasin général, autant pour l'occuper que pour s'éviter de sortir par un temps pareil. Il y alla en ronchonnant, mais revint de meilleure humeur.

— J'ai rencontré quelqu'un au magasin. Il a une vieille scie à bardeaux qui marche plus, mais il a pas mal de morceaux qui feraient mon affaire. Je vais aller voir ça cet après-midi.

Il dénicha effectivement quelques pièces encore bonnes pour de futures réparations.

— Quand on va enfin commencer, faudrait pas perdre du temps pour un morceau qui se brise.

C'était une autre dépense, mais très raisonnable et qui le rassura beaucoup plus que pour sa valeur. Deux jours plus tard, les routes redevinrent praticables et les hommes commencèrent le déménagement des lourdes machines. Vanasse eut le cœur brisé de voir sa scierie vidée petit à petit. Hémérise ne se montra pas à la fenêtre ; elle ne savait trop comment interpréter une fébrilité qui ressemblait à du soulagement. Elle préférait la cacher à son mari.

Charles fit le trajet pour les dernières fois : le chemin qui partait de la petite scierie, les coteaux rocheux, le petit pont, le boisé, le carrefour, le chemin qui longeait les grands champs clôturés, au bout desquels s'étendaient des forêts de feuillus dont émergeaient un orme ou quelques pins, et, enfin, les abords de son village et son terrain près de la rivière. Son terrain à lui, pour sa scierie.

Il reçut la fournaise et la bouilloire la semaine suivante. L'installation de toute la machinerie fut enfin terminée à la mi-décembre. Pendant ce mois-là, Vanasse avait vendu sa maison et s'en était acheté une autre à Saint-François-de-Hovey, de l'autre côté du pont, en face de l'église. Une petite maison. C'était sa manière d'admettre que ses enfants ne reviendraient jamais vivre avec lui et sa femme. Hémérise s'était d'abord opposée à ce projet, mais tous ces chambardements et le déménagement provoquaient maintenant un résultat inattendu chez elle : elle se sentait libérée des chagrins de son passé. À la voir aménager leur nouvelle demeure avec l'entrain d'une jeune mariée, Anthime redécouvrait avec étonnement sa compagne de trente ans de vie commune.

Charles était réinstallé chez lui – c'est-à-dire chez Delphina – depuis deux mois. Sa présence quotidienne faisait du bien à tout le monde. Mathilde avait retrouvé son sourire. Âgé d'un an déjà, Victor manifestait maintenant plus d'intérêt pour son père, et réciproquement. Même Delphina semblait plus calme; ses crises de colère ou de larmes étaient moins fréquentes et moins aiguës. Peut-être sa santé s'améliorait-elle par moments ou sa petite-nièce avait-elle plus de patience ou encore Charles l'intimidait-il. Quelles qu'en fussent les raisons, elle causait moins de soucis et la maisonnée appréciait le calme revenu. Avec sa Mathilde redevenue amoureuse et son petit Victor grouillant d'énergie, Charles arriva au repas de Noël fier comme un paon, beaucoup plus volubile qu'à l'ordinaire et avec un seul sujet de conversation : sa scierie.

La tante Émérentienne était là, bien sûr, avec «l'oncle» Boudrias. Celui-ci observait son ancien commis : «J'ai eu le temps de te regretter ben des fois, mon batince! Je me souvenais plus que des barils de clous c'était si pesant que ça. Ouais, soupira-t-il, c'est pas drôle, la cinquantaine avancée.» Il avait l'impression d'avoir pris un coup de vieux depuis son mariage. Sa maison était bien tenue, il s'habillait mieux, les repas étaient plus appétissants. Mais il buvait moins. Beaucoup moins. «Au moins, Charles se mêlait de ses affaires là-dessus, tandis qu'elle…» Émérentienne connaissait en effet tous les stocks de boisson en magasin et en tenait un inventaire serré. Plus sobre par la force des choses, Boudrias en était devenu plus grognon. L'épouse consentait à son devoir de temps en temps, mais avec tant de froideur que cette activité nocturne qui, au début, revêtait une si grande importance aux yeux du veuf désillusionné le préoccupa de moins en moins. «J'ai vécu sans ça pendant une quinzaine d'années puis je suis pas mort!» s'était-il dit pour se faire une raison. Il en était revenu à se satisfaire lui-même quand cela devenait trop exigeant et que son épouse n'y consentait point. Comme par hasard, Émérentienne en avait négligé l'inventaire du whisky. Ce n'était pas prémédité de sa part, mais comme elle appréciait secrètement la rareté de la chose, elle considérait, avec son sens assez particulier de la justice, que son compagnon avait droit à des compensations. Tout compte fait, les deux époux s'accommodaient l'un de l'autre. Boudrias regarda Émérentienne aider au repas, parler à tout un chacun. «Dans le fond, c'est mieux que de vieillir tout seul.»

Il ne nourrissait plus d'agressivité à l'endroit de son ancien commis. Il avait même suivi avec curiosité le développement de la scierie. Il n'y avait pas cru au début, comme la plupart des villageois, mais, maintenant que le projet s'était concrétisé, il insinua un peu trop clairement que c'était grâce à lui que Charles s'était découvert ce talent pour les affaires. L'intéressé fulmina :

— Je lui dois rien ; c'est moi qui ai remonté son magasin.

Il le marmonna à voix basse pour ne pas être entendu de tout le monde, mais assez fort pour que Boudrias le perçoive. Sans la présence de Mathilde, le repas trop copieusement arrosé se serait peut-être terminé comme le départ de Charles du magasin. Mais le jeune homme, parcimonieux dans ses déclarations d'amour, avait à cœur de ne pas placer Mathilde dans des situations familiales compliquées. «Je ferai pas un fou de moi, mais il est mieux de pas trop en remettre.» Émérentienne vint à son aide et détourna habilement la conversation. Charles se détendit. Sa tolérance pour les provocations verbales de Boudrias s'appuyait sur deux autres raisons dont la première était confuse dans son esprit. Il savait que son ancien patron était fier de lui, et cette fierté, même camouflée sous les sarcasmes, compensait, sans la remplacer, la fierté qu'Anselme, son propre père, ne lui avait jamais démontrée et ne lui démontrerait jamais. La seconde raison, plus prosaïque, c'était que tout le village passait au magasin général. «Pour mes affaires, vaut mieux qu'on s'entende.»

L'année 1897 s'achevait. Elle avait été riche en événements. Le mariage de Boudrias, le départ de Charles du magasin, les absences hebdomadaires du jeune père de famille, le départ de Damien pour les États-Unis, le retour de Charles au village, la construction de la scierie. «Ça finit mieux que ça a commencé», pensa Mathilde avec soulagement. «Ça fait même pas deux ans que je suis marié puis j'ai déjà un petit gars en santé et mon propre moulin à scie! Pas pire pour quelqu'un qui vient d'une terre de roches!» dit Charles en se rengorgeant.

17

Le premier client officiel de Charles – et de Vanasse – fut le dernier homme auquel ils auraient pu penser et il leur arriva dans des circonstances imprévisibles.

Le vieux Siméon, le doyen des fumeurs de pipe, qui avait tant boudé quand Charles avait osé lui réclamer sa créance, était aussi têtu et bougon avec les villageois qu'il l'était avec sa famille. Le jour de l'An au matin, son fils aîné Rogatien et sa bru Alphonsine se préparaient à passer la journée et la soirée chez l'une de leurs filles au village, avec leurs autres enfants et petits-enfants. Alphonsine, pour une fois, se laissait choyer au lieu de recevoir toute la famille à table comme chaque année. Furieux de cette dérogation aux coutumes qu'il avait établies et que sa bru assumait sans rien dire depuis plus de trente ans, Siméon l'arrière-grand-père refusa catégoriquement d'aller festoyer ailleurs.

— C'est aux petits-enfants de venir me voir; c'est pas à moi de courir après eux autres.

Son despotisme avait fonctionné durant des années, mais Rogatien décida à cinquante-trois ans de tenir tête à son père et de partir fêter sans lui. Que s'était-il passé ensuite? Le vieux l'avait-il fait exprès? Était-il devenu sénile? S'était-il endormi au mauvais moment? Toujours est-il qu'au beau milieu de la soirée le village entier se précipita dehors en criant:

— Au feu ! Au feu !

De l'autre côté du pont, la maison de Siméon brûlait et craquait comme une boîte d'allumettes. Deux de ses fils s'y précipitèrent, ayant enfilé leur manteau à la hâte. Hébétés, ils couraient autour de la maison, essayant d'y pénétrer par la moindre ouverture.

— Papa ! Papa ! balbutia Rogatien.

Repoussés par la chaleur, ils durent renoncer à se jeter dans le brasier pour tenter de secourir leur vieux père.

— Mon doux Jésus ! se signa la bru Alphonsine, mon doux Jésus !

La parenté courait en tous sens, criait sans savoir quoi faire. La soirée du jour de l'An, ce n'était pas le meilleur temps pour prendre des décisions communautaires efficaces. Beaucoup d'hommes du village avaient trop bu pour agir promptement. De plus, comme la proposition du conseil municipal d'acheter une voiture à incendie avait été rejetée par les habitants, il n'y avait que les bras et les seaux d'eau pour lutter contre le sinistre. C'était dérisoire devant la maison qui pétillait, flambait, propulsait des poignées d'étincelles et des gerbes de feu, rendant tout sauvetage impossible. Quelques hommes lançaient au moins des seaux d'eau sur les maisons voisines pour les protéger.

— Il doit être une torche vivante, murmura le vieux Chenard, aussi épouvanté que gelé, mais plus lucide que d'habitude.

C'était un spectacle lugubre que cette maison qui brûlait en plein hiver, conférant une sorte de beauté tragique et étrange à cette première nuit de l'année.

— Un mauvais présage, dit une vieille trop commotionnée pour égrener son chapelet.

Triste nuit, que tout le monde passa dehors, hypnotisé par le feu qui brûlait le visage pendant que le froid de janvier congelait le dos. Mathilde, qui fêtait avec Charles chez ses parents, avait préféré rentrer à la maison avec Delphina et Victor.

Avec d'autres hommes, Charles continuait d'arroser les maisons voisines. Il se souciait surtout des Vanasse, qui habitaient de l'autre côté de la rue, presque en face de la maison de Siméon pour laquelle rien ne pouvait plus être tenté. Les vitres éclataient sous la poussée du feu qui rugissait en débordant de toutes les ouvertures. La chaleur intense faisait trembloter l'air. Les flammes s'élevaient rouge et orange, semblaient disparaître en lambeaux bleutés, puis réapparaissaient tout à coup tissées de fumée noire effilochée.

Rogatien était retourné chez sa fille avec sa famille. Ils pleuraient, grignotaient un peu. Ils essayaient tous de ne pas penser aux souffrances du vieillard dans le feu.

— Il est mort, grand-maman? sanglotaient les petits-enfants.

Un cousin se voulut réconfortant.

— C'est la fumée qui... euh... qui a eu raison de lui, je pense. De même, il aura moins souffert, c'est sûr.

C'était une maigre consolation pour la conscience de Rogatien.

— Il était pas commode, ajouta le cousin, mais c'est pas une raison pour finir de même.

— On a tout perdu, balbutiait Rogatien. Notre maison, nos meubles, nos affaires, tout. Puis surtout le père!

Il allait s'effondrer; un de ses gendres lui donna une rasade de rhum. Alphonsine sanglotait.

— On va tous s'éparpiller. Comme dans la déportation des Acadiens. On sera plus jamais ensemble.

Une cousine essaya de la calmer et de l'arrêter avant que son mari ne la tance vertement à cause de ses lamentations.

— Il a toujours plié devant son père, mais il s'est repris plus qu'il faut avec sa femme puis ses enfants, le Rogatien, marmonna son cousin.

Devant les décombres, le maire devisait avec quelques membres du conseil.

— On va proposer une corvée pour leur reconstruire une maison.

— Pas à ce temps-ci! protesta un échevin.

— Ben sûr que non, coupa le maire, énervé lui aussi.

— Une maison qui brûle, c'est une vie de travail qui part en fumée, dit tristement Éphrem.

Le curé se joignit à eux, toujours aussi mal à l'aise avec sa longue soutane qu'il avait boutonnée à la hâte en sortant du lit.

— En attendant, va falloir placer tout un chacun, conclut-il.

Ils se turent. Le feu avait tout consumé et seuls de rares débris de bois brûlaient encore ici et là. La fumée grisâtre s'élevant des décombres leur rappelait qu'il y avait eu là une maison, quelques heures plus tôt.

— Corvée ou pas, dit un conseiller municipal, c'est pas assez. Ça va prendre du bois, aussi.

Ils en étaient à cette étape de leur discussion, les pieds complètement gelés malgré le rhum et le whisky, quand tout à coup, sous la lueur blafarde de l'aurore, au milieu des cendres fumantes ou du bout de la nuit ou de l'imagination des derniers spectateurs fourbus et congelés, une forme suspecte se dessina à travers la fumée.

— Siméon…! murmura le vieux Saint-Cyr en reculant de côté à cause de sa jambe boiteuse.

Une femme poussa un hurlement strident. Dans les maisons voisines, chacun se signa sans savoir pourquoi, par précaution. Le maire lui-même déglutit sous la peur de sa vie.

— Un spectre! bégaya quelqu'un.

— Un fantôme! murmura un autre en se signant.

Le maire essayait de se montrer plus brave que les autres.

— Je veux ben croire qu'il s'est fait beaucoup d'ennemis dans sa vie, balbutia-t-il, mais c'est pas une raison pour réclamer des comptes quelques heures après sa mort! Franchement, il exagère, le vieux verrat!

C'était pourtant ce qu'il faisait, Siméon, bougonnant, blâmant, commandant, vociférant.

— Il a l'air encore plus torrieux que de son vivant, souffla un conseiller d'une voix blanche.

Le maire avala de travers.

— Ouais... À mon dire..., il est ben trop vivant pour être mort...

Toussant et sautant de côté quand il posait les pieds sur des braises encore chaudes, le vieux Siméon couvert de cendres sortait bel et bien vivant des décombres. Un revenant n'étant soumis, en principe, à aucune sensation physique de chaleur ou de froid, personne ne songea à le couvrir d'un manteau malgré le froid sibérien. Avec la vigueur décuplée d'un rescapé, même de soixante-dix-sept ans, Siméon bouscula l'homme le plus près et lui arracha son capot.

— Tu vois pas que je gèle, torrieux?

Et le vieux Siméon, agrippé au manteau à moitié arraché, tomba avec son propriétaire qui s'évanouit de frayeur, de froid et de fatigue.

Le village parla longtemps de l'affaire. Le vieux Siméon était connu pour avoir de nombreux tours dans son sac, mais il n'y avait que lui pour se terrer dans le caveau de pommes de terre au fond de sa cave au lieu d'aller chercher de l'aide au début de l'incendie. Sa malice proverbiale en incita plus d'un à insinuer qu'il l'avait fait exprès pour se venger de la rébellion tardive et bien innocente de son fils. Quoi qu'il en soit, pour Rogatien, l'autorité de son père avait bel et bien brûlé avec la maison.

— Maintenant, c'est moi le boss, annonça-t-il victorieusement à sa femme Alphonsine.

Elle le regarda, ne sachant trop s'il fallait le croire ni même le souhaiter. « Je suis pas sûre que je gagne au change », soupira-t-elle.

Et c'est ainsi que la famille du vieux Siméon devint le premier client de Charles, sans le lui demander. Ni le payer, parce que Charles saisit ainsi l'occasion de faire ses preuves.

— Si les fermiers des alentours donnent plusieurs bons billots chacun et que le village fait une corvée en mai, on sera pas en reste, décida-t-il.

— Qu'est-ce que tu veux dire ? s'inquiéta Vanasse.

— C'est une bonne occasion de prouver qu'après huit ans je fais partie du village.

— C'est pas mon cas ! protesta l'autre.

— Raison de plus. Vous venez d'arriver ; profitez-en pour les mettre de votre bord.

Quand Charles prenait ce ton fébrile, rien ne le faisait changer d'idée. « Dans quelle embardée il va nous entraîner à c't'heure ? » se méfia son vieil associé.

— Père Vanasse, si on peut scier gratis tout le bois de la nouvelle maison, le monde va ben voir qu'on fait une belle job. Ça va être bon pour nos affaires. Qu'est-ce que vous en dites ?

Il regarda le vieux et se refroidit devant son air rébarbatif. Il dut user de finesse.

— Père Vanasse, aimez-vous mieux grimper sur le toit le jour de la corvée?

« Il a toujours les mots, lui ! » céda Vanasse. C'était vrai que, nouveau membre de la communauté, il aurait été mal vu de regimber. Il accepta de mauvais gré. Le maire, par contre, accepta d'emblée l'offre gratuite.

— Quand ça sortira de mon moulin, monsieur le maire, ça sera prêt pour la construction, lui assura Charles.

Il trouvait donc son compte dans le malheur de Siméon sans l'avoir cherché. Vanasse laissa quand même échapper un juron de réprobation quand il commença à scier le premier billot.

— Coaltar ! Si les gens du village nous donnent pas plus de contrats, ronchonna-t-il, c'est à nous autres qu'il va falloir la faire, la charité !

— Prenez donc patience ; on fait juste commencer.

« J'aurais dû rester chez nous, se reprocha le vieux. Je suis plus une jeunesse pour faire des recommencements de même ! » En dépit de ses paroles pleines d'assurance devant son associé, Charles remettait constamment en question sa décision de s'être lancé en affaires. Aucune commande importante n'était encore venue et l'inquiétude le rongeait jour et nuit. Parfois il réussissait à y couper court, excédé. « C'est fait, maudit ! À c't'heure, on va faire l'ouvrage puis se croiser les doigts pour le reste. » Il réussissait à se calmer pour quelques heures, parfois quelques jours, taisant son angoisse à tout le monde, surtout à sa femme et à son associé.

Mathilde contribuait aussi à l'expansion de l'entreprise, mais du côté familial : elle était enceinte pour la deuxième fois. «Je vais le voir grandir, celui-là», se promit le jeune père. La maman était heureuse et sa deuxième grossesse lui allait bien. Elle parcourait un chemin connu et, par le fait même, moins inquiétant. Au début de février, à la Chandeleur, les malaises du début étaient terminés et le petit bien ancré en elle. Quant à la situation financière de la famille, Vanasse n'avait pas tort. Les billots donnés arrivaient par-ci par-là, quelques petits contrats leur étaient confiés de temps en temps, mais c'était trop peu. De plus, les deux hommes gelaient toute la journée dans la vieille grange ouverte aux deux extrémités pour faire entrer les billots d'un côté et les sortir ensuite de l'autre côté en madriers ou en planches. «On sait ben, il est jeune, lui, ça le dérange pas», se répétait Vanasse en se frottant les mains à tout bout de champ, oubliant qu'il en avait été de même dans sa scierie.

— Tu vas attraper ton coup de mort! disputait Hémérise.

Charles était plus jeune mais il était resté frileux depuis sa pneumonie. La seule façon de se réchauffer, c'était de s'activer en sciant du bois et, pour cela, de chauffer la bouilloire à vapeur, laquelle mangeait tellement de croûtes d'écorce, de copeaux et de bran de scie que Vanasse craignit d'en manquer.

— Dans ce cas-là, raison de plus pour scier mon bois, bluffa Charles; ça nous fera des déchets en masse.

Au mieux, cela avançait la préparation de ses matériaux, mais cela ne faisait pas rentrer d'argent sonnant. Au début de mars, Charles dut demander à Mathilde :

— Tu feras marquer chez Boudrias.

Mathilde leva la tête, étonnée. «Mon Dieu, ça va si mal que ça?»

— On sera pas pire que ben d'autres, dit-elle simplement.

«Ça se peut, mais j'en ai trop vu qui sont plus capables de s'en sortir», rumina-t-il.

— Ce sera pas pour longtemps, insista-t-il. Une couple de mois, peut-être ben.

«De mois?» s'inquiéta-t-elle. Elle aurait tant aimé savoir où en étaient ses affaires. Mais elle se retint et ne lui posa pas de questions. Elle se sentit pourtant un peu humiliée d'acheter à crédit et ne s'attarda pas au magasin général. Dès qu'elle fut sortie, Boudrias gloussa devant un client :

— Ouais, le fendant de Manseau a ben chialé contre ça, mais il fait marquer comme les autres.

Émérentienne le prit vivement à part.

— Tu ferais mieux de parler de lui en bien pour lui attirer des clients, lui dit-elle sèchement.

— Tu prends encore pour lui? grogna Boudrias.

— C'est mon neveu! Puis si mon neveu a de l'ouvrage, il va pouvoir nous payer ce qu'il nous doit! Faut voir plus loin que son nez quand on a un commerce!

Les commandes de sciage ne rentraient toujours pas. Charles et Vanasse eurent le temps de préparer tout le bois de la scierie. Maintenant l'angoisse rongeait les deux associés, qui n'abordaient plus le sujet. Incapable de supporter cette angoisse plus longtemps, Charles décida de commencer dès maintenant la besogne prévue pour les jours chauds : monter les murs définitifs de sa scierie, à l'intérieur de la grange, selon son plan initial.

— La grange nous abrite pas diable du vent, père Vanasse; on va lui jouer un tour.

Les gens du village ne croyaient toujours pas à sa méthode de construction, mais plus d'un était intrigué.

Il reçut ainsi plusieurs petites commandes qui témoignaient plus de curiosité que de besoins réels.

— Tant mieux pour nous autres, dit Charles pour camoufler sa fierté égratignée. Ça nous fait de l'ouvrage payant.

De temps en temps, Philippe Manseau et Clophas Gingras venaient donner un coup de main à leur frère et beau-frère. Ces jours-là, le père Vanasse n'alimentait pas la fournaise puisque la scie n'aurait pas à fonctionner et il était inutile de créer de la pression dans les tuyaux puisque cela ne hausserait pas la température ambiante. Les hommes s'activaient davantage, si cela se pouvait, pour se réchauffer. Charles regardait son frère Philippe à la dérobée. «Déjà un homme.» Il était content de l'avoir avec lui pour un jour ou deux. Désireux de lui montrer qu'il réussissait bien, il ne ménageait pas les conseils à son cadet. Pas plus contrariant qu'autrefois, Philippe mesurait et clouait sans rien dire. «Il se croit toujours obligé de prouver quelque chose», constatait-il, déçu. Quand sa patience était à bout, il créait une diversion.

— Vanasse a l'air d'avoir besoin d'aide. Tu peux aller lui donner un coup de main, si tu veux; je vais m'arranger.

L'aîné ne comprenait pas le message; heureux de montrer à son frère comment travailler, il ne se rendait pas compte que celui-ci avait vingt et un ans et était aussi habile que lui en construction.

En avril, par une belle journée plus chaude que les autres, les murs de la scierie étaient enfin tous érigés; la démolition des murs extérieurs de la vieille grange pouvait avoir lieu. Charles contenait difficilement son impatience. Depuis plusieurs jours, il déclouait de-ci de-là pour préparer le travail. Philippe arriva la veille.

266

— Le père est pas venu avec toi? s'étonna Charles qui l'avait pourtant fait demander à mots couverts, si fier de sa scierie toute neuve.

— Déjà que je suis pas là, c'était malaisé qu'il parte aussi, répondit simplement Philippe.

Charles se redressa. « Ça change rien : mon moulin va tenir debout pareil. » Les deux frères se levèrent à l'aube et Mathilde les fit déjeuner copieusement. En partant, Charles traversa le pont comme d'habitude pour aller chercher Vanasse, et ils furent les premiers sur les lieux. Ils furent suivis de peu par ses jeunes beaux-frères Clophas, Léonard et Alphonse, qui descendirent de leur voiture avec deux échelles et leurs outils. Charles ne tenait plus en place.

— Bon, ben… on y va?

Ils s'engouffrèrent à l'intérieur, entre les murs gris et vieillots de la grange et ceux blond et roux de la scierie toute neuve, qui fleuraient les copeaux. Les deux Manseau et deux des Gingras grimpèrent aux échelles, Vanasse et le jeune Alphonse s'installèrent au bas des murs. Tous ensemble, ils commencèrent à déclouer dans un concert de coups de marteau ininterrompu. Les planches se disloquaient, certaines se brisaient en deux et tombaient presque d'elles-mêmes, déjà pourries.

Au milieu de l'avant-midi, Rogatien intima à trois de ses fils de se joindre à eux, en remerciement du sciage gratuit pour la corvée de leur nouvelle maison. Une heure plus tard, le maire vint donner un coup de main avec un de ses fils. Un conseiller ne voulut pas être en reste et délégua son gendre; un autre, son neveu. Chacun apportait ses outils : marteau, hache, barre à clous, parfois une échelle, et ajustait sa cadence à celle de son voisin pour tenter de le devancer.

Mathilde et Amanda apportèrent le repas de midi pour tout le monde et restèrent sur les lieux pour la fin de la besogne. Charles l'avait demandé implicitement à Mathilde :

— Tant qu'à venir nous donner à manger, autant rester. Prends donc ton après-midi.

Boudrias avait tenu à se montrer le nez; Émérentienne avait alors insisté pour que son mari offre une tournée de rhum pour fêter l'événement. Il avait accepté d'emblée, bien décidé à en profiter. Feignant de s'assurer que la boisson ne coulerait qu'à la fin des travaux, Émérentienne laissa sa curiosité l'emporter et elle décida, sur l'heure du dîner, de fermer boutique pour accompagner son mari.

Le travail reprit sous le chaud soleil de midi. Maintenant des pans de murs tombaient, révélant des parties de la scierie. Le petit groupe de spectateurs auquel s'était jointe Hémérise Vanasse, que les Boudrias étaient allés chercher, laissait échapper des exclamations spontanées de surprise ou d'admiration. Amanda tenait le bras de Delphina et causait avec Mme Vanasse. Mathilde cherchait sans cesse son mari des yeux sans perdre un mot des commentaires qui fusaient autour d'elle. « Il a bien mérité d'être apprécié; il a tellement travaillé ! » Amanda lui jetait des coups d'œil de connivence.

— C'est ben dommage que le petit Victor soit trop petit pour réaliser ce qui se passe. C'est un bien beau jour pour vous autres.

Deux pans de mur tombèrent d'un coup avec fracas. Les femmes reculèrent instinctivement, pourtant hors de l'atteinte des débris. Du haut d'une échelle, Charles émergea. Il ne put s'empêcher de s'arrêter et de contempler la scène avec une fierté qui lui retournait le cœur. « Je vous l'avais dit que ça avait de l'allure; vous me croirez, la prochaine fois ! »

— Hé ! Jacob ! Descends de ton échelle avant de tomber dans le vide ! cria Philippe en riant.

Charles le rejoignit en riant à son tour de cette allusion à l'Histoire sainte. Philippe fit aussitôt un signe avec sa barre à clous et quatre hommes s'attaquèrent aux charpentes à grands coups de masse. Dix minutes plus tard, les restes du mur de devant et de ceux des deux côtés s'écroulèrent. Toute la devanture de la scierie apparut alors avec ses deux extrémités.

À gauche, la rampe de montée des anciennes charrettes de foin était devenue une rampe ascendante avec une chaîne sans fin pour la montée des billots. Ensuite la scierie s'étirait sans fenêtres sur une vingtaine de mètres. Elle aboutissait à une seconde rampe qui, celle-là, descendait vers le sol dans ce qui serait la cour à bois pour les madriers, les planches ou le bois de charpente. Une cheminée neuve se dressait en plein milieu, longue et étroite. Le toit montait en pente à quarante-cinq degrés. Les spectateurs restèrent muets, étonnés devant cette construction pourtant habituelle.

— M'est avis que c'est grand pour rien, cette affaire-là, finit par grogner Éphrem, arrivé sur les lieux depuis peu de temps.

— La grange l'était encore plus, s'étonna Amanda.

— Je l'ai toujours dit aussi que c'était trop grand.

Amanda le poussa du coude en désignant Mathilde pour le faire taire. Il regarda sa fille, si fière de son mari qu'elle en rayonnait comme à son mariage. « Mon père aussi m'avait dit que ma forge était trop grande. » Il n'ajouta rien. Vanasse s'était arrêté, épuisé, et observait la scierie en se remémorant la sienne avec nostalgie. Hémérise tapota doucement le bras de son mari.

— Ton moulin, c'était le plus beau que j'avais vu.

Anthime tourna les yeux vers elle et ne se sentit plus seul, retrouvant une émotion lointaine. Charles passa près d'eux pour aller se placer derrière tout le monde de façon à embrasser toute la construction d'un seul regard. Il ne s'en rassasiait pas les yeux; il contemplait enfin sa scierie, sa scierie neuve, sur son terrain. Machinalement, il fit demi-tour et regarda un peu plus loin. Mathilde le rejoignait et elle lui tendit le bras, tenant Victor dans l'autre.

— C'est là que je vais la construire, notre maison, Mathilde. Ça va être une maison ben à ton goût, tu vas voir.

Pendant que quelques démolisseurs achevaient de jeter au sol le quatrième mur, celui qui faisait face à la rivière, Boudrias commença enfin sa tournée de rhum. Les hommes se servirent à même la cruche. Les femmes refusèrent et l'offre et la manière. Le ton monta, les blagues jaillirent, d'abord aigres-douces, puis, la boisson aidant, plus teintées de camaraderie que de rancune. Au bout d'une heure de festivités, chacun retourna chez soi. En remontant en voiture, Éphrem redit à Amanda :

— Je change pas d'avis; me semble que c'est ben grand pour rien, cette affaire-là. Ça va être dur à chauffer. Ma forge est loin d'être grande de même puis on gèle dans les coins.

— Mais on cuit dans le milieu, précisa Clophas en claquant les rênes sur les fesses du cheval qui partit doucement.

— C'est quand même moins grand que la grange, protesta Léonard.

— C'est ce que je dis, répliqua son père. Avec lui, tout est toujours trop grand.

Clophas se tourna à demi vers la scierie qu'il engloba du regard dans la lumière douce de cette fin d'après-midi. Il se sentit très fier d'être le beau-frère de Charles Manseau.

Au début de mai, les semences terminées sur les fermes, on se rassembla pour la corvée. La nouvelle maison du vieux Siméon fut vite érigée par tous les hommes valides du village. Charles avait de plus en plus le goût de construire sa maison et songeait à la commencer le mois prochain s'il n'avait pas plus de commandes. Mais dès la semaine suivante, en quelques jours seulement, la cour se remplit de bons billots à scier.

— Père Vanasse, les commandes payantes commencent à rentrer!

Il reporta la construction de sa maison.

18

Dans un sens, Mathilde n'était pas fâchée de vivre encore six mois ou un an chez sa grand-tante Delphina.

— Tu viens à peine de finir ton moulin, Charles; une construction par année, c'est assez de barda de même.

À sa mère, elle confia sa seconde raison :

— Avec un deuxième enfant qui s'en vient pour le mois d'août, j'ai pas vraiment le goût de déménager.

Il se posait toutefois un problème : où loger cet enfant? Le salon était resté partiellement ouvert depuis la visite de Philippe et de Mélanie lors du baptême de Victor, mais il se trouvait trop loin des autres chambres au goût de la jeune mère.

— Victor aurait peur tout seul en bas et je l'entendrais pas pleurer s'il arrivait quelque chose.

Le petit lit de Victor était donc resté dans la chambre des parents. Charles commençait à trouver un peu gênante la présence de l'enfant, même endormi, pendant qu'il prenait Mathilde. La troisième chambre restait toujours close : Delphina ne se résignait pas à l'ouvrir définitivement.

— Un caprice! explosa Charles un matin en s'habillant. C'est un caprice de vieille femme, mais c'est nous autres qui payons pour, entassés à trois dans une chambre grande comme ma main.

— Pas si fort, s'énerva Mathilde. Elle va nous entendre.

— Ben, il serait temps qu'elle entende! Je le sais qu'on vit à ses crochets, mais…

— Voyons donc! s'irrita Mathilde. Cet arrangement-là fait son affaire à elle aussi.

— Mettons! Mais en attendant, il nous faut de la place pour l'autre.

— Je vais lui en parler.

— T'as essayé dix fois! Laisse faire! C'est à moi de m'en occuper.

Il ouvrit brusquement la porte de la chambre et se trouva nez à nez avec Delphina qui l'attendait debout, toute droite dans sa robe de chambre.

— Tu voulais me parler, mon garçon? lui dit-elle sèchement. Vas-y!

Embarrassé, Charles se passa la main dans les cheveux, coincé entre la chambre et la vieille grand-tante.

— Vous savez que Mathilde… ben… qu'elle va avoir…

— Un enfant, soupira-t-elle. Oui, je le sais. Puis tu veux de la place, encore de la place, c'est ça? Comme t'as pris mon salon? Comme t'as pris mon écurie? Comme t'as coupé mon petit érable?

La vieille avait monté de ton, sortant pêle-mêle des colères tues depuis trois ans, depuis l'entrée dans sa maison de cet étranger. Elle en tremblait et puisait dans cette émotion forte une vitalité qui lui faisait cruellement défaut depuis des mois.

— Jamais vous aurez l'autre chambre! cria-t-elle. Jamais, tu m'entends? C'est tout ce qui me reste, à moi, dans ma maison. Je la garde, m'entends-tu? hurla-t-elle de sa petite voix pointue en frappant à petits coups saccadés sur le cadre de la porte. Je la garde pour moi! M'as-tu compris, Charles Manseau? Pour moi!

Il était stupéfait de cette hargne insoupçonnée et surtout profondément humilié de se faire rappeler qu'il vivait dans une maison qui n'était pas la sienne. Mathilde, coincée dans la chambre, consolait Victor qui s'était réveillé en pleurant sous le tapage.

— On vit pas de votre charité, ragea Charles. On… on… fait ce qu'on a dit qu'on ferait. On fait notre part de l'entente.

Il préférait couper court à la discussion avant que ses paroles ne dépassent sa pensée. Il esquissa un pas en avant; la tante l'arrêta net.

— Où tu t'en vas de même? T'imagines-tu qu'on va faire ça toutes seules, Mathilde puis moi?

Charles fronça les sourcils.

— Faire quoi?

La vieille le toisa et dit d'un ton complètement différent, presque enjoué, comme si elle ne s'était jamais mise en colère :

— Déménager mon lit dans la chambre du fond.

Charles se tourna vers Mathilde qui sortait avec Victor. Ils ne comprenaient plus rien ni l'un ni l'autre.

— La chambre, tu l'auras pas, redit Delphina, parce que c'est moi qui la prends.

Elle souriait comme un enfant qui vient de s'emparer du plus gros morceau de gâteau au nez de tout le monde.

— Mais… c'est deux fois plus petit, s'étonna Mathilde.

Charles jeta un regard réprobateur à Mathilde, qui ne protesta plus.

— Ça se peut, répliqua Delphina qui n'avait rien vu. Mais elle a une porte, elle. Comme ça, je pourrai dormir en paix de temps en temps.

— On vous dérange tant que ça? dit Mathilde, blessée.

— Envoye, mon garçon, ordonna Delphina à Charles; j'ai pas la journée à attendre.

Déjà elle était retournée à son lit et en enlevait les couvertures.

— Faut que j'aille au moulin, protesta-t-il. Faut que...

— La veux-tu, la chambre, oui ou non?

Mathilde intervint, contenant difficilement sa joie de régler enfin leur problème d'espace.

— Ma tante, vous pouvez pas rentrer de même dans une chambre fermée depuis vingt ans...

— Vingt-quatre ans, ma petite. Vingt-quatre ans.

— C'est encore pire. Écoutez, ma tante. Aujourd'hui, je vais vous laver la chambre comme il faut : le plafond, les murs, le plancher, tout.

— C'est plein d'affaires là-dedans. Faut la vider avant.

— Justement. Prenez la journée pour trier tranquillement vos affaires. On fera ça ensemble, si vous avez besoin d'aide; juste nous deux, vous puis moi. Puis ce soir, Charles va déménager le reste. Qu'est-ce que vous en dites?

Charles se radoucit, admirant le bon sens et la finesse de sa femme.

— Ouais, comme ça, ça va moins vous bousculer, approuva-t-il.

La vieille l'avait complètement oublié; elle continuait à plier les couvertures, les draps. Ses changements d'humeur étaient maintenant si fréquents que Mathilde se contenta de hausser les épaules et de descendre préparer le déjeuner. Charles n'en revenait pas, perplexe devant ce dénouement inattendu.

Ils installèrent donc Delphina dans la pièce du fond et elle l'apprécia comme un cadeau. Le petit lit de Victor fut déménagé dans la vaste chambre au-dessus de la cuisine, avec le berceau pour le prochain enfant. Tout aurait été pour le mieux si Charles avait été à la maison un peu plus souvent.

Les commandes rentraient en si grand nombre maintenant qu'il travaillait du matin au soir et avait même dû engager deux hommes. «Au moins, il prend ses trois repas à la maison; c'est comme s'il était avec nous autres», se disait Mathilde pour se consoler. De le savoir à un mille de là, à une quinzaine de minutes seulement, lui donnait un sentiment de sécurité dont elle avait été privée l'année précédente et qu'elle appréciait doublement.

Avec le beau temps de juin, les contrats affluèrent à un tel point que Charles et Vanasse apportèrent leur dîner pour arrêter de travailler moins longtemps. Mathilde eut alors l'idée d'aller dîner avec eux de temps en temps. C'était cependant trop loin pour y aller à pied, car elle était enceinte de sept mois; Éphrem prêta volontiers sa voiture à condition que Léonard ou Alphonse la conduise. Parfois Amanda venait pique-niquer avec eux. Alphonse, à douze ans, se passionnait pour la scierie et vouait une admiration sans borne à son beau-frère. Il dorlotait aussi son neveu avec la même ardeur et le surveillait avec sollicitude. Heureusement d'ailleurs, parce que le petit fouinait partout.

Ces pique-niques improvisés dérangeaient un peu Charles, qui devait malgré lui décrocher de son travail pendant plus d'une demi-heure. Mathilde allait peut-être rejoindre son mari de temps en temps pour qu'il se rende compte lui aussi qu'un autre enfant serait bientôt là. Le père se rendait compte surtout qu'il voyait peu le petit Victor, celui qui était déjà né.

— Heureusement qu'on vient, disait Mathilde, chagrinée de se sentir parfois de trop. Sans ça, quand est-ce que tu vas voir l'été ?

« Elle a raison », admettait Charles tout en mangeant quand même en vitesse. Il regardait son petit, qu'il voyait peu parce que celui-ci était déjà couché quand il rentrait. Mathilde s'apprivoisait à la scierie, en apprenant un peu plus chaque fois grâce à Alphonse qui en parlait abondamment aux allers et retours.

— T'expliques mieux que Charles, lui disait-elle en riant.

— C'est parce qu'il est trop connaissant, concluait tout bonnement son jeune frère.

Mathilde s'avoua aussi qu'elle n'y prêtait guère d'attention, plus occupée et préoccupée de ses petits que de la machinerie.

Un midi, Vanasse décida de finir une petite commande de planches de deux pieds dont il restait à couper les bouts, avant de fermer les machines. Charles était dehors en train de se dépoussiérer avant de manger avec Mathilde. Ils étaient seuls parce que Alphonse était seulement venu la reconduire ; son père avait besoin du cheval, mais le benjamin avait promis de revenir chercher sa sœur aînée dans une heure. Charles s'occupa lui-même de Victor ; à huit mois de grossesse, Mathilde n'avait plus toutes ses aises, surtout dans l'herbe folle à côté de la cour à bois.

— Alphonse voulait m'apporter une chaise, mais me vois-tu avec une patte de chaise qui renfoncerait et moi qui tomberais à l'envers ?

Charles sourit et assit le petit entre ses jambes. Celui-ci resta tranquille trente secondes et se releva. Mathilde distribua le repas, posa un coussin sur une pile de planches et s'assit à une hauteur confortable. Tout en mangeant et causant avec Charles, elle s'étirait le cou à tout bout de champ pour essayer d'apercevoir Victor.

— Énerve-toi donc pas pour rien, s'impatienta Charles. Je le vois d'ici.

— Oui, mais ça change vite de place, un petit de même.

— Je suis assez grand pour y voir, bougonna le père, vexé.

Mathilde se reprocha sa réplique. « C'est bien certain qu'il est assez grand pour voir à Victor. » Elle savoura le repas.

— Je reviendrai plus, je pense; j'ai plus assez mes aises pour manger dehors.

Charles dînait sans rien dire, songeant paisiblement, oubliant presque la présence de Mathilde. Comme il le faisait souvent.

— Heureusement que les grosses chaleurs de juillet sont passées; ça va faire du bien d'avoir un peu de fraîche du mois d'août, ajouta-t-elle sobrement.

Puis elle se tut. Elle avait encore l'impression désagréable de se parler toute seule, ou de babiller comme une petite étourdie. À force de ne pas se sentir écoutée, elle avait conclu qu'elle ne disait rien d'intéressant. Elle ne trouva plus rien à dire.

Le silence fut soudain déchiré par un hurlement d'enfant.

— Victor! cria Charles en sautant sur ses pieds.

Il courait à gauche et à droite en criant le nom de son fils quand il vit surgir Vanasse de la scierie, le petit dans ses bras, la tête pendante, comme mort. Le jeune père rejoignit Vanasse en courant et tendit les bras pour prendre son fils. Mais il n'osait pas lui toucher. « Pas de sang ! » Son cœur se remit à battre. Vanasse était aussi pâle que l'enfant.

— Je pouvais pas lâcher la planche, balbutia-t-il, la scie l'aurait fait revoler.

— Qu'est-ce qu'il a ? Qu'est-ce qu'il a ? insistait Charles.

Le vieux tremblait. Ses jambes flageolèrent et il tomba à genoux dans l'herbe, les bras aussi mous que les jambes. Charles saisit son fils que les vieux bras ne pouvaient plus soutenir. Mathilde les avait rejoints, blême, les yeux affolés.

— Mon Dieu ! murmura-t-elle, mon Dieu… !

Charles déposa son fils tout doucement sur l'herbe et Mathilde se mit péniblement à genoux près de lui. Victor commença à trembler, ses bras et ses jambes s'agitèrent nerveusement. Ses parents respirèrent un peu mieux.

— Il a rien de cassé, il bouge, dit la mère d'une voix blanche.

Elle s'accroupit sur ses talons et, se penchant avec effort, caressa le front du petit avec anxiété.

— Va chercher de l'eau, souffla-t-elle à Charles. Pour M. Vanasse aussi…

Il jeta un regard à Anthime : il était livide. C'était trop d'énervement pour lui.

— Couchez-vous dans l'herbe, lui suggéra Mathilde qui l'oublia et ne vit plus que Victor qui ouvrait les yeux, hagard, balbutiant « Maman… Maman… » mais sans un son, comme pétrifié de terreur.

— Maman est là… Maman est là…

Elle le caressait, elle pleurait. Charles revint en courant avec un seau d'eau, enleva sa chemise, en trempa un bout dans l'eau froide, épongea le front, le visage.

— Le cou aussi, dit Mathilde.

Le petit était revenu à lui et pleurait. Charles le prit dans ses bras et le serra à l'étouffer. Victor se mit à sangloter.

— Peur, papa… Peur, papa…

Mathilde s'occupa de Vanasse; l'eau froide fit du bien au vieux. Il en but un peu et s'épongea le front.

— Quand je l'ai vu, j'avais déjà la planche dans la scie, je pouvais pas la lâcher, elle aurait revolé sur lui. J'ai crié au petit… Il s'est reculé puis c'est là qu'il a vu la grande *strap* au-dessus de lui. Un peu plus puis… puis la *strap* lui arrachait le bras.

Mathilde vomit son dîner.

— Il a crié… Je… je pense qu'il a eu la peur de sa vie…

La peur de sa vie, il l'avait eue lui aussi, ainsi que Mathilde et Charles, qui décréta, le petit toujours dans ses bras :

— On en a assez fait pour aujourd'hui. Venez-vous-en, monsieur Vanasse. Un après-midi de congé, ça fera pas de tort à personne.

Le vieux était chaviré et voulait se raccrocher à quelque chose de concret.

— J'ai presque fini l'ouvrage des Dufresne. Une petite demi-heure puis…

— Il attendra, maudit! cria Charles.

Il commandait, bousculait, cela le déculpabilisait. Mathilde eut une deuxième nausée et il déposa vite le petit pour se porter au secours de sa femme qui allait tomber. Victor cria d'angoisse, Charles retenait Mathilde qui chancelait, Vanasse prit le petit qui hurla de plus belle, l'ayant associé à sa terreur. Dès que les nausées furent passées, Mathilde prit la menotte du petit pour le rassurer et, lentement, alla s'appuyer contre une pile de planches, épuisée, flageolante. Charles et Vanasse fermèrent la scierie pour l'après-midi, renvoyant les deux employés qui rentraient de dîner. Presque malgré eux, les deux associés jetèrent un coup d'œil à la grande courroie de la scie. Anthime Vanasse se hasarda à dire :

— Vaudrait peut-être mieux qu'il revienne pas jouer ici…

Se sentant fautif, Charles attaqua :

— Si je veux qu'il aime ça, le moulin, faut qu'il revienne. Comme ça, il se sauvera pas aux États.

Il voulut aussitôt rattraper ces paroles malheureuses. « Maudit ! Qu'est-ce qui me prend de dire des niaiseries de même ? » Vanasse serra ses lèvres encore tremblantes d'émotion. « C'est pas de ma faute s'ils sont partis. » Révolté, il voulait lui crier : « Puis s'ils étaient pas partis, mes gars, tu les aurais pas eues, mes machines, coaltar de Manseau ! » Mais il ne dit rien. « Il est assez grand pour s'apercevoir tout seul de ses niaiseries. » Les deux hommes attelèrent le cheval de Charles à la voiture et y firent monter Mathilde et Victor. Le retour s'effectua dans le silence, sauf quand ils croisèrent Alphonse, venu chercher sa sœur, et qui s'en retourna bredouille. Victor s'était endormi lourdement sur les genoux de Mathilde. Celle-ci se tourna vers Vanasse et lui dit, du fond du cœur :

— On vous est bien redevables, monsieur Vanasse. Vous avez été comme son ange gardien.

Le vieux esquissa un triste sourire en décochant un regard de reproche à Charles, qui se mordit les lèvres et s'en voulut encore plus. «C'est pas ça que je voulais dire; tout à l'heure, avant qu'il débarque, je vais lui dire que...» Quand ils arrivèrent au pont, Charles bifurqua vers la droite pour déposer le vieux Vanasse chez lui. Hémérise sortit précipitamment de la maison, inquiète de voir son mari surgir au beau milieu de la journée, et, dans les explications brèves et nerveuses, les excuses ne furent pas transmises. Charles vit entrer le vieux dans sa maison et la porte se refermer. Et il se sentit esseulé comme après son altercation avec Boudrias. Et comme à son départ de la ferme. Et le jeune père qui avait eu si peur pour son fils lutta contre un sentiment oppressant.

Étendue dans son lit, Mathilde n'arrivait pas vraiment à se reposer. Sa mère était venue aux nouvelles, inquiète de voir Alphonse revenir tout seul. Elle était maintenant repartie après s'être assurée que sa fille allait bien. Charles se sentait inutile dans la maison, tournait en rond, s'occupait en vain de Victor qui rechignait, qui n'avait pas voulu aller chez sa grand-maman, qui ne voulait pas faire une sieste non plus. Delphina n'arrivait pas à se reposer elle non plus dans toute cette agitation. Elle se levait, descendait, remontait s'étendre. Charles se sentit de trop, lui et toute sa famille.

Victor finit par s'endormir, pour se réveiller en hurlant dix minutes plus tard, réclamant sa mère, son père, encore sa mère. Démuni, Charles se sentait plus un embarras qu'autre chose, ne savait pas quoi faire pour être utile. Il trouvait la maison trop chaude, trop humide, l'air collant. Mathilde finit par se relever.

– Je suis correcte, Charles. Il est presque quatre heures ; je peux te faire à souper de bonne heure. Tu pourras faire quelques heures au moulin, à soir. Ce sera plus frais.

Elle comprenait une fois de plus qu'elle devait être forte et que Charles ne pouvait assumer son corps à sa place. Ce corps qui, elle le sentait, allait lui donner du fil à retordre aujourd'hui ; elle préférait être toute seule. Charles retourna à la scierie vers cinq heures, au moment où la chaleur abdiquait enfin, même si elle en avait encore pour quelques heures à irradier tellement elle était incrustée partout.

– C'est la première fois que je suis tout seul au moulin, se dit-il. Vraiment tout seul.

Il aima cette sensation. Cette scierie, c'était *sa* scierie. Il en fit le tour deux fois, et, comme il ne pouvait ni chauffer la fournaise ni scier tout seul, il vérifia les machines, s'assura de la solidité des courroies, en riva une sur le point de céder. Il sortit ensuite dans la cour à bois pour faire l'inventaire des billots et des madriers qui séchaient, bien empilés. Dufresne vint chercher son bois, comme convenu, et Charles s'excusa du délai dont il avait besoin pour rattraper l'après-midi. L'homme trouva Manseau si avenant qu'il se demanda pourquoi il suscitait une certaine méfiance au village.

Mais il n'était pas dit que la journée se terminerait en douceur. Dans la nuit, Mathilde ressentit ses douleurs, un mois avant le temps. Charles jugea plus prudent d'aller chercher le docteur Gauthier plutôt que Mme Beaupré, la sage-femme. Le praticien resta plus de deux heures, puis confirma ses soupçons :

– C'est l'énervement. Le bébé aurait pu arriver avant son temps, mais le danger est passé.

Il tapota la main de la jeune femme en la regardant avec bonté et compassion.

— La nuit a été un peu longue, mais ce sera pas pour aujourd'hui.

— J'aurais dû rester avec toi au lieu d'aller au moulin hier soir, dit Charles plus tard, en se couchant.

— Laisse faire. On contrôle pas ça, Charles. Il va naître en son temps.

Charles sourit :

— Il ou elle…? T'aimerais mieux une fille, hein?

— Tu le savais? Puis toi?

— Oh! moi, si elle te ressemble, j'en prendrais ben deux du coup.

Mathilde s'appuya tendrement contre lui. « Si c'est une fille, est-ce que Charles va l'aimer autant que mon père m'aime? »

— Charles! Tu vas l'aimer beaucoup, hein? lui demanda-t-elle brusquement, comme inquiète d'un danger incertain.

Il l'embrassa doucement et la borda d'un drap léger.

— Promis…

L'enfant naquit en son temps, en août, une semaine après la fête de Mathilde. C'était un beau gros garçon joufflu, aux cheveux noirs et frisés comme ceux d'Éphrem. Tout fier de la ressemblance, le grand-père et parrain lui donna un de ses prénoms : Henri.

19

Autant Victor était grouillant et secret, autant Henri était doux et rieur. Sa naissance s'était déroulée tout en douceur, comme si ce petit n'avait pas eu besoin de se battre pour naître. « C'est un bon présage pour lui, songea Mathilde. Sa vie sera peut-être facile et douce comme la mienne. » Il en était ainsi pour elle peut-être parce qu'elle ne résistait pas à sa vie, se laissant couler dedans. Tant et aussi longtemps qu'elle agissait selon ce qu'elle ressentait, tout allait bien. Pourtant, quand elle discutait avec Charles, qu'elle s'obstinait à chercher des arguments pour prouver ses intuitions, les choses s'emmêlaient, se compliquaient. « Quand je pense avec le cœur, c'est si simple pourtant. »

Elle se remit plus vite de son accouchement que la première fois. Par contre, elle avait plus à faire. « Deux petits, c'est plus d'ouvrage qu'un seul », fut-elle forcée de constater au fil des jours. Victor manifestait une certaine jalousie à l'endroit d'Henri. La mère devait sans cesse inventer de nouveaux manèges pour faire accepter le nouveau-né à l'aîné. Ce sentiment négatif la préoccupait.

— Est-ce que j'ai fait ça quand Damien est venu au monde ? demanda-t-elle à Amanda.

— Oh ! toi… Ton père t'aimait tellement que c'était le contraire : c'est Damien qui te jalousait. Et puis t'avais plus de trois ans, tu comprenais mieux.

Mathilde était perplexe. « Est-ce qu'on peut être trop aimé ? » Son interrogation la rendait ambivalente, changeante. Croyant bien faire, elle eut moins d'attentions pour Victor, ce qui dérouta encore plus l'enfant et empira les choses.

En décembre, alors que Victor était âgé de deux ans et Henri de quatre mois, Mathilde ne savait plus que faire. Charles ne lui était d'aucun secours, englouti dans le travail dix à douze heures par jour. Il avait même embauché deux autres hommes du village pour quelques semaines. Les commandes se succédaient sans répit.

— Si ça continue, je vais garder l'un des deux nouveaux engagés, prévoyait-il. Il pourrait faire du bardeau.

Il travaillait jusqu'à la noirceur, rentrait fourbu et ne voyait presque pas ses enfants ni sa femme. Dans son travail harassant, sous le bruit strident des scies du matin au soir, il ne tenait le coup parfois qu'en s'évadant par la pensée vers Mathilde, son corps, le plaisir qu'elle lui donnait – qu'ils se donnaient. Désirs fugaces, violents, mais qui, certains jours, étaient seuls capables de lui redonner le goût de travailler.

C'était le cas aujourd'hui. La grande courroie de la scie s'était rompue et il avait fallu y ajouter une rallonge fixée par trois rangées de rivets. Ensuite, la scie écorceuse s'était brisée et Charles avait dû travailler plus de deux heures pour la remettre en marche. Il sacrait, contrairement à son habitude.

— Tu les connaissais, les machines ! se défendit Vanasse ; je t'ai pas fourré.

— J'ai pas dit ça non plus, mais c'est sacrant pareil, ciboire !

Ni l'un ni l'autre n'ajoutèrent un mot, comme le jour de l'accident de Victor. Les deux hommes n'avaient plus la bonne relation d'autrefois et Charles jugeait qu'il n'avait pas de temps à perdre à discuter, talonné par des travaux plus urgents. « J'ai des problèmes avec les machines, je suis jamais sûr que les commandes vont continuer à rentrer, faut que je montre l'ouvrage aux nouveaux engagés puis que je les surveille, faut que je répare leurs erreurs, faut que je prévoie les jobs de tout le monde : j'en ai plein mon casque ! » Comme par hasard, la déception de telles journées lui rappelait que sa maison n'était pas encore construite et il ajoutait ce projet si souvent différé à ses autres problèmes. Écrasé par tout cela, il se concentrait sur le corps de Mathilde et il tenait le coup.

Ce jour-là, il quitta exceptionnellement la scierie à la même heure que ses employés, savourant d'avance son retour à la maison, un havre de paix comparé à son lieu de travail. Mais il y trouva les cris de Victor, les pleurs d'Henri et les impatiences de Mathilde, fatiguée de sa journée elle aussi. Elle leva les yeux vers l'étage, la grand-tante ayant refusé obstinément de sortir de sa chambre depuis le matin.

— Je sais pas ce qu'elle mijote de ce temps-ci, soupira-t-elle.

Le petit Henri pleurait sans arrêt à cause de coliques.

— Pourrais-tu le prendre ? s'énerva Mathilde en s'essuyant le front. J'arrive pas à finir le souper. Je te dis que des journées de même, heureusement que c'est pas coutume.

Le père prit le petit et s'assit lourdement dans la berçante, vidé de son énergie. Il le berça, essaya de le calmer. Maintenant habitué à manœuvrer des billots et des planches, il avait les mains plus rudes qu'autrefois et il craignait d'érafler la peau douce du bébé.

Loin de se taire, Henri hurlait de plus belle et piochait. Charles se releva, le promena, impuissant à le calmer. De sa petite main, Victor aussi réclamait son père et lui tirait le bas du pantalon.

— Arrête ça! bougonna Charles de sa grosse voix. Tu vois pas que je m'occupe de lui?

Rejeté par son père, l'enfant se réfugia en pleurnichant sous la table avec le chat dans ses bras. Mathilde s'exaspéra mentalement contre Charles et sortit deux tartes du four en jetant un coup d'œil navré à Victor. Sa brève distraction lui fit se brûler la main malgré le chiffon épais.

— Ayoille!

Décidément, la maison n'était pas aussi romantique que Charles se l'était imaginé. Le lit non plus, d'ailleurs.

— Pas ces jours-ci…, murmura Mathilde, gênée de ses menstruations.

— Maudit!

Le juron avait claqué comme un coup de tonnerre. C'était la première fois qu'il démontrait un tel désappointement. Il lui tourna le dos, essayant de se raisonner et de se concentrer sur autre chose. La femme, fatiguée par sa maisonnée et gênée de son état, donna une ampleur démesurée à cette exclamation irréfléchie. Elle se tourna un peu plus de l'autre côté du lit, tout doucement, pour s'éloigner du corps de l'homme, comme si le sien était malpropre. Elle se sentait humiliée. Le cœur gros, elle tenta en vain de minimiser l'affaire. «Voyons donc, depuis le temps qu'on est mariés, il a jamais pris ça mal de même. Pourquoi aujourd'hui? Il devrait être content, pourtant : j'ai retardé, ce mois-ci, j'aurais pu être repartie pour un troisième.» Se sentant coupable de s'en réjouir, elle se donna bonne conscience. «C'est pas que je refuserais un autre enfant du bon Dieu, mais… un peu de répit, ça nous fera pas de tort, je pense.» Du répit avant sa petite Marie-Louise. «La prochaine fois, ce sera une fille; je l'attends depuis si longtemps, ma petite Marie-Louise.» Et tout doucement ses pensées voguèrent sur d'autres eaux, engourdies par le corps fatigué.

Charles s'était étonné de son juron et tentait de se débarrasser de son désir qui s'entêtait. Il était très fatigué pourtant, mais sa lassitude augmentait son désir au lieu de l'assoupir. Il tourna et se retourna, cherchant le sommeil, essayant de signifier à son corps qu'il était temps de dormir, mais son membre durci l'embarrassait. «Au moins, chez Boudrias, je pouvais y voir moi-même.» Une certaine honte l'envahit. De la honte et en même temps de la surprise. La surprise de constater que, même s'il avait été seul ce soir – et plus libre de ses mouvements que dans ce lit à deux –, les gestes solitaires ne pourraient plus le satisfaire autant qu'avant. Maintenant, il connaissait sa femme et le corps de sa femme; ses petits étaient là, des enfants de lui, ses fils. La pensée de sa famille toute proche lui donna un tel sentiment de plénitude que, tout doucement, la fatigue aidant, son corps et son esprit s'apaisèrent. Il ébaucha le geste instinctif de se coller contre sa femme comme d'habitude, mais se retint. «Vaut mieux pas faire exprès.»

Dans la pièce contiguë, Henri se réveilla et se mit à pleurer. Charles en profita pour se changer les idées. Il alla le chercher dans son berceau, le descendit à la cuisine, le promena un peu, le berça. Dans la nuit de décembre, avec son fils dans ses bras, Charles n'était plus maintenant qu'un père. « Je sais pas si mon père m'a déjà pris de même, moi aussi. Il était peut-être aussi gauche que moi. Quand tu seras plus grand, peut-être que moi non plus je saurai plus comment faire avec toi. »

Il bougea ses doigts devant les yeux du bébé pour le distraire.

– Hein ? Qu'est-ce que t'en penses ? Est-ce que je vais savoir quoi faire avec toi ?

Le petit le regardait de ses grands yeux innocents, gazouillant, tendant les mains vers le visage de son père, lui agrippant les cheveux de sa menotte. Mathilde se réveilla, inquiète du lit vide. Elle descendit doucement l'escalier et s'arrêta sur la dernière marche, contemplant le père et l'enfant, assoupis ensemble dans la berçante. Elle alla remettre une bûche dans le poêle et Charles sursauta.

– Viens te coucher, lui dit-elle doucement. Tu vas prendre froid.

Il frissonna et emmena le petit avec lui.

– Il va avoir plus chaud avec nous autres.

Mathilde le regarda à la dérobée, se demandant s'il lui en voulait encore. En se recouchant et en ramenant les couvertures sur lui, pas trop haut pour ne pas étouffer l'enfant, il dit simplement, en bâillant :

– Le froid, c'est comme d'autre chose : on contrôle pas ça. Ça sert à rien de s'ostiner avec, dit-il en collant ses pieds contre ceux de Mathilde et en sombrant dans le sommeil.

Trois semaines avant Noël, Damien, revenu définitivement des États-Unis depuis quelques jours, vint surprendre sa sœur au milieu de l'avant-midi. Mathilde regardait son frère, déjà âgé de vingt ans, toujours aussi blond et moqueur. Il parla de tout et de rien et finit par lui demander un service auquel elle consentit d'emblée avec attendrissement.

— Oh! Damien! Je suis tellement contente pour toi! C'est bien certain que Charles va vouloir; c'est une bonne occasion pour nous autres aussi.

Le jeune homme s'en retourna en sifflant de contentement, les mains dans les poches, ayant même oublié d'attacher son manteau tellement il était heureux. En entrant dans la forge de son père, il ne put s'empêcher de sauter de joie en poussant un cri de triomphe.

— Yahou!

Un cheval eut peur et se tassa de côté.

— Es-tu fou? cria Éphrem.

— Oui, son père! Fou comme ça se peut pas!

Faisant fi de l'ouïe fine des chevaux, il siffla à tue-tête; les quatre bêtes qui attendaient se rabattaient les oreilles pour chasser le son aigu, piaffaient de nervosité.

— Veux-tu ben travailler comme du monde! grogna Éphrem.

Damien éclata de rire et répondit par un hennissement et une ruade, repensant à son projet amoureux. « Ça va sur des roulettes, mon affaire! » se félicita-t-il. Les roulettes se bloquèrent quand Mathilde parla de tout cela à Charles, présentant discrètement le projet.

— Ce serait bien normal; tes parents doivent se morfondre que tu sois pas retourné chez eux depuis quasiment six ans. Six ans! Ç'a pas de bon sens! Puis on pourrait leur montrer Victor et Henri. Je suis sûre que ta mère…

Elle s'arrêta. « Il m'écoute pas. Ou bien il pense à d'autre chose. Ou il fait semblant de pas m'écouter. Je le connais : il est pas content, alors il fait semblant d'être ailleurs. Ah! que ça me choque!» Elle lava la vaisselle bruyamment sans rien ajouter. Victor vendit la mèche.

— Mon oncle Damien va m'emmener loin, loin. En carriole. Chez mon grand-papa, mais pas grand-papa Éphrem, l'autre grand-papa. C'est qui, lui, maman? Je le connais pas, moi.

— C'est pour ça qu'on pourrait aller le voir à Noël, lui dit-elle, revenant à la charge. Lui aussi voudrait te voir, puis Henri aussi.

— Puis toi aussi? Puis papa aussi?

Charles redevint présent, intrigué.

— Qu'est-ce que Damien vient faire là-dedans? C'est quoi, cette manigance-là?

Elle ne savait plus comment présenter l'affaire. «À matin, il me semblait que c'était beau comme tout, plein d'allure. À soir, j'ai l'impression d'être prise entre l'arbre et l'écorce, entre mon mari et mon frère. J'haïs ça, des affaires de même!»

— Damien pourrait venir avec nous autres. Il prendrait soin de Victor; ça m'aiderait. C'est sûr que tu peux pas t'occuper de la carriole puis de Victor en même temps.

Charles se rebiffa tout net.

— Il en est pas question! C'est trop loin!

L'idée même de ce voyage en famille lui déplaisait; il n'était pas question d'ajouter un étranger en plus. Elle insista :

— Ç'a pas de bon sens : t'as pas revu tes parents depuis notre mariage. Ça fait trois ans de ça. Ils sont quand même pas au bout du monde!

Victor renversa les chaises et joua au cheval qui s'en va chez le grand-père. Il se secouait avec une telle frénésie qu'il finit par tomber.

— Maman, maman! cria-t-il en pleurant.

Charles alla le prendre et le berça pour le consoler et profiter de la diversion.

— Tu vois où ça mène, tes histoires? grogna-t-il à Mathilde, qui se retourna brusquement.

— Ben voyons donc, Charles! Arrête-moi ça! C'est quoi, l'affaire? Est-ce que ce sont tes parents, oui ou non? Je vais finir par croire que…

— Crois donc ce que tu veux! coupa-t-il de sa voix des mauvais jours.

Elle en eut tellement de peine qu'elle cria à son tour:

— As-tu honte de moi, Charles? Es-tu gêné de me montrer dans ta famille? As-tu honte de tes enfants?

Sa voix tremblait, des larmes perlaient dans ses yeux. Charles se rendit compte qu'elle se faisait de mauvaises idées et de la peine.

— Pense pas ça, Mathilde. Je suis fier de toi, puis des petits. Ils sont beaux comme toi.

Sous le compliment inattendu, elle se détendit un peu et attendit. Il réfléchissait. «C'est ben certain que j'ai pas honte de vous autres. Mais le père, on sait jamais comment il va être, puis je voudrais pas qu'il te dise un mot mal placé. Puis à Damien non plus.» Il soupira, se détendit. «Puis je sais pas s'ils l'ont su, pour le baptême de Victor. Je regrette pas de l'avoir fait; seulement, s'ils savent que c'est pas eux autres qui ont été parrain et marraine, c'est ben certain que la rencontre sera pas réjouissante.»

— Je sais pas si je peux laisser le moulin, même pour quelques jours.

— Tu vas quand même pas scier le jour de Noël? Puis M. Vanasse peut y voir, au moulin.

— Puis… il y a la tante…

— Maman va l'emmener chez elle.

— Ouais, ça m'a tout l'air d'une conspiration, cette affaire-là! s'exclama-t-il, dérouté de voir que ses arguments ne tenaient pas le coup.

Mathilde éclata de rire et révéla le fond de l'affaire.

— Justement! C'est Damien qui a pensé à tout ça. Imagine-toi donc qu'il veut revoir ta sœur Mélanie. C'est ça, l'affaire. As-tu oublié les fêtes d'il y a deux ans, quand ils se sont revus? C'est le moyen qu'il a trouvé pour aller la courtiser : venir avec nous autres chez tes parents. Dis oui, Charles. Mélanie puis Damien, ils iraient bien ensemble, tu trouves pas? Ils seraient tellement contents de se revoir. Tes parents aussi seraient contents de te voir, puis Philippe, puis nous autres aussi. Ça nous ferait du changement. Puis… je suis pas en famille, faudrait en profiter.

Ses yeux pétillaient; la joie anticipée lui donnait un éclat juvénile. Il la trouva belle comme au début quand elle avait tout son temps pour lui. Il regarda Victor qui s'était calmé et jouait de nouveau «au cheval qui s'en va chez grand-papa». «Il ressemble aux Manseau, celui-là, mon père pourra pas le renier certain.» Il pensa à Henri avec sa tête de chérubin tout noir. «Non certain, j'ai pas honte de ma famille. Ma famille, c'est eux autres, à c't'heure.» Il sentit monter en lui le désir inattendu de leur montrer qu'il réussissait bien, qu'il était un homme. Mathilde délaissa son linge à vaisselle et vint vers lui. Elle se pencha un peu et, du doigt, traça une ligne sur le front un peu bombé.

— Ta grosse barre dans le front est partie… Ça veut dire que c'est oui?

Elle le connaissait par cœur, plus que lui-même parfois, ce qui le frustrait un peu.

— Tu iras chez Boudrias. Émérentienne a sûrement une robe, commandée juste pour toi, comme d'habitude.

— Je peux mettre celle du dimanche, elle fera bien l'affaire, dit Mathilde pour la forme, sans vouloir insister.

— Ce sera ton cadeau de Noël; mais choisis-la comme il faut, une belle! Tant qu'à y être, prends-moi donc une chemise, la mienne est un peu petite.

Mathilde glissa un long regard affectueux et scrutateur sur le corps de son homme.

— C'est vrai. Tu te remplumes pas mal depuis que tu travailles au moulin.

Au lit, elle laissa errer sa main sous la chemise de nuit de son compagnon, question de vérifier s'il changeait de partout. Ils se sentaient tous les deux émoustillés par ce voyage imprévu et peut-être aussi par les amours de Mélanie et de Damien. Pendant leurs caresses, Charles eut une pensée pour sa petite sœur déjà en âge de se marier. «Déjà?»

— Charles... Où t'es rendu...?

Il revint à sa femme bien en chair. À peine plus qu'à leurs noces, ce qui lui allait bien. Il goûtait sa poitrine plus ronde, plus généreuse. Dans le noir, les mains de Mathilde exploraient le corps de Charles. «Oui, c'est vrai qu'il se remplume. C'est plus un jeune homme, c'est un homme.»

— Mathilde..., lui demanda Charles après leurs ébats, est-ce que ça me ferait mieux avec une moustache?

— Une moustache? Ça fait vieux!

— Pas de danger. Ça fait juste... sérieux.

Elle s'endormit en se demandant si la visite à la ferme paternelle était pour quelque chose dans son désir d'avoir l'air sérieux. Il s'assoupit en imaginant son père heureux de les voir et le complimentant sur sa petite famille et sur sa scierie. Sur sa réussite, en somme. Dès qu'elle reçut la lettre de sa bru, Berthe s'énerva.

– Mon doux! Je serai jamais prête.

Pour recevoir Charles, sa bru, ses petits-fils et le frère de sa bru, elle se mit à cuisiner du matin au soir. «Il y en aura jamais assez. Ce sera jamais assez bon.»

– C'est à croire qu'on va recevoir la reine Victoria! grognait Anselme en vidant sa pipe dans le poêle, les pensées aussi enchevêtrées à l'idée de cette visite que la petite neige folle qui tombait à tort et à travers.

Berthe faisait semblant de ne pas l'entendre. Elle boulangeait, astiquait. Mélanie faisait de son mieux, mais elle rêvassait trop pour être utile. «Damien va être là. On va se revoir.» Elle eut toute la peine du monde à cacher son émoi quand Berthe, entre six tourtières et un pâté, lança curieusement:

– C'est drôle, ça, d'amener son petit beau-frère. C'est lequel, déjà?

– Damien…, souffla Mélanie.

– T'as une bonne mémoire des noms. C'est sûr qu'on les a vus aux noces, mais il y a trois ans de ça. C'est loin.

Philippe déchargea une brassée de bois et nettoya son chandail de grosse laine des brindilles d'écorce qui y étaient restées accrochées. Il précisa malicieusement:

– Oui, mais on les a revus aussi au baptême de Victor. Damien était là, il me semble, hein, Mélanie?

Sa sœur lui décocha un regard suppliant. Philippe décida de préparer le terrain.

— Damien, c'est le plus vieux des garçons. Il est pas costaud, mais ben d'aplomb pour vingt ans. Il est allé aux chantiers puis aux États. À c't'heure, il travaille avec son père; ç'a l'air qu'il va faire un bon forgeron.

Le père renversa une chaise pour en réparer un barreau.

— Ouais, il est d'âge à se marier, d'abord. Il ferait mieux d'aller passer les fêtes avec une belle fille au lieu de se tenir dans les jupes de sa sœur jusqu'ici.

Mélanie frémit de colère. «Puis moi, je suis pas assez belle pour qu'un garçon vienne me voir, je suppose?» songea-t-elle en sortant un chaudron de l'armoire avec brusquerie.

Philippe renchérit sans trop insister :

— Ouais, son père, c'est pas fin pour Mélanie, ça. Elle a dix-huit ans, ma petite sœur. Il y a ben des gars de par ici qui viendraient veiller tout de suite.

Anselme haussa les épaules. «Elle est ben trop jeune pour commencer ça.»

— Mélanie perd pas son temps à ça; tu l'as vue l'autre jour avec Eugène Cossette?

Berthe en était moins sûre que son mari. Elle savait que sa petite dernière était devenue une jeune fille depuis longtemps, que son corps était avenant et que son cœur se languissait depuis un certain temps sans qu'elle soit arrivée à savoir pour qui exactement. «Est-ce que ça se pourrait que...?» Berthe regarda sa fille qui rougit et se détourna légèrement. Le cœur de Berthe se serra. «Mon Dieu, est-ce qu'on est déjà rendus là? La troisième sur quatre qui va partir?»

Ses soupçons se confirmèrent dès que la carriole des visiteurs arriva dans la cour. Mélanie rougissait, blêmissait, allait d'une fenêtre à l'autre, se lissait les cheveux, tapotait sa robe. Mais sa mère l'oublia dès que la voiture s'arrêta enfin et que les voyageurs mirent pied à terre. Elle courut à la fenêtre, grattant vivement le givre. Elle n'avait d'yeux que pour son fils, ses petits-enfants, sa bru, et son regard revint à Charles, intrigué.

— Mon Dieu, il a ben changé, donc !

— La moustache ! Lui avez-vous vu la moustache ? s'exclama joyeusement Mélanie pour passer sa nervosité.

Philippe enfila son manteau et alla s'occuper d'entrer la carriole et le cheval à l'écurie. Sur le perron, Mathilde se secouait les pieds, intimidée tout à coup, cherchant son mari des yeux pour entrer à sa suite, mais il parlait et riait avec Philippe près du cheval. Berthe ouvrit la porte toute grande.

— Entrez, entrez. Vous avez assez gelé de même.

Le petit Victor se jeta dans les jambes de sa mère qui faillit trébucher en entrant.

— Mon Dieu qu'il est beau ! larmoya Berthe en ouvrant les bras. Viens voir grand-maman…

Elle se mit à pleurer : c'était plus fort qu'elle. Et toute l'attention se concentra sur les petits.

— Ils ont pas eu froid, au moins ?

Leur grand-mère les cajolait, les embrassait. Le petit Henri venait de se réveiller et pleurait, la couche mouillée et un peu froide. Berthe entraîna sa bru près du poêle et lui dégagea un coin de la table. Anselme ne la reconnaissait plus, tant elle était empressée, volubile.

— As-tu faim, mon petit bonhomme ? demanda-t-elle à Victor. Grand-maman a fait des bonnes galettes pour toi. Veux-tu un verre de lait ? Tiens, choisis une belle galette.

Le bambin ne demandait pas mieux, énervé de son premier grand voyage. Oubliés dans le brouhaha, Mélanie et Damien n'avaient d'yeux que l'un pour l'autre. Intimidés après deux ans d'éloignement, ils cherchaient un moyen de s'isoler. Philippe, si serviable d'habitude, demanda tout à coup à Damien d'aller chercher une bonne brassée de bois dehors. Berthe fondit de gêne.

— Philippe, c'est pas à la visite à faire ça!

— Ça le fera pas mourir. Ça va juste le dégourdir après le voyage.

Mélanie saisit la perche.

— Je vais te montrer où c'est.

Elle prit nerveusement son manteau, eut de la difficulté à se passer le bras dans la manche; Damien souriait, moqueur, et en profita pour l'approcher. Il l'aida à enfiler son manteau et ils sortirent. Ils étaient enfin ensemble. Seuls. Pour la première fois depuis cent quatre semaines. Dès qu'ils eurent tourné le coin de la maison, ils se réfugièrent dans les bras l'un de l'autre. Damien la serrait contre lui avec une tendresse si émue qu'il n'arrivait pas à déclamer les beaux compliments si bien préparés. Mélanie non plus. Toutes les belles paroles répétées cent fois, rejetées, changées et choisies de nouveau s'évanouirent, disparurent. Quand ils rentrèrent, les joues rougies de froid mais le cœur plein de chaleur, Mélanie se colla un instant contre Philippe.

— Je suis tellement contente…, murmura-t-elle.

Charles aussi était content, contrairement à ce qu'il avait craint. Il était très ému de revoir sa mère, beaucoup plus qu'à son mariage. Berthe avait les larmes aux yeux de voir presque toute sa petite famille autour d'elle. Elle pensa à sa fille Hélène et deux autres larmes sillonnèrent ses joues. Le petit Victor, la bouche pleine et une autre généreuse galette dans sa menotte, trottina vers son grand-père, qui se tenait debout, silencieux, un peu en retrait.

— Puis toi, monsieur, t'es-tu le papa de ma grand-maman?

Anselme resta bouche bée devant le petit qui, avec un grand sourire d'innocence, enfourna une autre grosse bouchée. Charles souleva son fils dans ses bras et le présenta à son père.

— C'est ton grand-papa, Victor… Mon père à moi…

Mon père. Mon fils. Les regards se toisèrent comme huit ans auparavant, près de la clôture. Charles attendait, heureux, anxieux, que son père soit fier de lui, de Victor. Le vieux était tout retourné. Son Charles, un homme maintenant, avec sa moustache finement taillée. Son petit-fils. Son premier petit-fils. «Un vrai Manseau certain, celui-là.» Et son cœur se gonfla de quelque chose qu'il ne connaissait pas et qui lui faisait aussi mal qu'une grande blessure tellement c'était violent. Ses paroles sortirent au seul diapason qu'il connaissait:

— Cou'donc! Est-ce qu'il a des bons yeux, cet enfant-là? Je suis pas si vieux que ça, me semble!

Charles se crispa et serra Victor sans s'en rendre compte. Le petit cria et le père desserra son étreinte. «Est-ce que ça lui aurait brûlé la langue de complimenter? Rien qu'une fois dans sa vie?» Victor gigota pour redescendre à terre; ses petites jambes ankylosées par toutes ces heures de carriole ne s'étaient pas rassasiées de marcher et de courir. L'enfant ayant repoussé son père et son grand-père, les deux hommes se retrouvèrent face à face, silencieux, tout en colère intérieure. Anselme attendit que Charles fasse les premiers pas. Charles attendit que son père lui tende la main et le cœur. Ils restèrent chacun dans leur attente. Victor poussa des cris de colère.

— Lâche-moi, bon!

Non, il ne voulait pas se faire prendre par sa jeune tante non plus. Il voulait explorer, trotter, avoir la paix et attraper le chat. Mélanie vint à la rescousse de Charles sans le savoir, s'exclamant sur sa moustache. «Mathilde aussi a ces yeux-là, des fois», reconnut Charles. Damien et lui échangèrent un regard complice. La petite sœur se jeta au cou de son grand frère et l'embrassa bien fort, comme autrefois.

— Aïe! Ça pique donc ben, ça!

Dans un regard de connivence à Mélanie, Charles se réconcilia avec la maison, sa famille, son enfance.

Le midi de Noël, Damien demanda la main de Mélanie à Anselme qui n'avait pas vu venir l'affaire. Il bafouilla un oui désemparé. Il en voulut à Charles. «J'avais ben raison de redouter cette visite-là; il m'apportera toujours des désappointements, lui!» Dans l'après-midi, Philippe alla au village et en ramena une étrangère : Louise, la cousine de son ami Gauthier. C'était une fille de la ville, jolie mais frêle. Berthe la jugea d'un coup d'œil : «Elle fera pas une femme vaillante pour Philippe sur notre terre de roches.» Jetant les yeux sur Philippe, elle vit aussi que son fils ne leur demanderait pas la permission : son choix était fait. Regardant ensuite Mathilde, elle se rassura pour Charles. «Lui, au moins, il a une femme solide.»

Berthe larmoya plus à ces fêtes-là que durant toute sa vie. Sa fille Hélène lui manqua encore plus que d'habitude, même si, comme chaque année, elle leur avait envoyé de l'argent. « Quand on pense que ça doit être chèrement gagné, cet argent-là, se reprochait-elle, ça me fait donc de quoi d'accepter ça. »

Contre son attente, Charles ne ressentit pas le désir de Mathilde tout le temps de sa visite chez son père. Comme s'il était de nouveau un petit garçon, encore sous la gouverne de son père. Comme si le temps qui passait n'y changeait rien.

20

En mars 1899, Charles était rassuré pour sa scierie : Vanasse était un bon associé – quoique pas assez ferme à son goût avec ses hommes – et quatre engagés travaillaient rondement avec eux. Maintenant que l'argent rentrait plus régulièrement, il caressait l'idée d'acheter une autre coupe de bois à l'automne puisque celle des Gagnon se terminerait à la fin de l'été.

— Pas une grosse coupe de bois, Mathilde, juste un peu plus que celle des Gagnon. Je m'en suis bien tiré avec la première ; les autres devraient être encore plus profitables.

— C'est bien des dépenses, me semble !

— La coupe du bois, je me réserverais trois ans pour la faire. Je paierais rien au début ; le premier tiers après un an, le deuxième après deux ans et le reste à l'échéance.

— Si tu paies pas ?

— Ben là, je perdrais la coupe de bois. Mais je calcule mes affaires. Ça m'arrivera pas.

— Vas-tu avoir le temps de couper assez pour que ce soit payant ?

— Je vais engager des bûcherons plus expérimentés. À la fin de l'automne, je devrais avoir un peu plus d'argent liquide.

— Tu perds du temps. Pourquoi tu vas pas emprunter chez le notaire ?

— Si j'ai pas d'argent pour payer les bûcherons, je les engage pas. Les dettes, ça ruine le monde.

Elle continua à coudre un vêtement d'enfant sur la machine à pédale achetée le mois dernier, tandis qu'il enfilait son manteau à la porte du salon, dont il avait enlevé le tambour intérieur. Cet achat avait d'abord déplu à Delphina. Celle-ci avait offert, généreusement à son avis, la machine qu'avait utilisée son mari. Charles avait refusé.

— Tante Delphina, ç'a plus de cinquante ans, cette affaire-là. Les machines d'à c't'heure, c'est moins gros, puis ça travaille mieux.

La vieille dame s'était renfrognée pour plusieurs jours puis avait oublié l'incident aussi vite. Ces changements d'humeur inquiétaient Mathilde, même s'ils leur facilitaient le quotidien. Finalement, Delphina avait même suggéré d'installer l'appareil dans son précieux salon.

— Avec deux petits, tu vas coudre juste par petits bouts; comme ça, t'auras pas besoin de tout ranger à chaque fois puisque les enfants vont pas jouer là.

Mathilde l'appréciait. Elle pouvait coudre pendant la sieste des petits sans que le bruit les dérange.

— Dans le fond, Charles, lui demanda-t-elle ce matin-là en arrêtant de coudre, pourquoi tant de bois? Les cultivateurs te l'apportent eux-mêmes; c'est bien moins forçant.

— Mais moins payant. Au lieu de me faire payer juste pour scier leur bois, je pourrais avoir *mon* bois, scié en belles planches, prêt à vendre. Comme ça, ça ferait le prix du bois plus le sciage. Puis ça, c'est du profit juste pour moi. Vanasse est ben d'équerre là-dessus; notre association le concerne juste quand c'est le temps de scier le bois; pas pour la coupe dans la forêt ni la vente de mes planches.

– C'est honnête, ça?

– Ben certain. La coupe de bois, c'est un risque. S'il arrive quelque chose puis que je paie pas, je perds la coupe et l'argent que j'ai payé. Si j'ai pas le temps de sortir assez de bois, c'est tant pis pour moi. Puis, à part de ça, des planches faites d'avance, ça aussi c'est un risque : ça plaira peut-être pas aux clients, ça peut pourrir, brûler. Vanasse veut plus risquer, il dit qu'il est trop vieux. Mais moi, je pense que l'avenir, c'est de tout faire d'un bout à l'autre.

Charles s'était habillé pour sortir, prêt à affronter le froid de mars. Il regarda Mathilde. «Elle est encore ben pâle, je trouve.»

– Je t'achale avec ça, hein? lui dit-il gentiment.

– Non, non… J'ai trop cousu peut-être, dit-elle tristement.

Comme s'il ne savait pas que sa fatigue était une tristesse déguisée.

– Morfonds-toi pas, Mathilde. Il y a ben d'autres femmes qui en ont perdu avant toi. C'est pas de ta faute.

– C'était peut-être une petite fille, larmoya Mathilde, le cœur gros.

– On s'en fera une autre ben en santé, tu vas voir. Puis… profites-en donc, lui dit-il en l'embrassant avant de s'enfoncer son chapeau de fourrure sur la tignasse. Quelques mois pour nous autres, c'est bon à prendre. Dans le fond, la petite voulait peut-être pas de cette maison ici; elle aimerait peut-être mieux notre maison à nous autres.

Mathilde s'essuya les yeux du coin de son tablier et sourit :

— Prends-en pas trop à la fois, Charles; ça nous gruge le peu de temps qu'on a pour nous autres. Ma tante Delphina mène pas trop de train de ce temps-ci, c'est bien endurable ici-dedans.

— Oui, mais elle est plus jeune jeune. Si elle partait, faudrait quitter la maison; c'est son fils aux États qui va en hériter.

— Il en voudra peut-être pas; mais nous, on pourrait l'acheter.

— C'est pas assez grand, s'obstina Charles.

— Pour tout de suite, c'est assez.

— On verra, on verra, dit Charles qui sortit sans un autre regard.

À Pâques, Mathilde reçut toute sa famille à dîner. La cuisine était remplie à craquer. Charles avait fabriqué une rallonge à la table et les Gingras avaient dû apporter quelques chaises. Pour la circonstance, Damien était allé chercher Mélanie pour quelques jours, accompagné d'Alphonse comme chaperon. À table, le jambon sentait bon le sirop d'érable et tout le monde y fit honneur. Il n'y eut qu'Émérentienne qui n'en grignota qu'une bouchée avec un air pincé. Amanda était irritée. «Mathilde a fait un ordinaire dépareillé; qu'est-ce qu'elle trouve encore à redire, celle-là?» Heureusement, les Boudrias s'esquivèrent rapidement.

— Est-ce qu'on peut parler fort à c't'heure? respira Alphonse.

La famille s'esclaffa à ce mot candide qui exprimait ce qu'ils pensaient tous et les bavardages commencèrent joyeusement. Pourtant Mélanie, le cœur dans l'eau, n'arrivait pas à partager la joie des autres. Damien partait dans quelques jours pour le Manitoba, pour se trouver une bonne place de forgeron là-bas.

306

– Si mes projets vont bien, lui avait-il dit, je reviendrai en septembre. Puis là, ma belle Mélanie, on va se marier puis repartir ensemble. Pour la vie.

Cela lui semblait si loin en ce beau printemps. « C'est tellement dur à prendre qu'il s'en aille. » La décision avait bel et bien été arrêtée aux fêtes, mais aujourd'hui la jeune fiancée trouvait que ce Manitoba était aussi loin que les vieux pays de l'autre côté de l'océan et que l'absence serait interminable.

– Avec le train, c'est pas au bout monde, avait redit Damien.

– J'aurais aimé mieux qu'on se marie tout de suite, puis partir avec toi, s'était-elle obstinée.

Mais le futur chef de famille était plus raisonnable et sa décision avait été inflexible. La fiancée reconnaissait qu'il avait raison, mais elle n'en souffrait pas moins.

Quelques jours après le départ de Damien, Émérentienne surgit un après-midi chez Mathilde ; elle était pâle et étirée.

– Pour l'amour du ciel, ma tante, s'écria sa nièce, est-ce qu'il y a eu un malheur ?

Émérentienne, d'habitude si sûre d'elle, fondit en larmes.

– Voyons donc, qu'est-ce qui vous arrive ? C'est M. Boudrias ?

Émérentienne était une femme maigre mais robuste ; en cet instant, Mathilde la percevait comme extrêmement fragile. Elle risqua, à voix basse :

– C'est la boisson… ?

Sa tante renifla, fit signe que non, se moucha et toussota pour se ressaisir. Mathilde se rassura, lui servit un thé fumant et des biscuits au gruau tout chauds. La visiteuse les repoussa vivement avec dédain. Devant l'air un peu offusqué de sa nièce, Émérentienne murmura, confuse :

— C'est pas tes biscuits… C'est… je… je sais pas comment ça se fait, mais… je vais acheter en décembre !

Elle éclata en sanglots, se cachant le visage pour masquer sa honte.

— À mon âge ! Quarante-sept ans ! Si ç'a du bon sens !

Mathilde s'attendait si peu à cette nouvelle qu'elle ne trouva pas spontanément des mots de consolation, d'autant plus qu'elle-même, pourtant jeune et en santé, se remettait à peine d'une fausse couche. Sa tante désemparée pleurait comme une Madeleine. Victor arrêta de jouer avec ses blocs et s'approcha, la regardant par en dessous, la tête renversée pour essayer de voir le visage en pleurs qui se cachait.

— Tante Mencienne…, dit-il doucement en lui tapotant le coude. Tante Mencienne…

Le bambin insistait, continuait à tapoter le coude.

— Tante Mencienne… Veux-tu une caresse ? offrit-il avec candeur. Maman m'en fait des grosses grosses quand je pleure.

Le petit tendit les bras vers cette femme qu'il craignait d'habitude, et, se haussant sur la pointe des pieds pour l'atteindre, il la serra tout contre lui. Le geste malhabile était si câlin qu'Émérentienne s'y soumit, laissant les deux petits bras lui emprisonner le cou de tendresse gratuite. Mathilde, émue et fière de son rejeton, enchaîna gentiment :

— Vous voyez bien, ma tante, que c'est une bonne nouvelle. Vous allez avoir un petit à vous toute seule pour vous faire des belles caresses comme ça.

Émérentienne embrassa furtivement l'enfant, qui retourna jouer, tout content de lui. Puis elle se redressa sans entrain, renifla, se moucha encore, s'essuya les yeux.

— Le village va rire de nous autres. De quoi est-ce qu'on va avoir l'air?

— L'air de gens mariés. Comme tous les gens mariés du village. Pensez-vous que vous êtes les seuls à... faire ça? Dans le fond, c'est flatteur pour M. Boudrias. Il doit être content.

— Pas tellement...

— Mais vous, ma tante, êtes-vous contente? Pensez donc, c'est un vrai cadeau à votre âge. La bonne sainte Anne aussi a connu ça.

Mathilde réussit petit à petit à atténuer la honte de la future maman, qui était plutôt d'âge à être grand-mère. Le soir, lorsque Charles fut informé de la nouvelle, il eut peine à y croire.

— Tu devrais aller voir M. Boudrias, suggéra Mathilde.

— Pour quoi faire? On se parle plus ben ben, lui puis moi.

— T'as vécu quelques années dans sa maison; s'il y en a un qui le connaît, c'est bien toi.

— Ça me regarde pas, ces affaires-là.

— T'as rien à décider non plus. C'est juste pour l'encourager, le féliciter.

Charles céda, curieux de lui voir l'air. Émérentienne décida discrètement d'aller passer un bout de veillée chez sa belle-sœur Amanda et laissa les deux hommes tout seuls. D'abord gêné et mécontent de l'événement, Boudrias finit par en tirer une vanité toute masculine. Au bout de trois whiskies, il devint carrément frondeur.

— T'essaieras d'en faire autant, Manseau, si t'es capable…

— Ah ben, vous serez plus là pour voir ça! répliqua Charles qui avait trinqué à de nombreuses reprises.

Ils riaient, un brin gaillards. Un brin qui s'amplifiait. Finalement, Charles rentra très tard, en marmonnant, guilleret :

— Ouais… J'ai peut-être manqué de maudites bonnes veillées avec lui, dans le temps.

Les pieds plus que ronds, il accrocha une marche, ferma la porte de la chambre trop fort, heurta ses orteils aux pattes de la chaise et ensuite à celles du lit; il finit par se coucher pesamment et il s'endormit aussitôt, incapable du comportement viril dont les deux mâles avaient abondamment discouru toute la soirée.

En juillet, Mélanie vint passer quelques jours chez son frère, prétextant qu'elle s'ennuyait trop de Damien et voulait se changer les idées. En fait, elle souhaitait surtout parler à cœur ouvert avec une femme, une jeune femme, et elle avait choisi sa belle-sœur. Elle avait essayé de parler d'un certain sujet avec sa mère, mais avait coupé court devant les commentaires rébarbatifs et laconiques de celle-ci.

— Mathilde, les femmes peuvent aimer ça aussi, hein? Pas juste les hommes? demanda-t-elle à brûle-pourpoint.

Émue de sa confiance, Mathilde était quand même intimidée par cette conversation et cherchait les bons mots.

— Moi non plus, je connaissais pas grand-chose avant mes noces. Toutes les femmes sont pareilles, je pense bien.

« Si Charles puis moi on avait pas été aussi amoureux puis aussi bien intentionnés, je sais pas trop comment notre nuit de noces se serait passée. »

Elle réfléchit puis se décida.

— À mon dire, en savoir un peu d'avance, ça devrait pas faire de tort.

En choisissant les termes, elle informa la fiancée de certains aspects obscurs de sa vie prochaine. Mélanie, estomaquée, avala de travers.

— Comme les animaux ?

— Quand même pas, Mélanie, mais… il y a pas trente-six façons. Si le bon Dieu a arrangé ça de même, c'est que c'est bien correct. C'est bon pour les deux, voyons, sans ça, ce serait pas juste. Il se trompe pas, Lui.

Mélanie essayait de digérer ces informations. Sa belle-sœur ajouta, en nettoyant la petite bouche gourmande d'Henri :

— C'est naturel comme le reste : manger, boire, dormir. Comme le reste. On a pas toujours envie de manger, on a pas toujours envie de boire, on a pas toujours envie de dormir. C'est tout.

« Je sais pas ce que je pourrais dire de plus », cherchait-elle en vain. Elle trouva pourtant autre chose.

— Les animaux, comme tu dis, ils sont pas amoureux, eux autres. Quand on s'aime tellement qu'on se serre très fort, le reste… ça vient tout seul.

Mélanie rougit. Quand Damien l'embrassait, son propre corps réagissait à des endroits inattendus.

— Puis quand t'en as le goût puis l'autre aussi, puis que lui tu l'aimes d'amour, bien, c'est, c'est…

Mélanie comprit. Et elle le sentit à certains regards de son frère sur sa femme, à la manière dont celle-ci lui frôlait parfois le cou en servant ou desservant, à la façon dont il lui effleurait la taille un instant, et à leurs sourires de connivence. «Oh oui! c'est ça que je veux avec Damien», souhaita-t-elle.

Quand sa jeune belle-sœur se prépara à repartir, avec le voisin d'Anselme Manseau venu la chercher en voiture, une grande tristesse envahit Mathilde.

— Si j'avais eu une sœur, j'aurais aimé qu'elle soit comme toi, lui murmura-t-elle en l'embrassant.

Mélanie l'étreignit à son tour, le cœur serré de quitter sa belle-sœur et amie. Cette séparation lui rappela sa sœur aînée Hélène qui avait quitté la ferme paternelle quand elle-même n'avait que neuf ans et qu'elle n'arrivait pas à reconnaître dans cette jeune femme distante qui était revenue quelques fois et qui avait toujours l'air de les mépriser.

— Dites donc, toutes les deux, on dirait jamais que vous allez vous revoir aux noces, plaisanta Charles. Septembre, c'est pas si loin.

— C'est pas encore sûr, soupira la fiancée.

— Il t'a pas encore écrit? s'étonna son frère.

— Oui, oui, plusieurs fois, mais il attend d'être ben certain de son travail.

— Morfonds-toi donc pas pour rien, Nanie. On va se revoir en septembre. Damien, c'est un gars de parole.

Il l'avait appelée «Nanie», comme autrefois quand ils étaient tous à la maison. Mélanie flotta dans son enfance un instant seulement, car son présent lui réchauffait le cœur bien davantage. Sans raison, Mathilde fut tout à coup submergée par une crainte impossible à contrôler et des larmes dévalèrent ses joues.

— Prends soin de toi, lui dit-elle en l'étreignant de nouveau avec tendresse. Prends bien soin de toi.

— C'est à toi qu'il faut dire ça. Ce coup-ci, c'est une petite nièce que tu nous fais, hein?

— Oui. C'est pour fin février, début mars. Je t'écrirai. Tu vas nous envoyer ton adresse?

Mélanie, très émue elle aussi, essaya de blaguer.

— On va se revoir à mes noces, Mathilde. L'oublies-tu?

Charles tira les cheveux de sa cadette, comme autrefois quand elle était petite et qu'il la taquinait.

— Je vais te montrer, moi, à faire pleurer ma femme.

— Aïe!

Elle l'embrassa bien fort lui aussi. «C'est ben la seule embrasseuse de la famille!» se dit-il, attendri. Et elle lui tira la moustache, maintenant assez longue pour se retrousser.

— Ayoille!

— C'était pour voir si c'était une vraie.

La fiancée espiègle monta en voiture en riant, propulsée par une bonne tape sur les fesses. Les voisins de son père saluèrent Charles et sa femme pendant que les enfants se poussaient pour laisser une place à Mélanie, sauf le jeune garçon qui en profita pour se coller un peu à sa jolie voisine. Le cheval s'ébroua et se mit au trot. La jeune fille se retourna, jetant un dernier regard vers son frère à la belle moustache et sa belle-sœur rayonnante de sa nouvelle grossesse malgré les quelques larmes du départ. Son cœur se serra à son tour. «Pourvu qu'on s'aime autant, Damien puis moi!» souhaita-t-elle ardemment. «Pourvu qu'ils soient ben ensemble, tout seuls là-bas, si loin de nous autres!» pensa Charles. Mathilde pleurait.

— On sait jamais quand on va se revoir.

— T'as la mémoire courte, ma belle Mathilde; les noces, c'est dans deux mois! répondit Charles, plus ému qu'il ne le voulait.

Ce soir-là, ce ne fut pas une amante que Charles enlaça tendrement, mais une femme fragile, en pleurs, inquiète pour sa jeune belle-sœur, le cœur plein de chagrin et d'appréhension pour ce futur voyage si loin dans l'inconnu.

Damien donna la confirmation définitive des noces à la mi-août, à la dernière minute. Si la jeune promise se laissait maintenant porter par son bonheur, les deux mères de famille durent au contraire se mettre à la tâche sans délai. Août et septembre, c'était la préparation à l'hiver : les conserves, les confitures, etc.

— Rajouter des noces par-dessus, c'est pas de tout repos, soupira Amanda.

Quelques années à peine après les noces de Mathilde, la mère devait revoir les costumes de tout un chacun. Une fois de plus, les habits passaient de l'un à l'autre. Même Alphonse, le petit dernier, n'en était plus, à treize ans, à des vêtements d'enfant.

— C'est plus des garçons, ma foi, c'est quasiment des hommes ! s'étonnait la mère.

Amanda défaisait, pressait, recousait, inventait des stratagèmes pour dissimuler les mauvais plis et l'usure.

— Cette fois-ci, va bien falloir un costume neuf à Damien : c'est lui qui se marie. Il aura pas vu à ça certain. Puis quand il va arriver, j'aurai plus assez de temps.

Amanda avait souhaité que le mariage n'ait lieu qu'au printemps et que Damien passe l'hiver avec eux tous. Elle avait même attendu pour commencer les préparatifs, croyant mettre le sort de son côté. Toutefois, elle avait, par-ci par-là, préparé un certain trousseau pour son fils aîné. Delphina avait ajouté quelques paires de mitaines, d'homme et de femme, tricotées dans ses moments de lucidité. Éphrem lui avait réservé une paire de bottes trop petites pour lui. En y ajoutant quelques bouts de soirées, Amanda avait cousu du linge de corps presque en excès, sous prétexte que le jeune ménage aurait bien d'autres priorités, sans trop se demander si le mariage ne remplumerait pas son fils. Et, en larmoyant en cachette, elle lui avait tricoté une demi-douzaine de bas de laine. Éphrem rajouta une pipe et des paquets de tabac, et surtout, ressortant le catalogue d'un grand magasin de Montréal, il lui commanda une belle montre avec une chaîne en or.

— On marie son plus vieux juste une fois dans la vie, avait-il simplement dit pour justifier cette dépense inhabituelle.

De son côté, Mélanie avait patiemment assemblé son trousseau depuis deux ans, depuis le Noël où, en secret, Damien et elle s'étaient promis l'un à l'autre. À deux semaines des noces, elle s'inquiéta.

— Comment on s'habille dans l'Ouest? demanda-t-elle à son frère Philippe, comme s'il pouvait le savoir. Est-ce que c'est chaud? Est-ce que c'est froid?

— Tu verras ben, trancha sèchement son père.

Anselme se sentait plus abandonné que jamais et toujours incapable d'aller vers qui que ce soit, pas même vers sa petite dernière qu'il avait imaginée restant avec lui et Berthe pour prendre soin d'eux dans leur vieillesse. «Au lieu de ça, va falloir endurer une fille de la ville, verrat!» Philippe courtisait toujours Louise Gauthier et les parents devaient se faire à l'idée qu'il la ferait entrer dans la famille le printemps suivant, à Pâques. En attendant, Berthe préparait les noces de sa fille et frôlait parfois la panique.

— Mon doux Seigneur! Heureusement que j'ai eu de la visite aux fêtes il y a deux ans. Sans ça, je sais pas ce que je ferais à c't'heure, pressée de même!

Mélanie terminait fébrilement son trousseau et essayait de seconder sa mère. Nerveuse, elle nuisait plus qu'autre chose. Une semaine avant les noces, Damien arriva enfin chez ses parents. En six mois, il s'était transformé. Quand il était revenu des États-Unis, il était morose, sans rien à en dire. Cette fois, il était intarissable; il décrivait avec euphorie ces plaines de l'Ouest s'étendant à perte de vue, racontait des anecdotes sur d'autres Canadiens français qui s'étaient installés là-bas. Amanda pleurait en cachette en retouchant les vêtements de son aîné, qui était devenu plus large d'épaules et avait pris un peu de poids. Par précaution, elle donna aux vêtements un peu plus d'ampleur que nécessaire.

— Voulez-vous que j'engraisse encore plus? protesta-t-il.

Il taquinait, il évitait les vrais mots avant son grand départ. Amanda ne le savait que trop : « Cette fois-ci, il part pour de bon. » Le regard d'Éphrem s'attarda sur les yeux rouges de celle qui était sa compagne depuis plus de vingt-cinq ans.

— Il est déjà parti, ma femme, dit-il tristement. On le reconnaît quasiment plus. Il parle de toutes sortes d'affaires qu'on connaît pas.

— Après les États, je pensais qu'il aurait été contenté, qu'il allait s'installer ici. Je m'imaginais que... Mais son cœur est plus ici, pleurait Amanda en repassant ses derniers vêtements et en songeant que bientôt ce serait une autre femme qui prendrait soin de lui.

Éphrem devina qu'elle pensait à sa bru.

— Elle a l'air fragile, de même, mais elle est solide. Peut-être pas de corps, mais de tête et de cœur. Ils vont en avoir besoin.

À la fin d'août, le petit Victor devint fiévreux et commença à tousser.

— Un rhume en pleine chaleur, ça me dit rien de bon, déclara Amanda.

Le lendemain, la toux augmenta et l'enfant se mit à cracher.

— Pourvu que ce soit pas la coqueluche, s'inquiéta la grand-mère.

Elle avait vu juste. La jeune maman passait de longues heures au chevet du petit ; elle le faisait boire, lavait son visage ruisselant de sueur, le couvrait quand il avait froid, le découvrait quand il avait trop chaud, le redressait quand il toussait, lui donnait du sirop. Victor semblait prendre du mieux, refusait de rester au lit et reprenait lentement ses jeux. Quelques jours plus tard, les quintes de toux le terrassaient de nouveau. Il toussait tellement que Charles sentait ses propres poumons en souffrir. Il partait plus tard le matin, allongeait son temps de dîner, rentrait plus tôt pour souper.

Mathilde avait fait le tiers de sa grossesse ; les nausées étaient passées et elle se sentait forte, plus forte que lors des deux autres. Mais quand Henri attrapa la coqueluche à son tour, Amanda vint l'aider pour la relayer auprès des enfants ou lui apporter des plats chauds. Delphina s'inquiétait des petits malades, mais elle n'était plus d'aucune aide et elle affolait la jeune mère en lui racontant combien d'enfants étaient morts de la coqueluche dans le village. Finalement, Amanda emmena sa vieille marraine chez elle, prétextant qu'elle avait besoin de son aide pour finir les préparatifs des noces.

Mathilde soignait ses enfants jour et nuit. Rongée d'inquiétude, elle en oubliait quasiment le mariage de son frère et de Mélanie dans quelques jours.

— Je peux pas laisser les petits. Vas-y, Charles. Mélanie sera moins déçue, finit-elle par lui offrir sans conviction.

Charles avait son air des mauvais jours.

— Ces petits-là ont un père, puis leur père c'est moi. Ma place de chef de famille, c'est ici.

Elle s'appuya contre lui un instant et il la serra dans ses bras. Ils ne s'en parlaient pas mais ils savaient tous deux qu'ils risquaient de les perdre d'un jour à l'autre. «Ma place est ici», se redit-il en retournant à la scierie.

Les nouveaux mariés devaient prendre le train le lendemain des noces, au village des Manseau. Comme il ne reviendrait pas à Saint-François-de-Hovey, Damien vint dire au revoir à sa grande sœur. Mathilde supportait bravement son angoisse de tous les instants pour ses deux fils, mais, épuisée par les longues veilles, profondément chagrinée de ne pas revoir Mélanie, elle éclata en sanglots.

— J'ai bien envie de lui en apporter un pot, dit Damien. Ça ferait un beau cadeau de mariage, ça : les larmes de sa belle-sœur…

Mathilde essayait de sourire, mais ne pouvait s'arrêter de pleurer. Son frère lui sortit une phrase qui avait l'air d'être préparée depuis longtemps et qu'il énonça avec un trémolo.

— Quand j'étais petit, mon plus beau souvenir, c'était que tu riais tout le temps. C'est ça que je veux apporter de chez nous.

Mathilde renifla, se força pour au moins un sourire, mais ce sourire fut si triste que Charles s'en mêla pour conjurer le sort.

— Ben, le petit beau-frère, va falloir que tu te contentes d'une face misérable…

— Pas regardable…

— Ratatinée…

La litanie des deux taquins dissipa momentanément la tristesse de Mathilde, qui rit un peu, nerveusement. Damien l'embrassa en vitesse pendant cette brève accalmie et serra la main de Charles ; celui-ci le regarda fraternellement et lui déclama à son tour une phrase trop bien tournée pour être spontanée.

— Je suis entré dans ta famille ; à c't'heure, c'est à toi d'entrer dans la mienne. Bienvenue chez les Manseau ! plaisanta-t-il, étonné d'être si ému.

Le lendemain des noces, les jeunes mariés partirent pour l'Ouest. Les enfants de Charles, amaigris et pâles, se sortirent lentement de trois mois de coqueluche. Mathilde, exténuée, traîna un rhume plusieurs semaines. Charles commença à faire abattre les arbres de la coupe de bois qu'il avait achetée durant l'été. En décembre, ils reçurent enfin une lettre de Mélanie. La jeune femme aimait beaucoup les plaines. « L'espace est tellement grand, écrivait-elle, qu'on se croirait dans un autre monde. » Ils étaient finalement allés plus loin vers le nord, dans un autre village de Canadiens français. Et le plus important, dévoilé discrètement, c'était qu'elle était enceinte, sans beaucoup de nausées, et que les futurs parents étaient très heureux.

Émérentienne, déjà accablée par une grossesse souffrante et compliquée, accoucha à la mi-décembre dans des douleurs interminables. Boudrias, complètement bouleversé de la voir souffrir autant pendant trente heures, fit un vœu secret.

— Bonne sainte Anne, vous êtes passée par là vous aussi, vous savez ce qu'elle endure. Bonne sainte Anne, si ça se passe bien, je prendrai plus une goutte de ma vie… Je vous le jure !

Hantée par la crainte d'accoucher d'un enfant infirme, mort-né, ou bien de mourir en couches, Mme Boudrias sombrait par moments dans la panique. Mathilde et Amanda se relayaient à son chevet pour l'empêcher de retomber dans ses peurs et de rendre son travail encore plus difficile. Même le docteur Gaudreau s'inquiéta à cause de l'âge et de l'affolement de la future mère. Boudrias, livide et muet, assista enfin à la naissance d'un garçon, un beau garçon, avec ses dix doigts, ses dix orteils, des cheveux noirs comme le poêle et raides comme les poils d'une brosse, et une voix qui ne risquait pas d'être déficiente. L'enfant était en parfaite santé et la mère aussi, même si elle était à bout de forces, presque sous le choc d'être encore en vie. Émérentienne avait décidé de l'appeler Noël à cause des fêtes toutes proches. Maurice Boudrias s'approcha du petit, du petit venu de lui, de son petit à lui, et annonça, d'une voix blanche qui saisit tout le monde :

— C'est un cadeau du bon Dieu. Il va porter son nom. Dieudonné, il va s'appeler Dieudonné.

Le vœu d'abstinence était un secret entre lui et sainte Anne. Ce que tout le monde constata aux fêtes, c'est que Boudrias buvait autant que d'habitude, mais du thé. Rien que du thé. Maurice Boudrias commençait à vivre à cinquante-neuf ans.

21

Il avait venté toute la nuit. Un vent du nord, glacial, qui s'infiltrait partout, jusque dans l'âme.

Il avait venté toute la nuit, en cette fin de février où l'hiver semblait se débarrasser de tous ses restants de tempêtes. Mathilde sursauta dans le lit. « Quelle heure il est ? » Elle n'avait à peu près pas fermé l'œil de la nuit mais s'était enfin assoupie à l'aube et se réveillait maintenant un peu confuse.

— Charles ?

La main frêle palpa l'autre côté du lit et ne rencontra que le vide. Mathilde ouvrit les yeux.

— Charles ? s'inquiéta-t-elle.

Elle se raisonna. « Voyons donc, il s'est levé plus de bonne heure que d'habitude, c'est tout. » Elle écouta les sifflements du vent, qui l'effrayaient moins maintenant que la clarté était là. Des sons habituels lui parvinrent de la cuisine. Elle sourit. « Il doit bougonner devant les fenêtres givrées de haut en bas ; il voulait tellement aller à sa coupe de bois à matin. » Elle se pelotonna encore plus dans les couvertures chaudes, se réjouissant malgré elle. « Il fait bien trop froid ; il va être obligé de rester ici. » Elle soupira d'aise. « Mon Dieu, je veux pas qu'il parte aujourd'hui. Demain, après-demain, mais pas aujourd'hui. » Pourtant, elle n'était pas rendue à terme ; il lui restait deux bonnes semaines encore. Non, il ne s'agissait pas de la naissance. Elle s'agita, se tourna, incapable de trouver une position confortable. « Ce maudit vent, aussi ! »

Il avait venté toute la nuit. Toute la nuit, le vent avait pris la maison d'assaut, la bousculant, l'ébranlant, comme pour la faire s'écrouler. Dix fois, Mathilde avait cru avec angoisse que la maison allait céder. Dix fois, elle s'était tournée vers son homme qui dormait à poings fermés, méprisant la poudrerie, le vent, la nuit et ses angoisses de femme peut-être. Elle s'était raisonnée à chaque fois. « Il peut pas savoir que j'ai peur. » Elle avait tenté de se rapprocher de lui, de se coller à lui, mais son ventre proéminent l'empêchait de sentir le corps de son homme contre le sien. Énervée, elle avait pesté contre ce ventre, contre cet enfant qu'elle désirait pourtant. Elle s'était ressaisie devant ses folles pensées. Ayant brisé le cercle vicieux de ses peurs, elle s'était enfin endormie en souhaitant beaucoup de bonheur à ce bébé tout près d'arriver. Et elle avait rêvé que c'était une fille, une fille forte qui se riait du vent et des chimères des nuits d'hiver.

Mathilde se réveilla en sursaut. Charles était assis sur le bord du lit, tout habillé, sa belle moustache retroussée par son sourire moqueur.

— Ça dort à matin ! Une vraie marmotte !

Elle esquissa le mouvement de se lever, mais il l'enveloppa fermement dans les couvertures.

— Les petits dorment encore. Tante Delphina non plus est pas réveillée, je suis allé voir. Reste couchée ; j'ai fini de manger.

Les yeux de Mathilde virent alors la réalité : il était prêt à partir. « Partir ? Par un froid pareil ? » Une panique soudaine fit trembloter sa voix :

— Tu vas pas au chantier? Pas à matin?

Il fronça les sourcils, buté. Il avait décidé d'y aller et rien ne le ferait changer d'idée même si le froid glacial confinerait la plupart des gens dans les maisons toute la journée.

— Ç'a pas de bon sens! C'est bien trop froid! protesta-t-elle.

Elle se redressa, cherchant à se coller contre lui du mieux qu'elle pouvait, entravée par les couvertures et la rondeur de son ventre. Les épaules solides de l'homme la rassurèrent. «Il peut rien lui arriver.» Plus sereine, elle constata qu'elle gelait tout rond en dehors des couvertures. Il l'embrassa et la borda jusqu'au cou dans la chaleur du lit.

— J'ai chauffé le poêle; le thé est fait. Presse-toi pas, les petits dorment encore.

Comme pour y faire écho, Victor cria, de sa petite voix aiguë :

— Maman! Maman!

Les petits pieds fermes accoururent dans la chambre des parents. En moins de deux, Victor se glissa dans le grand lit. La maman protesta, mi-joyeuse, mi-contrariée.

— Aïe! Tes pieds sont tout gelés!

Le père sourit sous sa moustache et ses grandes mains enrobèrent les pieds de l'enfant sous les couvertures, les frottant vivement pour les réchauffer.

— Ça chatouille! riait l'enfant.

Le père le regarda en souriant. Mathilde quémanda, suppliante :

— Charles, pourquoi tu pars aujourd'hui? Reste…

«Rester?» Rester au chaud avec sa femme, son fils et le deuxième qui venait de se réveiller lui aussi.

Rester dans la chaleur de sa maison. Passer une journée avec eux, une journée sans travailler, seulement être là, avec eux. Tenté, il écouta le dehors. «Il vente moins fort qu'à matin; à midi, ça va être beau.» La question se trancha d'elle-même; il pouvait aller au chantier voir où en était la coupe, retardée par un mois de janvier de pluie et de verglas. «Je peux pas rester ici à me tourner les pouces avec tout l'ouvrage qui m'attend.» Il se défit doucement de l'étreinte, embrassa une seconde fois sa femme et se leva.

— Je reviendrai pas tard; avant la noirceur.

Mathilde et Victor le regardèrent quitter la chambre, l'écoutèrent descendre l'escalier, enfiler ses grosses bottes, et frissonnèrent quand la porte ouverte un bref instant laissa entrer la plainte sifflante du vent. Le petit se serra contre sa mère. Elle imagina son mari qui descendait de la galerie, tournait à gauche, ouvrait péniblement la porte de l'écurie probablement coincée par la neige, attelait le cheval au traîneau de chantier. Son cœur se crispa, comme étouffé par une main glacée. «Je le reverrai plus, je le sens, j'ai un pressentiment.» Elle rejeta les couvertures et se leva à la hâte pour gratter désespérément le givre à la fenêtre afin de le voir, peut-être pour la dernière fois. Malgré ses gestes fébriles, le givre épais était long à percer. Entre deux rafales, elle finit par distinguer la silhouette du cheval, de l'homme et du traîneau se perdant dans la poudrerie. Pieds nus, elle frissonna tout à coup dans tout son corps, seule au monde, coupée de Charles. «C'est un pressentiment.» À côté, dans la chambre des petits, Henri s'égosilla. «Il doit être mouillé jusqu'au cou; il a fait tellement froid cette nuit.»

— La journée commence, soupira Mathilde.

Contrairement aux prévisions de Charles, le vent, qui avait diminué, redoubla de violence sur l'heure du dîner. Il était seul au chantier; aucun de ses hommes n'avait mis le pied dehors aujourd'hui.

Il finit par accepter l'évidence. Il faisait trop froid, et pour le cheval et pour lui.

— Je nous en ai trop demandé, je pense ben.

Il avait présumé de leurs forces et de leur énergie à tous deux. Il n'arrivait plus à se réchauffer et un mauvais frisson lui glissa le long du dos. Comme autrefois quand il avait arrêté le cheval du médecin.

— Maudit gnochon! J'avais ben d'affaire à venir ici aujourd'hui!

Le regard suppliant de sa femme le hanta tout à coup. «J'aurais dû rester.» Elle avait eu peur pour lui et il commençait à penser qu'elle avait eu raison. Il voulut sortir sa montre, mais il lui aurait fallu déboutonner son capot et pour cela enlever sa mitaine et se geler les doigts.

— Tant pis! Il doit être à peu près midi. Autant rentrer puis manger chaud à la maison dans une heure. Ouais…, une heure et demie, mettons.

Du revers de sa mitaine gelée, il éparpilla le frimas qui alourdissait ses cils, puis se soulagea violemment le nez. En frissonnant, il dégagea le cheval empêtré dans la neige et, affrontant la bourrasque, il se mit en route. «À deux heures au plus tard, je serai rentré, ben au chaud, là où j'aurais dû rester.»

Dix fois, Mathilde avait rassuré Delphina sur le sort de Charles. Vingt fois, elle avait gratté le givre de la fenêtre de la cuisine et s'était arraché les yeux à essayer de l'apercevoir à travers la poudrerie. Rien. Elle avait beau faire, elle n'arrivait pas à se débarrasser de cette idée folle qui lui engluait le cerveau : «C'est fini, je le reverrai plus jamais.»

– Ah! que j'm'haïs quand je pars sur des lyres de même!

Elle se détestait de se laisser prendre au piège de son imagination, de ses craintes irraisonnées.

– Comme si c'était la première tempête de sa vie! C'est pas leur première tempête; ils savent quoi faire.

Ils. L'homme et le cheval. Dépendants l'un de l'autre dans cette lutte contre la tempête. Une pensée insidieuse lui servit une autre objection. «La coupe de bois est sur la terre des Thibodeau, une terre qu'il connaît pas tellement. Il sera peut-être pas capable de se repérer dans une poudrerie de même.» Elle s'irrita de cette contre-attaque.

– Voyons donc! Il est allé là plusieurs fois; son cheval connaît le chemin. Puis s'ils sont vraiment mal pris, il va aller chez les Thibodeau, c'est certain, au lieu d'essayer de revenir.

L'inquiétude était pourtant plus tenace que toutes les manœuvres de diversion et la femme se sentait glisser dans l'angoisse.

– Mon Dieu! Protégez-le! priait Delphina en égrenant son chapelet, son inquiétude déculpait celle de sa nièce.

Victor aussi sentait la tempête et était excédé par le sifflement du vent. Déjà grouillant, il semblait déchaîné depuis le matin. Il avait malmené le chat, le chat l'avait griffé, il avait hurlé à n'en plus finir, le petit Henri s'était fait réveiller de sa sieste et criait à son tour. Delphina était remontée dans sa chambre, plus irritée que jamais. Mathilde maugréait contre les petits et, pour un peu, elle se serait mise à pleurer elle aussi.

Elle eut un autre frisson. « Mon Dieu qu'il fait froid ! »
Elle remit une bûche dans le poêle, une seule. L'automne dernier, elle s'était permis de rappeler à Charles de ramoner, et il l'avait mal pris.

– Comme si j'étais pas assez au courant de mes affaires pour savoir quoi faire puis quand le faire.

Mais une tâche plus urgente l'appelait toujours ailleurs. Mathilde s'était impatientée, prévoyante et craintive pour sa famille et pour la maison. Un beau jour, il avait prolongé son temps de dîner et avait ramoné en bougonnant. Mais l'ouvrage avait été écourté par l'arrivée d'un client qui tenait absolument à le voir, lui et non Vanasse. Quand elle avait vu la quantité de suie dans la chaudière, la maîtresse de maison avait déduit que le nettoyage avait été fait à moitié. Elle avait ragé de devoir quémander des travaux aussi essentiels, qu'il ne lui revenait pas d'effectuer mais dont elle dépendait si intimement dans son quotidien. Elle repoussa ce souvenir contrariant et ouvrit de nouveau le rond du poêle, évalua craintivement le feu, jeta un coup d'œil au tuyau qui traversait la cuisine. « Une autre petite, ça devrait aller. » Elle choisit une bûche étroite et l'ajouta. Son anxiété éclata en ressentiment. « Puis où est-ce qu'il est, aujourd'hui, par un frette de même ? Au chantier ! Tout seul comme un coton, c'est sûr ! Il y a juste lui d'assez fou pour refuser de croire que c'est une tempête, certain ! » Elle en tremblait de colère. Elle en tremblait de crainte. « Pendant ce temps-là, les petits puis moi, on est pris dans une maison que j'arrive pas à chauffer ! » Le cœur lui manqua rien qu'à penser à un feu de tuyau. « Il manquerait plus rien que ça. »

– Mon Dieu, dit-elle en passant sa main sur son gros ventre, qu'est-ce que je ferais arrangée de même, avec deux petits et ma tante en haut, isolés par la tempête, avec un feu de tuyau? Mon Dieu, protégez-nous!

Avant le dîner, Alphonse vint faire son tour, ravi d'affronter la poudrerie.

– Hein? s'étonna-t-il. Il est parti au chantier?

Il se tut devant l'angoisse qu'il réveillait dans les yeux de sa grande sœur et se fit rassurant.

– Ben… c'est sûr qu'il est assez grand pour décider. Il s'en reviendra ben si c'est pas restable dehors.

Il joua avec ses neveux et resta à dîner. Il prit même le temps de jouer une partie de cartes avec sa grand-tante Delphina. Sa présence rassurante endormit pour un temps la peur de sa sœur. Delphina remonta finalement dans sa chambre s'enfouir sous un édredon douillet, et Alphonse, après avoir encore joué au cheval avec Victor, repartit dans la tempête.

Mathilde avait retrouvé une certaine sérénité durant cette visite et elle décida d'en prolonger l'effet le plus longtemps possible. «Tant qu'à avoir un poêle si chaud, autant faire des tartes.» S'occuper pour que le temps passe plus vite. «Des tartes aux pommes, les préférées de Charles.» Il restait encore quelques fruits dans la cave; probablement pas assez frais pour être mangés crus, mais assez bons pour la cuisson. Se raccrochant à ce plaisir, elle décida d'inclure Victor dans l'entreprise, essayant confusément de conjurer le sort. «Quand on attend un mari et un père avec autant d'amour, il peut rien lui arriver de pas correct.»

Alourdie et sans aises, Mathilde pouvait difficilement descendre l'escalier abrupt menant à la cave. Elle demanda donc à Victor d'y aller. Il accepta, mais changea d'idée dès que sa mère ouvrit la porte de la cave sombre.

– C'est trop noir, maman, protesta-t-il en secouant la tête.

– T'es un grand garçon, maintenant. Regarde, maman te donne une belle chandelle; tu vas voir comme il faut.

Elle alluma la chandelle et la lui tendit avec précaution. C'était la première fois qu'il avait le droit de prendre une chandelle allumée; du coup, il se sentit grand, tellement plus grand que son frère Henri. Il eut un grand sourire de fierté, fit deux pas vers l'escalier, fronça les sourcils, se retourna vers sa mère.

– Maman va rester en haut, mon trésor, l'encouragea-t-elle.

– La lampe, ça fait plus de lumière, demanda l'enfant avec une petite voix.

Il n'en était pas question : la lampe à huile était trop lourde pour lui et surtout trop dangereuse si les petites mains l'échappaient. Mais l'enfant était en train de changer d'idée; Mathilde dut prendre sur elle pour garder un ton serein et lui faire accepter en douceur de descendre dans l'obscurité.

– Maman va rester ici, je vais te regarder tout le temps. Ce sera pas long, le panier est juste en bas. Tu descends, tu le prends puis tu remontes. C'est tout. Après, maman va faire des bonnes tartes avec les pommes.

La gourmandise prit le dessus. Mine de rien, Mathilde cogna sur la porte pour faire fuir les souris, au cas où il y en aurait malgré le chat dans la maison. La voix maternelle accompagna l'enfant qui descendit lentement. Il réussit à trouver et à prendre le dernier panier de pommes. Dès qu'il eut gravi la troisième marche, il remonta l'escalier à la hâte et l'air trop vite déplacé coucha la flamme.

– Maman!

Il se précipita dans la cuisine les jambes aux fesses. Mathilde s'étira vivement pour attraper le panier, perdit l'équilibre et se retint au cadre de la porte dans une mauvaise contorsion, refermant sa main gauche sur l'anse du panier.

– Aïe!

Quelques pommes tombèrent, les doigts de Mathilde se crispèrent de douleur sur l'anse du panier. Elle se redressa lentement, vit en bas la chandelle éteinte sur le sol de terre. Elle referma la porte, agrippa la première chaise près de la table et s'y assit lourdement, la sueur au front. Une crampe lui coupa le souffle. «Mon Dieu, ça va pas commencer maintenant? Mon Dieu!» Mais non. Il lui restait encore quinze jours; déjà, elle respirait mieux. Victor, tout fier d'être descendu dans le noir, réclamait maintenant le dessert et des compliments.

– Je suis grand, hein, maman? Je suis descendu tout seul.

Elle caressa doucement la joue de son petit.

– Oui, t'es un grand garçon, Victor. Maman est bien contente de toi.

Comme elle aimait cet enfant et son petit Henri et cet autre qui serait là bientôt! Et comme elle aimait leur père, cet homme imprudent qui affrontait la poudrerie aujourd'hui pour les faire vivre! Elle ne voulut pas être en reste. «Ce seront les meilleures tartes aux pommes que j'aurai jamais faites!» se promit-elle. Un peu plus tard, ayant relevé ses manches malgré le peu de chaleur dans la cuisine, et en dépit de son ventre encombrant qui la distançait de la table, elle roulait sa pâte en un va-et-vient régulier. Ses mouvements faisaient voler la farine légère qui blanchissait le museau du chat curieux; assis sur son arrière-train sur la chaise la plus proche, il suivait les allées et venues du rouleau en balançant sa petite tête. Victor le regardait faire et riait de sa curiosité. Quand Mathilde fut enfarinée jusqu'aux coudes, le petit Henri s'oublia et salit sa couche. Il était presque devenu propre et, quand il s'échappait, il ne supportait plus cet inconfort. De sa petite main insistante, il tira sur la jupe de sa mère. Elle lui jeta un coup d'œil distrait :

— Qu'est-ce qu'il y a, mon bébé?

Elle continua à rouler sa pâte. Le petit continua à tirer sur sa jupe.

— Attends un peu. Maman est occupée.

Henri s'impatienta et commença à pleurnicher. Victor se pinça le nez en criant :

— Ça pue! Ça pue!

Mathilde le regarda, retroussa le nez elle aussi.

— Oh non! Henri! Pourquoi tu l'as pas dit à maman?

Henri se mit à pleurer, Mathilde s'énerva, s'obstina à garnir une tarte de compote de pommes toute chaude et la couvrit habilement d'une pâte mince. La tenant à plat dans sa main gauche, elle découpa le bord de l'abaisse de rapides coups de couteau. Le chat fixait la dentelle de pâte de plus en plus longue qui pendait de la tarte en oscillant au fur et à mesure que Mathilde la tournait.

— Attends un peu, Henri, maman va s'occuper de toi.

Le petit éclata carrément en sanglots, sa mère se tourna à demi vers lui, le chat agrippa le ruban de pâte d'un coup de patte, Victor cria, attrapa le chat et toute la tarte suivit le mouvement, glissa de la main de Mathilde et se renversa sur le plancher.

Charles n'en pouvait plus tellement il était gelé. Pour échapper à la morsure du froid, il essaya de se réchauffer à des images douces et rassurantes. Il imagina Mathilde bien au chaud dans la maison avec le poêle bourré de grosses bûches, chantant et riant avec ses deux fils, à l'abri de la tempête et du froid, en toute sécurité, ne manquant de rien. «Les femmes ont une belle vie, dans le fond.» Il trouva qu'il y avait quelque chose d'injuste à ce que lui se fasse geler en hiver ou cuire au soleil en été pendant que les femmes vivaient sans problèmes dans les maisons.

La compote avait revolé partout, collant aux barreaux des chaises, aux pattes de la table. La farine aussi s'était incrustée entre les planches de pin du plancher. En se penchant péniblement, lentement, Mathilde finit par nettoyer le dégât. Mais elle ne pouvait rester longtemps à genoux dans son état et elle ne frotta pas indûment le plancher. Prenant appui sur une chaise, elle se releva la sueur au front, se reposa un peu et entreprit de se nettoyer elle-même et de changer Henri.

Enfin au sec, le petit exigea ensuite sa mère pour lui tout seul. Il voulait se faire bercer, se faire aimer. Mathilde ressentait une si grande lassitude qu'elle se demandait comment elle pourrait même finir ses tartes qu'elle avait laissées en plan sur la table après avoir mis le chat en punition dans la cave. Devant l'insistance du petit, elle se rendit compte qu'il ne serait plus le benjamin dans peu de temps et choisit de s'occuper de lui. Dans le coin de la pièce, la berçante était entre les deux fenêtres; le vent s'y infiltrait de la rue et de l'allée et c'était trop froid. Mathilde tira la berçante près du poêle et prit Henri dans ses bras. L'enfant eut du mal à se trouver une place à cause du gros ventre de sa mère; il gigota et s'installa enfin. Détendue par le petit corps tout chaud contre elle, Mathilde chanta des berceuses douces et tendres qui, sans qu'elle s'y attende, distillèrent en elle une telle mélancolie qu'elle se mit à pleurer doucement, sans bruit. Victor avait libéré le chat, s'était couché avec lui sur la catalogne aux pieds de sa mère; alangui par la bonne chaleur du poêle, il avait joué avec l'animal et tous deux avaient fini par s'endormir lovés ensemble, comme son frère avec sa maman. Dans le silence de la cuisine, Mathilde se sentit cruellement seule. Elle regarda la table où sa besogne était restée inachevée. Une fatigue écrasante lui tomba sur les épaules. «Ça sert à rien de les finir : il les mangera pas. Il en mangera plus jamais.» Elle en était sûre – elle le savait maintenant jusqu'au fond d'elle-même, jusqu'au bébé en elle, qui, pour bien le démontrer, s'agita et donna des coups de pied.

Charles s'était enfoncé. Son cheval avait dévié du chemin, aveuglé par tant de blanc et de vent, épuisé aussi de lutter contre cet ennemi impossible à vaincre. Charles s'esquintait à remettre le traîneau sur le chemin, calant jusqu'aux fesses dans la neige parce qu'il n'arrivait plus à différencier le chemin des bordures.

— Où est-ce qu'il est, ce maudit chemin-là?

Affamé, gelé, il commença à douter qu'il y eut même un chemin.

— Maudit de maudit! Où elles sont, ces maudites balises-là? Depuis quand qu'il y a pas de balises sur ce maudit chemin-là?

Il pesta contre le maire bon à rien qui n'avait peut-être pas fait poser de balises à l'automne, contre son cheval qui s'affolait avec le peu de forces qui lui restaient, contre le vent et contre la poudrerie, contre tout, mais pour rien au monde il n'aurait admis que Cela avait été une mauvaise décision de sortir aujourd'hui et qu'il n'avait qu'à s'en prendre à lui-même.

— Hue donc! Hue donc!

Le cheval rassembla ses forces précaires et donna un ultime coup de collier. Le traîneau bougea, se souleva, avança un peu et s'enfonça encore plus profondément. Cette fois, Charles était vraiment pris. Son impuissance s'imposa à lui dans toute sa réalité. Sa mère disait : «tomber dans la réalité». Tomber ou retomber dans la réalité : déchoir. Mais Charles n'avait jamais accepté de déchoir ni d'être moindre. «Je suis pas mon père, moi.» Gelé comme un rat, enfoncé dans le fossé, Charles pensa intensément à son père. Une rage soudaine lui donna un coup de sang. À la seule pensée qu'Anselme puisse le voir ainsi, lui, un homme de trente ans, mal pris comme un jeunot de quinze ans qui ne sait pas conduire un traîneau l'hiver, deux larmes de rage et d'épuisement lui brouillèrent la vue.

— Faut donc être fou, maudit! Le père est à des dizaines de milles d'ici!

Ce n'étaient là que des pensées et de vains griefs, mais en ce moment de grande tourmente ils l'enfermaient dans un cercle étroit ressassant des peines inavouées et inavouables, ravageuses.

— Ciboire! hurla-t-il, désemparé par la tempête au-dedans et au-dehors de lui.

Il cessa de lutter contre le vent et la neige, contre l'inertie du traîneau enfoncé et du cheval épuisé. Sa colère cassa. Il se sentit fatigué, tellement fatigué.

— *Wo! Wo!*

Le cheval, rassuré par les mots habituels, se calma un peu lui aussi. L'homme se fraya un chemin jusqu'à lui, le flatta de sa mitaine gelée; il appuya sa tête lasse contre les naseaux fumants. L'homme et la bête, unis par le froid et l'épuisement, cherchaient l'un dans l'autre une chaleur, un réconfort contre l'esseulement oppressant. Charles sentit l'engourdissement le gagner et essaya de lutter.

— Faut pas que je m'endorme, ce serait dangereux; faut pas…

Ses yeux plissés à cause du froid s'alourdissaient, cédaient à la tentation de se fermer un instant, rien qu'un instant. «Juste dormir un peu… Juste m'assoupir…» Tout son corps se liguait contre lui. «Non, pas dormir, juste… Faut pas…»

Mathilde, angoissée, ne parvenait pas à oublier le froid qui réussissait à s'infiltrer; elle continuait à doser le bois dans le poêle. Elle sortit enfin ses premières tartes du four. Elles sentaient tellement bon qu'elle en aurait mangé la moitié d'une. Elle en fit monter un morceau à Delphina par Victor, en servit ensuite à celui-ci avec un verre de lait. Henri en mangea aussi même s'il en mit partout. Elle en grignota un peu et décida, pour conjurer le sort et malgré sa faim, d'attendre Charles. «L'attendre? Mais il mangera plus jamais de mes tartes: je le sais depuis le matin!» L'angoisse lui serra le cœur encore une fois.

Morfondue d'inquiétude, elle vit la brunante arriver. Alors, tous ses espoirs s'éteignirent et son lourd pressentiment du matin triompha, justifié par les événements: la journée était passée, la noirceur était là, bien installée, la tempête n'avait pas dérougi depuis midi, et Charles n'était pas rentré. «Il rentrera plus jamais.»

Elle le vit gelé quelque part sur une route ou blessé tout seul dans le bois avec son cheval – ou peut-être que c'était son cheval qui était blessé… Mathilde donna un coup de poing sur l'armoire. Les enfants effrayés dévisagèrent leur maman qui avait un drôle d'air.

– Bon, vous allez manger… C'est ça, vous allez manger.

Elle s'activa. Il était un peu trop tôt pour souper? Tant pis. Il fallait qu'elle s'occupe, maintenant, tout de suite. Pour un peu, elle aurait souhaité que la grand-tante pique une crise, que les petits se chamaillent, n'importe quoi, mais que quelque chose arrive. Quelque chose pour rompre ce silence, cette solitude qui serait la sienne désormais, elle le savait maintenant.

Charles se réveilla net, son cœur battant à grands coups. Il ne savait plus où il était, ne sentait plus ses doigts ni ses pieds.

– Manseau! Manseau! Fais-tu tes prières?

Il ouvrit péniblement les yeux et ne vit d'abord que le poitrail enneigé de son cheval. Puis il lui sembla que quelqu'un le secouait; dans un coup de vent, il décela une silhouette. Mais le vent jouait bien des tours dans une tempête. Un rire éclata, dispersant la vision, imposant sa présence, une vraie présence, réelle. Un rire moqueur mais amical. « Le docteur. »

– Tiens, bois ça.

Le médecin lui versa du whisky dans la gorge, ce qui lui réveilla le corps un peu.

– Bon, as-tu les idées plus claires, Manseau? Fallait une bien grande urgence pour que je sorte aujourd'hui; mais toi, pour l'amour du ciel, tu pouvais pas rester chez vous? Ta belle Mathilde a dû se morfondre toute la journée; c'est pas très bon pour elle, ça.

Charles s'en rendit compte tout d'un coup comme de quelque chose d'évident. L'alcool le réchauffait assez pour qu'il commence à saisir ce que le médecin s'évertuait à lui dire depuis dix minutes. Malgré les doigts et les orteils qui lui brûlaient maintenant comme s'ils étaient en feu, il guida son cheval comme le lui indiqua le médecin. Poussant, tirant, tombant, criant, ils réussirent enfin à remettre le traîneau sur le chemin. Tout en l'aidant, le médecin parlait à son propre cheval sans arrêt, pour que la bête ne se sente pas abandonnée dans la poudrerie. Quand les deux traîneaux furent l'un derrière l'autre, les deux hommes partirent. Ils revinrent au village dans le noir, aussi épuisés que leurs bêtes.

— On se couchera pas tard à soir, mon Charles! cria le médecin en bifurquant vers sa rue, parallèle à celle de la forge. Allez, bonsoir.

Charles l'entendit à peine; il n'avait même plus l'énergie de le remercier tellement il avait froid. Maintenant que sa maison était toute proche, son courage l'abandonnait. Il eut de la difficulté à se frayer un chemin jusqu'à l'écurie, à dégager la porte de la neige tassée par le vent, à faire entrer le cheval, à le dételer, à lui enlever la neige et la glace sur le dos et dans la crinière. Il oublia même de le couvrir, mais la bête hennit brusquement, à bout de forces elle aussi. Comme un automate, l'homme souleva la lourde couverture et la hissa péniblement sur le dos de la bête. D'un geste routinier, il donna la ration de foin, cassa la glace dans l'abreuvoir et jeta un dernier coup d'œil au cheval qui dormait déjà debout, trop épuisé pour manger. Il pensa aux sabots. «Je suis plus capable; je verrai à ça demain.»

Dans la maison, les enfants, bourrés de tarte aux pommes dans l'après-midi, n'avaient plus faim pour souper. Ils rechignaient. Victor donna sa nourriture au chat, qui voulut aussi celle d'Henri. Mathilde n'avait même plus le courage de protester. Pour la quinzième fois, elle alla brasser le bouilli sur le feu. « Quand Charles arrivera, il aura faim. » Elle avait décidé d'y croire à tout prix et elle ne voulait surtout pas qu'il manque de quoi que ce soit. Elle sourit malgré elle en brassant le bouilli. « Il y en a pour une armée, ça m'a tout l'air. Qu'est-ce que j'ai pensé, donc, de préparer une chaudronnée de même puis une demi-douzaine de tartes ? » Elle se moqua tout à coup de ses craintes folles de femme enceinte, de femme tout court. « Nous autres, les femmes, on est des vraies machines à s'inquiéter, pensa-t-elle ; s'inquiéter de tout, des autres, de nous-mêmes. Nous autres puis nos pressentiments pas d'allure. » La porte s'ouvrit brusquement et une bouffée de poudrerie et de vent glacé s'engouffra dans la cuisine avec la silhouette d'un homme.

Le petit Henri hurla, terrorisé.

Le cœur de Mathilde flotta. « Merci, mon Dieu ! » C'était lui, c'était Charles. Il repoussa fortement la porte, mais la neige drue bouchait déjà les coins du seuil. Il les dégagea du bout de sa botte et referma la porte. Réfugiés derrière leur mère, les petits regardaient cette espèce de géant sorti tout droit d'une histoire à faire peur. Le visage enfoui sous le casque ne révélait que les yeux plissés et le nez, d'où la morve avait coulé et gelé dans la moustache ; tout le reste, capot, mitaines et bottes, était raidi par le froid et les glaçons. Là-dessous, Charles, hébété, semblait venu d'un autre monde. Celui des hommes, du dehors, du pain gagné à la sueur ou dans le froid. En face de lui, Mathilde le dévorait des yeux, dans son monde de femme, épuisée par cette journée d'angoisse, lourde de ce troisième enfant, responsable des deux autres déjà là, de la grand-tante, de la maison. Elle lui souriait, n'osant croire qu'il était là, vraiment là, bien vivant. Et, pour conjurer le sort jusque dans ses derniers retranchements, elle lui dit doucement :

— Je t'ai fait des tartes aux pommes…

22

Enfin rentré de la longue journée de poudrerie, Charles dégageait tant de froid par tous ses vêtements raidis que Mathilde lui laissa le temps de souffler. Les petits le regardaient, mais il les voyait à peine. Il était presque violenté par la chaleur du dedans, si forte comparée au dehors qu'il avait l'impression de ne pas être tout à fait là. Mathilde comprit. Elle le laissa arriver, lui prépara son couvert, se souvint qu'elle n'avait pas mangé elle non plus et ajouta une assiette.

Les petits se méfiaient encore de ce géant qui émergeait peu à peu de ses grosses mitaines, de son chapeau de fourrure, de son manteau d'hiver. Victor ne le quittait pas des yeux ; Henri sentit dans son petit corps que la journée avait été longue. Leur mère allait et venait sans perdre de vue l'homme qui commençait à ressembler à leur père au fur et à mesure qu'il enlevait ses pelures. Ils lui dirent timidement bonne nuit et acceptèrent sans rechigner d'aller au lit. Charles eut à peine la force de leur répondre quand ils passèrent près de lui pour monter à leur chambre.

— Je vais me chauffer un peu, dit-il avec lassitude. Le souper va mieux passer.

Mathilde prit le petit Henri par la main et monta le coucher. Victor les devança en courant puis voulut ensuite redescendre pour aller chercher le chat. Mathilde était coincée entre Henri et Victor, sans marge de manœuvre dans l'escalier étroit et sans aisance avec son corps alourdi.

– Laisse faire le chat, protesta-t-elle avec lassitude.

– Je le veux, maman.

Elle refusa et Victor n'osa insister, intimidé par son père qui l'avait à peine regardé. Une fois là-haut, les petits ne voulurent pas enlever leurs vêtements chauds pour enfiler des chemises de nuit froides. Finalement, ils regimbèrent encore plus quand vint le temps de se coucher; ils avaient accepté de monter, mais se faufiler dans un lit glacé, c'était une autre histoire. Heureusement, comme ils partageaient maintenant le même grand lit, ils se blottirent l'un contre l'autre. Un peu plus loin, le berceau était vide pour peu de temps encore. Victor rechigna parce que le petit Henri avait les pieds glacés, Henri pleura parce que le géant des glaces l'avait effrayé.

– T'es juste un bébé, se moqua l'aîné; t'as même pas reconnu papa.

– Non, pas un bébé, pleurnicha Henri.

Mathilde s'énerva. Henri s'endormit en pleurant, Victor en boudant, et la mère en aurait bien fait autant, si lasse et si lourde à la fin de cette interminable journée. Dans la cuisine, enfin délesté des lourds vêtements qu'il portait depuis le matin, Charles s'était assis dans la berçante près du poêle, question de croire et de goûter qu'il était bien revenu dans sa maison, sain et sauf. Le froid, petit à petit, sortait de sa peau, du fond de ses os. La chaleur le ramollissait, le crépitement du feu chantait dans ses oreilles, et l'odeur du bouilli, à elle seule, le nourrissait tout doucement. Mathilde redescendit enfin à la cuisine, pressée de le retrouver, et s'arrêta net. La tête tombée sur la poitrine, le visage caressé par le reflet des flammes à travers la grille du poêle, il dormait profondément. Elle aurait pu en sourire, même avec attendrissement, mais elle en eut les larmes aux yeux. « Je suis encore toute seule ; maudite journée de travers. » Le mauvais pressentiment flotta une dernière fois.

– Charles…

L'homme essaya de réagir à la voix aimée, de secouer sa torpeur, mais son corps était de plomb et il se rendormit lourdement. Mathilde pleurait tout doucement, sans le vouloir. « J'ai eu tellement peur pour lui, pourquoi il est pas vraiment là maintenant ? Je voudrais lui parler, l'entendre, lui conter que j'ai eu une dure journée moi aussi, que j'ai eu tellement peur pour lui. J'ai eu peur, Charles, j'ai eu tellement peur aujourd'hui. »

– Charles… !

Mathilde se secoua. Elle s'assit au coin de la table et se força à manger, mais les larmes tombaient dans le bouilli et lui coupaient l'appétit. « Ah ! que j'm'haïs quand je me sens de même ! Faire des caprices comme ça à mon âge ! » Elle sécha ses larmes de quelques mouvements brusques et alla faire la vaisselle. Elle s'efforça même, sans aucun scrupule, de faire du bruit pour réveiller son mari, mais, pour l'homme assoupi, ces bruits domestiques étaient ce soir plus doux qu'une berceuse et pour rien au monde il n'aurait voulu les dissiper en se réveillant.

Mathilde balaya ensuite la cuisine comme prise d'une rage, d'une urgence. Et quand elle remit le balai à sa place après avoir poussé la poussière sous les pattes du poêle parce qu'elle était trop ronde pour se pencher et sachant que le petit Victor s'en chargerait le lendemain, comme un jeu, elle sentit, stupéfaite, un liquide chaud couler le long de ses jambes. «Mes eaux! Mes eaux crèvent! Mon Dieu! Pas à soir!»

Apeurée, elle se tourna vers Charles toujours endormi.

— Mon Dieu! Je vais pas lui faire ça à soir! Pas un soir de tempête!

Il avait trimé dur aujourd'hui et il lui faudrait maintenant rester debout une bonne partie de la nuit. «J'aurais pu choisir un autre moment», se reprocha-t-elle, le souffle court d'inquiétude. Comme si elle avait choisi.

— Aïe!

Le travail commençait déjà. «Ça va être vite fait, comme pour Henri.» Elle se consola un peu et se reprocha de s'être énervée pour rien aujourd'hui. «J'ai peut-être bousculé la nature, j'ai…»

— Aïe!

C'était son troisième, elle savait à quoi s'attendre; les douleurs trop connues lui faisaient peur d'avance. «Je suis pas prête, le linge du bébé non plus, pas au complet, je…»

— Ah…!

La sueur au front, la peur au corps, Mathilde entrevit la nuit comme un long calvaire et elle détesta encore plus le vent qui soufflait depuis vingt-quatre heures.

— Ce maudit vent, je peux plus l'entendre, je…

Charles se réveilla en sursaut, confus, puis il reconnut où il était. «Je suis chez nous, je suis correct.»

— Mathilde?

Ses yeux l'aperçurent tout à coup, étendue par terre en travers de la cuisine. Son cœur bondit dans sa poitrine. Il se précipita vers elle, lui prit la tête, lui tapota le visage, la serra contre lui.

– Mathilde? Qu'est-ce qu'il y a? Mathilde?

Elle ouvrit les yeux, chercha à son tour où elle était.

– Je... j'ai dû avoir une faiblesse...

– Es-tu correcte?

Un bref instant, elle vit son angoisse à lui, puis ses douleurs la ramenèrent à elle-même. Elle avait mal, de plus en plus mal, c'était tout ce qu'elle pouvait dire. Il la souleva et voulut l'asseoir sur une chaise, mais elle n'avait plus de forces. Il la prit dans ses bras et commença à monter l'escalier. Jamais il ne l'avait trouvé si étroit. Mathilde voulut monter elle-même, mais les forces lui manquèrent et il la reprit dans ses bras. Il monta lentement, le corps de biais pour que la tête de sa femme ne heurte pas le mur et que ses pieds ne se cognent contre le muret. Il se jura que, dans sa maison, les escaliers seraient de bonne largeur. Il réussit enfin à la porter sur leur lit, en frissonnant dans le froid de la chambre. En la couchant, il toucha la jupe mouillée et comprit.

– Est-ce que c'est ton temps?

Elle fit signe que oui, le souffle court, la peur dans les yeux. Et les yeux de Charles se dilatèrent à leur tour. Ces affaires de femme le troublaient à chaque fois. Pour un peu, il aurait cherché du réconfort auprès d'elle au lieu de lui en donner. Mais elle ne pouvait rien donner à personne. Elle avait peur; la peur reprenait le dessus. Elle s'affola.

– Va chercher maman puis Mme Beaupré. Ça va aller vite, on aura pas besoin du docteur, je pense.

Mais, pour y aller, il fallait que Charles sorte, qu'il s'en aille. Elle lui agrippa la main.

— Laisse-moi pas toute seule, balbutia-t-elle, effrayée. J'ai peur!

Charles comprit qu'elle perdait pied et il se redressa. Maintenant, c'était à lui de s'en occuper. Il lui apporta des serviettes, essuya ses jambes mouillées et ramena les couvertures sur elle pour la réchauffer le plus possible.

— Ce sera pas long.

Il alla réveiller Delphina, qui comprit mal mais se rendit quand même au chevet de sa petite-nièce. Remettant à la hâte ses habits d'hiver qui n'avaient pas eu le temps de dégeler tout à fait, Charles courut à travers la poudrerie chez Mme Beaupré, qui demeurait dans la même rue qu'eux, mais plus loin que l'église. Elle se prépara le plus vite possible, mais il trouvait qu'elle n'en finissait plus; il s'impatienta et décida de partir en avant.

— Attends-moi, lui demanda la femme, des fois que tu devrais me battre le chemin.

Il s'énerva, mais attendit. Elle sortit enfin avec lui. Elle zigzaguait sous les rafales, perdait pied; il devait presque la tirer. Dès qu'ils arrivèrent, Mme Beaupré monta voir Mathilde, qui se sentit plus en sécurité. Charles était déjà reparti chez les Gingras.

— Je vais y aller avec Amanda, dit Éphrem. Attends-nous pas.

Charles ressortit dans le froid. Il trébucha sans raison dans la neige et se releva tout étourdi. Il se rendit compte qu'il avait faim. « Depuis quand j'ai mangé? J'ai déjeuné puis… » Il n'avait rien pris depuis le matin. « Je peux ben me sentir tout croche. » Il songea avec appétit aux tartes chaudes puis à Mathilde et il eut honte de penser à lui à un tel moment. Il pressa le pas pour revenir au plus vite, s'enfonçant jusqu'aux genoux.

Dès qu'il remit les pieds dans la maison, il grimpa à la chambre; Mathilde avait pleuré, mais, quand elle le vit, un grand soulagement éclaira ses yeux. Son corps était déjà tout en souffrances. Des souffrances silencieuses qui lui crispaient la mâchoire, la faisaient trembler de la tête aux pieds. Mme Beaupré attira Charles hors de la chambre et le rabroua sèchement parce qu'il n'avait pas mis d'eau à bouillir avant de sortir.

— C'est ton troisième, bougonna la sage-femme, tu devrais le savoir! C'est quand même pas Mathilde qui va charroyer l'eau!

— J'étais trop pressé.

— T'aurais dû y penser quand même.

Le poêle était presque éteint. Charles le bourra de bûches, remplit de grands récipients d'eau qu'il mit à bouillir. Il soulevait les couvercles à tout moment, s'impatientait. Il remit d'autres bûches.

— Le vent siffle trop fort, écouta-t-il; la cheminée a de la misère à tirer.

Une heure passa. Mathilde avait l'air prête puis tout s'arrêtait pendant un long moment. Amanda était arrivée avec Éphrem; il faisait pourtant tellement tempête qu'ils hésitaient à emmener les petits chez eux.

— On va attendre un peu, décida Amanda. Ils dorment dur; si ça se passe vite, on aura peut-être pas besoin de les sortir dans un temps de même.

Charles était à côté de Mathilde; il la regardait se calmer un instant, puis se faire torturer l'instant d'après par la douleur. Elle lui serrait la main à la briser. Il regarda sa main d'homme, forte et large, maintenant habituée à bûcher, et que la main fine de sa femme étreignait pourtant jusqu'à lui faire craquer les os. «Elle doit souffrir sans bon sens.» Il serrait ces doigts frêles dans les siens, sentait qu'elle lui échappait par soubresauts. La douleur se retirait ensuite de Mathilde comme une vague et la laissait sans forces, comme sans corps. Elle fermait les yeux un moment.

Éphrem entra et dit à voix basse qu'Amanda était allée recoucher Delphina dans sa chambre.

– Je vais prendre ta place un peu, dit le père qui s'assit près de sa fille.

Charles pensa alors à manger, rien qu'une bouchée. Il se leva doucement; Mathilde semblait dormir. Il referma la porte derrière lui, descendit sans bruit, lentement. Il était si fatigué qu'il se demandait s'il pourrait même avaler quoi que ce soit. Il préféra s'asseoir quelques minutes, le temps de récupérer un peu. Il resta là un temps indéfini, présent et absent à la fois.

– Mon doux Jésus! cria Amanda qui descendait l'escalier.

Charles ouvrit les yeux et bondit de sa chaise. Une lueur rouge et un grondement d'enfer emplissaient la cuisine. Il se précipita vers l'armoire pour y chercher le gros sel. Amanda enleva les serviettes qui séchaient trop près du poêle et chercha le sel à son tour. Elle ne trouvait rien.

– Des pelures de patates! Trouve des pelures! s'énervait-elle.

Le feu de tuyau continuait à gronder, les lueurs s'amplifiaient. Amanda s'énerva et appela vivement Éphrem qui les rejoignit à grands pas.

– L'as-tu trouvé, le sel? criait Amanda à son gendre.

— Non, je sais pas où il est, je…

— Torrieux! Du sel, c'est pourtant pas dur à trouver! reprocha Éphrem.

Ils fouillaient fébrilement et trouvèrent enfin ce qu'ils cherchaient. Ils jetèrent pêle-mêle dans le poêle les pelures et le gros sel. Le poêle s'enfuma en chuintant. Amanda ferma le rond prestement. Comme Mathilde, eux aussi avaient la peur au ventre. Minute par minute, ils essayaient de faire capituler le feu. Enfin le tuyau gronda moins, sa lueur rouge devint orange, puis pâlit encore. Il finit par reprendre sa couleur grise habituelle. Éphrem refit un feu dans le poêle, prudemment. Il était temps : la cuisine devenait glacée. « Mathilde va avoir froid dans la chambre en haut. » Charles retourna à elle. À elle qui souffrait dans le lit. Elle se plaignait de plus en plus souvent, plus longtemps à chaque fois. Au bout d'une heure, les enfants se réveillèrent; Éphrem décida de les soustraire à cette souffrance de leur mère et de les emmener chez lui.

— Je vais y aller avec Éphrem, dit Amanda. Il pourrait pas avoir les deux petits et marcher dans la tempête. Je vais essayer de revenir.

Elle les emmitoufla chaudement, essayant de ne pas les réveiller tout à fait. Henri rechignait dans son demi-sommeil. Éphrem jeta encore un coup d'œil au tuyau et prit Victor à moitié endormi dans ses bras. « C'est lui qui grandit ou ben c'est moi qui vieillis? » se demanda-t-il en le remontant avec effort contre sa poitrine. Amanda serra Henri contre elle, recouvrit du bout de son foulard le petit visage encapuchonné et sortit à la suite de son mari. Charles referma la porte. Au bout d'un long moment, Mme Beaupré vint vers lui avec un air inhabituel.

— Charles, j'aimerais mieux que le docteur vienne.

Il la regarda ; elle avait vraiment un drôle d'air.

— Je sais pas ce qui se passe... Je... j'aimerais mieux qu'il vienne.

« Comment ça, ça va pas ? »

— As-tu compris, Charles ? le secoua-t-elle. Va chercher le docteur.

Le ton dérapa.

— Dépêche-toi !

C'est à ce moment-là que le sol commença à bouger sous les pieds solides de Charles. C'est à ce moment-là qu'au fond de lui il reconnut le froid de son enfance, la détresse silencieuse et gluante de ses toutes premières années. « Aller chercher le docteur, vite ! » se raplomba-t-il. En carriole, c'était presque aussi malaisé qu'à pied. Mais à pied ce serait trop long à travers les lames de neige poussées en travers du chemin par le vent, durcies par le froid. « J'ai eu de la misère à aller juste chez les Gingras ; je me rendrai jamais à pied. Mais le cheval est au bout de son rouleau, il... » Mathilde poussa un tel cri de douleur que Charles se précipita à l'écurie, bouscula le cheval dans son sommeil, l'attela de force et le poussa dehors. Mais l'animal d'habitude si docile renâclait, ne voulait pas avancer dans la nuit de tempête. L'homme perdit la tête et le frappa à grands coups de fouet en criant. La bête partit en trombe sous la douleur vive, fonçant dans la neige durcie. Chez le médecin, Charles trouva le temps terriblement long. Mme Gaudreau était pourtant venue lui ouvrir dès qu'elle avait pu, elle était allée réveiller son mari aussitôt, et celui-ci s'était préparé à la hâte, mais Charles s'exaspérait. Quand Albert Gaudreau aperçut le regard angoissé de Charles, il lui posa deux ou trois questions et le suivit prestement. Dès qu'il fut entré dans la maison, le médecin jeta son manteau de chat sauvage sur une chaise, se lava soigneusement les mains et monta rapidement dans la chambre. Charles le suivit, mais la sage-femme l'arrêta à la porte.

— Attends un peu, dit-elle sobrement.

Mathilde ne gémissait plus. «Ce doit être une fausse alarme; oui, une fausse alarme, comme pour Henri.» Il se serait fait croire n'importe quoi. Il redescendit, épuisé, et s'assit lourdement. Sa tête tournait, son cœur battait de travers. «Comment ça se fait que je peux pas être avec elle? Je suis sûr qu'elle aimerait mieux que...» Il attendit. Il attendit ce qui lui sembla une éternité. Puis tout alla vite, très vite.

Le médecin et Mme Beaupré descendaient rapidement de la chambre, demandaient de l'eau, retournaient à la chambre, revenaient, se nettoyaient les mains à grande eau sous la pompe. Charles finit par se rendre compte qu'ils avaient du sang sur les mains, beaucoup de sang. «Me semble que c'était pas de même les autres fois.» Il se leva pour aller voir, pour s'assurer que tout allait bien; difficilement, peut-être, mais bien quand même. Il n'eut pas le temps de monter jusqu'en haut : la sage-femme sortit de la chambre et referma la porte derrière elle. Elle s'arrêta, pâle et tendue.

— Va falloir sortir encore, Charles, lui dit-elle d'une voix si basse qu'il avait peine à l'entendre. On pense que... Mathilde aimerait mieux ça, je pense....

Encore dans l'escalier, Charles essayait de comprendre ce charabia. Mme Beaupré insista, le faisant presque reculer.

— Monsieur le curé, Charles... Va chercher monsieur le curé...

— Le curé? balbutia-t-il. Le petit est même pas au monde : il peut pas être ondoyé!

Mme Beaupré se trahit par de grosses larmes.

— C'est... c'est pour Mathilde... Tarde pas trop!

Charles sentit son corps se défaire par en dedans, comme si son âme revolait aux quatre coins de la maison. Il enfila machinalement son manteau et ses bottes et il sortit en trombe.

Vingt minutes plus tard, Charles était debout dans la cuisine, comme perdu dans un rêve. Comment il s'était rendu chez le curé, il ne s'en souvenait pas vraiment; le cheval était resté dehors, tout attelé, c'était tout ce qu'il se rappelait. Au presbytère, il avait bousculé le curé rudement pour le presser. Le curé Chevrette avait été prêt en trois minutes avec la clochette et les huiles, sans même boutonner sa soutane, plus encombrante que jamais sous son grand manteau. Quand ils étaient entrés dans la cuisine, Charles avait vu Éphrem qui était revenu avec Amanda et Clophas, et il avait entendu le nouveau-né crier. « Enfin! » avait-il respiré. Il avait voulu rejoindre Mathilde, en avait été empêché par le prêtre qui l'avait devancé, croisant le médecin et la sage-femme qui lui avaient laissé la chambre. La sage-femme s'était essuyé les yeux, Amanda était allée lentement s'asseoir dans la berçante, le bébé dans ses bras.

— C'est une fille, avait-elle dit d'une voix brisée.

Charles revint à la réalité; il regarda la petite.

— Mathilde va être contente, dit-il, presque heureux.

Le curé ressortit et le médecin s'engouffra aussitôt dans la chambre. Le prêtre descendit lentement l'escalier et se dirigea vers Charles. Le jeune père entendit vaguement parler de soumission, de courage, il ne comprit rien, monta vers la chambre sans que personne, maintenant, ne l'en empêche.

– Mathilde… ?

Les autres mots lui restèrent coincés en travers de la gorge. Des mots tremblotants qui criaient en lui, qui suppliaient : « Fais-moi pas ça, Mathilde… Laisse-moi pas… Va-t'en pas, va-t'en pas… » Les jambes coupées par la détresse, les jambes qui n'avançaient plus, figées au bord du lit. Les pensées qui se bousculaient. « Mathilde, regarde-moi… On s'est rien dit, on… Mathilde… Mathilde ? » Et Charles ressentit le silence, un silence effrayant parce qu'il venait de constater que les yeux étaient fixes, désormais sans regard.

« Mathilde ! » Toutes sortes de sons lui heurtaient le crâne comme en écho, venant d'en bas, venant d'ailleurs que de lui. Les pleurs d'Amanda, les cris de la petite, et des sanglots d'homme, ceux d'Éphrem. Le cerveau de Charles semblait éclater : « On s'est rien dit… On s'est rien dit… Tu peux pas me laisser de même… Ça se peut pas… »

Charles perdit des grands bouts du reste. La famille de Mathilde qui accourait en pleine nuit, la maison envahie, des voisines qui entraient, la tante qui perdait la raison et qui criait tellement qu'Éphrem la ramena chez lui presque de force dans la tempête avec Clophas. Mme Beaupré et les voisines qui s'occupaient de sa femme dans la chambre qui lui était encore fermée, et lui, dans la cuisine, qui se pensait dans un rêve, s'imaginant qu'il était encore dans la poudrerie, à moitié endormi, et qu'il allait se réveiller. Lui qui était dans les jambes de tout le monde, de tout ce monde qui chauffait le poêle, s'occupait de la petite, nettoyait et habillait le corps inerte de Mathilde. Clophas qui revenait avec sa tante Émérentienne pour qu'elle puisse allaiter la petite. Éphrem, aussi inutile que son gendre. Et lui, Charles, dans son coin, dans la berçante, qui les voyait sans les voir, les entendait sans les entendre, répondait vaguement aux questions domestiques, se rendait compte que, non, il ne savait pas où Mathilde rangeait telle chose ni où était le linge de la petite, et qui entendit vaguement un des jeunes beaux-frères dire en reniflant :

— Ses tartes, c'étaient les meilleures.

Charles, lentement, sortit de sa torpeur et regarda sur la table la vaisselle éparse : tout un chacun avait pris soit un thé, soit un morceau de pain, soit un peu de bouilli, soit une pointe de tarte ou deux, pour faire quelque chose, pour chasser l'angoisse et la peur de la nuit, le froid des pieds et le froid du cœur. Son regard erra, flotta et ne trouva rien – plus un seul morceau de tarte. Il ne restait plus rien. Et tout sortit d'un coup, comme une bourrasque.

— Tout, maudit! Vous avez mangé toutes les tartes! Sacrez tous votre camp! Dehors! Dehors!

La rage, la colère, l'abandon, l'homme affolé comme un cheval pris de peur et qui ne reconnaît plus rien, qui ne sait plus où se jeter. Le curé qui tentait de le calmer. Amanda qui se tenait au pied de l'escalier comme pour empêcher les éclats de voix de déranger sa fille – comme s'ils avaient pu la profaner. Et Mme Beaupré qui essayait de consoler la petite effrayée par ces cris soudains, et le père de Mathilde, qui, le cœur chaviré, réagissait lui aussi par la colère.

— Lâche-moi les tartes, torrieux! On a d'autres choses à penser c'te nuit!

Et Charles, hébété, qui se ruait sur Éphrem. Amanda et le curé qui essayaient d'arrêter la folie des deux hommes.

– Éphrem! Arrête! Arrête! Tu vois bien qu'il est pas dans son état normal!

Les deux hommes en détresse qui se défiaient, chacun les mains encore crispées sur l'encolure de l'autre, le regard fixe, la tête vidée. Charles se sentit abandonné, désespérément seul, méprisé chez lui, dans sa propre maison, tout seul parmi tous ces visages qu'il ne pourrait plus jamais regarder sans se souvenir de cette détresse et de cette colère.

Une mauvaise nuit. C'était une mauvaise nuit pour tout le monde. Il se sentit tout à coup écrasé sous une masse. Son cerveau venait de décrocher; il avait atteint sa limite. Dormir, rien que dormir. Et le coup au cœur. Dormir où? Mathilde était là, encore chaude… «Mathilde?» Elle allait lui répondre, se lever. Les femmes voulurent le faire sortir de la chambre. Il s'assit sur la chaise près du lit, l'estomac vide, le cœur absent, le cerveau gelé. Il ne savait plus que faire, quel geste poser ou ne pas poser. «Mathilde le saurait, elle. Elle savait toujours quoi faire.» Il avait l'air si désemparé, si absent que Mme Beaupré en eut pitié, comme s'il était plus orphelin que la petite qu'Émérentienne, dans la chambre de Delphina, nourrissait, espérant avoir assez de lait pour elle et pour son petit Dieudonné. Mme Beaupré ressentit tout à coup elle aussi une grande fatigue et, en partie pour se débarrasser de lui, elle lui dit :

– Va te coucher, Charles, tu tiens plus debout.

Il restait là pourtant, immobile, empêchant les femmes de s'occuper de sa femme, de faire la toilette funèbre de ce corps inerte. Mme Beaupré lui suggéra, maternelle :

– Va dans le lit des petits.

«Les petits? Quels petits?» Il se souvint qu'il avait deux petits, deux garçons, «leurs» garçons. Maintenant, ils étaient seulement «ses» garçons. Il marcha pesamment vers le lit et s'y étendit sans s'allonger vraiment, sans même rabattre les couvertures, pour se faire croire qu'il allait seulement s'assoupir un peu, pas vraiment dormir, car il n'oserait pas dormir pendant que Mathilde... Un bref instant, il la revit dans leur lit le matin même, protestant contre les petits pieds froids de Victor, puis des images du chantier se superposèrent, des images éparses comme la poudrerie, le cheval enfoncé, le retour et Mathilde qui l'accueillait avec un tel sourire de soulagement. Se coucher? Se coucher et dormir? «Non, je peux pas! Pas encore.» Dormir? Perdre un bout du temps puis se réveiller demain? Demain qui serait un autre jour? Mathilde, ce serait... hier? Non, ne pas dormir, ne pas dormir. Garder au moins avec elle le fil ténu du temps : elle était là «aujourd'hui». Comme si cela la gardait vivante plus longtemps. Le temps, garder le temps de son côté. S'il se couchait et dormait, Mathilde, ce serait... hier. Non, rester avec elle – dans le même temps, dans la même journée.

Tout s'entremêlait, s'enchevêtrait dans son corps épuisé, son esprit affolé et confus. La même pensée qui revenait : «Qu'est-ce que j'avais d'affaire à aller dans le bois aujourd'hui?» Il s'en voulait, il voulait reculer dans le temps, revenir à ce matin quand il l'avait embrassée avant de partir. Reculer dans le temps, écouter Mathilde, rester avec elle, avec les petits. Rester avec elle. «À c't'heure, c'est elle qui est partie...»

— Fais-moi pas ça, Mathilde... balbutia-t-il lourdement.

Ses tartes, le feu de tuyau… puis plus rien; il s'embruma, corps, tête et cœur. Le petit Henri avait eu froid, il avait mouillé le lit. La poitrine de son père s'imbiba tout doucement de cette odeur, une odeur semblable à celle qui flottait là-bas dans l'autre chambre. L'odeur d'un corps qui avait tout laissé aller. Une odeur de fin de vie. Des chandelles brûlaient maintenant au pied du grand lit dans la chambre silencieuse, éclairant le visage serein et immobile de la jeune femme, et chassant petit à petit les odeurs inconvenantes.

Mathilde l'avait su : Charles ne mangerait plus jamais ses tartes aux pommes.

23

Charles flottait dans sa peine comme un enfant dans le manteau de son père. Il marchait rapidement dans le bois, la hache sur l'épaule. Le froid lui piquait les joues, gelait sa moustache. Un froid de mars, humide, mais qui n'effrayait plus personne sous ce ciel bleu comme en été.

Ce n'était pas comme le jour des funérailles. Ce jour-là, les caprices de février avaient converti la poudrerie glaciale de la mauvaise nuit en un redoux désarmant; la température insolente avait fait fondre la neige et chanter les mésanges à tue-tête. Mais c'était seulement un piège de l'hiver et la terre était restée gelée. La cérémonie des funérailles s'était arrêtée au charnier. Victor, rompant le silence lourd des grandes personnes, s'était écrié d'une petite voix douloureuse en tirant son père par la manche :

— Je veux pas que maman reste ici! Elle a même pas de manteau dans sa boîte.

Charles s'était détourné, les dents serrées, le cœur à la dérive. Victor avait insisté, des larmes dans la voix, et son père l'avait rabroué si brutalement que l'enfant avait éclaté en sanglots. Amanda avait recueilli le petit garçon comme elle avait autrefois ouvert ses bras à la petite Mathilde orpheline. Pas seulement ses bras, son cœur aussi. Et, ce jour-là, une génération plus tard, dans le même cimetière, Amanda s'était appuyée un instant contre Éphrem, qui, cette fois, n'était plus seul ; elle cherchait elle aussi un appui, une protection contre le chagrin. Ils avaient tous les deux les joues ravagées de larmes. « Est-ce que les hommes doivent vieillir pour laisser couler leurs larmes ? » avait pensé Amanda, serrant la petite main de Victor dans la sienne, sa main fripée par la vie, par la mort, celle des autres et la sienne à venir.

Charles marchait vite ; il renifla bruyamment sous le froid. Son cœur avait mal, il se tournait et se retournait dans sa souffrance, la gardant vive dans son corps viril qui ne savait pas comment se défaire de cette trop grande douleur. Mathilde avait sa manière à elle : elle pleurait toutes les larmes de son corps et retrouvait ensuite son sourire comme un arc-en-ciel après l'orage. Mais c'étaient là des manières de femme ; lui, il ne connaissait pas de manières d'homme. Il savait seulement, jusque dans sa chair, que le passé s'était traîtreusement dérobé sous ses pieds et que l'avenir avait perdu son sens parce que sa femme l'avait abandonné.

Il s'arrêta devant un gros arbre et le défia. Celui-ci ou un autre, peu lui importait, ce matin. Sans reprendre son souffle, il se mit à la tâche brutalement. Il cognait, il frappait, il cognait. Il bûchait comme un enragé. Toute sa douleur, toute sa colère passait du cœur aux bras, des bras à la hache, et de la hache au tronc qui tremblait et reculait à chaque attaque, sans défense. Charles bûchait, cognait, frappait. Secoué par le harcèlement de la hache, l'arbre se délesta d'un paquet de neige qui lui tomba dans le cou, lui coula dans le dos.

— Maudit de maudit !

L'eau glacée aurait pu refroidir sa colère; elle décupla sa rage. Il continua à frapper, de toutes ses forces. Il ne s'arrêta qu'à bout de souffle; il recula de quelques pas et s'appuya le dos contre un arbre derrière lui, regardant sans le voir celui qu'il n'avait pas réussi à abattre. Il était épuisé et ne tenait debout que par le hêtre dont il sentait l'écorce presque lisse contre son manteau, contre sa nuque. Son bras tremblant laissa tomber la hache dans la neige et il ferma les yeux. La réalité ne lui laissait pas de répit.

La veille, Éphrem était allé le voir à la scierie et lui avait demandé ce qu'il comptait faire à propos de ses enfants. « Mes enfants… Comme si je le savais… » La petite Marie-Louise, qu'il avait à peine entrevue et qui était en nourrice chez Émérentienne. Victor et Henri, hébergés chez leurs grands-parents Gingras depuis la même nuit, choyés par leur oncle Alphonse qui avait décidé de laisser le chagrin aux autres et de s'occuper de ses neveux, bien en vie. Les Gingras avaient offert à Charles de les garder, le temps qu'il prenne une décision.

— Le temps que tu… ben… que tu saches ce que tu veux faire.

Eux, ils savaient seulement que les trois enfants seraient mieux ensemble et qu'Émérentienne n'avait pas assez de lait pour son fils et la petite orpheline. Anselme avait sorti ses devoirs de parrain et offert de prendre Victor pour quelque temps.

— C'est Philippe son parrain, avait sèchement tranché le fils. Philippe puis Mélanie.

Anselme n'avait rien ajouté, le cœur vidé de ce qu'il n'avait jamais voulu prendre. Berthe, blessée, avait balbutié que c'était peut-être mieux que Victor ne soit pas séparé des autres. Amanda, malgré toute son affection pour l'enfant, trouvait que d'élever les deux plus jeunes, c'était déjà beaucoup. Mais Alphonse ne voulait pas entendre parler de les séparer.

– On prend les trois. Je vais vous aider, maman.

Amanda avait cédé.

– Si c'est comme ça que Charles décide… Les deux garçons pourront prendre le lit de Damien; il en a plus besoin maintenant, avait-elle murmuré avec un grand poids au cœur en pensant à son fils si loin de tout cela avec sa jeune épouse enceinte.

Ces dernières semaines, Charles n'avait vraiment souhaité qu'une seule présence; une seule personne aurait pu le consoler, ne fût-ce qu'un peu : Nanie, sa petite sœur si pareille à Mathilde parfois. Mais la triste lettre d'Amanda, écrite dans les larmes, prit du temps à parvenir à destination et causa tant de peine à la benjamine esseulée là-bas qu'elle ne parvint pas à répondre tout de suite. Elle ne se fit pas confiance pour trouver les bons mots. Mais son frère les attendait, ces mots, bons ou mauvais. Raisonnablement, il admit que Damien et Mélanie n'aient pas pu venir : ils seraient arrivés trop tard, sa sœur était enceinte et le voyage coûtait trop cher. Mais son cœur ne lui pardonnait pas son silence. Philippe était venu, bien sûr, mais c'était un homme lui aussi, prude, peu loquace dans de telles circonstances. Un homme. Charles ne pouvait se montrer faible devant lui, même si c'était son frère. Surtout parce que c'était son frère. Son frère qui allait se marier bientôt. Mais ces événements n'avaient plus de sens pour lui.

Les autres gens, il aurait aimé mieux ne pas les voir. Il en voulait à tout le monde. À Émérentienne, qui prenait soin de Marie-Louise et qui, à son âge, avait accouché normalement. À Boudrias, «le vieux maudit qui doit se réjouir de mes malheurs», et qui, pourtant, en était peut-être plus affecté qu'Anselme lui-même. À son père, qui ne lui avait rien dit, comme d'habitude. À sa mère, parce qu'elle ne connaissait pas vraiment Mathilde et ne pouvait même pas la pleurer sincèrement. À Delphina aussi, qui était partie subitement une semaine après Mathilde, comme abandonnée par la vie à son tour. Le fils des États avait été averti de la mort de sa mère et de son héritage. «Il en fera ce qu'il voudra.» Charles ne voulait plus de cette maison-là. Et il en voulait aux Gingras, qui allaient lui prendre ses enfants et qu'il allait revoir tous les dimanches et qui lui rappelleraient tellement Mathilde, surtout Éphrem qui ne se consolerait jamais de la mort de sa fille tant aimée. Il la lui avait confiée à son mariage. «Qu'est-ce que j'en ai fait? Je l'ai tuée!»

– Je l'ai tuée!

Toute la peine qu'il refoulait depuis une semaine lui crispa le ventre d'un coup et il gémit involontairement.

Il rejeta sa tête contre le hêtre, étouffé par en dedans, le cœur dans un étau. Son corps n'était plus maintenant que souffrances. Plus rien n'avait d'importance. Rien. Un long cri de détresse se forma au creux de lui, bloqua sa respiration, lui laboura le cœur, écrasa sa poitrine et monta jusqu'à sa gorge. Charles serra les mâchoires à s'en casser les dents, refoula les larmes qui lui brûlaient les yeux. Tout son corps luttait pour repousser ce cri qui lui déchirait l'âme. Ses mâchoires en frémissaient, mais il refusait toujours de hurler sa peine. Il réussit à la ravaler, à l'enfermer en lui. Il se rua brusquement sur l'arbre éventré qui s'obstinait à

361

rester debout et le frappa à coups de poing déments, ne s'arrêtant que sous la douleur trop vive à l'intérieur des mitaines épaisses. Il laissa tomber son visage contre l'écorce rugueuse et s'érafla le front sans même s'en apercevoir. Et il resta là, prostré.

Au bout d'un certain temps d'absence de lui-même, il sentit de nouveau l'écorce contre sa joue. La bouche légèrement entrouverte, il aspira de larges bouffées d'air froid. Il regarda la forêt sans la voir vraiment, plus esseulé que le seul grand pin encore debout dans cette forêt de feuillus. Là-haut, le blanc des bouleaux tranchait sur le ciel bleu. Charles émergea de lui-même habité par un grand vide. Il se détacha de l'arbre, tituba et se remit d'aplomb en relevant frileusement son col. Il poussa machinalement quelques copeaux du pied et vit la hache dans la neige. «Une hache mouillée, c'est une hache qui rouille», pensa-t-il par réflexe. Il leva les yeux vers la cime des arbres, sentit vaguement d'où venait le vent.

— Ouais, j'ai des choses à faire aujourd'hui…, murmura-t-il, presque étonné de sa propre voix dans ce grand silence. Faut que je me décide pour les petits.

Devant lui, l'arbre était toujours debout, éventré, béant, atteint au cœur, pleurant sa sève qui gelait avant même de couler sur l'écorce. Charles frissonna, reprenant conscience de son corps. Il enleva une mitaine et s'essuya le cou, ressentant maintenant la morsure du froid. Il remit sa mitaine, ramassa sa hache, l'essuya lentement du revers de la main et se redressa d'un coup, plus fort du besoin que les autres avaient de lui.

— Faut que je paie mes hommes, aujourd'hui.

«Mes hommes…», songea-t-il.

— Des pères de famille… Eux autres aussi…

Retrouvez Bernadette Renaud sur son site web
www.bernadette-renaud.com

De la même auteure

Jeunesse

20 textes de lecture dans *Théo et Raphaëlle*, manuels C et D, ERPI, 2000.

Le Petit Violon muet, album avec cassette ou D.C., Le Groupe de divertissement Madacy, 1997.

30 textes de lecture dans *En tête 2*, ERPI, 1992.

20 textes de lecture dans *Trivol, Trifouine, Trimousse*, Éditions Graficor, coll. Trioh, 1988.

Bach et Bottine, roman, coll. Contes pour tous # 3, Québec Amérique Jeunesse, 1986. Traduit en anglais et en chinois.

Comment on fait un livre ? documentaire pour la jeunesse, Éditions du Méridien, 1983.

La Grande Question de Tomatelle, conte, Éditions Leméac, 1982.

La Dépression de l'ordinateur, roman de science-fiction pour adolescents, Éditions Fides, 1981, traduit en anglais, 1984.

Une boîte magique très embêtante, théâtre pour enfants, Éditions Leméac, 1981.

La Maison tête de pioche, conte, Éditions Héritage, 1979.

La Révolte de la courtepointe, conte, Éditions Fides, 1979.
   Mention d'excellence de L'ACELF, 1978.

   Reproduction en braille, 1983.

   Nouvelle édition révisée, Québec Amérique Jeunesse, sous le titre *Drôle de nuit pour Miti*, coll. Bilbo, 2004.

20 albums seize pages, Éditions Le Sablier/Graficor, coll. Tic Tac Toc, 1978, 1979 et 1980.

Émilie, la baignoire à pattes, album, Éditions Héritage, 1978.

Le Chat de l'oratoire, roman, Éditions Fides, 1978. Réédité en 1983, traduit en anglais, 1983 et reproduit en braille, 1984.

Émilie, la baignoire à pattes, conte, Éditions Héritage, 1976.
   Prix du Conseil des Arts du Canada - 1976
   Prix de l'ASTED - 1977

   Nouvelle édition révisée, Québec Amérique Jeunesse, coll. Bilbo, 2002.